ARBRE GÉNÉALOGIQUE

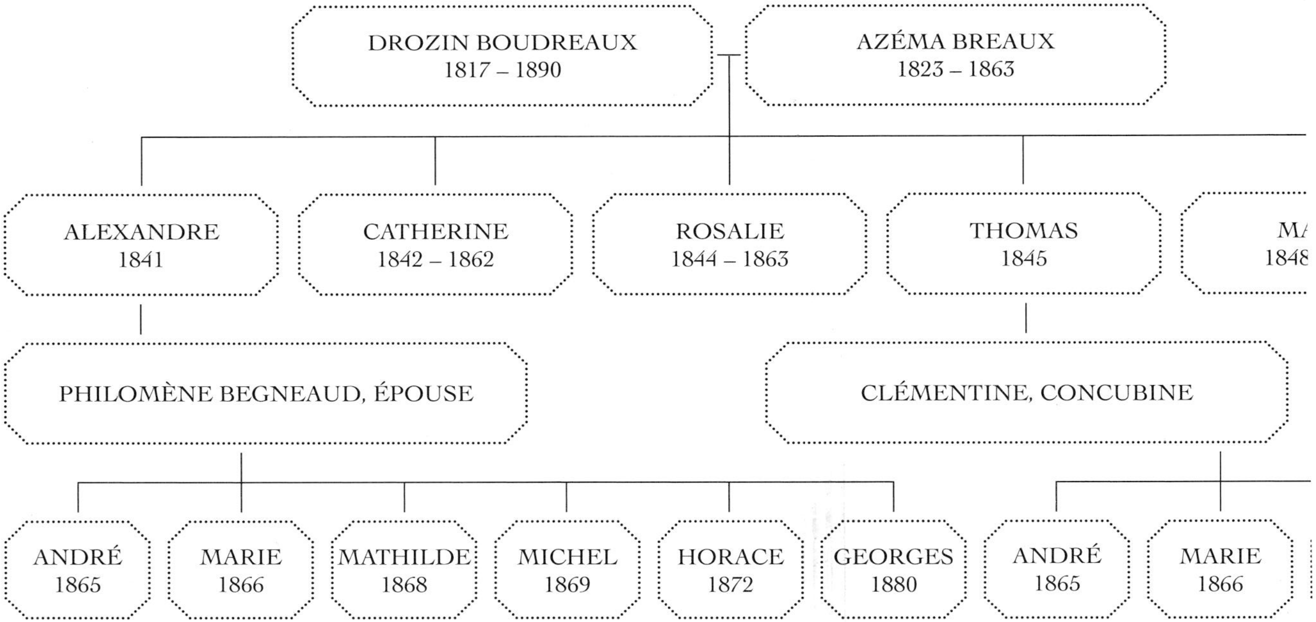

Les Rafales du carême

Du même auteur

Zuma 9, Les Écrits des Forges, 2020.

Histoire des Acadiennes et Acadiens de la Louisiane, UL Press, 2019.

Les Aventures de Télesphore et 'Tit Edvard au Vieux Pays, Les Intouchables, 2010.

Outre le Mont, UL Press, 2009.

L'Histoire de Télesphore et 'Tit Edvard dans le Grand Nord, Les Intouchables, 2007.

Feu, Les Intouchables, 1998.

Faire récolte, Perce-Neige, 1990.

Conte cajun : L'Histoire de Télesphore et de 'Tit Edvard, Les Intouchables, 1983.

Voyage de Nuit, Louise Courteau, 1979.

ZACHARY RICHARD

Les Rafales du carême

Libre Expression

Catalogage avant publication de Bibliothèque et Archives nationales du Québec et Bibliothèque et Archives Canada

Titre : Les rafales du carême / Zachary Richard.
Noms : Richard, Zachary, auteur.
Identifiants : Canadiana 20230063802 | ISBN 9782764815878
Classification : LCC PS3568.I226 R34 2023 | CDD 843/.914—dc23

Édition : Marie-Eve Gélinas
Coordination éditoriale : Justine Paré
Révision et correction : Nathalie Savaria et Pascale Jeanpierre
Couverture : Dorian Danielsen
Mise en pages : Chantal Landry
Photo de l'auteur : Sasha Bourque

Remerciements
Nous remercions le Conseil des arts du Canada et la Société de développement des entreprises culturelles du Québec (SODEC) du soutien accordé à notre programme de publication.
Gouvernement du Québec – Programme de crédit d'impôt pour l'édition de livres – gestion SODEC.

Conseil des arts du Canada Canada Council for the Arts
SODEC Québec
Financé par le gouvernement du Canada | Canada

Les Éditions Libre Expression
Groupe Librex inc.
Une société de Québecor Média
4545, rue Frontenac
3e étage
Montréal (Québec) H2H 2R7
Tél. : 514 523-1182
Sans frais : 1 800 361-4806

editions-libreexpression.com

Dépôt légal – Bibliothèque et Archives nationales du Québec et Bibliothèque et Archives Canada, 2023

ISBN (version papier) : 978-2-7648-1587-8
ISBN (version numérique) : 978-2-7648-1615-8

Distribution au Canada
Messageries ADP inc.
2315, rue de la Province
Longueuil (Québec) J4G 1G4
Tél. : 450 640-1234
Sans frais : 1 800 771-3022
www.messageries-adp.com

Diffusion hors Canada
Interforum
Immeuble Paryseine
3, allée de la Seine
F-94854 Ivry-sur-Seine Cedex
Tél. : 33 (0)1 49 59 10 10
www.interforum.fr

Ce roman est inspiré d'un fait divers réel, bien que le récit soit fictif. Les dates ont été manipulées aux fins de l'intrigue. Il s'agit du premier roman en langue française publié par un auteur louisianais depuis cent vingt-neuf ans (*Les Quarteronnes de La Nouvelle-Orléans*, Sidonie de La Houssaye, 1894). J'ai une dette importante envers ceux et celles qui m'ont encouragé et qui m'ont guidé dans le labyrinthe de la concordance des temps. J'ai tenté de respecter le parler louisianais tout en m'accordant avec les règles de la grammaire française. Merci à mon vieil ami et compagnon, le professeur Barry Jean Ancelet de l'Université de Louisiane, à mon brillant collègue, David Goudreault, à ma voisine vigilante, Denise Contant, à mon éditrice compréhensive, Marie-Eve Gélinas, et, surtout, à celle qui m'accompagne et qui m'apporte son sourire et son soutien, Johannah Carlton. Ce livre est dédié à mes grands-parents André Boudreaux et Julie Martin, qui m'ont légué leur joie de vivre et leur amour des histoires.

« Il était monté sur un chérubin et il volait.
Il paraissait sur les ailes du vent. »
Samuel 22 :11

Première partie

1

19 février 1882

On apprend la nouvelle au milieu de l'avant-midi. C'est le Dimanche gras. Le temps est couvert, avec des gros nuages comme des balles de coton sale venant de la côte. Le vent souffle fort, à faire perdre les chapeaux, un temps agaçant, la poussière dans les yeux, les animaux nerveux, les chevaux durs à retenir. Une vague de chagrin bourdonne au loin, un malaise porté par le vent qui entre par les narines.

Un cavalier arrive devant la maison au grand galop. Il saute de la selle et court sur la galerie, frappant sur l'encadrement de la porte avant d'entrer. En peu de temps, il sort et repart.

Mes deux frères et moi sommes au champ, nettoyant les rangs des mauvaises herbes brunies par l'hiver, quand on entend mon père qui nous appelle de la galerie. On est rendus au bout des rangs, presque au chemin, ce qui fait que l'on n'entend pas ce qu'il dit. Il nous fait signe de venir. Je suis à côté de Michel. Horace, le plus jeune, est derrière. On met les pioches sur nos épaules. Une fine poussière couvre nos visages. Le vent est du sud. Il fait chaud, bien qu'on soit en février, les bouts des planes sont toujours sans la tache rouge de la nouvelle sève. La sueur dégoutte de nos fronts, faisant des coulées de bourbe dans les plis de nos cous et dans les rides autour de nos yeux. Michel siffle une mélodie haletante pendant qu'on remonte les rangs nus.

Arrivés près de la maison, on entend la grande voix de mon père.

— Dépêchez-vous ! il crie. Horace, prend les pioches et va les nettoyer. Michel, va atteler le wagon[1].

Et à moi, il dit :

— André, va chercher ton grand-père. Dis-lui de venir et vite.

Le cavalier repasse sur le chemin dans l'autre sens, vers le village, toujours au galop. On voit des cailloux qui éclatent sous les sabots de son cheval.

On le regarde, mon père encore sur la galerie, mes frères et moi au bas des marches, quand on entend ma mère qui hurle. Un hurlement qui déchire le ciel. Mon sang se glace. La porte-moustiquaire de la maison explose et ma mère sort avec ses deux filles, mes sœurs Marie et Mathilde, accrochées à elle. Elle sanglote.

— Martin, Martin, elle braille.

On est figés comme des statues à l'église. Mon père brise nos songes.

— *Goddamn*, il beugle, allez faire ce que je vous dis !

Je n'avais jamais entendu mon père sacrer.

On a deux mulets, Augustin et Hercule. Augustin est le plus vieux, dix-sept ans, et il est jaloux. Attelé en harnais, avec ses œillères, il tire droit, mais dès qu'on le libère, il se bat contre l'autre à coups de dents et de ses grosses pattes. Auparavant, Augustin appartenait à mon grand-père, qui a été obligé de s'en débarrasser après le feu. La grange où dormaient les ouvriers pendant la construction de la voie ferrée a brûlé, et mon grand-père Drozin a dû y entrer pour sortir le mulet, sautant parmi les flammes qui léchaient les murs, évitant les poutres qui menaçaient de tomber, jetant sa chemise sur la tête de la bête affolée pour l'aveugler. Depuis ce temps, Augustin n'est jamais entré dans une grange. Mon grand-père dit qu'Augustin ne vaut plus rien. Le mulet se promène dans la savane la plupart du temps, faisant les cent pas, distrait.

1. En français louisianais, indique un chariot à quatre roues, tiré par un attelage.

Je savais que Michel allait avoir du mal à prendre Augustin et je l'ai aidé. Personne ne comprend le vieux mulet comme moi. Augustin est sensible et très intelligent. S'il avait été un homme, il aurait fait un savant ou, au moins, un avocat. Il a passé par la catastrophe et ne peut pas l'oublier. Moi et le vieux mulet sommes complices. Peut-être parce qu'on a le même âge. Peut-être parce que c'est moi qui m'occupe de lui le plus souvent. Peut-être à cause des bouts de canne à sucre que je lui donne et qu'il croque avec ses énormes dents jaunies. J'ai un lien avec lui qui ne peut s'expliquer. Je sens sa peine, sa solitude. Je me sens seul aussi, naufragé parmi les membres de cette grosse famille tous bien à leur place, tous sauf moi.

Depuis un temps, j'ai commencé à dormir dans la grange, prenant la place d'Augustin, couché sur le foin parmi les chevaux et l'autre mulet, ou dans la salle à harnais où je peux trouver la solitude et la tourner entre mes mains. Je n'aime pas l'autre mulet, Hercule. Il est orgueilleux, jeune et arrogant. Je me dis que la vie va lui donner une leçon d'humilité, mais il n'y a rien que je puisse faire, sauf le guetter.

La nuit, j'entends le sifflet du train qui passe. Le son tombe au bord des rails et roule comme un boulet, s'usant à travers la prairie, de plus en plus petit, jusqu'à ce qu'il devienne plus petit qu'un grain de maïs et encore plus petit, un grain de farine de maïs assez petit pour entrer dans mon oreille. Une fois qu'il est entré dans ma tête, le son explose, flanquant des images dans ma cervelle, des images d'une beauté qui fait mal, des châteaux, des grandes rivières, des beaux paysages, des bateaux à voiles, des jolies dames, des rues de villes peuplées de gens bien habillés et sophistiqués, tout ce que je ne trouverai jamais autour de moi, fils aîné d'une grande famille, enchaîné à mon devoir, mes mains et mes jambes écorchées par les plants de coton.

Cette nuit, j'ai couché dans le magasin[2], la tête posée sur une couverture de selle. Il n'y a que deux chambres chez nous,

2. La grange.

une pour mes parents et l'autre pour les filles. Mes frères et moi, on se couche sur des palettes dans le salon. J'ai besoin de plus d'intimité et je me cache dans la grange pour faire comme je veux. On me laisse faire.

Hier soir, il y a eu un bal chez Baptiste Perez. C'était le samedi soir des élections et il y avait du monde à tuer à coups de bâton. Ça a fini bien après minuit et je suis rentré seul, à pied, suivant la voie ferrée dans le noir, à moitié tchoque[3]. En passant devant la boutique de mes oncles Begneaud, j'ai vu de la lumière dans le café et des chevaux attachés devant la porte.

Je me suis réveillé la tête lourde et la bouche sèche, mon père me donnant des coups sur la jambe. Bien que ce soit dimanche, on devait nettoyer les rangs, sinon les mauvaises herbes mangeront la récolte.

J'ai une petite jument que mon grand-père m'a donnée pour mes douze ans, une pinto créole, tachée rouge, avec une étoile blanche sur le front qui déborde sur son œil droit. Je l'appelle Cannelle.

J'attrape Augustin pour mon frère, passant le harnais sur la tête du mulet en chuchotant, ses grands yeux bruns pleins de douceur, puis je passe la bride sur la tête de ma Cannelle, jetant la selle, attachant la sangle d'un seul mouvement que je peux faire en dormant.

Comme une flèche, on prend le chemin. Je me sens libre, monté sur le dos de mon cheval, mon visage caressé par le suroît. On part au trot, le rythme de la dégaine de ma jument entrant dans mon corps par mes jambes, fracassant ma tête, comme si un fer à cheval s'y promenait. Cannelle est fatiguée et manque de nerf. En passant devant la galerie, je vois mon père encore debout, un bras allongé contre le poteau du centre, comme pour se tenir.

C'est un mile pour aller chez mon grand-père. Le vent nous pousse du sud-ouest, nous secouant par rafales. Comme beaucoup de choses pendant cette journée, je ne m'aperçois de rien et

3. Soûl.

le souvenir du trajet est disparu dans la poussière soulevée par le petit galop de ma jument.

Quand j'arrive, le Colonel – on appelle mon grand-père le Colonel Drozin – est déjà monté sur son étalon. Son cheval est énorme, dix-sept mains. Appelé Mansfield, il a été engendré de Flying Bob par la jument Omona et acheté de Sylvest Mélançon pour cinquante piastres.

Assis sur l'étalon, le Colonel est imposant, un grand homme ventru, son chapeau de feutre gris sur la tête, la visière poussée à l'arrière comme Napoléon, un cordon passé en dessous du menton pour le garder en place. Il a des moustaches de morse blanches, à la vieille mode, cirées en pointe aux bouts, de la même couleur que les cheveux qui dépassent de son chapeau et tombent sur ses épaules. Il porte un gilet, déboutonné. La chaîne en or de sa montre est attachée au bouton du milieu et le bout de la chaîne disparaît dans la poche à gauche. Je ne l'ai jamais vu sans gilet, même au plus chaud de la canicule. Il porte une chemise blanche sans col. Il reste immobile comme un sphinx, sa main gauche posée sur le pommeau de la selle. Les étriers, tout comme le pommeau, sont couverts d'argent mexicain.

— Gautche dit qu'il faut venir vite.

Gautche, c'est mon père, de son vrai nom Alexandre.

— Tracasse-toi pas, André, il répond. On s'apprête.

Il me regarde de ses yeux bleu-gris et retourne sa tête vers l'avant, fixant l'horizon avec un air rêveur. Sa main droite est posée sur sa hanche. Il porte son arme, un Colt .45, le baril long comme mon bras, plaqué argent avec la poignée en nacre blanc, l'étui attaché à la ceinture cloutée de balles. Je ne l'avais jamais vu le porter, mais je connais bien le pistolet, l'ayant vu accroché au mur de son salon et ayant entendu son histoire assez de fois pour pouvoir la raconter moi-même, un cadeau de reconnaissance offert par son régiment après la guerre.

Pendant qu'on attend, son valet, celui qu'il appelle son « chargé », attelle le cabriolet, le poulain hongre de la même couleur noire que l'attelage. L'homme est petit, basset, un Italien avec le visage rond et un sourire complaisant. Il porte toujours le même habit noir avec une chemise blanche, col roulé et cravate. Il s'appelle Camillio Raggio, mais tout le monde l'appelle Caro.

On part au village en cortège, mon grand-père se tenant droit comme un poteau de savane, les rênes dans sa main gauche, sa main droite flottant autour de son arme comme un vautour dans le ciel. Son gros ventre se tortille comme un sac à patates. Ma tête arrive à peine à sa taille sur ma petite jument créole. Derrière nous, l'Italien siffle auprès du poulain, penché vers l'avant, les yeux plissés.

C'est quatre miles de chez Drozin au village. Au trot, ça nous prend une demi-heure, en coupant à travers la prairie. Le Colonel demeure concentré, son regard intense, les pas de son grand cheval avalant l'espace. Cannelle a de la misère à garder le rythme et, de temps à autre, il faut partir au galop pour suivre. À l'arrière du cortège, j'entends Caro criant après le poulain. À part le son des sabots sur la terre battue, tout est enrobé par un silence feutré interrompu seulement par le sifflement du vent qui fait frissonner mes oreilles.

La première chose qu'on voit du village est le moulin de coton. Il flotte au-dessus des maisons comme un gros nuage, son toit argenté brillant dès qu'il y a un rayon de soleil. De loin, on le voit à peine, mais en approchant, on a l'impression qu'il sort du sol, un monstre fait en métal, un gros carré avec, du côté nord, la tour avec ses énormes poulies. Au bord du village, le chemin vire à gauche, tournant vers le sud pour se jeter contre la levée de terre, qui tranche le pays en deux comme un couteau et sur laquelle court la voie ferrée.

En 1881, le Morgan and Louisiana Railway a payé Alcide Debaillon et le Colonel Drozin Boudreaux pour le droit de passage sur leurs terres, faisant du coup de ces hommes les deux plus riches du quartier. Aussitôt que les signatures ont été sèches, ou plutôt sa marque pour le Colonel, car seul Debaillon pouvait écrire son nom, des bandes d'étrangers ont envahi le pays. On n'avait jamais vu de pareils travailleurs, des gangs d'hommes bruts, sales, mal-parleurs, ni blancs ni noirs, mais rouges.

Ils sont arrivés au printemps, avec des visages sombres et des gros chapeaux de paille comme des cloches sur leurs épaules. Les attelages de mulets sont arrivés en premier, retournant la terre, creusant des tranchées comme des cicatrices. Il ne pleuvait quasiment pas ce printemps-là et le vent soulevait des tourbillons de poussière qui dansaient dans les airs.

Il y avait une ligne de piquets de la taille d'un homme, surplombés par des rubans rouges placés par les arpenteurs. Les ingénieurs suivaient les piquets comme Moïse le pilier de feu. Pas à pas, ils avançaient dans leurs bottes croûtées de boue, les claquements des fouets et les cris des hommes parmi les beuglements des mulets résonnant sur la prairie. Dans les gros sillons, les fleurs du printemps éclataient, jaune, bleu, blanc, des pièces de couleurs tissées comme une courtepointe sur la terre. Elles n'ont pas duré longtemps, piétinées par le progrès implacable sous les sabots des mulets et les bottes des hommes.

Je me souviens de ces hommes avec leurs troupeaux de mulets américains et de chevaux tachés rouge comme les catahoulas[4] sont tachés noir. Ils ont creusé deux grands fossés de cinquante pieds, et avec la terre, ils ont construit une levée, la déplaçant sur les traîneaux attachés à l'attelage de quatre mulets tendus. Les hommes étaient de toutes les nations, mais c'était surtout des Italiens et des Irlandais. Ils buvaient et se disputaient la nuit. Ils ont fini par foutre le feu dans la grange de Drozin Boudreaux. Parmi eux se trouvait Camillio Raggio qui, las de cette vie brutale, a réussi à se faire engager par le Colonel par flatterie.

Le Colonel observait le travail depuis sa grange, comme une invasion de sauterelles. Au début, il était surpris par le bruit et la poussière. Il restait des heures les yeux plissés. Chaque jour, il tournait sa tête un petit peu plus vers l'ouest, suivant la trace. Une

4. Race de chiens louisianais.

fois que le tumulte est tombé de l'autre bord de l'horizon, un autre est arrivé de l'est. Le Colonel comprenait mieux cette deuxième vague. Ce n'était plus la tour de Babel ambulante, rôdaillant à travers la prairie comme un animal sauvage. Les ouvriers soûls, bruyants, sacrant dans toutes les langues, grognant sans cesse, ont cédé la place à des hommes plus raisonnables, avec des cœurs tranquilles et des têtes mûres. Ce n'était plus la cacophonie, mais le murmure. Les roches, grandes comme une main d'homme, étaient transportées sur un tout petit train chargé d'une cargaison scintillant sous le soleil. Sur les pierres on a placé les poutres, à l'odeur de créosote, et qui brûlaient au toucher. Par-dessus les poutres sont venus les rails, impeccables, d'un bleu parfait, et attachés à la terre par d'énormes clous enfoncés par une douzaine de Créoles[5] balançant de grosses masses, torses nus, leurs dos ondulant de muscles et scintillant de sueur, chantant leurs chansons rythmées.

Le village, comme le pays, est coupé en deux par les rails. Au sud il y a le moulin de coton, le plus gros bâtiment du pays, son tas de ferraille endormi durant l'hiver, grouillant comme une fourmilière à l'automne, quand la récolte est entrée. À ses côtés, la gare et sa plateforme ouverte au ciel, et, encore plus à l'est, la maison et le magasin général d'Alcide Debaillon. Devant sa grande maison blanche, il y a le passage à niveau, le point d'attache des deux moitiés du monde. Plus loin se trouve le quartier des Créoles, la plupart étant les engagés de Debaillon, leurs cabanes de bois franc débordant sur les deux rives du chemin de fer.

Du côté nord, sur les terres du Colonel, se trouve la maison de Baptiste Perez, dont l'étage sert de salle de danse, et, plus loin, la forge à Pierre Sonnier. La boutique de mes oncles, Martin et Siméon Begneaud, se trouve au bord du village, au soleil levant. Les seuls frères de ma mère, Philomène, ils sont

5. Créole est un terme qui a plusieurs utilisations en Louisiane, mais dans le parler cadien, ainsi que dans ce récit, il signifie « Créole noir » ou « Créole d'héritage africain ».

tous deux vieux garçons. Siméon, dit Méon, habite une petite maison blanche dans la cour arrière et son frère a élu domicile dans le petit entrepôt, se couchant la nuit sur un lit de camp parmi les boîtes de marchandise et les outils. La boutique, à l'abri du chêne vert planté trop près, fait face au chemin qui court le long de la voie ferrée. Elle est divisée en deux, avec deux portes donnant sur la galerie sans balustrade. La porte à gauche donne sur la boutique, les étagères remplies de farine, d'huile à cuisson, de conserves, d'étoffes, d'aiguilles, de boutons et toute qualité de marchandise. La porte de droite donne sur le café avec, au fond, le bar, quelques tables pour jouer aux dominos et la fierté des frères Begneaud et du village même : la table de billard.

En entrant au village, une énergie lourde me serre comme un étau. Soudain, il y a énormément de gens, à cheval, à pied, tous partis dans la même direction, comme pris par un raz de marée. Devant la boutique, c'est l'essaim de guêpes, un vrombissement continu et grave. Je descends de ma Cannelle, tenant sa bride. Le Colonel me donne celle de son cheval, sans me regarder. Je les attache à la traverse.

La galerie est remplie de monde. Il y a Philibert Guidry et ses garçons, Will Knight, dit Bébé, et Charlie Jenkins, les garçons de tante Sophie, ceux de tante Quinée, Davis Arceneaux, et quantité de gens noirs et blancs que je ne connais pas. Plusieurs tiennent des carabines ; un ou deux, des machettes de canne. J'aperçois mon oncle Thomas, frère de mon père, celui qu'on ne voit pas souvent, quasiment jamais. Avec lui, il y a son fils, celui que je détesterai toujours, un garçon de mon âge, un mulâtre avec les yeux si bleus que ça me fait mal, et appelé comme moi André Boudreaux.

Le Colonel grimpe les deux marches et avance vers la porte de droite, les gens lui faisant de la place comme la mer Rouge devant les Juifs. Je n'avais pas remarqué ses éperons, mais là, je les entends clinquer. Je le suis, accroché à ses côtés. Devant la porte, mon oncle Siméon bloque le passage, ses yeux rouges, les manches de sa chemise roulées. Il fait signe à Drozin, qui se glisse dans la porte, les deux hommes ventrus se frottant les panses. Je le suis, mais soudainement Siméon me frappe à la poitrine de sa main ouverte.

— Non, il dit.

Il tourne le dos et ferme la porte derrière lui.

Je me glisse vers la fenêtre, mais je ne vois rien, sauf le dos de ceux à l'intérieur, tassés comme des bœufs au parc de stockage. Mais derrière le bar, il y a un grand miroir qui fait quasiment la largeur de la pièce, surplombant les bouteilles sur le comptoir. « Pour que les buveurs puissent regarder leur misère », dit ma mère.

Dans le miroir, je vois mon oncle Martin couché sur la table de billard, ses bras ouverts en croix, ses cuisses posées sur la table, ses genoux pliés sur le bord et ses mollets pendant, suspendus dans les airs. On est en train d'enlever sa chemise. Elle est tachée de sang. Ses yeux ne clignent pas mais regardent fixement le plafond, le regard vide. Il est mort.

2

Depuis que j'ai vu mon oncle étalé sur la table de billard, je vis dans un brouillard où je ne vois pas ce qui m'arrive avant que ça ne surgisse devant moi, ne me donnant pas le temps de l'éviter. Je suis traîné ici et là par des gens et des choses, ne sachant pas comment m'en sortir. Je passe les jours comme si j'étais sous l'eau. Ma mère est devenue folle et sa folie déborde sur tous ceux qui l'entourent. On l'entend hurler à tout moment, un son d'effroi qui perce le brouillard comme un coup de pistolet. L'effet est surtout prononcé sur mon grand-père, qui ne supporte pas le bruit de ses sanglots. Les hurlements de ma mère troublent l'ordre fragile de ce monde ordonné que mon grand-père a construit avec tant de soin à la suite de la guerre, pour maintenant le voir s'écrouler. Les cris de ma mère défoncent une porte derrière laquelle il y avait des esprits qui attendaient depuis longtemps et qui sortent maintenant, libres de nous embêter. Drozin a arrêté de venir chez nous et il s'est réfugié sur son terrain, en attendant que ça passe.

Drozin Boudreaux croit en Dieu. Il est certain qu'un être tout-puissant existe, et aussi que lui, le Colonel Drozin Boudreaux, fait partie de ses élus. Comment expliquer autrement son destin ? Simple habitant, il est devenu un homme influent, propriétaire de vingt-huit esclaves. Pas un planteur comme les gros chiens Basil Crow ou Alexandre Mouton avec leurs centaines, mais un homme respectable et respecté quand même. Quand la guerre est venue, il a répondu à l'appel et s'est vu élire capitaine de sa compagnie. Les hommes du 48e de Louisiane ont choisi Drozin Boudreaux pour capitaine, parce qu'il était le meilleur cuisinier du pays. Ils se disaient qu'une fois partis à la guerre, au moins, ils allaient bien manger: rôti de bœuf entier sur charbon, barbacoa de sanglier, fricassée de poulet, jambalaya, gombo, Drozin est tout simplement le meilleur. Non seulement il sait cuisiner, mais il est expert boucher, ce qui rendait son élection encore plus certaine. Celle-ci a fini par causer beaucoup d'hostilité chez Alcide Debaillon, le planteur qui a payé pour les uniformes de la compagnie et qui était sûr qu'il allait se faire nommer capitaine grâce à sa générosité. Après Shiloh, Drozin s'est fait breveter Colonel, faute d'autres candidats il a dit.

Avec tant de ses camarades enterrés, et d'autres avec des jambes et des bras plantés dans des pays étrangers comme les graines d'une forêt sinistre, comment aurait-il pu revenir sans égratignure de Shiloh et de Pleasant Hill s'il n'était pas un élu de Dieu ?

Il signa sa reddition à Shreveport, le 8 novembre 1865, et marcha jusque chez lui, un voyage à pied de trois mois, entouré de ses camarades tous aussi exténués, une troupe de vagabonds sans discipline et sans trop d'espoir, mal lavés, affamés et habillés en haillons. Il arriva enfin par le chemin de terre qui passait par Vermillionville, un homme seul avec un grand chapeau qui cachait ses yeux, devenus rouges à force de retenir ses larmes, pour trouver sa maison debout, mais le reste de sa vie en ruine. La maison avait été sauvée par sa fille Catherine, qui avait réussi à convaincre les Yankees[6] de ne pas la brûler, probablement parce qu'elle parlait l'anglais.

La femme de Drozin, Azéma, qui lui a donné cinq enfants et qui a maintenu la plantation en son absence, avait succombé à la fièvre jaune et au chagrin. Elle est enterrée sous le chêne vert, à l'arrière de la maison. Les esclaves avaient tous disparu, mais dans les mois qui ont suivi son retour de la guerre, ils se

6. Nordistes.

sont pointés un par un, abattus autant par la liberté que par l'esclavage. Les retrouvailles ont été étranges et silencieuses. Les cabanes sont restées vides, les Noirs préférant dormir à la belle étoile plutôt que de retourner sur les lieux de cette vie de souffrance. Après quelque temps, Drozin a donné à chacun une pièce en or, un dollar américain, trésor qu'il avait enterré dans une cachette sous le chêne avant son départ. Plusieurs l'ont rendu, ne sachant pas quoi faire avec.

Ça lui a pris quelques années pour trouver un forgeron et les moyens pour le payer, mais, enfin, Drozin a fait construire une barrière en fer forgé autour de la fosse de sa femme, un monument qui rendait hommage à sa peine. À côté de sa femme ont été enterrées ses filles, toutes mortes à l'accouchement. Après Catherine et Rosalie, Drozin a supplié Marie, la cadette, de ne pas se marier. Elle ne l'a pas écouté et est morte comme ses sœurs à l'accouchement, sa petite croix placée parmi les autres entourant celle de leur mère, comme des planètes autour d'un soleil de châtiment.

De ses deux fils, Alexandre, mon père, a survécu dans le bois pendant quatre ans, fuyant la conscription. Dès qu'il en est sorti, il s'est marié avec ma mère, Philomène Begneaud, et je suis né en septembre, neuf mois plus tard. Son frère, Thomas, est parti renégat pendant la guerre et est tombé entre les mains des *Jayhawkers*[7]. Il s'est mis en concubinage avec une mulâtresse et mon grand-père l'a répudié. Il vit avec sa femme et sa famille sur les terres que Drozin lui a confiées au bout du domaine, à la Coulée Croche, aussi loin que possible de la maison paternelle, mais encore sur ses terres. Le jour où l'on a découvert mon oncle assassiné, c'était seulement la troisième fois que je voyais mon oncle Thomas, les deux autres étant une fois sur le terrain de course de la rue Surrey à Vermillionville, et la deuxième, la veille.

Malgré des années de tourments, Drozin se disait chanceux, et, grâce à son Dieu, il a surgi des décombres, s'élevant

7. Brigands armés.

des cendres laissées par ces diables nordistes en veste bleue, ses ailes embrasées, mais sa foi en l'avenir intacte, voire grandissante. Pour Drozin, la preuve qu'il est un élu de Dieu est incontestable et s'appelle le Morgan and Louisiana Railway.

Drozin ne m'a jamais parlé de la guerre, de ce qui était certainement l'événement de sa vie. D'avoir marché jusqu'au Tennessee, dormi par terre sans couverture pendant des mois de temps, sans se laver, mangé des fèves et des biscuits, et d'avoir chargé sous le feu de l'ennemi. De tous ces détails héroïques, brûlés au fer ardent dans son esprit, il ne m'a jamais dit mot. À la suite de la guerre, il est retourné chez lui pour découvrir que ses anciens esclaves, ceux et celles qui lui devaient le respect et l'obéissance, se moquaient de lui. Il traînait cette défaite comme un boulet au pied et devait faire le deuil de sa propre personne et de sa conception de l'univers. Et pourquoi ? Pour une femme morte et une famille déchirée. Il n'a jamais compris ce qui lui était arrivé, et ce qui était arrivé au pays. Après la guerre, il faisait ce qu'il fallait pour survivre, sans trop se poser de questions. Il s'est perdu dans un labyrinthe de doutes pendant des années. Survivant et c'est tout. Après sept ans de misère, vivant seul dans sa maison délabrée, à voir les *Carpetbaggers*[8] voler tout, et les Noirs prendre le contrôle de la législature à Bâton Rouge sous l'égide des Républicains, pendant que lui ne pouvait même pas voter, Drozin ne comprenait rien. Mais un jour, les Républicains sont partis et, trois ans plus tard, l'arrivée du chemin de fer a tout changé.

Petit à petit, sa confiance est revenue et son pouvoir s'est accru, mais tout a été de nouveau ébranlé le jour où l'on a découvert mon oncle mort. Pas à cause de la situation. Pas à cause de l'esprit malveillant qui surplombe la prairie. La mort ne lui fait pas peur. Il en a assez vu pour pouvoir la regarder dans les yeux. Il n'est pas ébranlé ni par le sang qui tache le feutre vert de la table de billard, ni par le corps rigide de mon oncle qui braque

8. Profiteurs nordistes arrivant dans le Sud après la guerre de Sécession.

le plafond de ses yeux froids. Malgré son âge et les rhumatismes qui mordillent sa hanche, Drozin prend le contrôle de la situation et de la bande d'hommes qui se trouvent autour de lui avec fermeté. Ce qui le ronge n'est pas le meurtre, mais ma mère. Il ne supporte pas sa voix de crécelle, aiguë comme celle d'une truie égorgée. Elle est devenue folle, il se dit. Comment l'expliquer autrement ?

Il y a un troupeau d'hommes, la plupart armés, collés sur la galerie, quand on voit ma mère arriver, avec mes deux frères dans le wagon. Philomène tient les guidons, Michel à ses côtés sur le banc et Horace debout, ses mains sur les épaules de son frère. Philomène est tête nue. Elle tire sur le frein du wagon et saute de la plateforme, sa jupe flottant autour d'elle comme les ailes d'un ange.

— Restez là, elle ordonne à mes frères, figés, les yeux grands comme des soucoupes.

Sans dire un mot à personne, elle fonce par la porte où son frère Siméon reste muet et entre dans le café. Rendue dans la pièce, elle s'arrête devant le corps. Un hurlement est prêt à surgir de sa gorge, mais ça passe. Elle tient ses mains devant elle, comme si elles étaient posées sur la tête d'un jeune enfant. Tout le monde la regarde, mon grand-père la visant avec ses yeux d'oiseau de proie.

— Aidez-moi à le mettre dans le wagon, elle dit enfin. Siméon, va chercher une couverture.

Personne ne bouge. Enfin, mon grand-père brise le silence. Il parle doucement, comme s'il parlait à un cheval pour l'empêcher de ruer.

— Mais Minouche – on appelle ma mère Minouche –, il faut espérer le coroner avant de le grouiller.

Philomène le regarde sans le voir. On entend sa respiration lourde.

— Siméon, elle dit, dépêche-toi de le couvrir...

— Mais Minouche, interrompt Drozin, il faut que le coroner fait son inspection.

— Il peut aussi bien la faire chez nous, elle répond, j'vas pas laisser mon frère comme ça, à la vue de tous et couvert de mouches.

Siméon place une couverture sur le corps de son frère, une courtepointe grise à la bordure rouge. Philomène la reconnaît. C'est elle qui l'a faite. Avec Charlie Jenkins, Will Knight et plusieurs autres, on traîne le corps jusqu'au wagon. Martin était un homme fort et ça en prend six pour le déplacer. En le plaçant sur le plancher du wagon, on est obligés de lâcher ses épaules et sa tête frappe le bois avec un son sourd.

Philomène monte sur le banc du wagon, prenant les rênes des mains de Michel. Je sais qu'elle va avoir de la misère à faire tourner les deux mulets à la fois, surtout avec cette foule de gens autour. Je prends le harnais et je tire les mulets, les tournant vers l'est et la route de la maison. Augustin me regarde avec ses grands yeux bruns. Il a tout compris.

On regarde le wagon descendre le chemin et disparaître derrière la maison de Davis Arceneaux, au bord du village. Le brouillard qui m'entoure devient de plus en plus épais, comme si la vapeur était faite de mélasse. Il commence à pleuvoir, une pluie fine, juste assez pour tremper les chapeaux et les esprits.

Tranquillement, le groupe d'hommes autour de la boutique se dissout, comme un nœud de corde se défaisant, chacun repartant dans la direction d'où il est venu. Tout se passe en silence, le bruit du vent devenant encore plus agaçant. On entend le cliquetis d'une feuille de métal du toit mal attachée, et les pas des hommes qui descendent les marches, et plus rien. Je remonte sur ma jument et je suis mon grand-père sur le chemin du retour. Il ne s'arrête pas chez nous, mais continue tout droit, vers sa maison, son valet à la traîne.

— Dis à ton père de venir me chercher s'il en a besoin, il me dit du haut de son étalon.

Il donne un coup d'éperons et repart.

Quand j'arrive chez moi, plusieurs personnes entourent le wagon, immobiles. Mes cousins arrivent, les garçons de mes tantes, les sœurs de Philomène, Sophie et Marthe, qu'on appelle Quinée. Elles sont arrivées comme par magie. Soudain, la cour est remplie de gens.

On traîne le corps jusqu'en haut des marches à l'aide de la couverture sur laquelle on l'a placé, tirant sur le bord. Mon oncle est torse nu, mais porte encore son pantalon et ses bottes. Ses pieds dépassent de la couverture et ses talons font un bruit étouffé à chaque marche. On le tire à travers le salon jusqu'à la cuisine, où les femmes commencent à le nettoyer. Mon père et ses beaux-frères sont partis chercher des planches de cyprès avec lesquelles ils vont construire le cercueil. On m'envoie chez Drozin chercher des fleurs de magnolia. Il y en a deux, plantés de chaque côté devant la maison au bord du chemin, mais il est trop tôt dans la saison. Les gardénias ne sont pas encore en fleur non plus, mais, heureusement, il y a des ronces de tchéroquis[9] le long de la clôture, à l'arrière de la maison de mon grand-père. Je choisis quelques fleurs blanches. On va les poser autour du corps pour cacher l'odeur. Je ne rencontre personne, coupant les tiges avec mon couteau de poche.

Quand je suis de retour chez nous, il y a un inconnu sur la galerie, un grand Américain, arrivé en sulky à deux places tiré par un beau rouan gris. C'est le coroner venu inspecter le corps. On lui ouvre la porte. Il se découvre, tenant son grand chapeau de feutre gris, la même couleur que son cheval. Il suit ma tante Sophie vers la cuisine.

On lui fait de la place autour du corps encore sur le plancher. Il parle avec un gros accent.

— Exkouzé-mwa, madame, il dit à ma mère, mais j'dwah exhaminer le cor de M. Martin. J'su Abraham Saloom, coroner de la paroisse de Vermillion.

Il se penche, se mettant à genoux pour regarder, tournant la tête de mon oncle à gauche et à droite, soulevant les bras, mes

9. Rose sauvage que les habitants plantaient pour faire une clôture. Le buisson rempli de piquants pouvait atteindre deux mètres de hauteur.

tantes posées autour comme autant de corneilles. Elles observent, retenant leur souffle, se tenant par la main. Le coroner essaye de fermer les yeux du mort, mais sans succès, les deux yeux bruns sous les épais sourcils fixent le plafond. Il demande qu'on l'aide à retourner le corps pour qu'il puisse examiner le dos et, avec beaucoup de peine, on y arrive. Le pantalon et les bottes sont enlevés. Le coroner tient un papier sur lequel se trouve le dessin d'un corps, sur lequel il fait des marques. Il soulève le drap qui couvre le corps et touche partout, passant ses mains sur la peau, y compris sur les parties intimes. Ma mère et ses sœurs tournent la tête. Sur la poitrine et le haut du ventre rond, couvert de poils noirs, il compte cinquante-deux blessures, faites par un objet pointu. Il marque sur son papier : « Cause de la mort : saignement, apoplexie causée par un coup au cœur. »

À la brunante, la cour est pleine de chars, de chevaux et de wagons, la maison est remplie d'un bourdonnement continu. Elle flotte dans les airs, portée par les anges. La table de la cuisine est couverte de plats et le plancher de la galerie courbe sous le poids des hommes qui s'y agglutinent. Ils parlent fort, se passant entre eux une fiole, les fous rires perçant l'humidité de la tombée du soir.

Dehors sur la galerie, la mort a fini par imposer son silence sur les hommes, leurs blagues et leurs histoires s'évaporant dans l'air du soir. Ils se regardent, les yeux vides, comme un troupeau de bêtes à cornes emmené à l'enclos. Dans le salon, de l'autre côté du mur, le corps de mon oncle est placé dans son cercueil étroit, couché sur la plus belle courtepointe de ma mère, blanche avec des rayures bleues, un chapelet entrelacé entre ses doigts, mes roses sauvages posées sur lui. Il a un œil fermé, mais l'autre, le gauche, reste ouvert, malgré tous les efforts de mes tantes. On a mis de l'amidon sur sa paupière, et même de la colle à bois, mais sans succès. Martin voulait rencontrer son Dieu avec un clin d'œil.

Le père Fournet arrive seul dans son cabriolet tiré par son vieux mulet chétif. Le prêtre est canadien et, depuis que je peux me souvenir, curé de la paroisse Saints-Pierre-et-Paul. Un petit homme, avec des petits yeux, chauve avec une couronne de cheveux blancs autour de son crâne, qui brille dès qu'il y a un peu de clarté. Il porte une soutane usée aux ourlets, tachée des repas qu'il prend seul dans la cabane qui sert de presbytère.

Les hommes sur la galerie lui font un chemin, rangeant leurs fioles, enlevant leurs chapeaux. Il entre dans la maison à pas furtifs. On dirait une souris noire. Ma mère l'accueille.

— Mon père, elle dit, merci d'être venu. Est-ce que je peux vous offrir à manger ?

— Toutes mes condoléances, madame Boudreaux, à vous et à toute votre famille. Sachez que Martin repose dans les bras de son Seigneur.

Le père Fournet n'est pas certain de la véracité de ce qu'il dit, Martin étant un de ceux qu'il ne voyait pas très souvent à l'église, voire jamais, mais après avoir enterré la moitié de la paroisse dans le cimetière à côté de la petite église en bois, il a créé un répertoire d'usages et connaît les mots justes pour réconforter. Ce qu'il aime surtout des veillées, c'est le manger. Il y a toujours plein de plats et c'est toujours mieux que ce que lui prépare Anna Belle, sa vieille cuisinière créole. Elle est édentée, presque aveugle, et a perdu le goût depuis des années, ce qui fait que sa cuisine est toujours trop salée.

Il entre dans le salon et avance vers le cercueil, faisant le signe de la croix sur le corps. Une petite prière et il part vers la cuisine, où on lui sert une belle assiette, lui donnant la place de choix à la table. Une fois son repas fini, il se lève, repu, traçant son chemin dans le salon maintenant rempli de monde. Dégainant son chapelet, il se met devant le cercueil, à genoux sur le prie-Dieu qui se trouve habituellement dans la chambre de mes parents, en dessous du crucifix sur lequel on a attaché les rameaux de Pâques de l'an passé. L'accoudoir et la genouillère sont recouverts d'un tissu tapissé violet, avec un dessin en jaune effacé par le temps. Il n'y a pas assez de chaises pour tout le monde. Les hommes se tiennent à la porte et sur la galerie, les enfants debout dans la pièce. Ma mère et ses sœurs s'agenouillent sur le plancher nu noirci par le temps, mon oncle Siméon, leur frère, à côté d'elles.

Pendant que le monde s'installe, Drozin arrive à la porte, les regards se tournant vers lui, comme aspirés par un vide. Il est accompagné de Caro Raggio et de deux Français. Ma mère se lève comme une flèche, coupant à travers la foule.

Regardant les Français, elle dit à son beau-père :

— Ce n'est que pour la famille, on n'a pas assez de place pour les étrangers.

Drozin regarde sa belle-fille sans dire mot et, pour un instant, les deux regards s'entrelacent comme deux buses faisant la guerre, agrippées, les serres tressées ensemble, tombant du haut du ciel, lâchant prise seulement à quelques pieds du sol, juste avant de s'écraser.

Tous observent mon grand-père. L'étincelle de ses yeux scintille comme les braises de la forge à Pierre Sonnier.

Les yeux fixés sur ma mère, Drozin appelle mon père et retourne sur la galerie.

— Alexandre, il dit, contrôle ta femme.

— Quoi c'est tu veux que je fais ? il répond.

Du salon, on entend Mansfield hennir et les coups de ses sabots qui s'éloignent. Mon grand-père est parti, traînant avec lui son valet italien et les deux Français.

— Au nom du Père et du Fils et du Saint-Esprit, entonne le prêtre.

Je fais les réponses aux prières, endormi par le rythme lancinant du chapelet, l'odeur trop sucrée des roses me donnant envie de vomir.

3

Marie Agélas est connue partout au pays. Je me souviens d'elle. Quand j'avais huit ou neuf ans, j'avais attrapé un coup de soleil. Accablé, avec un mal de tête qui m'empêchait même de m'asseoir, on m'a emmené chez elle. Elle m'a aspergé avec une huile et a prié sur moi, ses mains posées sur ma tête. Ses mains étaient fraîches et la chaleur brûlante était sortie de mon corps pour entrer en elle. J'avais passé les jours suivants endormi, me levant enfin comme s'il n'y avait rien eu.

Elle est guérisseuse réputée. Sa famille de mulâtres était parmi les plus riches du pays d'avant-guerre. On raconte que son grand-père, un homme de couleur libre, a découvert un trésor espagnol enterré en fouillant un puits. Avec sa fortune, il s'est fourni en esclaves, sa plantation, comme celle de Drozin, plantée en patates douces. Mais avec la guerre, il a été ruiné et, depuis, sa famille est confondue avec ses anciens esclaves, leur peau cuivrée ne leur garantissant pas de statut particulier.

Un jour, en après-midi, elle arrive chez nous seule dans son cabriolet tiré par un cheval blanc à la crinière jaune. Le pauvre cheval a un œil de la même couleur jaune, recouvert d'une membrane à travers laquelle il ne voit guère, aveuglé par la fièvre. La muserolle passe en dessous du menton, et le mors pend dans le vide. Je ne comprends pas comment elle peut le guider, bien que le frontail soit bien placé. Le siège du cabriolet est usé, le cuir noir, déchiré et le rembourrage sort par les trous.

Elle est habillée d'une jupe flambant rose, un tignon multicolore posé sur sa tête. On ne peut pas dire son âge. La vie lui a été généreuse. En fait, elle est assez âgée, mais semble bien plus jeune. Elle aurait pu passer pour une Blanche, une Espagnole ou une Juive, si ce n'était ses habits extravagants et colorés.

En même temps arrive mon oncle Siméon, accompagné de ses sœurs. Ils entrent tous dans la maison en silence, un cortège réservé, taciturne, accueilli par ma mère qui les attendait. C'est le samedi après l'enterrement.

Mon père travaillait avec mes deux frères et moi dans les champs, et il part vers la maison, curieux de voir ce qui se passe. Dans le salon, les cinq sont assis autour de la table carrée aux pattes pliantes qu'on sort pour jouer aux cartes le dimanche : Philomène, Siméon, Sophie, Marthe et Marie Agélas, ses couleurs vives brillant même dans la pénombre. Les fenêtres sont fermées et, bien que le jour soit encore levé, il fait noir dans la pièce, au point que mon père ne voit rien en y entrant, sauf les silhouettes. Il est mal à l'aise, trempé de sueur, sentant fort, les bottes pleines de terre. On le regarde sans rien dire.

Enfin, une fois ses yeux ajustés, il perçoit la tête de Marie Agélas.

— Philomène, il dit à ma mère, viens me parler s'il vous plaît.

Normalement, il l'aurait appelée par son petit nom, Minouche, mais il est déstabilisé, et, avec une étrangère dans la maison, il sent le besoin d'être plus formel.

— Je ne veux pas de cette négresse dans ma maison, il dit en chuchotant, la voix ferme, ses yeux noirs de colère.

— Gautche, elle répond, ce n'est pas de tes affaires.

Et elle lui tourne le dos et rentre dans la maison. Il reste quelques secondes sans bouger, regardant le dos de sa femme, et ensuite la porte-moustiquaire qui se ferme avec un bruit tranchant. Les cigales commencent à chanter dans le chêne.

À l'intérieur, Philomène rejoint la table. Elle sort de la poche de son tablier une mèche de cheveux qu'elle a coupée de la tête de Martin et qu'elle place sur la table. Devant Marie Agélas est une planchette, avec l'alphabet en éventail et, en dessous, les chiffres d'un à neuf. Sur la planchette est placée une pointe de flèche.

— La vérité est simple, commence Marie Agélas, les esprits communiquent avec nous. On ne peut pas m'empêcher de voir et d'entendre les habitants du monde des esprits. Je les vois et je les entends.

Tous autour de la table se tiennent par la main. Ils scrutent la femme. Son visage est calme, sa voix douce.

— Le paradis et l'enfer sont formés de sept sphères concentriques habitées par les esprits plus avancés et qui illuminent la vie sur terre. Ils nous offrent l'édification morale et spirituelle. Il faut les écouter. Minouche, elle continue, qui est-ce que tu cherches à rejoindre ?

— Je veux rejoindre mon frère Martin.

— Appelle-le, il va t'entendre.

Philomène regarde autour de la table. Tous les yeux sont sur elle.

— Martin, elle dit, Martin, est-ce que tu m'entends ?

Le silence est lourd, le temps figé.

— Martin, répète Philomène.

Elle tient la mèche de cheveux.

Le silence dure et perdure. On n'entend rien, sauf la respiration des cinq.

— Martin, frère de Philomène, on t'appelle, dit Marie Agélas. On te vient en amour. On te veut du bien. On souhaite communiquer avec toi.

Encore le silence, interrompu seulement par le pied de Siméon qui frotte le plancher et le bruit de sa chaise pendant qu'il se tourne.

Soudainement, on frappe. Le plancher craque. On cogne.

Sophie pousse un cri. La main gauche de Marie Agélas est secouée de spasmes. Sa main s'agite comme un poisson sorti de l'eau, tapant sur la table d'une façon de plus en plus turbulente. Elle parle.

— Martin, elle dit. Si c'est toi, donne-moi un signe.

Sa voix est devenue grave, étrange, comme si elle parlait à travers une membrane visqueuse.

On cogne de nouveau. Sophie pousse un autre cri, cette fois encore plus fort. Elle se met à trembler.

— Je suis Martin, dit Marie Agélas.

Sa voix ne se ressemble plus.

— Martin, elle dit, est-ce qu'on peut te poser des questions ?

C'est elle qui parle et elle qui répond, mais, chaque fois, la voix est différente, tantôt c'est elle, tantôt c'est l'esprit de Martin qui passe par sa bouche. Sa main est encore très agitée. Sophie grogne et se met à pleurer, essayant de retenir ses sanglots. Elle se met à hurler et glisse de sa chaise. Siméon l'attrape juste avant qu'elle touche le plancher. Soigneusement, il l'allonge sur le sol.

— Martin, appelle Marie Agélas. Minouche veut te poser une question.

— Martin, dit Philomène.

Elle fait une pause, puis continue.

— Comment tu es ? Est-ce que tu es bien ? Est-ce que tu souffres ?

Marie Agélas grogne, ses yeux roulent dans sa tête et sa main frappe la table.

— Martin, dit Philomène. Qui est-ce qui t'a fait ça ?

Sa voix est cassée, rauque.

Tout à coup, la pointe de flèche posée sur la planchette commence à bouger. Marie Agélas frappe la table avec de plus en plus de violence. Est-ce que le mouvement de la pointe est dû aux convulsions de sa main ?

La pointe indique une suite de lettres, s'arrêtant sur l'une d'entre elles, avant d'indiquer la prochaine. F, et juste en dessous, R. La pointe vacille vers la gauche, arrêtant sur le premier caractère, A, ensuite en dessous, sur le N. Elle monte et s'arrête sur la lettre C et, enfin, avec un saut violent vers la droite, sur le E. La pointe descend, passant par-dessus le chiffre 2, pour finir au bas de la planchette, là où c'est écrit : *Goodbye*.

Aussi soudainement que ça a commencé, la main de Marie Agélas arrête de se tourmenter. Elle lâche un grand soupir et sa tête tombe sur sa poitrine. Personne ne bouge, attendant qu'elle dise quelque chose. Doucement, elle relève la tête, ses yeux bruns passant d'un visage à l'autre. Elle essuie un filet de salive sur son menton.

— Il est parti, elle dit enfin.

Le dimanche suivant, en revenant de la messe, plutôt que d'arrêter chez nous, ma mère m'oblige à l'accompagner pour rendre visite à Drozin. Mon grand-père n'assiste pas souvent à la messe : Noël, Pâques et, de temps en temps, quand l'envie lui prend. Il dit que le bon Dieu n'a pas besoin de le voir aussi souvent pour savoir qu'il est croyant. Drozin paie bien sa dîme, ce qui le garde dans le bon vouloir de Dieu, selon lui. Mon père en prend exemple. Par contre, il est moins scrupuleux à payer sa part que Drozin. Il dit que ses six enfants passent avant Dieu, et que Dieu peut bien s'occuper de lui-même.

On devait partir vers six heures du matin pour l'église, le voyage prenant une bonne heure. En hiver, c'est pénible de partir dans le noir et souvent dans la pluie, avec le vent du nord qui nous siffle dessus. Mais Philomène est croyante et pratiquante et veut nous élever dans la foi. Elle accorde une certaine latitude à son mari et à son beau-père, tant qu'ils s'engagent à s'occuper de la première communion des enfants. Ce jour-là, le voyage à l'église est agréable sous un ciel bleu, un front froid ayant passé dans la nuit, laissant derrière lui un beau temps sec.

En arrivant chez nous, on dépose mes frères et sœurs, Marie, l'aînée des filles, Michel et Horace, Mathilde et le bébé Georges. Mon père s'occupe du repas du dimanche et, souvent, Drozin et Caro nous rejoignent. Ce dimanche-là, Philomène sait que Drozin ne va pas venir, et elle a besoin de lui parler. Je suis surpris quand elle me dit :

— André, reste dans le wagon, on va chez Drozin.

Mon père arrive de la maison, prend Georges dans ses bras. Philomène ne lui dit rien. Elle ne veut pas s'obstiner, surtout qu'elle sait qu'il ne va pas être d'accord et que la visite aller-retour chez Drozin va retarder le dîner.

— Gautche, elle crie par-dessus son épaule, nourris les enfants, on sera pas bien longtemps.

Mon père nous regarde partir, tenant le bébé dans ses bras. Sur son visage, une expression indéchiffrable.

Le voyage se passe en silence. Je ne veux pas trop pousser les mulets, car j'ai remarqué une plaie ouverte sur l'épaule gauche d'Augustin. À force d'essayer de s'éloigner d'Hercule, il a fini par frotter le harnais et s'écorcher le garrot. Il faudra que je lui mette de la pommade au retour.

On arrive devant chez Drozin, et ma mère glisse de la plate-forme en m'ordonnant de rester là.

— Je ne serai pas longtemps, elle dit.

Elle grimpe les marches et cogne légèrement à la porte. Je reste sur le wagon en plein soleil. Je vois mal dans la pénombre de la galerie. Mon grand-père arrive à la porte et ouvre l'écran. Je sens sa surprise et je l'entends aussi.

— Minouche, il dit, mais quoi y a ? Est-ce qu'il y a du mal ? Est-ce que quelqu'un s'est fait mal ? Entre, entre.

Il parle avec un ton de voix qu'il réserve pour les femmes et les chevaux.

— Non, Drozin, je dois retourner vite, mais je voulais te parler entre nous.

Je vois Caro Raggio derrière le Colonel, sa tête chauve à peine visible dans la noirceur du salon. Drozin sort lentement de la maison, une serviette de table dans sa main. Il est pieds nus, ses pieds blancs rendant la situation encore plus incongrue. Il regarde Philomène fixement. Elle a l'air toute petite. Je n'avais jamais remarqué la différence de taille entre les deux, mais la tête de ma mère arrive à peine à l'épaule de son beau-père.

— Dis-moi, Minouche, dis.

Philomène hésite. Elle me regarde, et regarde au loin vers l'est et les champs vides.

— C'est les Français, elle dit enfin. C'est les Français qui ont tué Martin.

Drozin ne sait que répondre. Il a envie de rire, non pas parce qu'il trouve ça drôle, mais parce qu'il est nerveux. Philomène le fixe, leurs yeux tressés dans une danse maladroite.

— Mais comment tu sais ça ? il demande.

— C'est pas important, elle répond, je le sais.

— Mais voyons, Philomène, tu peux pas juste accuser du monde comme ça.

— Drozin, elle réplique, je ne peux pas te dire plus, mais je le sais aussi bien que je sais que le soleil se lèvera demain matin. Il faudra que tu fais quelque chose. Il faut les arrêter. Crois-moi, Drozin, c'est eux qui ont tué Martin.

Philomène descend de la galerie et monte dans le wagon. Mon grand-père reste figé. Il ne dit rien, nous regardant partir.

Quand on arrive chez nous, toute la famille est à table dans la cuisine. Je me dirige vers la grange. En dételant les mulets, je prends soin de mettre un peu de pommade sur la peau blessée d'Augustin. Il me regarde avec ses grands yeux bruns pendant qu'Hercule se met à braire. Augustin quitte la grange, rejoignant l'enclos avec un pas de seigneur.

En entrant dans la maison, je trouve tout le monde à table, sauf ma mère. Elle s'est couchée en disant qu'elle a pris un mal de tête. En passant devant sa chambre, je l'entends pleurer, ses sanglots étouffés.

On n'a pas l'habitude de voir le Colonel se rendre au presbytère. Il fait partie du comité des marguilliers et son soutien financier à l'église est parmi les plus considérables. Il ne paie pas de sa présence, mais de sa poche. Il arrive devant la porte du prêtre en début de soirée, conduit dans son cabriolet par son valet, qui y reste. Le père Fournet arrive à la porte, chapelet à la main.

— Excusez-moi, mon père, je ne voulais pas interrompre vos prières.

— Ça ne fait rien, monsieur Boudreaux, il répond, je prie Dieu bien trop souvent. Que puis-je faire pour vous ?

Il ouvre et Drozin entre, tenant son chapeau.

— Je ne veux pas vous importuner, dit Drozin, et je ne vais pas rester longtemps.

Le prêtre l'invite à s'asseoir. La maison est très modeste. Il n'y a que deux pièces, une qui sert de salon pour les visiteurs et la chambre. La cuisine est détachée, une petite pièce reliée à la maison par une passerelle, avec un four en fonte où la cuisinière prépare les repas. Il y a quatre chaises et une petite table dans le salon et, suspendues aux murs, deux images : le Sacré-Cœur et la Vierge Marie. Une armoire au fond, à gauche de la porte arrière, contient les habits du prêtre.

Le père Fournet allume la lampe au kérosène et la petite flamme fait danser les ombres des deux hommes sur le mur. Avec le prix du fuel, ce n'est pas souvent que la lampe est allumée, et la nuit, le prêtre vit comme un aveugle, sachant l'emplacement du peu de meubles.

— Mon père, commence Drozin, il y a un problème avec ma bru. Je ne sais pas quoi penser, mais elle s'est mise en cohorte avec Marie Agélas et elles tentent de communiquer avec l'âme du défunt Martin.

Le prêtre écoute, ses petits yeux reflétant la lumière.

— Comment le savez-vous ? il demande.

— Mais tout le monde le sait. On peut rien cacher dans ce pays. Elles se sont mises ensemble dans la maison de mon garçon et elles communiquent avec le diable.

— Ce que vous dites est sérieux, répond le prêtre, le satanisme est une accusation très grave.

— J'connais pas si elles font du satanisme, mais je sais que ce qu'elles font n'est pas bien et ça met du tracas dans la maison. Il faut que vous faites quelque chose. Il faut lui parler.

— Monsieur Drozin, je vais faire de mon mieux. Laissez-moi y réfléchir. Croyez-moi, je vais arriver au fond de l'histoire et je parlerai avec Philomène si j'estime que c'est nécessaire.

Le prêtre étudie la figure du Colonel. Les gros sourcils et la lèvre charnue qui dépasse de la moustache, les yeux bleu-gris. Le visage est lisse, avec peu de rides, seulement autour des yeux. Un visage qui paraîtrait celui d'un homme plus jeune si ce n'était pas les moustaches blanches.

Les deux hommes se regardent dans la pénombre, la petite flamme de la lampe tremblotant.

— Merci d'avoir pris le temps, dit enfin Drozin.

— Rassurez-vous, monsieur Boudreaux, je vais faire le nécessaire pour restaurer le calme dans le cœur de Philomène. Vous savez, elle vient d'enterrer son frère assassiné de la pire des façons. C'est normal que son esprit soit agité.

Le vieux Colonel se lève, serrant la main du prêtre. Le petit Canadien n'est pas plus grand que Philomène, et Drozin le dépasse d'une tête. Arrivé à la porte, mon grand-père remet son chapeau et rejoint son cabriolet où Caro l'attend. Ils quittent la cour et disparaissent dans la brunante. Le prêtre les regarde partir et retourne dans la maison. Il prend sa tête entre ses mains et frotte ses yeux, passant ses mains ouvertes sur son crâne rasé.

Une fois par mois, ma mère nous traîne à l'église pour nous confesser. Ma sœur Marie et moi avons fait notre première communion. J'attelle les mulets et on part tous les trois après le repas de midi. On n'y va pas tous les mois, mais quand l'occasion se présente, ce qui est trop souvent à mon goût. En automne, le wagon est utilisé pour apporter le coton au moulin, quel que soit le jour. En été comme en hiver, le temps est parfois trop mauvais. Mais ma mère nous oblige à nous confesser dès que le temps et le commerce le permettent.

Je déteste aller me confesser. J'ai commencé à me toucher. C'est la vraie raison pour laquelle je me suis réfugié dans la salle à harnais. Là, je peux m'amuser sans mes frères pour m'en empêcher. J'ai découvert que la petite corde peut servir à autre chose que pisser. C'est arrivé une nuit. Je rêvais d'un ange, d'une femme noire qui descendait sur moi avec des ailes blanches avec lesquelles elle m'entourait, me serrant autour de la taille, la chaleur descendant entre mes cuisses. Je me suis réveillé trempé. Par la suite, j'ai aussi découvert que je pouvais provoquer le geyser, mais la nuit, avec mes frères couchés à côté, c'était difficile de cacher ma respiration. Ça fait que j'ai déménagé dans la grange, me faisant une tanière parmi l'attèlement, les brides et les selles. C'est assez confortable et j'aime l'odeur du cuir.

Mes parents ne m'ont jamais questionné, mais ils ont accepté que je m'éloigne de la maison. Ma situation est devenue normale sans que j'aie à subir trop de questions. Tant que je me garde propre, que je ne sens pas trop fort et que je fais mon travail, ce n'est pas un problème. Mes frères se demandent comment j'ai eu le droit de m'installer dans la grange. Des fois, je couche dans la maison sur la palette à côté d'eux, mais le plus souvent dans la grange. Mes frères sont jaloux, mais ils n'ont rien à dire.

Pour la confession, c'est une autre affaire. Je sais que ce que je fais est un péché. Je le sais par instinct, sans besoin d'instruction. Ma mère nous montre la religion. Elle nous apprend nos prières et on fait le chapelet en famille, quand il n'y a pas trop d'ouvrage à faire et qu'on n'est pas trop épuisés. Autrement, il y a les dix commandements qui se trouvent écrits à l'intérieur de la Bible que ma mère garde près de son lit, bien que ni elle ni mon père ne sachent lire. Dans la liste des dix commandements, il n'y a pas d'interdiction de se toucher. Mais je sais que c'est un péché parce que j'ai honte. Et c'est pour ça que je ne veux pas me confesser.

Chaque fois que j'entre dans le confessionnal, regardant le visage blanc du prêtre à travers le grillage, je suis pris de terreur. Je sais que je fais un autre péché en mentant au prêtre. Je me suis réconcilié en me disant que c'était un péché véniel, mais ça me trouble quand même. En faisant la liste de mes péchés, je glisse les pensées impures entre les petites menteries et la désobéissance. Ce qui est suffisant pour ne pas reconnaître le vrai péché, le laissant caché au fond de mon cœur, mais assez évident pour admettre mon tort.

Le prêtre, son haleine sentant toujours l'ail et sa voix douce comme le bruissement d'un serpent, me demande chaque fois :

— Est-ce que c'est tout ?

Je réponds oui. Il s'est établi entre nous un code qui me permet de me confesser sans nommer le péché et de me faire absoudre. Je déteste ça. Je suis convaincu que je vais passer par le purgatoire ou même brûler en enfer pour avoir essayé de dissimuler mon péché devant Dieu. Le prêtre sait ou ne sait peut-être pas ce qui se passe vraiment, mais Dieu sait tout. Je suis toujours anxieux chaque fois qu'on part se confesser, sachant que cette tache ne va pas être lavée de mon âme et que je vais encore me lancer dans ce mensonge qui me trouble de plus en plus. Mieux vaut faire comme mon père ou Drozin et ne se confesser qu'une fois l'an, avant Pâques. Je rêve du jour où je vais pouvoir le faire.

Je me demande si Marie se touche. Et si elle peut se confesser. Et à quoi elle pense en se touchant. Elle a seize ans.

À croire que ma mère aime se confesser, vu la fidélité avec laquelle elle s'y prête. À mon grand étonnement, quelques semaines après l'enterrement de son frère Martin, elle cesse de nous emmener à l'église, juste avant que la merde prenne dans le village.

Dans l'obscurité du confessionnal, les mains posées sur le bord en bois usé par la sueur des milliers de mains qui s'y sont posées, elle entend la petite porte s'ouvrir et voit le visage ombré du père Fournet.

Elle n'a pas le temps de dire une parole.

— Madame Boudreaux, il commence. Il faudra que vous arrêtiez d'appeler les esprits. Vous commettez un péché sérieux.

Philomène le regarde à travers le grillage, silencieuse, sa bouche fine serrée, ses lèvres presque blanches, son souffle irrité.

— Mon père, elle répond, ce n'est pas un péché de vouloir communiquer avec l'esprit des défunts et la communion des Saints. Je veux apporter du soulagement à mon frère. C'est tout.

Elle chuchote, mais a l'impression de crier. Sa voix est devenue blanche comme un bâton de fer dans la forge de Pierre Sonnier.

— Non, ma chère madame, c'est un péché mortel que vous commettez. Ce n'est qu'à Dieu de communiquer avec nous et par les Saints. C'est à Lui, dans sa miséricorde, de nous donner les signes. Nous transgressons sa commisération et son indulgence en trafiquant avec les âmes des défunts.

Il fait une pause, regardant dans les yeux de Philomène, des yeux devenus durs, gris clair, les yeux d'un animal blessé.

— Deux chapelets et quatre Notre Père, dit le prêtre.

Il claque la petite porte bruyamment, le son résonnant dans la petite église contre les murs de pin pas encore noircis par le temps.

Philomène sort du confessionnal, le visage pâle. Marie et moi attendons dans le dernier banc, là où les Créoles s'assoient pour la messe. Je fais semblant de prier en comptant les poutres. L'intérieur de l'église a deux rangées de bancs avec une allée au milieu. Au fond, l'autel veille silencieusement, habillé d'une nappe blanche, une croix en bois suspendue par-dessus. Sur les deux bords, il y a encore deux autres autels, chacun pas plus grand qu'une table. À gauche, il y a posée une statue de la Sainte Vierge et, à droite, une de saint Joseph, toutes deux récemment offertes par Alcide Debaillon, et encore à l'apparence toute neuve. La Sainte Vierge joint ses mains en prière et regarde vers le ciel. Saint Joseph tient le petit Jésus dans son bras gauche et une branche de lys dans l'autre.

Il y a quelques femmes du village qui attendent leur tour de se confesser. L'église est sombre, il n'y a pas encore de vitres aux fenêtres et les volets sont à moitié fermés. Des bougies brûlent au pied de la statue de la Vierge, des petits points de lumière se tortillant dans les ténèbres.

On prend le chemin du retour en silence. Le rituel de la confession est toujours suivi par le secret, chacun étant perdu dans ses pensées. En arrivant chez nous, je vois plusieurs embarcations et je reconnais le cabriolet misérable de Marie Agélas et son maigre cheval blanc. Le mors traîne encore sous le menton.

Il y a une nouvelle séance dans la maison. Mon père reste dans la grange, sachant que ce n'est pas la peine de s'approcher. Mon oncle Siméon est venu, mais mes tantes sont absentes. Accablées par la première séance, elles ne peuvent pas se soumettre à l'épreuve, surtout la pauvre Sophie, qui ne s'en est pas remise et qui a pleuré pendant des jours.

La séance se déroule de la même façon. On ferme les fenêtres, tous les trois s'assoient autour de la petite table, se tenant par la main. Mais cette fois-ci, Martin n'apparaît pas. Marie Agélas a beau essayer, le priant, lui chuchotant, mais il ne se passe rien. Les yeux fermés, elle tangue sur sa chaise, des perles de sueur sur son front au ras de son tignon rose faisant des petits éclats de lumière sur sa peau cuivrée.

Elle essaye pendant un grand bout de temps.

— Martin, elle chante, de sa voix monotone. Martin, reviens nous voir. Martin, on t'aime. On veut t'aider. Viens nous rencontrer. Donne-nous un signe.

Elle se répète plusieurs fois. Finalement, elle se tourne vers ma mère, lui lâchant la main. Il n'y a eu aucun coup, aucun bruit.

— Il est fâché, elle dit enfin. Il ne viendra pas.

4

Je suis devenu le maître de la chute. À force de tomber de la selle, j'ai fini par créer un style. D'abord, j'ai appris à ne pas enfoncer les pieds dans les étriers. Il est même mieux de ne pas les utiliser, mais de serrer les flancs avec ses jambes, en tenant les ganaches avec les mains, accroupi sur l'encolure. Comme ça, si on tombe au grand galop, on aura les pieds libres. La pire des choses est de se faire traîner par un cheval enragé, les pieds pris.

Je suis tombé par-dessus la tête, je suis tombé vers l'arrière, je suis tombé sur les côtés, tomber à gauche étant le plus naturel. Chaque fois, il y avait un délicieux moment de liberté, une fissure par laquelle je voyais les mystères de l'univers. Ce moment était de courte durée, mais j'ai appris, à force de le vivre, à l'apprivoiser comme on apprivoise un poulain. Il faut commencer par le licol et faire savoir à la bête qu'on est de la même tribu et que le cavalier est son allié, lui donner confiance. Pour ensuite passer la bride et enfoncer le mors, toujours avec un peu de miel pour que le souvenir doux soit toujours attaché à cette pièce de métal destinée à faire mal. On finit par la selle, la sangle étant l'étape la plus difficile, car ça représente la capitulation. Il n'y a que les chevaux fous qui acceptent la sangle facilement. Ceux-là vont garder l'envie des représailles comme un cancer, et, au moment le plus inattendu, vont ruer avec une vengeance mijotée à la hargne. Mieux vaut un cheval qui rejette la selle, car celui-là, une fois qu'il l'accepte, c'est fini.

Pour connaître le cœur d'un cheval, il faut regarder ses oreilles. Pointées vers l'avant, il est curieux. Pointées vers l'arrière, soit il a peur, soit il se laisse porter par le sentiment. Quand les oreilles sont aplaties, le cheval est prêt à mordre. Quand elles tombent d'une façon nonchalante, il est tranquille. C'est ce qu'on préfère voir en l'approchant.

Pour ce qui est de la chute, j'ai appris à apprivoiser la fissure comme le poulain, étape par étape. Il y a d'abord un moment de grande liberté et si on sait glisser entre les couches de la réalité, si on arrive à ne pas avoir peur, mais à s'abandonner, on ne se fera jamais mal. C'est en résistant qu'on se blesse. Ça m'a pris plusieurs chutes avant de perfectionner mon style et de comprendre comment ça se passe.

Chaque fois, après que le choc d'avoir frappé la terre s'estompe, il y a comme une naissance, une renaissance, une reconstruction des pièces cassées de la vie. Et elle n'est jamais reconstruite de la même façon. On n'est jamais pareil après une chute, ni le monde.

C'est la même chose pour ma mère. Une semaine après qu'on s'est confessés, on est allés à la messe. On occupait le deuxième banc sur la gauche, comme d'habitude. Il y avait ma mère assise au bord de l'allée, le bébé Georges sur ses genoux, Marie, Mathilde, Horace, Michel et enfin moi, assis tout au bout. Le plan ne changeait jamais. On n'était pas toujours bien habillés, surtout les plus jeunes, qui héritaient des habits de Marie et de moi-même, mais on était toujours propres. Je m'amusais à me demander ce que le prêtre ferait si je me levais avec un pistolet pour lui demander s'il était prêt à mourir pour Jésus. Ce n'était pas sérieux, mais c'était une façon de rendre notre relation plus équilibrée, étant donné la terreur qu'il m'inspirait lors de la confession.

Il y a déjà eu des armes à feu dans l'église. Après sa construction, pendant la toute première messe, deux cavaliers y sont entrés. Ils portaient des masques de jute coupés grossièrement dans des sacs à patates. Tout le monde savait que c'était Will

Knight, qu'on appelait Bébé, et Charlie Jenkins. Ils auraient dû comprendre qu'ils seraient reconnus par leurs chevaux, masqués ou pas masqués, mais tout le monde savait qu'ils étaient des innocents. Ils ont tiré quelques coups de feu et sont repartis. Ils voulaient protester contre le fait que les Noirs étaient admis à l'église. Les derniers bancs leur étaient réservés, ce qui ne leur donnait pas assez de place, et donc la plupart d'entre eux se tenaient debout. Mais le père Fournet insistait pour dire que tous les croyants étaient les bienvenus. Après plusieurs années, les Créoles ont réussi à trouver les moyens pour se bâtir une chapelle et ils ont arrêté d'assister à la messe à l'église Saints-Pierre-et-Paul, qui est devenue celle des Blancs. Ce qui faisait l'affaire de tout le monde, sauf le père Fournet, qui devait faire deux messes le dimanche dans deux églises.

Le dimanche après l'épisode des cavaliers, mon oncle Thomas est venu à la messe armé d'un fusil. Il s'est tenu debout pendant toute la messe, attendant que les fatras[10] reviennent. Mais ils n'ont plus jamais remis les pieds dans l'église. Bien que tout le monde savait que c'était eux, on n'a jamais rien fait pour les punir, sachant que la vague de colère qui leur avait fourni l'audace d'agir s'était évanouie. Ils vivaient tous les deux dans le bois de la Coulée Mine et s'occupaient à fabriquer du whisky de maïs dans un alambic qu'ils avaient hérité du père de Bébé. Ils en vendaient pour se faire de l'argent, en plus des petits travaux qu'ils effectuaient au village. On ne les voyait pas souvent et c'était tant mieux on disait, mais parfois, comme ce dimanche matin, portés par un élan rendu irrésistible par l'ivresse et par l'ignorance, ils entraient au village pour causer du tracas.

Thomas est revenu à la messe durant plusieurs semaines armé de son fusil au baril double, mais, finalement, il s'en est fatigué et n'est pas revenu non plus. On a fini par oublier l'histoire.

Mais ce dimanche, l'église est devenue la scène d'une autre histoire qui allait troubler le village bien plus longtemps encore

---

10. Vauriens.

et avec bien plus de répercussions. J'ai assisté à l'événement et le souvenir est brûlé dans mon imaginaire au fer ardent. Au moment de la communion, on s'est approchés comme c'était notre habitude, ma mère et Marie sortant à droite et moi à gauche, les seuls dans la famille à communier. On s'est agenouillés à la balustrade, Marie entre moi et Philomène. Le père Fournet est descendu de l'autel le long de la balustrade accompagné de l'enfant de chœur, un petit garçon chétif aux cheveux coupés très court et au nez qui coulait toujours. Il s'essuyait sur la manche de sa chasuble devenue jaune. C'était l'un des garçons de Davis Arceneaux. Il y avait quatorze enfants dans la famille, et on espérait faire un prêtre avec celui-là, pour ne pas avoir à le nourrir. Il tenait une soucoupe dorée pour protéger l'hostie, si jamais par mégarde le père Fournet en échappait une ou si quelqu'un avait la maladresse de la cracher. Je pensais bien que si on essayait d'avaler l'hostie en situation de péché mortel, elle allait brûler la bouche. Mais cette fois-là, il s'est passé quelque chose d'aussi singulier.

Avec ma sœur et moi, le prêtre a fait comme d'habitude, nous disant « Le corps du Christ », annonce à laquelle il fallait répondre « Amen ». Tout s'est passé comme chaque fois, sauf que le père Fournet ne s'est pas arrêté devant Philomène, comme si elle n'existait pas. Je sentais la chute. Je passais par-dessus la tête du cheval. C'était le cheval du diable. J'observais le temps se figer et je nageais dans les airs, à travers ce brouillard dans lequel j'étais plongé depuis la mort de Martin, volant comme une poule maladroite jusqu'à ce que je frappe la terre. Quand je suis revenu à moi-même, j'étais à la balustrade, regardant le prêtre retourner vers l'autel, suivi de l'enfant de chœur aux pas glissants. J'ai fait le signe de la croix.

Philomène m'a saisi la main, me chuchotant : « Va chercher le wagon. »

Elle a pris Georges dans ses bras, regardant Mathilde et mes deux frères.

— Allons, elle a dit.

Sa voix était nerveuse, pas forte, mais menaçante comme la langue d'un serpent counja[11] avant qu'il frappe.

On est sortis, Philomène tenant toujours Georges dans ses bras. J'ai pris la main de Marie dans ma main gauche et celle de Mathilde de l'autre côté. Je ne sais pas pourquoi je l'ai fait, mais ça me semblait la chose à faire. En arrivant devant la fontaine d'eau bénite, ma mère a transféré Georges à sa gauche pour pouvoir faire le signe de la croix. Nous l'avons imitée.

Le soleil était cru et nous noyait dans sa lumière de fin de printemps. Il y avait des nuages blancs parsemés dans le ciel bleu. Le vent était du nord-ouest. À notre approche, les deux mulets se sont réveillés. Je les avais attachés au chêne vert qui se trouve à la droite de l'église en sortant. On est montés dans le wagon et on est rentrés chez nous sans dire un mot.

---

11. Mocassin d'eau, *Agkistrodon piscivorus*. Serpent très venimeux.

5

Si Drozin a des anges gardiens qui veillent sur lui, Philomène en a autant, bien qu'elle ne les reconnaisse pas. Elle les sent, mais ce sentiment est enfoui au fin fond de son quotidien. Elle ne se pose pas de questions. Elle n'a pas de signes visibles, ni de grand cheval, ni de valet, ni d'influence, ni de notoriété. Chez elle, c'est de l'instinct. Si la modernité sauve Drozin de la perdition par son chemin de fer, chez Philomène, c'est aussi la modernité qui la sauve, mais d'une façon plus douce, moins stridente.

Chacun doit trouver sa raison d'espérer. Chez Drozin, l'optimisme est devenu une habitude, comme un chapeau qu'il porte. Il ne se pose pas de questions non plus, et on ne pourrait pas dire s'il espère vraiment ou bien s'il fait semblant. C'est un devoir et, comme devoir, fragile car facile à détourner. Il s'appuie sur les apparences, sur ce qu'il peut voir. Il est contenté par le train qui traverse ses terres deux fois par jour dans les deux sens, et le village qui se fabrique comme un nid de guêpes là où auparavant il n'y avait rien que de l'herbe de la prairie. Ses chevaux, son valet, son verger, toutes ces choses tangibles le soulagent. Si la grange brûle, il peut en construire une autre, si son cheval se casse une patte, il peut en trouver un autre. Il place son espoir, sa notion de l'espoir, dans ces apparences et elles le protègent comme une digue contre l'inondation de la vie.

Philomène ne peut pas se reposer sur les apparences. Elle est mère d'une famille de six enfants. Elle est une catholique fervente. Sa conviction n'est pas qualifiable. Si son enfant meurt, elle ne peut pas le remplacer, si sa famille sombre, elle ne peut qu'essayer de la soulager, si son frère est assassiné, elle ne peut pas lui rendre la vie. Avec le meurtre de Martin, une déchirure est apparue dans l'âme de ma mère, et plus rien ne sera comme avant pour elle. Sa chute est irréconciliable avec ce qu'elle savait auparavant et sa peine, irréparable. La seule possibilité pour elle est de convertir sa souffrance en action, de la transformer par sa seule volonté en une arme qu'elle va utiliser sans comprendre la nature de son combat. Ainsi, elle devient impitoyable.

Un jour de la semaine, Philomène s'occupe du lavage quand on frappe à la porte. Mme Virginie Mouton est la grande dame de la communauté de Vermillionville. Diplômée du Northwest Louisiana Teacher's College, elle est l'une des rares femmes dans le sud de la Louisiane à posséder une licence pour enseigner. Originaire de La Nouvelle-Orléans, éduquée chez les Ursulines, elle compte parmi les quelques personnes lettrées du sud de la Louisiane, homme ou femme. Membre de l'Athénée de Louisiane, sa carrière de romancière a coupé court par une aventure romantique aussi précipitée que tourmentée. Contre la volonté de toute sa famille, elle s'est fiancée et a fini par marier l'avocat du clan Mouton de la prairie des Attakapas, Albert. Il est neveu du gouverneur Alexandre et cousin germain du général Jean-Jacques Alfred. Il répond à l'appel d'armes et part à la guerre avec l'uniforme cousu par sa vieille Créole dans lequel il va tomber à Pleasant Hill, laissant sa jeune veuve sans frusques. Par une volonté féroce et un charme désarmant, Virginie Lafrênière Mouton arrive à se sauver de la misère. Grâce à un sens des affaires aigu, un sourire séduisant et des milliers d'arpents de terre le long du bayou Vermillion, elle s'installe comme une force incontournable dans la petite société des Attakapas. Sans enfant, elle se consacre au développement de la communauté et à sa modernisation, plus particulièrement à l'enseignement général et à la santé publique, tant pour les Noirs que pour les Blancs. Son activisme est une épine de tchéroquis dans la patte de la politique Bourbon des anciens confédérés, mais son sexe la protège de toute attente. On ne sait tout simplement pas comment l'arrêter. Elle est immunisée contre les bassesses de ses ennemis grâce à son argent et à sa disposition à soutenir les candidats politiques, et elle se fait courtiser autant par les arrivistes yankees qui essayent de garder le pouvoir que par les Démocrates Bourbons[12] qui essayent de le reprendre.

Philomène est dehors, les manches roulées, les bras dans la lessive jusqu'aux coudes quand elle entend frapper. Contournant la maison, elle est surprise de voir une dame bien habillée en jupe avec tailleur et un chapeau de printemps, et protégée par un parasol de la même couleur. Devant la maison se trouve une carriole à deux places, le cuir noir luisant, avec un poney sorrel attelé. Il y a un vieux Noir en veste blanche qui attend, passant un sac d'avoine sur la tête du cheval.

Philomène est consternée. Elle lâche un grand soupir. Elle court autour de la maison, entre par la porte de la cuisine et traverse la maison hâtivement, tentant d'aplatir ses cheveux et d'arranger sa jupe, son tablier jeté de côté. Elle prend une grande inspiration et ouvre la porte-moustiquaire.

La dame la regarde avec un sourire béat.

— Vous êtes madame Boudreaux ?

— Oui, répond Philomène comme un chien errant qui ne sait pas s'il devrait approcher ou partir en courant.

— Je suis Virginie Mouton.

La dame tend sa main. Philomène ne sait pas que faire, mais finit par la prendre. La femme a la poigne ferme.

— Je ne voudrais pas abuser de votre temps, madame, mais je voudrais vous parler si vous avez une minute.

Philomène est déconcertée.

— Mais… elle bégaie, j'suis pas prête pour vous recevoir.

---

12. Parti politique en Louisiane voué à la restauration du pouvoir des anciens esclavagistes.

— Madame, je sais que vous êtes occupée, mais j'aimerais vous parler de certaines mesures hygiéniques.

Philomène ne comprend pas ce que dit la dame. Elle est foudroyée, le regard distant.

— Entrez, madame, elle répond enfin, il fait trop chaud pour rester dehors, et dites à votre valet qu'il peut s'asseoir sur la galerie.

Virginie Mouton se retourne et parle au vieux Noir.

— Achille, allez vous asseoir à l'ombre.

Virginie Mouton se déplace avec aisance. Elle entre dans le salon et enlève son chapeau, retirant l'épingle qu'elle remet soigneusement dans le ruban. Le chapeau, comme sa robe, est d'un beige clair. Elle plie le parasol et le pose contre l'encadrement de la porte. Le contraste entre cette dame sophistiquée et l'habitante qu'est Philomène ne peut être plus grand. Philomène est mal à l'aise. Elle tente d'arranger ses cheveux et descend les manches de sa blouse, encore trempées. Il y a peu de meubles dans la pièce, deux chaises au siège en cuir et une causeuse à l'encadrement de bois sculpté avec une corne d'abondance, le tissu rouge bordeaux des accoudoirs usé, qu'on a héritée de Drozin. Philomène indique la causeuse pour que Virginie s'assoie et tire une chaise pour s'approcher d'elle. Marie et Mathilde sont envoyées à la cuisine faire du café et on entend le bruit du moulin qui remplit le silence lourd.

— Madame Boudreaux, commence Virginie, je suis venue de la part du comité sanitaire de Vermillion pour vous mettre au courant de plusieurs actions que vous pouvez prendre dans votre foyer et qui auront des effets positifs sur la santé de votre famille.

Philomène la regarde sans dire un mot.

— Voici une liste de choses que vous pouvez faire, elle dit, en tendant une feuille imprimée.

Philomène se raidit, son menton se crispe et ses yeux se remplissent de larmes qu'elle tente de retenir pour cacher son émotion. Virginie comprend que Philomène ne peut pas lire et qu'elle est gênée. Elle essaye de la consoler.

— Madame Boudreaux, elle dit, il n'y a pas de mal à ne pas lire. Je peux tout vous expliquer. Soyez à l'aise. Vous n'êtes pas seule.

— C'est pas ça, répond Philomène, c'est pas ça. C'est que je sais que vous êtes envoyée par mon frère. Je ne sais pas comment, mais je le sais.

— Madame Boudreaux... elle s'arrête.

Philomène se met à pleurer franchement, les larmes coulant sur ses joues. Elle tente de les essuyer avec les manches de sa blouse, toujours avec le bout de papier dans sa main droite.

— Madame Boudreaux... elle continue.

— Appelez-moi Minouche, tout le monde m'appelle Minouche. Vous êtes envoyée par mon frère assassiné, Martin. C'est lui qui vous envoie.

— Minouche, je peux revenir un autre jour, je ne voudrais pas vous importuner.

Maintenant, c'est elle qui est gênée.

— Non, dit Philomène, plus calme.

— Je vous appelle Minouche, mais vous allez m'appeler Virginie.

Mme Mouton lui tend un mouchoir qu'elle sort de sa manche. Il est blanc avec la broderie d'un couple d'amants sous un arbre fruitier dans le coin. Philomène le prend et se remet à pleurnicher, tentant d'étouffer ses sanglots, essuyant les larmes qui coulent sur ses joues avec sa main gauche. Marie arrive avec deux tasses de café sur un plateau en bois rond et deux cuillères. Il n'y a pas de sucre. Les deux dames se servent en se regardant, les tasses posées sur leurs genoux. Philomène a honte de son service, les deux tasses ne se ressemblent pas, et les deux cuillères ont l'air gigantesques. *Pour une si grande dame, servir dans mes vieilles tasses...* elle se dit en elle-même.

— Minouche, dit Virginie, il y a plusieurs choses que vous pouvez faire pour protéger votre famille. Permettez-moi de vous en parler.

La plupart des choses sur la liste sont déjà connues de Philomène : comment protéger la viande faisandée des insectes et des vers, comment fermenter le chou, chose que Minouche appelle le petit salé, mais il y a une recommandation qui l'étonne.

— Aussi, continue Virginie, il faut toujours faire bouillir son lait. Autrement, vous risquez de créer une infection digestive, surtout chez vos plus jeunes.

Philomène est ébahie. Depuis longtemps, elle se demandait comment ça se faisait que le plus jeune, Georges, restait aussi maladif, avec le nez et les yeux qui coulaient, gardant une petite fièvre constamment. On pensait que c'était à cause des latrines trop près du puits, qu'on a fini par déménager plus loin, ce qui me rendait la vie difficile dans le temps que je devais vider les pots de chambre. Ou à cause des maringouins qui pénétraient dans la maison malgré la moustiquaire qui bouchait toutes les fenêtres ainsi que les portes. Ou bien qu'on faisait boucherie trop près du puits. Dans le pacanier, à côté du puits, est placé le crochet en fer auquel on attache la carcasse pour la décortiquer, autant pour le bœuf que pour le porc. Pensant que le sang pénétrait le sol et polluait l'eau du puits, on a déménagé la boucherie à l'arrière de la grange, d'abord pour éloigner l'odeur, mais surtout pour protéger le puits. Malgré cela, les maladies de Georges perduraient. Le lendemain de la visite de Virginie Mouton, Philomène a commencé à faire bouillir le lait cru. Comme par miracle, le bébé a été guéri.

La conversation arrive à sa fin, les deux dames conscientes de l'océan qui les sépare. Ni l'une ni l'autre ne sont sujettes au verbe léger. Elles sirotent leur café en se regardant sans trop parler, la communication se faisant par les regards.

Au moment de partir, avant de se lever, Virginie demande d'un ton conspirateur :

— Minouche, est-ce que vous aimeriez que je vous apprenne à lire ?

Philomène ne sait quoi répondre. Encore propulsée dans une vague d'émotions, elle détourne la tête, regardant par la fenêtre ouverte.

— Ça me fera plaisir. Et si vous avez aussi des voisines intéressées, je serais heureuse de pouvoir les aider aussi.

Devant ce silence, Virginie se lève, donnant sa tasse à Philomène qui, embarrassée, la pose par terre et suit son invitée vers la porte.

— Vous pouvez toujours me joindre facilement. J'habite la rue Vermillion, entre l'église et la maison de Cour[13]. Vous pouvez me laisser un mot chez moi, ou chez Alcide Debaillon. Je le vois assez souvent. Pensez-y, Minouche, ça me fera plaisir, je vous assure.

Les deux femmes marchent vers la porte. Virginie tend la main. Philomène la prend à bras-le-corps, chuchotant dans son oreille :

— C'est Martin qui vous envoie. Je le sais.

Elle regarde la dame monter dans le chariot, le vieux Noir lui tenant le bras. Il est allé chercher un baquet pour abreuver le cheval. C'est une belle bête avec le poil lisse, nourri à l'avoine, ça se voit. Achille a les cheveux courts, grisonnants, le visage stoïque, le regard hautain. Philomène les regarde partir, les roues du chariot soulevant un petit nuage de poussière. Elle regarde à travers ses larmes. « Merci, Martin », elle murmure.

Marie vient auprès d'elle.

— Maman, elle demande, quoi y a ?

— Rien, ma fille. Asteur, on va faire bouillir le lait avant de le boire.

De temps en temps, on me demande de courir en ville pour faire une commission. La plupart des fois, c'est sous la commande de Drozin, pour aller lui chercher quelque chose ou en apporter. Il refuse de faire commerce avec Alcide Debaillon, et pour ses besoins plus spéciaux il envoie Caro Raggio en ville. Mais je suis bien plus rapide, alors, souvent, la commission tombe sur moi. Quelques semaines après la visite de Virginie Mouton, ma mère me demande :

— Je veux que tu descends en ville pour m'acheter du fil. Il me faut du fil spécial que tu trouveras chez Abdallah.

13. Palais de justice.

Abdallah est le marchand le plus chic de Vermillionville. Appartenant à une famille syrienne qui parle arabe entre eux, Abdallah a des articles de luxe introuvables ailleurs. Je trouve ça drôle quand même qu'elle m'envoie en ville, parce qu'il y a du fil chez mon oncle. Siméon a rouvert la boutique et le café depuis l'enterrement de son frère.

— Pendant que tu es en ville, je voudrais aussi que tu livres un message à Mme Virginie Mouton. Tu trouveras sa maison entre l'église et la maison de Cour, sur la gauche en allant. Dis-lui que nous l'attendons chez Sylvie Crochet samedi prochain, en après-midi. Dis-lui bien que la maison se trouve au soleil levant en quittant le village.

Au trot, aller à Vermillionville me prend une heure et demie à l'aller et autant au retour, dépendant de la fatigue de ma Cannelle et du sens du vent. La ville est construite sur les rives du bayou du même nom et s'étale vers le nord dans la prairie. La rue principale, nommée en l'honneur du président Jefferson, roule à partir du pont du bayou jusqu'à l'église, et les commerces principaux de la région se sont concentrés dans les environs. En plein milieu du quartier commercial se trouve le magasin de Herbert Abdallah. On y vend des tissus de mode ainsi que des vêtements tout faits. M. Abdallah est tailleur expert et fabrique des costumes sur mesure pour les avocats et les riches planteurs. Une fois aux deux ans, Drozin y va pour se procurer une nouvelle paire de bottes, de marque Justin, en cuir de veau souple et doux comme les fesses d'un bébé. Toujours de la même couleur et toujours de la même marque. C'est chaque fois une grande occasion.

J'attache Cannelle au poteau devant l'abreuvoir. Elle plonge le museau dans l'eau, prenant de grandes gorgées. J'entre dans le magasin timidement. Ça prend un moment pour que mes yeux s'habituent à la noirceur. Le magasin est coupé en deux, avec de chaque bord de grandes tables sur lesquelles sont posées quantité d'étoffes de toutes sortes. Contre les murs, les étagères regorgent de boîtes contenant bottes et chapeaux. À gauche, les marchandises sont destinées aux femmes, à droite, pour les hommes. J'attends que mes yeux s'ajustent en scrutant toute cette richesse. J'aime les belles choses, et je regarde avec envie.

Mes songes sont interrompus par la voix de M. Abdallah lui-même. Elle coule comme une averse d'été, humide et chaude.

— Puis-je vous aider, jeune homme ?

Je suis surpris, sans savoir comment me comporter. Je l'ai rencontré auparavant, mais toujours avec Drozin. Maintenant, je dois m'occuper de moi-même et je suis gêné. M. Abdallah est un petit homme, avec le nez pointu et les joues rondes, des petits yeux noirs scintillants, une grande moustache noire et un crâne dégarni, avec une couronne de cheveux luisants faisant le tour de sa tête. Il porte un gilet déboutonné, des élastiques retenant ses manches en dessous de ses épaules, et un ruban à mesurer autour du cou.

— Philomène Boudreaux m'envoie chercher du fil à coudre en soie.

— De quelle couleur ?

Ma mère ne m'a pas donné de couleur. Alors j'invente :

— Rouge.

J'hésite.

— Non, bleu, je me corrige.

M. Abdallah retourne au fond de sa boutique et se penche sur un tiroir qu'il ouvre avec une lenteur qui m'étouffe. Je suis soudain pris de panique et je veux m'en aller. Il arrive avec la bobine de fil et je lui tends les deux escalins[14] que ma mère m'a confiés. Il marche vers le fond où se trouve sa caisse et revient vers moi avec une pièce de dix sous qu'il me rend. Toute cette action se passe avec une lenteur épouvantable ; l'air entre dans mes poumons au ralenti, il a la consistance de la boue.

Dès que j'ai les dix sous et le fil entre les mains, je repars en vitesse, franchissant la porte dans un éclat. Le soleil est cru et

14. Deux escalins égalent vingt-cinq sous.

me frappe entre l'œil et la corne[15]. Je ne sais pas dans quel péché ma mère m'entraîne, mais je suis certain que ça en est un. Mais c'est trop tard, je suis foutu. Je fais partie de sa cabale, pour mal ou pour bien, et le secret me pèse comme une enclume.

Dans ma hâte, j'ai oublié de demander le chemin vers la maison de Mme Virginie Mouton et je dois retourner à l'intérieur. Mes mains sont trempées. Je franchis à peine la porte et je crie :

— Où habite Mme Virginie Mouton, s'il vous plaît ?

M. Abdallah est au fond de la boutique et il approche de son pas feutré. Il marche si lentement que je veux le frapper, je veux crier.

Il s'arrête devant moi, me visant avec ses petits yeux.

— Vous contournez la maison de Cour, en prenant la rue Vermillion vers l'église. La maison est au milieu du bloc sur la gauche, côté sud, blanche avec une galerie à deux étages.

Je me précipite dehors, certain que, si j'étais resté une seconde de plus, j'aurais explosé. Sautant sur ma jument, je pars au galop. Je ne sais pas d'où vient le sentiment, mais je suis certain de mal faire. Je veux m'en aller et vite.

La maison de madame Virginie n'est pas difficile à trouver. À mi-chemin entre la maison de Cour, bâtiment imposant à deux étages, et l'église Saint-Jean des Attakapas, avec ses deux tours en brique rouge surplombant la petite ville, se trouve celle de Mme Mouton. Elle fait partie de la douzaine d'habitations sur cette rue, toutes aussi ostentatoires les unes que les autres. La sienne est en retrait de la rue, au fond d'une petite cour garnie d'osmanthus, avec une galerie arrondie sur le côté et agrémentée par une imposte dentelée à l'américaine. Il y a une barrière de piquets blancs entourant la cour avec une porte à charnières faite des mêmes piquets.

15. Expression louisianaise : la partie de la tête d'une bête à cornes qu'on frappe avec la masse pour l'abattre.

Je m'arrête devant la maison. Je siffle. Je n'ose pas descendre de cheval ni pénétrer dans la cour. Je sens l'odeur des osmanthus. Je prends le foulard bleu que j'ai noué autour du cou et je me mets à l'agiter à la manière qu'on utilise pour annoncer un bal. Finalement, le vieux Noir, Achille, sort de la maison. J'entends les gonds de la porte grincer.

— Dites à madame Virginie qu'elle est invitée samedi prochain chez Sylvie Crochet à Scott pour tisser.

Je n'entends pas ce qu'il me répond. Je tire sur la tête de ma Cannelle et nous partons au galop. L'image du vieux Noir me reste en tête pendant tout le voyage de retour. Il me regardait avec un air confus, son visage toujours aussi stoïque. Je ne sais pas s'il m'a compris. Pour ma part, je suis satisfait d'avoir fait mon devoir et j'essaye d'oublier tout ce que je viens de faire. Une fois arrivé à la maison, je remets à ma mère la bobine de fil de soie et les dix sous et je me dirige vers la grange pour desseller Cannelle et la brosser. Elle a de l'écume à la bouche et le poil trempé de sueur. On a galopé tout le chemin durant.

Quand je lui ai remis le fil et l'argent, ma mère m'a demandé :

— T'as bien fait la commission chez Mme Mouton ?

C'est là que j'ai compris le vrai but de mon expédition.

Je suis devenu membre de la cabale de ma mère et, bien que je ne puisse jamais l'admettre, ni même le reconnaître en moi-même, mon allégeance est dorénavant avec elle et ses complices. Ça me plaît, cette révolte sournoise, et je me sens libre de toute contrainte, bien qu'il s'agisse d'un recoin de mon cœur où je ne pénètre jamais. Ce plaisir part de l'anéantissement de l'inhibition qui m'étranglait. Je vis une double vie : fils modèle bien élevé et, en même temps, complice de cabale et, plus tard, bambocheur et brigand. Beaucoup de tout cela se passe dans mon imaginaire. Dans ce brouillard dans lequel je navigue, je prends le réconfort où je le trouve. Comme l'ivresse qui sera plus tard une alliée fidèle, la dissimulation et la menterie sont devenues les béquilles avec lesquelles je marche. À ce moment précis, je ne soupçonne rien de cela, mais avec le recul, je vois que tout a commencé avec la bobine de fil en soie.

À partir de la semaine suivante, les dames du quartier se réunissent pour piquer les courtepointes. Assises autour d'une table qui sert de métier, chacune avec une aiguille tenue dans la main droite et un dé à coudre protégeant le pouce, elles tissent le pays une piqûre à la fois. Ça faisait des années qu'elles se préparaient à cette révolte, chacune avec sa rouette, tirant le fil chez elle, arrivant enfin avec le coton brun roulé en pelotes. Depuis que ma mère est devenue folle, leur projet s'est transformé. Elles ne sont même pas conscientes de l'évolution de leur intrigue. Elles n'auraient pas pu l'expliquer, mais avec l'intrusion de Virginie Mouton dans leur cercle, les esprits ont été convoqués d'une façon que personne ne pouvait ni comprendre, ni prévoir, ni résister, surtout pas moi.

Elles formaient depuis toujours un groupe de soutien auquel les courtepointes servaient de prétexte. Il leur était difficile de se visiter, dépendant de leurs maris ou de leurs fils pour se déplacer. Néanmoins, elles insistaient pour recevoir leurs voisines chacune à son tour pour partager la corvée et terminer une courtepointe. En général, ça prenait quelques mois du début jusqu'à la fin, comme elles se rencontraient épisodiquement, parfois toutes les semaines, parfois une fois par mois, arrivant avec leurs bouts de tissu, leur fil à coudre et un panier de coton cru dont elles avaient enlevé les graines et qui servait de rembourrage. Elles apportaient des gâteaux de sirop, des tartes à la pâte douce et, à l'automne, des pralines. Assises autour de la table, chacune devant son bout de tissu, les yeux fixés sur les points, la couture bercée au rythme des cancans, jacassant comme une volée de geais bleus, elles roulottaient les bords en riant.

Toutes sont surprises quand arrive, en plein milieu de l'essaim, cette étrangère de Virginie Mouton. Présentée par Philomène, elle les salue avec aisance. Malgré un moment gênant, les dames de la campagne, rustres et incultes, acceptent la citadine qui se glisse entre elles. Elles sont cinq, en comptant Philomène, ses deux sœurs, Sophie et Marthe, dite Quinée, en plus de Sylvie Crochet, qui est flattée d'avoir de la si grande visite, et sa voisine et belle-sœur, Émilie Hébert. Virginie n'arrive pas les mains vides. Son cadeau n'est ni du tissu ni des gâteaux, mais une ardoise. Avec une courtoisie qui flatte les dames, elle attend patiemment jusqu'à ce qu'on l'invite à prendre la parole, ce qui arrive au milieu de la rencontre, à l'heure du café.

Elle sait faire rire les dames, ce qui les met à l'aise. Sur l'ardoise qu'elle tient sur ses genoux, elle trace deux mots, « Je suis », et elle invite les dames à compléter la phrase. Les cinq dames, tasses de café posées sur leurs genoux, sont silencieuses, les sourcils froissés, concentrées, jusqu'à ce que Philomène lance « Magnifique ! », et toutes se mettent à rire comme des poules jingas[16]. La courtepointe est délaissée et le reste de la visite est pris par la leçon. Ça sera comme ça à chaque rencontre qui va devenir une habitude hebdomadaire, à un tel point que la couture est abandonnée et ne sert de prétexte que pour l'alphabétisation. Comme ma mère ne fréquente plus l'église, nos samedis sont maintenant consacrés à l'école. Dès la deuxième rencontre, Virginie Mouton, habillée de plus en plus simplement et finalement en jupe de coton brun comme ses nouvelles amies, apporte un cahier et des crayons qu'elle distribue parmi les dames. Elles vont toutes rapporter ce papier et ce crayon chez elles comme des objets sacrés. Cachées de leurs maris, une fois leurs enfants couchés, elles vont pratiquer à la lanterne les symboles qu'elles auront appris pendant les rencontres.

Le travail de la courtepointe est quasiment arrêté. Les leçons remplacent nos excursions à l'église pour se confesser, et je dois conduire le wagon. Ma mère finit par emmener tous ses enfants. On attend sur la petite galerie chez Mme Crochet, comme une grappe de socos[17], pressés contre la moustiquaire de la porte. Seules Marie et Mathilde ont le droit d'entrer et elles restent

16. Poule de couleur grise tachetée.

17. Raisin sauvage de Louisiane, *Vitis rotundifolia*.

assises par terre, muettes comme des souris, tenant bébé Georges dans leurs bras. La première leçon est de compléter la phrase « Je suis ». Chacune finit par trouver son attribut et même par l'écrire. À la suggestion de Virginie, chacune va poser sa phrase sur un petit bout de papier et l'enfoncer au milieu du coton brut qui sert de rembourrage. À la demande générale, Virginie est invitée à écrire sa propre phrase pour l'inclure dans la couture. Elle écrit « Je suis libre ». Ce qui étonne les dames et récolte l'approbation de toutes. Insérés à l'intérieur de la courtepointe, les petits mots serviront de gris-gris. On baptise la courtepointe « Liberté ». Elle est bleu, blanc et rouge. Plus tard, Philomène la donnera à son beau-père. Sans le moindre soupçon, Drozin va s'en couvrir dès les premières nuits fraîches d'octobre. Dans son sommeil, les mots fervents des dames vont traverser le tissu, pénétrer sous sa peau et se loger dans son esprit, sans jamais qu'il s'en aperçoive.

Deuxième partie

6

Février 1878

La notion de chance m'a toujours intrigué. Comment ça se fait qu'une chose arrive pendant qu'une autre n'arrive pas ? Qu'est-ce qui fait que deux trajectoires se croisent avec des conséquences imprévues et imprévisibles ? Est-ce que Dieu ordonne tout dans sa sagesse infinie ? Ou est-ce que l'univers n'est qu'un fracas de molécules régies par des lois invisibles, suivant l'élan d'une propulsion incontournable, comme les boules sur une table de billard ? Même si aux jeux de chance il peut y avoir une certaine science, il reste qu'il y a toujours un élément de chance. Autrement, on ne les appellerait pas des jeux de chance, mais des jeux de science.

Drozin expliquait, à sa façon, sa théorie très personnelle du mérite. À savoir si ce mérite est acquis par effort ou hérité comme la couleur de ses yeux, sur cela, il ne se posait pas de questions. Il a toujours été chanceux parce qu'il l'était, tout simplement, sans question, sans équivoque. Ce qui explique qu'il soit devenu Colonel dans l'armée sans aucune qualification, à part savoir cuisiner pour un grand nombre. Et que le chemin de fer ait choisi de passer en plein cœur de ses terres, faisant de lui un homme sinon riche, du moins à l'aise. Bien qu'il ait connu sa part de misère, il se considère et est considéré comme un homme chanceux. Selon moi, ce n'est pas si simple. La vie nous installe devant une pléthore de possibilités, comme une suite de dominos adossés. Comment ça se fait que, soudainement, il y a une cascade, les faisant tomber tous avec des répercussions inattendues ? Comment ça se fait que certains gagnent et d'autres perdent ? Est-ce qu'on attire la chance comme un aimant le fer ? Ou est-ce que le bon Dieu nous observe et distribue ses récompenses comme ses punitions selon son gré, comme le prétend le père Fournet ? Si oui, il me semble que Dieu s'endort souvent, car il y a beaucoup de choses qu'il manque.

Quoi qu'il en soit, c'est une journée grise de fin février. Drozin traîne dans le café de Martin Begneaud. C'est le premier vendredi de carême, le carnaval ayant eu lieu tard, le 26 février. Pour se consoler et se réconcilier avec la saison, le Colonel est descendu au village. Ayant laissé son valet chez lui, il est seul, sur le dos de sa jument Fillette. Il sort sur son étalon Mansfield seulement pour les grandes occasions. Il est penché sur le bar, sirotant une demi-tasse de café, qu'il prend toujours avec deux cuillerées de sucre. Sa jument est accrochée à la traverse, la tête baissée sous une pluie fine qui enveloppe tout dans ses bras mélancoliques. Il y a un feu dans la petite cheminée. Martin et Drozin conversent sans trop dire. Il n'y a pas beaucoup à se raconter, le pays est épuisé par le carnaval et les cendres de mercredi sont à peine effacées des fronts.

Tout à coup, on entend hennir sauvagement et la porte du café explose. Un inconnu se présente, la pluie dégoulinant de son chapeau rond. C'est un Américain. Il s'adresse aux deux hommes en anglais.

— *Whose horse is this tethered ?*

On n'a pas le temps de répondre quand le vacarme éclate. La jument de Drozin est en train de se battre contre le cheval de l'Américain, qui essaye de la monter. Sans que Drozin le sache, Fillette est en rut. L'étalon américain est rendu fou et tente, avec toute sa force, de s'accoupler. Fillette, sa bride encore attachée au poteau, donne des coups de patte, les deux chevaux se lançant dans une frénésie démente.

Drozin court sur la galerie et détache sa jument à toute pompe. Il sait qu'il n'y a rien à faire et, rendu où c'est rendu, il risque de se faire piétiner par la fureur des chevaux envoûtés. Les deux animaux s'éloignent dans le chemin, leurs hennissements farouches brisant le silence du village. On n'entend que ce tumulte qui efface le chuchotement de la pluie qui avale le monde. Pierre Sonnier sort de sa forge, curieux. On voit des têtes se pencher le long de la rue, les gens surpris par le chahut. Ça ne dure que quelques minutes et, une fois l'émoi passé, les deux chevaux reviennent vers le café, l'orage du désir estompé.

Drozin va vers Fillette, lui caresse le nez et la rattache à la traverse. Elle ne résiste pas. L'Américain va chercher son étalon. Il l'emmène plus loin et l'attache à un arbre à côté de sa monture, devant chez Davis Arceneaux. L'étalon s'appelle Flying Bob. Il va entrer dans l'histoire du pays.

Joseph Carter est américain et propriétaire de Flying Bob. Il est en route vers La Nouvelle-Orléans, ayant quitté le Texas pour le début de la saison des Fair Grounds, le terrain de course devenu célèbre depuis son ouverture en 1873. Monté sur un hongre sorrel brûlé, il traînait l'étalon et a perdu le contrôle dès que Flying Bob a senti l'odeur de Fillette. C'est un homme maigre, grand, chétif, les joues creuses et les yeux enfoncés. Son visage est ridé comme une prune, ses lèvres sèches et droites usées par le souci et le soleil. Il a gagné l'étalon dans une partie de poker à Houston, du moins c'est ce qu'il raconte, un cheval dans la lignée de Flying Dutchman, célèbre coureur du Kentucky devenu légendaire. Autre chose curieuse, les bottes de M. Carter sont toujours propres. Même ce jour-là avec un nuage écrasé sur le pays suintant sur les gens et leurs esprits, ses bottes sont impeccables. Il restera chez Drozin comme invité d'honneur pendant un mois, et ses bottes seront impeccables tout au long de son séjour. Drozin finira par lui demander comment il fait. « Je ne marche pas dans l'eau, il répondra, mais sur l'eau. » Un homme énigmatique mais parfaitement au goût de mon grand-père.

Ma mère disait toujours qu'il ne fallait pas se mêler aux jeux de fortune et surtout pas aux chevaux. Elle avait raison comme pour beaucoup de choses. Ce soir-là, dans le café de Martin

Begneaud, avec une pluie fine qui tombait, la mouche des chevaux de course pique mon grand-père. Citant l'inspiration divine, dès qu'il apprend la lignée de Flying Bob, Drozin a l'idée de le mettre au haras.

Pendant un mois, Flying Bob sera au service de la propagation. Je n'ai pas encore douze ans, mais Drozin m'achète une petite jument, couleur de la cannelle. La tradition veut qu'on offre aux garçons un poulain à l'âge de treize ans, mais mon grand-père est pressé. Il m'envoie à travers le pays, son énorme pistolet dans un sac. J'arrive devant les habitations qu'il m'a indiquées sur une carte faite de sa main. Il m'envoie partout, de Royville jusqu'à la Pointe-de-l'Église, avec un mandat très précis. Devant chaque maison indiquée, je sors le pistolet, le tenant avec mes deux mains pour tirer en l'air. La première fois, le recul manque de me foutre par terre, ma jument sursautant de côté. Dès que je vois quelqu'un, je dois crier :

— Flying Bob, engendré de Flying Dutchman, est rendu au haras chez Drozin Boudreaux.

Une fois que je suis certain qu'on m'a compris, je repars, suivant la route tracée sur ma carte. Ça dure plus d'une semaine, parcourant le pays, souvent sous la pluie de fin février. Mais l'opération est un succès. En peu de temps, les clients commencent à arriver. De tous les coins affluent les curieux, et, souvent, ils embarquent dans l'aventure. Le prix du service de l'étalon est exorbitant, vingt-cinq piastres. Mais à la surprise générale, ils sont plusieurs à vouloir le payer. Joseph Carter explique que Flying Bob est de la lignée de Flying Dutchman, né au Texas avant que Dutchman soit rapatrié au Kentucky après la guerre. Il n'y a aucune preuve écrite, mais on peut voir que son étalon est exceptionnel. D'abord, il est gigantesque, plus de seize mains, et noir comme la nuit, le poil brillant comme si on l'avait passé à l'huile. Ses hanches sont massives, de la croupe aux plis des fesses. Du jarret à la couronne, il mesure presque cinq mains déjà. Ce cheval est né pour courir, et ça se voit. Pour en faire la preuve, Joseph Carter le sort faire un tour de savane au grand galop, ses jambes palpitant, ses sabots faisant éclater la terre, son poitrail enflé, sa noble tête pointée vers l'avant, ses narines élargies comme s'il respirait le feu.

Dans la grange de Drozin, nouvellement reconstruite depuis le feu provoqué par les ouvriers du chemin de fer, une stalle est modifiée pour devenir le royaume de Flying Bob. Elle est trois fois plus grande que d'habitude pour donner suffisamment de place aux acrobaties équestres, et les planches sont renforcées pour résister aux tempêtes de l'amour.

En un mois, on ramasse suffisamment d'argent pour que Joseph Carter se fasse construire un wagon spécial dans la gare de triage à Vermillionville, pour le transporter avec ses chevaux à La Nouvelle-Orléans. Il y a deux stalles pour les chevaux et une cloison avec un lit de camp pour Carter. On l'approvisionne avec plusieurs balles de foin et Drozin fait cadeau d'un sac d'avoine qu'il a fait chercher chez Alcide Debaillon par son valet.

C'est avec beaucoup de nostalgie que Drozin voit Joseph Carter partir. Ils sont devenus des amis, dans la mesure où ces deux hommes fiers et solitaires peuvent devenir des amis. Par contre, Caro Raggio est bien content de le voir s'en aller, ayant offert sa chambre à l'invité, couchant sur le canapé du salon depuis plus d'un mois. C'est une belle journée de printemps avant la Semaine sainte. Carter doit arriver à La Nouvelle-Orléans avec assez de temps pour s'installer avant le début de la saison qui se fait le 21 avril, à Pâques. Avec l'argent du haras, il pourra se payer une chambre d'hôtel et les frais d'étable et se trouver un jockey qui pourra rester, il l'espère, sur le dos de l'étalon. On l'accompagne à la gare, où les chevaux sont déjà montés à bord du wagon. Drozin est dans le cabriolet conduit par son valet et moi, je suis sur ma Cannelle. Après des adieux brefs, Carter monte dans son wagon, ses bottes toujours aussi propres, son chapeau rond enfoncé jusqu'aux oreilles. Il ne se retourne pas. Le wagon est attaché au train, et Flying Bob et son propriétaire disparaissent de nos vies. Un an plus tard, portée par Fillette, une belle jument naîtra et elle changera ma vie pour toujours.

Le temps est maussade, une pluie fine couvre le monde comme si les anges pleuraient tout doucement. Caro est venu me chercher. J'étais dans le parc aux garçons, à l'arrière de la maison. Je ne couchais pas dans la grange encore. J'ai senti son toucher sur mon épaule.

— André, il dit, essoufflé. Viens vite, Fillette accouche.

Je me précipite, tirant mes bottes en vitesse. La maison est tranquille. J'entends mon père ronfler. Sur la pointe des pieds, on passe à côté de la chambre des filles. Je crois voir les yeux de Marie qui nous suivent de l'autre côté de la porte ouverte. Silencieusement, on descend la galerie, m'assoyant sur une marche pour lacer mes bottes. La prairie retient son haleine. On arrive chez Drozin au petit trot et je saute de bord, courant vers la porte du hangar, grande ouverte. Il fait frais. Je n'ai pas pris de manteau, mais Caro pose une couverture de grosse laine sur mes épaules. On a mis du foin propre dans la stalle, la même qui avait servi à Flying Bob. Il y a deux lampes au kérosène qui pendent, attachées aux poutres. Elles se balancent faiblement, bercées par le vent qui passe par l'espace entre les planches des murs et le cadre du toit.

Fillette est couchée sur son flanc et lève la tête pour me regarder, ses yeux remplis de frayeur, les pupilles perdues dans une mer de blanc. Drozin est penché sur elle, lui chuchotant des mots gentils. À l'arrière du cheval, un homme que je ne connais pas est accroupi. Il est habillé rudement, en salopette et chemise bleues délavées, les coudes usés. Il porte des bottes lacées aux orteils ronds. Il y a un trou dans la semelle de la droite. La lumière des lampes scintille sur son crâne luisant, le haut de sa tête couleur d'ébène.

Fillette souffle de plus en plus fort et se met à hennir de plus en plus ardemment. Elle tourne la tête pour regarder autour, fixant le Noir avec des yeux apeurés.

— Doucement, ma belle, dit Drozin. Pousse, pousse, ma belle.

Il continue de lui parler. Le cheval s'excite, son museau tremblant, ouvrant grand sa bouche, émettant des soupirs violents, ses dents reflétant la lumière des lampes, sa gueule tordue dans une grimace de souffrance.

— Pousse, pousse, ma belle.

Fillette tente de se lever, mais s'aplatit lourdement.

— Ah, non ! crie le monsieur.

Du vagin de la jument, lustré et distendu, on voit apparaître deux petits sabots, mais ce ne sont pas ceux de l'avant.

— Elle est en siège ! hurle le Noir.

Drozin attrape la tête de Fillette. Il se met à genoux et la tient, une main sur l'oreille et l'autre sur la ganache.

— Non, ordonne le monsieur, couche-toi sur elle !

Le monsieur noir retrousse ses manches et plonge ses mains dans le cheval.

— Le poulain est à l'envers, sacré nom de Dieu !

Ses bras sont enfoncés dans la jument jusqu'aux coudes. Fillette s'agite, hennissant farouchement. Sa respiration est violente et son souffle éclate de ses narines.

Drozin pèse de tout son poids, tentant de garder Fillette à terre. Le monsieur s'exclame et se met à respirer comme le cheval, ses expirations brutales et rapides. Il tient le poulain et le tire pendant que Fillette essaye de se lever, ses pattes arrière tournant comme un moulin à vent.

— Viens-t'en, viens-t'en bébé ! crie le Noir.

Il continue à tirer. Drozin se met à gronder. Caro et moi sommes bouche bée, pétrifiés.

Ça dure un temps infini. Le Noir se met à jurer. Il tire et tire encore. Soudain, le poulain glisse, les pattes arrière, le corps, les pattes avant et enfin la tête. Le placenta suit, couvrant le foin et le monsieur de son liquide gluant. Mais le poulain né en siège reste sans bouger.

D'un seul coup, le monsieur noir lui prend la tête, couvrant les narines de sa bouche, et commence à souffler. Il souffle et souffle. Le poulain reste immobile comme un chiffon mouillé. Drozin s'accroupit, trempé de sueur, ses longs cheveux blancs plaqués sur son visage, un genou posé par terre.

— Ah merde ! s'exclame le monsieur.

Il continue à souffler, sa bouche couvrant le museau. Il arrête enfin, abandonnant après un combat qui semblait être éternel. Le poulain est toujours immobile. Le silence de la grange est étouffant, interrompu seulement par le bruit de la pluie qui frotte le toit de ses mains légères. Le monsieur se lève tranquillement, couvert de liquide. Il regarde ses mains.

— Va me chercher de l'eau, il dit à Caro.

Et à moi, indiquant le poulain inerte :

— Va enterrer ça quelque part où les chiens vont pas le trouver.

Il regarde Drozin, qui est encore agenouillé.

— On a essayé, boss, dit le monsieur.

Tout à coup, on entend le poulain éternuer. La petite tête remue. Le monsieur se jette sur lui, tenant sa tête dans une main et nettoyant les narines avec l'autre. Il sort un couteau de sa poche arrière, le frottant dans son dos contre une des seules parties de sa salopette qui n'est pas mouillée, et coupe le cordon.

— Viens-t'en, bébé, il chante et se met à rire, un rire ancien et lourd.

— Sainte Marie, mère de Dieu ! crie Drozin.

Caro arrive avec un baquet d'eau et le Noir se met à frotter le dos du poulain, tout en lui chuchotant : « Oh, bébé, oh ma chère tite bébé », ses phrases décorées par la dentelle de son rire. Il me regarde fixement, indiquant le placenta de sa tête.

— Va enterrer ça !

Je prends le sac qui glisse entre mes doigts, le tirant finalement par terre par le cordon, cherchant une pelle.

Mon grand-père est soulagé, posant les deux mains sur ses cuisses pour se remonter sur ses jambes, courbant le dos, son front trempé de sueur, un sourire radieux qui se cache derrière ses moustaches hirsutes.

Fillette se met debout et vient sentir le poulain, qui tremble sur ses pattes, toujours incertaines. Il est rouge sorrel sain, la couleur de sa dame, avec une étoile blanche sur le flanc. Ses yeux sont farouches, tels ceux de Flying Bob.

— Comme c'est Gabriel qui t'a sauvé, dit mon grand-père en tenant la tête du poulain entre ses mains, je t'appelle Flying Evangeline, comme dans le poème. André, dit mon grand-père, me fixant dans les yeux, sa grosse patte d'ours posée sur mon épaule, le poulain sera à toi, faudra que tu t'en occupes.

Pendant un an, je vais m'occuper du poulain. Me levant tôt, avant le lever du soleil, je jette la selle sur Cannelle pour partir chez Drozin, mes yeux encore croûtés de sommeil. La première chose que je dois faire est de brosser le poulain, son beau poil lisse couleur des feuilles de plane au printemps. Après un mois, Fillette manque de lait. On installe une vache Guernesey, appelée Pitou, dans la grange, dans la stalle à côté, et je dois la traire et nourrir le poulain de son lait. Au bout de deux mois, on commence à garder le poulain seul, laissant Fillette en liberté. Au bout de six mois, on lui passe le licol. Flying Evangeline se laisse guider. Elle me connaît. En arrivant à la grange, sifflant une mélodie, je l'aperçois déjà debout, ses oreilles pointées vers l'avant, son museau reniflant. Une fois qu'elle est habituée au licol, on lui met la longe. Je la promène dehors, tirant sur la corde, la faisant tourner autour de moi comme la Lune autour de la Terre. Elle est nerveuse, se tordant parfois, donnant des coups de sabot dans les airs. Au bac, elle enfonce son museau jusqu'aux narines pour s'abreuver, signe qui ne trompe pas. Elle est racée et faite pour courir.

Drozin m'interdit de la faire tourner trop souvent. Il veut garder la mémoire de la corde, mais il dit qu'un cheval qu'on fait tourner trop souvent n'est pas mieux qu'un chien dressé. Il faudra attendre ses dix-huit mois avant de pouvoir la débourrer, pour que ses genoux se forment solidement.

Un jour froid de la fin décembre, en arrivant à la grange, je surprends M. Gabriel dans la stalle avec mon poulain. Il est à genoux, tâtant le jarret. Drozin est penché au-dessus de lui, le regard fixe. Gabriel me voit arriver.

— C'est bon, il dit, tu pourras la monter pour le jour de l'An.

Il tient une bride qu'il ajuste, mesurant la largeur du frontail et la longueur de la courroie du mors avec sa main, avant de percer les trous pour les boucles. À ses pieds, il y a un pot de miel. Il trempe son doigt, enduisant le mors, et glisse la bride en place sans que le poulain réagisse. Il se tourne vers moi, me donnant les rênes.

Drozin revient avec une petite selle anglaise, en cuir brun, lisse et flambant neuve. Elle est magnifique.

— Joyeux Noël, André, il dit en la plaçant sur le dos d'Evangeline.

— T'attaches pas la sangle avant que t'es prêt à monter. Si ton poulain donne des coups de patte et essaye de se débarrasser, tant mieux. Le plus longtemps qu'elle fait la révolte, le mieux qu'elle va courir. Assure-toi de mesurer les étrivières parce qu'une fois que tu chausses les étriers, ça sera trop tard pour rien faire, à part t'agripper. Elle va te foutre à terre plusieurs fois, et le plus de fois, mieux que c'est. Dès qu'elle t'a rué, remonte. Faudra qu'elle apprend que c'est toi le maître. Regarde ses oreilles. Une fois qu'elles sont penchées de côté, c'est bon, elle te résistera plus.

Pendant qu'il me parle, M. Gabriel manipule la tête du cheval, ses mains creusant en dessous des ganaches, touchant le cou, tâtant les oreilles, descendant l'encolure. Flying Evangeline mesure plus de quinze mains et pèse mille livres. Elle n'est plus poulain. Avec sa noble allure, sa tête posée fièrement sur la nuque, la courbe élégante du garrot jusqu'à sa croupe et ses hanches massives dont les muscles lisses se nouent à chaque pas, Flying Evangeline est prête à courir.

Je suis les directives de M. Gabriel à la lettre, ajustant les étrivières avec la selle installée sur un tréteau, et je la monte, faisant semblant de courir sur le dos de ma Flying Evangeline. Les étriers sont posés haut, mes genoux sont quasiment contre ma poitrine. La position est faite pour voler et non pas pour se reposer. Ma Cannelle ne semble pas se rendre compte de mon infidélité, ou bien elle n'est pas jalouse. Elle me regarde faire avec indifférence. Chaque soir et chaque matin, elle m'accompagne. Je la brosse tous les soirs, heureux d'être avec elle, mais Evangeline prend tout mon cœur et il n'y a pas de place pour une autre. Les deux mulets nous regardent. Hercule approche, curieux, mais Augustin reste à l'écart, nous observant avec dédain.

Les sabots d'Evangeline sont tracés au crayon sur un bout de papier brun. Pierre Sonnier fabrique ses premiers fers que Gabriel vient poser je ne sais quand, parce que je ne l'ai pas vu faire. Un jour, j'arrive et le cheval est ferré, le métal scintillant au bout des sabots. On les remplacera tous les mois, une fois qu'elle commencera à courir. C'est moi qui m'occuperai de les nettoyer au pic tous les jours. Une fois par semaine, j'y mettrai de l'huile. Elle sera peignée et brossée, et sa crinière et sa queue seront taillées toutes les semaines.

Quand Drozin Boudreaux est parti à la guerre, il possédait vingt-huit esclaves. La moitié étaient des enfants en bas âge. Des adultes, il y en avait douze : trois hommes, qu'on appelle pièces d'ébène, qui étaient dans la force de l'âge et huit femmes âgées de quatorze à quarante ans. Au sommet de cette petite société était un Créole de quarante-trois ans dont Drozin avait hérité de son père, Olivier, celui qui avait reçu le don de terres espagnoles lui accordant quatre cents hectares, soit plus de mille acres dans la prairie des Attakapas, entre la Coulée Mine et la Coulée Croche. De ces mille acres, environ cent étaient exploités en patates douces et le reste était abandonné en friche, l'herbe haute de la prairie couvrant tout ce qu'on voyait sous ses roseaux plus hauts qu'un homme monté à cheval.

Quand Drozin Boudreaux est revenu de la guerre, aucune terre n'était cultivée et, de ses vingt-huit esclaves, il n'en trouva aucun. Dans les mois qui ont suivi la reddition, ils sont partis, évaporés dans les bouleversements qui ont dévoré le pays comme un brouillard maléfique. Drozin s'est retrouvé seul dans sa maison délabrée. De sa famille, son fils Alexandre, dit Gautche, s'est marié avec Philomène Begneaud et s'est construit une maison.

Son fils Thomas est parti à la sauvage et ils ne se sont plus parlé. La femme de Drozin est morte et ses trois filles sont revenues l'une après l'autre. Elles s'étaient réfugiées chez leur oncle Armand Breaux le long du bayou Teche, pendant les troubles. Armand avait réussi à éviter la brigade de la conscription en se cachant dans son grenier, pendant que ses nièces plaisantaient avec ces hommes sales et farouches. Catherine et Rosalie se sont mariées toutes les deux l'année suivant la capitulation, puis sont mortes à l'accouchement. La cadette, Marie, malgré le plaidoyer de son père, s'est mariée avec un Américain, Steven Butcher. Elle est morte comme ses sœurs, en donnant naissance à son bébé, un garçon, laissant son nouveau mari dans le deuil et seul à s'occuper.

Accablé de chagrin, Drozin se nourrissait de maïs et de viande séchée. Il prenait l'allure d'un sauvage, vivant pieds nus, ses grands cheveux devenus blancs de tristesse. Un groupe d'esclaves revint le trouver. Il comptait neuf personnes, deux femmes, six enfants et un homme. À sa tête était un dénommé Gabriel, autrefois le contremaître de la plantation et l'homme à tout faire. À la suite de la guerre, les propriétaires terriens trouvèrent une entente avec leurs anciens esclaves, entente selon laquelle les Créoles allaient pouvoir vivre sur les terres en échange de faire récolte en métayage. Drozin gardait les meilleures terres pour lui et son fils Alexandre, et allait reléguer les terres les plus pauvres à ses anciens esclaves, qui, eux, sachant que celles-ci n'allaient soutenir ni coton ni patates douces, se consacraient à l'élevage de bêtes à cornes. Ils s'installèrent sur le côté nord des terres de Drozin, le long de la Coulée Croche. En peu de temps, une petite communauté s'est formée, une douzaine de maisons, et les habitants, tous de la parenté du patriarche, dit Gabriel, ont été reconnus à travers le pays comme des éleveurs expérimentés. Quand les Républicains sont arrivés en 1870 pour faire le recensement, les hommes ont été appelés à s'y rendre, un soldat monté à cheval traversant le pays en annonçant la convocation. On a installé une petite table en plein milieu d'une savane et on a attendu, sous un gigantesque parasol, qu'on se présente. Les noms ont été enregistrés et les hommes, maintenant libres, ont reçu un certificat leur permettant de voter aux élections qui auraient lieu au mois de novembre de cette même année, élection qui allait élire le premier lieutenant-gouverneur noir de Louisiane et installer un régiment de profiteurs américains au gouvernement.

Selon la pratique, les anciens esclaves qui se présentaient pour le recensement devaient donner prénom, nom et date de naissance, dans la mesure du possible. La plupart n'ayant pas de nom de famille, ils donnaient le nom de leurs anciens maîtres. Le chef du clan de la Coulée Croche était trop orgueilleux pour utiliser le nom de son ancien maître. Il a demandé à l'agent du recensement quel était son nom : Strauss. Alors, il a pris ce nom comme sien et est ainsi devenu Gabriel Strauss.

Au jour de l'An 1881, Drozin Boudreaux a soixante-quatre ans. La guerre de Sécession est terminée depuis seize ans. Depuis douze ans, Gabriel Strauss, ses fils, ses neveux et ses engagés conduisent un troupeau de bœufs de la prairie jusqu'aux parcs le long du bayou Teche, où se rassemblent tous les troupeaux des Attakapas, avant d'entreprendre le périple vers La Nouvelle-Orléans. Les parcs se trouvent à mi-chemin entre Saint-Martinville et le pont sur le bayou, construit par le beau-frère de Drozin Boudreaux, Firmin Breaux, au milieu du village, qu'on finira par appeler Pont-Breaux. Les grands attroupements, comptant plusieurs centaines de bêtes, descendent le bayou Teche, traversant à la nage. Les hommes font le portage à travers les marécages jusqu'au bayou Noir, qu'ils suivent en aval, prenant les coteaux et passant par Des Allemands, Bayou Gauche, Paradis et Boutté, avant d'arriver sur la rive droite du Mississippi, à Algiers, face à la ville de La Nouvelle-Orléans. Les éleveurs vendent leurs bêtes aux marchands de la ville, qui, eux, font traverser les bœufs sur les bateaux de transport. Et les vachers tournent de bord pour retourner chez eux à l'ouest.

Le voyage aller-retour prend un mois plus ou moins, dépendant du temps et du niveau des cours d'eau. Comme ça, La Nouvelle-Orléans est approvisionnée en viande. Ces grandes migrations se déroulent à la fin de l'hiver, quand les inondations du printemps ne sont pas encore enclenchées et que les maringouins ne sont pas encore trop mauvais. Chaque année depuis douze ans, Gabriel Strauss, aidé par ses fils et ses engagés, descend et revient. Le prix de la bête varie entre quatre et quarante dollars par tête, bien que Gabriel n'ait jamais vu ce prix-là. Analphabète, il apprend à reconnaître les chiffres qu'on trouve sur les billets américains et revient de l'expédition les poches pleines. Incapable de signer son nom, Gabriel Strauss arrive cependant à compter, et très exactement en plus. Son troupeau est habituellement composé de quelques douzaines de bêtes, bien qu'une fois, en 1877, il en a conduit soixante-douze. Au retour, il va directement chez Drozin, lui apportant sa part, la moitié. Drozin ne compte jamais l'argent que Gabriel lui remet, pensant que ça serait en dessous de son rang de compter de l'argent devant un homme qui est son ancien esclave. Leur relation est fondée sur le non-dit ; moins ils en disent, mieux c'est.

Un beau matin de février, le vent soufflant du sud, Drozin rend visite à son ancien esclave devenu son partenaire d'affaires. Il allait se faire conduire par Caro, mais il décide que la rencontre sera plus facile entre eux. Il n'y aura pas d'orgueil mêlé à la tractation et, en cas de refus, Drozin ne sera pas obligé de prendre des mesures. Gabriel, comme tous les Créoles, habite un territoire inconnu où la nature des choses est indéfinie. *Il a la tête et les couilles d'un homme, mais comment savoir pourquoi et comment le bon Dieu a conçu la place des Noirs dans l'univers, si ce n'était pas pour servir les Blancs ?* pense Drozin. Il demande à Caro d'atteler le cabriolet mais, une fois que c'est fait, il décide qu'il partira seul.

Le chemin menant à la Coulée Croche est mauvais, pas plus qu'une trace à travers la savane, cabossé par la pluie et le soleil. Drozin se dit qu'il aurait dû y aller à cheval, plutôt que de s'infliger ce trajet tortueux, les roues du cabriolet débalancées par les ornières. Il est triste, un sentiment qu'il n'admet pas, qu'il refuse même. Mais comme des fourmis de bois, ce n'est pas parce qu'on ne les voit pas qu'elles ne sont pas en train de gruger la maison, leur travail sournois s'effectuant nuit et jour. Finalement, en touchant une planche, le bois s'effrite entre nos mains.

Rendu à la fin de sa vie, Drozin se dit qu'il devrait profiter plus de sa famille et du travail qu'il a accompli. Mais à dire vrai, il se sent seul et assailli de doutes. Sa femme et ses filles sont mortes, son fils cadet est parti en marronnage. Il reste la petite famille de son fils aîné, ainsi que son standing dans la communauté. Il est servi par un valet, il possède plus de cent acres en plantation et il a des locataires. Pour ne pas trop penser, il accumule des projets qui lui servent d'épée pour son combat avec la vie, se protégeant derrière le bouclier de son oubli. Le problème, c'est que ça prend toujours un autre projet. Il noie ses chagrins dans l'action comme d'autres dans le whisky et, depuis l'arrivée du chemin de fer, il fuit l'obscurité de l'incertitude en s'occupant de ses affaires. Il est nostalgique du temps où il n'avait pas le loisir de la réflexion, quand il était à la guerre et que la survie causait suffisamment de soucis pour éclipser tout le reste.

Drozin est un homme riche, disons à l'aise, et puissant dans la communauté qui s'est construite autour de lui, grâce au Morgan and Louisiana Railway. Il est chanceux, mais au milieu de la nuit, il est réveillé par un sentiment de manque, sans savoir ce qu'il lui manque. Pendant les heures les plus noires, il est envahi par la mélancolie, comme un bouchon jeté à la mer, bafoué par les vagues, perplexe et incrédule. En général, ça passe une fois qu'il a pris son café. C'est son valet, Caro Raggio, qui le lui sert. Parfois, Drozin s'ennuie du temps où il n'avait pas de valet. *C'est un piège*, il se dit, en regrettant la tranquillité de la solitude.

Aujourd'hui, il est bercé par le rythme langoureux de son embarcation, sur le chemin de la Coulée Croche, sifflant doucement à son cheval hongre pendant qu'ils traversent la prairie sous un ciel ennuagé.

Le village des Créoles de la Coulée Croche compte une douzaine de petites maisons en rang. Après la guerre, le quartier de ses anciens esclaves abandonné, Drozin leur a permis de démonter les cabanes et de traîner le bois au nord, aussi loin que possible, tout en restant sur ses terres. Ils ont tout pris, même les planchers, laissant derrière eux un terrain vide, comme si une horde de sauterelles était passée. Il ne reste que la terre crue qui disparaît sous l'herbe du printemps. Mais les souvenirs de l'esclavage ne disparaîtront jamais, flottant au-dessus de la boue imprégnée de larmes et de sang, et se mêlant à l'écho des lamentations dans l'écorce des chênes. Parmi les maisons de la Coulée Croche se trouve la cabane de son fils Thomas, mais Drozin ne désire plus le voir, et même y penser plonge un couteau dans son cœur. Il vaut mieux faire semblant qu'il n'existe pas ou bien qu'il est mort.

Drozin arrive devant la cabane de Gabriel Strauss. Il descend du cabriolet, ses hanches douloureuses. À travers la porte, il voit un jeune enfant aux cheveux noirs, la peau couleur de café. Une femme arrive et prend l'enfant dans ses bras, en jetant un regard vide vers Drozin. Il marche derrière la cabane et trouve Gabriel dans le magasin.

Le Noir est surpris de voir le Colonel chez lui. Chaque fois que Drozin a besoin de lui, il envoie Caro Raggio le chercher. Gabriel se redresse, une fourche à foin encore à la main. Il regarde arriver cet homme, son ancien maître, sans dire un mot. Combien de fois il s'est répété qu'il ne souhaitait plus jamais le revoir ? Mais le voilà de nouveau. Gabriel se racle la gorge.

— Bonjour Drozin, il dit enfin.

— Gabriel, j'ai besoin de toi.

Comme le Noir ne répond pas, il continue.

— Je voudrais que tu entraînes le poulain.

Gabriel reste sans dire mot, l'observant. Quand il le voit, le fantôme de toutes ses souffrances surgit du fond de son âme, hurlant comme un démon de l'enfer. Durant des années, chaque fois qu'il le voyait, il pensait le tuer. Ça lui a passé avec le temps. Mais il se réfugie dans le non-dit, Sinon, il deviendrait fou.

— Quoi c'est que tu veux dire ?
— Je l'ai dit. Je veux que tu entraînes le poulain pour courir.
— Le temps que tu me disais quoi faire est passé.

Drozin est piqué comme par une guêpe jaune. Dans le temps, il lui aurait donné une tape sur la gueule pour son insolence. Autrefois, il serait revenu entouré de chevaliers du Camélia blanc planter une croix ardente dans la cour, puis terroriser les femmes et les enfants, ou pire. Mais cette époque est révolue. Ils ne reviendront plus. Drozin écoute le Créole parler et ses pensées fuient comme des bouts de papier emportés par les ailes du vent.

— Tu l'as vu, continue Drozin en parlant du cheval. Tu sais bien ce qu'on pourra faire avec ça.
— Combien tu me donnes ?
— Le quart.
— La moitié.

Drozin marque une pause. Il n'en revient pas, confondu par l'insolence de cet homme, son homme à lui. En même temps, il sait qu'il a besoin d'un entraîneur et que Gabriel Strauss est le meilleur du pays.

— Quand est-ce que tu peux commencer ?
— Demain.
— Bien, à demain.

Drozin n'arrête pas chez lui et continue jusque chez nous. Tout au long du voyage de retour, il regrette d'avoir cédé au marchandage du Créole. *J'aurais pu faire mieux,* il se lamente en lui-même. Il finit par se réconforter en se disant que Gabriel est quand même le meilleur.

Il me trouve dans la cuisine, aidant ma mère à éplucher des pacanes. Sans même dire bonjour à personne, il s'adresse à moi.

— André, va chercher tes affaires, tu déménages chez moi. Demain matin, on commence l'entraînement d'Evangeline.

Pendant une semaine, je couche chez Drozin, dans le salon. Je dors d'abord sur le canapé, mais il n'est pas plus long qu'une causeuse, et j'ai le torticolis chaque matin à force d'utiliser l'accoudoir en bois comme oreiller. La troisième nuit, je déménage sur le plancher, dormant sur quelques couvertures. Il y a chez Drozin une petite cabane qui a servi d'école pour ses enfants avant la guerre. Drozin avait engagé un Américain, un M. Parker, pour leur enseigner, les filles aussi bien que les garçons. Grâce à son enseignement de l'anglais, Catherine a réussi à convaincre le capitaine yankee de ne pas brûler la maison quand l'armée a traversé le pays, s'arrêtant à chaque mile pour faire tonner le canon et annoncer aux esclaves qu'ils étaient dorénavant libres, avant de piller tout ce qui n'était pas attaché à la terre ou trop lourd pour l'emporter. La cabane sert maintenant d'entrepôt. À la suite de mon arrivée, on la transforme en chambre, rangeant la charrue et les outils dans la salle à harnais de la grange. Il y a un petit poêle en fonte qui réchauffe merveilleusement bien la seule pièce et suffisamment de bois de pacanier pour passer l'hiver.

Avant la levée du jour, Gabriel est dans la cour. Il n'ose pas venir frapper à ma porte, attendant que j'arrive. Caro Raggio prépare du couche-couche[18] et du café noir dans la petite cuisine chez Drozin et Gabriel prend une tasse, assis sur la galerie. Je ne l'ai jamais vu entrer dans la maison.

En arrivant dans la grange, j'entends Evangeline hennir, ses oreilles s'agitant derrière et devant. J'ai réussi à la débourrer au jour de l'An, me précipitant de la fête chez mes parents pour passer l'après-midi avec elle. Elle m'a jeté quinze fois, mais je n'ai pas lâché jusqu'à ce qu'elle m'ait accepté.

L'entraînement de Gabriel commence au lever du soleil et se termine avant neuf heures du matin. Pendant les premiers jours, il me défend de la faire courir. On marche au bout des rangs sous l'œil de Gabriel, entre le chemin et le champ vide. Enfin, après plusieurs semaines, il me dit de la faire trotter. Les jours coulent comme de la mélasse, mais enfin il me dit de la faire galoper, de chez Drozin à chez nous, suivant la bordure, un mile pour aller, un mile pour revenir. Gabriel plante deux piquets, un chez

18. Farine de maïs frite et servie dans un bol de lait chaud.

Drozin et l'autre chez nous, chacun surmonté d'un ruban rouge. Il marche le parcours en comptant ses pas. À chaque *furlong*, toutes les deux cent vingt verges, ou tous les deux cent vingt pas, il plante un piquet au ruban blanc. Il m'interdit de courir dans le chemin, à cause du danger de cailloux ou d'ornières.

En allant, je dois la faire courir au petit galop, pour ensuite lui donner quelques instants de repos, et finir au grand galop au retour, toujours en utilisant les rubans comme balises. Gabriel m'attend, une montre à la main, un chronomètre en argent. Où ce Créole a-t-il trouvé les moyens de se le payer reste pour moi un grand mystère. Mais chronomètre il a. Il me dit de ralentir Evangeline, car elle est déjà en dessous de deux minutes pour le mile.

Ça dure trois mois, tous les jours, sauf le dimanche ou quand il pleut, bien qu'il la sorte parfois après la pluie.

— Je veux voir comment elle fait dans la boue, il me dit.

Je n'aime pas courir dans la boue avec elle, parce que sa dégaine est réticente et maladroite, entre courir et glisser. Par la suite, il faut nettoyer les croûtes de terre collées à ses pattes et à son ventre. Tous les jours, je dois la frotter avec une brosse et un peigne, piquer ses sabots et dresser sa crinière et sa queue. Quand il fait beau, on peut la laisser libre, mais la plupart du temps, elle reste au hangar, sauf le matin quand on la fait courir. Quand elle part au grand galop, je me sens libre, et mon cœur s'élance au ciel. Je ne sais pas ce que c'est le paradis, mais je me dis que ça doit ressembler à ça, ses sabots frappant la terre comme la foudre, ses poumons battant comme un tambour, le bruit de sa respiration me donnant le repère pour que j'accorde mon souffle au sien. On devient un seul poumon, un seul cœur frissonnant de joie.

Après trois mois, un mardi matin après l'entraînement, je suis dans la grange, frottant Evangeline, quand je vois Gabriel et Drozin se parler. Drozin est descendu de sa galerie et les deux hommes s'entretiennent à l'ombre du magnolia.

— Elle est prête, dit Gabriel.

— C'est quoi son meilleur ? demande Drozin.

— Une minute quarante-deux.

J'entends Drozin siffler.

— *Goddamn,* mon fils de putain, que t'es bon.

Il éclate de rire, ses moustaches de morse sautant comme une grenouille, son gros ventre tremblant comme les pis de sa Guernesey.

— *Goddamn* que t'es bon.

7

Après la guerre, le sud de la Louisiane est vidé de ses animaux. Les chevaux qui ne sont pas confisqués par Guillaume Vincent et la 2e Louisiana sont volés par les Yankees ou tués et mangés sur place. Les bêtes à cornes disparaissent pendant l'invasion du général Nathaniel Banks en octobre 1863, à un tel point qu'il n'en reste plus quand il rebrousse chemin, et ses maudits soldats sont obligés de se nourrir aux racines et à l'écorce des arbres. Mais avant même que l'armée d'invasion ne quitte le pays, les chevaux resurgissent de la terre comme par magie et, une fois l'invasion terminée, on ne peut pas imaginer qu'il y a eu un manque. Les terrains de course commencent à garnir la prairie comme les fleurs au printemps. En 1872, en pleine occupation, les courses recommencent à La Nouvelle-Orléans. Le 13 avril, aux Fair Grounds, à Gentilly, on entend l'appel du clairon, et la rage des courses à cheval s'étend jusqu'au sud-ouest comme une épidémie. Les cavaliers se regroupaient bien avant, à la bordure des champs, se rassemblant à l'improviste pour l'amour du pari et l'excitation de la course. Comme le phénix renaissant de ses cendres, les terrains jaillissent des décombres de la guerre et poussent comme des champignons après la pluie. Les entrepreneurs se rendent compte qu'on peut faire de l'argent aux terrains, et ils font construire des pistes en ovale ou, plus souvent, en ligne droite. Pour attirer la clientèle et gagner encore plus d'argent, ils installent une salle de danse et un bar. Les pistes les plus populaires sont celles d'un demi-mile, permettant plus de courses dans une journée que les grandes ovales. La piste le plus près de chez nous est celle d'Odellon Broussard à Carencro. Mais à l'époque où Flying Evangeline se lance dans le bal, il y en a partout : celle de Numa Bienvenue à Saint-Martinville, d'Honoré Guilbeau à Pont-Breaux, celle du Dr Léon Lozes à Lozes, et plein d'autres encore, où les joueurs et les fanfarons se rencontrent les dimanches après-midi. Le terrain le plus populaire est celui de Columbus Trahan dans le village de Mire, connu comme Les Lilas, et c'est là que Flying Evangeline fait son entrée le dimanche de Pâques 1881.

Columbus Trahan est un éleveur réputé. Ses troupeaux comptent dans les milliers de têtes, ses terres s'étendent à l'ouest du village de Mire, jusqu'au cœur de la paroisse d'Acadie. Il s'habille toujours avec une chemise et un pantalon de la même couleur vert foncé, un stetson gris de dix gallons posé sur sa tête dans un angle coquin. Il monte un rouan massif gris clair. Les étrivières de sa selle sont très longues, ce qui donne l'impression qu'il se tient debout. Les étriers en bois sont ouverts, laissant dépasser les orteils pointus de ses bottes mexicaines. Après des années à conduire les bêtes jusqu'à La Nouvelle-Orléans dans la migration annuelle, il a décidé de bâtir un terrain de course pour combattre l'ennui, laissant à ses fils le soin des bœufs.

L'emplacement est simple : une piste de quatre *furlongs*, un demi-mile, entourée d'une étable avec vingt stalles et d'un bâtiment ouvert, colonnes en bois et plancher de sapin large, sous un toit en métal avec suffisamment de place pour contenir une centaine de personnes debout. À la tête de la piste est posée une plateforme où le juge se tient, cloche à la main. Il y a une barrière qui court le long de la piste de chaque côté et une autre au milieu qui partage les deux voies. Celle-ci s'arrête peu après le point de départ, juste assez longue pour séparer les chevaux pendant l'élancée. Les deux jockeys doivent garder leur cheval à quelque distance de la ligne de départ. Selon un choix déterminé par le lancement d'une pièce, l'un crie « *Ready* » et l'autre « *Go* », signe du départ. Si le juge estime que les chevaux sont bien positionnés, il sonnera sa cloche pour lancer la course. Si le départ est faux, il va la sonner davantage. Le juge à l'arrivée tient un petit drapeau blanc posé sur un bâton avec lequel il va indiquer le gagnant.

On arrive en matinée, le voyage de chez Drozin aux Lilas prenant un peu plus de deux heures à la marche. Pas question de faire courir Evangeline, il faut garder toute son énergie. Je suis monté sur ma Cannelle, tirant Evangeline par un licol, notre procession silencieuse, tous concentrés, même mes frères, habituellement si jacasseurs, perdus dans leurs songes. Il fait un temps magnifique, avec un ciel bleu et un peu de vent. Nous sommes plusieurs : Caro Raggio et Drozin dans le cabriolet, mon père et mes deux frères dans le wagon tiré par nos mulets. Ils veulent tous assister au début de ma carrière de jockey. Ma mère est vexée, son dîner de Pâques est dérouté. Mais pour une fois, elle n'a rien dit, voyant la fierté qui irradiait mon visage. Je suis nerveux. On m'invite à monter dans le wagon, mais je suis trop agacé, préférant naviguer la prairie sur le dos de ma petite jument créole. À droite et à gauche, une vue agréable de troupeaux de toutes sortes, dispersés dans la prairie comme des taches de rousseur sur le visage de Dieu : des Hereford, Angus, des Brahma et même des Grandes Cornes avec leurs panaches énormes et leurs têtes plates.

En arrivant aux Lilas, j'ai le cœur dans la gorge. Il y a une foule de monde, des centaines de personnes, collées ensemble comme des bananes sur un régime. Il y a un va-et-vient constant, une agitation bruyante. Je ne peux pas imaginer d'où est venu tout ce monde. Il me semble qu'il ne peut pas y avoir autant de gens dans le pays, Noirs et Blancs entremêlés dans une confrérie de plaisir. L'odeur du barbecue vogue sur la foule comme l'écume de la marée. On vend de la limonade pour les enfants et du whisky d'Arnaudville pour les adultes, ainsi que de la salade de pommes de terre, des patates douces, du boudin. On circule dans la foule, chiffons de papier à la main, les paris inscrits dans la bonne humeur. Assis sous l'arche du bâtiment, entouré comme un roi sur son trône, est Morphie. Devant lui est étendu un jeu de hasard, une peau huilée divisée en carrés, chacun avec son chiffre. On place sa mise sur un carré, puis on lance les trois dés qu'on agite dans une tasse en bois. Morphie prend tous les paris. Son bras gauche finit en moignon, en dessous du coude, un accident de naissance le privant de sa main. Mais avec habileté, il note les paris de sa main droite, acceptant toute mise au handicap. En vieux rat des courses, c'est lui qui détermine l'enjeu. Flying Evangeline est placée à 10 contre 1. Avec sa tête ronde et une rangée de dents dont la moitié manque, il joue le clown pour séduire les joueurs et, tel un émerillon, il hypnotise sa proie avec ses ailes déployées avant de frapper.

— Venez, les joueurs et tous mes amis. Venez m'aider à lancer ma partie. Deux-six avec l'as, je paie la balance et Morphie les prend tous ! il chante, sa tête rejetée en arrière et ses grosses lèvres tordues par l'euphorie, ses petits yeux noirs s'agitant comme la queue d'un serpent.

Drozin paye les frais d'entrée et nous emmenons Evangeline à l'intérieur de l'étable. Nous avons la stalle numéro 7, porteuse de chance. Il y a du foin frais et un petit bac d'eau. Dix stalles sont disposées de chaque côté d'une porte qui mène vers le paddock. Je suis ivre, soûl d'adrénaline, de l'odeur du foin, des bêtes, des conversations bourdonnantes qui m'entourent comme un tourbillon, dans lequel je suis porté vers le bonheur. Je tremble. Il fait une température agréable, mais je suis nerveux comme une poule dans un nid d'alligator. Il n'y a que Drozin et moi qui pouvons entrer dans l'étable, nos amis devant rester à l'extérieur. On s'installe et je sors la brosse pour passer un coup sur le poil d'Evangeline. Sa crinière est peignée, sa queue est tressée et ses sabots sont huilés, scintillant comme la pleine lune de décembre. Je sens quelqu'un qui entre, je me retourne et je vois Gabriel Strauss qui me regarde avec un grand sourire.

— Ne la brosse pas trop, tu vas l'endormir, il dit.

Il semble que tout le monde le connaît : « Eh Gab », on dit.

— Eh Gab, comment ça va, vieux jeton ?

— Eh Gab, comment les haricots[19] ?

Il les salue tous, les appelant par leurs petits noms, eh Choune, eh Momo, eh Ti-Gars, eh Bulldog. Tout se passe dans une légèreté qui cache le courant violent qui coule comme la nappe phréatique en dessous de la prairie des Attakapas. On est là pour gagner, pour gagner de l'argent. La plupart sont armés, les couteaux et les pistolets enfoncés dans les ceintures ou cachés dans les poches, et la bagarre rôde comme un coyote.

Il y a dix courses au programme et nous sommes inscrits à la septième, encore de la chance. Elles commencent vers une heure de l'après-midi, donnant la chance aux vendeurs de faire commerce et à la foule de se rassasier. L'attente est interminable. Chaque course est faite en trois étapes, les deux chevaux faisant le parcours à trois reprises. Celui qui en remporte deux est déclaré gagnant.

Mon adversaire est Red Dot, un cheval cagneux, sorrel brûlé, avec des chaussettes blanches et une rayure sur la tête. Son jockey est un Noir de mon âge, maigre comme un clou. Il se tient dans le paddock, sautillant, et ne me regarde pas.

Flying Evangeline quitte l'étable, emmenée par Gabriel. Il la mène par la bride et lui chuchote à l'oreille tout au long du trajet. Rendu à la porte du départ, il se plie, prend mon pied gauche entre ses mains et me pousse sur la selle anglaise. Celle-ci est tellement lisse que je manque de tomber. Chaussant les étriers, je prends les rênes. Gabriel me passe la cravache. Il me tient par le bras.

— Use pas ton fouet avant la troisième manche. Laisse-lui sa tête et concentre-toi sur ton assise. Bonne chance.

Sournoisement, il glisse un cube de sucre dans la bouche d'Evangeline.

Je gagne le lancer de la pièce et, par manque d'expérience, je choisis de passer en premier. Red Dot s'énerve, son jockey maigrichon tirant sur les rênes, me regardant fixement.

---

19. Expression louisianaise : si les haricots sont salés, les affaires vont bien. S'ils ne le sont pas, c'est le contraire.

— Mais qu'est-ce que t'attends ? il me dit, ses yeux bruns aussi agités que son cheval.

Il a la peau du visage rugueuse et une cicatrice en dessous de l'œil droit.

Le soleil descend, mais on ne l'aura pas dans les yeux. Deux petits garçons courent le long de la piste, un de chaque bord, criant : « Dégagez la barrière, dégagez la barrière ! »

— *Ready*, je dis.

Dès que j'ouvre ma bouche, il crie « *Go* » et son cheval bondit. Je ne fais rien pour qu'Evangeline parte, mais elle part quand même, poussant de ses fesses rondes, nous propulsant sur la piste comme un boulet de canon. On dépasse la plateforme, la corde tombe à terre, le juge faisant sonner la cloche un seul coup. Evangeline s'élance à cœur joie. Ce n'est que quatre *furlongs* et c'est fini avant que ça commence, quarante-cinq secondes. On a perdu d'une tête, la faute de mon inexpérience.

On retourne au départ, en marchant. Gabriel arrive pour prendre la bride.

— Cette fois-ci, il me dit, c'est à toi le « *Go* ». Attends, attends, compte jusqu'à cinq. Écoute-moi, ça va paraître long, mais compte jusqu'à cinq avant de lâcher.

On retourne tranquillement, toujours sur la piste. Dans la foule, je vois mon père et mes frères. Ils crient, me faisant signe, sautant dans les airs. J'écoute les conseils de Gabriel, attendant de compter jusqu'à cinq avant de lâcher « *Go* ». Effectivement, ça semble une éternité, le jockey noir finit par me regarder avec impatience et c'est à ce moment que je crie. Evangeline s'élance comme un ressort. On a une bonne tête d'avance dès le départ, et elle s'éloigne, ses sabots frappant la terre comme les tambours de guerre. Cette fois, on gagne d'une longueur, la clarté entre les deux chevaux.

De nouveau, on retourne au départ. Gabriel s'approche.

— Oublie pas ton fouet. Pas beaucoup, mais un ou deux coups pour lui dire que tu l'aimes.

Pour se venger, le petit maigrichon me fait attendre après mon « *Ready* », me regardant de ses yeux de serpent malicieux. Il me fait attendre bien plus longtemps que je l'ai fait. Dix secondes, quinze secondes, je ne sais pas. Enfin, c'est « *Go* » et on part comme des flèches, mais la cloche sonne et sonne. Faux départ. On retourne à notre position, mon cœur battant comme pour casser ma poitrine. Evangeline est nerveuse et j'ai de la misère à la retenir. Maintenant, c'est à mon tour de dire le « *Go* » et je ne veux pas jouer, mon cheval est devenu dur à contrôler, secouant sa tête, tirant sur la bride, sautant de côté.

Dès que le petit Noir me fait « *Ready* », c'est « *Go* ». Le départ est juste et les deux chevaux sont égaux au premier *furlong*. Je mets la cravache, son sifflement aigu coupant l'air comme une machette dans la canne. Et je la mets encore, Evangeline frissonnant à chaque coup. C'est serré, mais elle l'emporte par une tête. Le juge agite son drapeau de notre bord. Gabriel arrive en courant.

— Bien fait, André, t'as bien fait, il dit en caressant la tête du cheval.

Rendu dans l'étable, j'enlève la selle, essuyant la sueur sur le dos d'Evangeline. Gabriel tâte ses genoux. On est heureux. Bien qu'il y ait encore trois courses à venir, une fois Evangeline reposée et sèche, on part. Drozin, Caro Raggio, mon père et mes frères nous attendent, souriants. Ils me félicitent, me serrant à bras-le-corps, la fierté dans leurs yeux. Il y a encore quelques heures de clarté qui restent à la journée, juste le temps de se rendre chez nous. Je fais le voyage dans le wagon, ma Cannelle et Evangeline attachées toutes deux à l'arrière. Je m'assois avec mes frères au fond, la douceur du soleil me caressant la peau.

Le wagon entre dans la cour chez nous, puis je continue jusque chez Drozin, monté sur ma Cannelle, tirant Evangeline. Je dois les brosser toutes les deux et leur donner un peu d'avoine avant d'aller m'écraser dans ma petite cabane, après avoir frotté mon visage à l'eau du puits.

Drozin m'arrête en route.

— Tiens, il dit, sa main tendue vers moi. Ta part.

Il me donne un sac en velours avec dix pièces d'argent, dix dollars. J'apprendrai bien plus tard que, sur toutes les bourses que nous allons gagner, il paye Gabriel la moitié, me donnant l'autre moitié et ne gardant rien pour lui. Par contre, sur la piastre qu'il a pariée avec Morphie, il en a fait dix.

8

Le printemps s'écoule, cédant la place à l'été et à sa chaleur. Nous suivons un rythme peu varié, ruminant la vie avec constance. On ne peut pas courir toutes les semaines, Evangeline ne pourrait pas maintenir le rythme, mais elle tient bien à deux courses par mois. De retour chez nous, l'entraînement est quotidien, après un jour ou deux de repos. Souvent, on doit partir le samedi ou même le vendredi, comme les terrains se trouvent de plus en plus loin, aux Opélousas, à La Nouvelle-Ibérie, à Crowley et à Abbeville. Pendant nos excursions, on ne fait pas plus de vingt miles par jour, ne voulant pas fatiguer Evangeline ni nous-mêmes. Alors, ça nous prend parfois deux jours pour arriver au terrain. Si on arrive la veille, on couche dans les étables, passant la nuit étalés sur le foin parmi les chevaux. Si on ne peut pas arriver le jour ou la veille, on cherche un abri chez l'habitant, couchant dans la grange, partageant parfois un repas avec des inconnus qui sont émerveillés de voir arriver cette étrange coterie : un vieux aux cheveux blancs et au ventre rond accompagné de son valet italien, un vieux Noir et un jeune garçon aussi mince que timide. Drozin ne manque jamais d'informer nos hôtes que nous sommes l'équipe de Flying Evangeline. Sa réputation grandit de victoire en victoire, et on fait parler de nous de plus en plus.

La présence de Gabriel Strauss cause de la consternation, mais sous l'égide du Colonel, personne n'ose rien dire. Il dort avec nous dans les étables. La seule fois que nous avons pris une chambre, à l'hôtel Cazan aux Opélousas, le propriétaire ne voulait pas le laisser entrer. Drozin a pris le monsieur à part :

— Ce n'est pas un Noir, c'est mon oncle, il est juste un peu brûlé par le soleil, a-t-il expliqué, glissant un dollar américain dans la main du monsieur, un petit maigre avec une visière sur le front, des lunettes rondes et des élastiques sur les manches de sa chemise blanche.

Drozin n'aime pas les Noirs plus que ça. Il s'est battu à la guerre pour les garder à leur place, mais Gabriel Strauss n'est pas un Noir pour lui : c'est l'entraîneur de Flying Evangeline. On prend deux chambres, et je dors dans l'une d'elles avec Gabriel. Il n'y a qu'un seul lit et il insiste pour que je le prenne.

— T'as besoin de te reposer plus que moi. C'est toi qui cours, pas moi, il me dit.

De course en course, on roule comme un bolide. J'apprends à réussir les départs. Gabriel m'instruit. Il faut regarder les yeux du jockey adverse. S'ils s'agitent de bord en bord, il est nerveux et il faut le perturber en étirant le départ, dans le but de l'énerver davantage. Si les yeux sont calmes, par contre, il n'y a rien à faire, à part se concentrer sur son cheval et respirer profondément. La plupart des jockeys sont nerveux.

Flying Evangeline est imbattable. Rendu à la fin de l'été, sa réputation est enracinée comme un chêne vert. Neuf victoires et une seule défaite causée par un terrain boueux. Evangeline n'aime pas la boue et, à vingt verges de la ligne d'arrivée, elle s'est mise à glisser à chaque étape.

C'est à la mi-août que j'apprends une grande nouvelle. On est à Carencro, chez Odellon Broussard. On vient de gagner le prix, cinquante dollars et, dans la foulée de joie, Drozin m'annonce :

— André, on va courir au nouvel hippodrome sur la rue Surrey, à Vermillionville. Il n'y a jamais eu une pareille affaire. Une futurité, la première à jamais être courue dans le pays, à la fête de la Sainte Vierge, le 8 septembre.

Les mots sortent de sa bouche comme des fourmis d'une fourmilière, ses yeux disparus entre les plis de ses joues. Il sautille comme un crapaud. La futurité est un tournoi qui s'étalera sur deux jours, ouvert seulement aux débutants de deux ans. Les quatre meilleurs temps du samedi vont disputer la course dans une royale le dimanche. La bourse est de mille dollars, un montant jamais vu. Aussitôt, Drozin envoie Caro Raggio enregistrer Flying Evangeline.

J'ai déjà un sac plein d'argent, plus de cent cinquante dollars, que j'ai confié à mon oncle Martin, sauvegardé dans le coffre-fort qui se trouve à l'arrière de sa boutique. Chaque semaine j'y passe pour y ajouter des dollars américains, ma moitié des bourses gagnées.

Je suis à l'entraînement tous les jours, sauf le dimanche et les jours où Gabriel veut laisser Evangeline se reposer. Ma mère n'approuve pas ma carrière de jockey. Elle me trouve arrogant et craint de me voir fréquenter les bambocheurs et les criminels. Cependant, elle ne peut rien contre la volonté de Drozin, à qui la possibilité de ma corruption ne suffit pas pour l'empêcher de courir après la gloire. Souvent, au grand chagrin de ma mère, je manque la messe du dimanche, enivré par cette renommée croissante qui me fait tourner la tête et qui met mon âme en péril. Pourtant, ça ne dérange pas mon grand-père. « Laisse-le donc faire, il dit à ma mère. Il n'a qu'une seule vie. »

Mes frères sont jaloux, surtout qu'ils se trouvent affligés du travail de la récolte. J'aide à la ferme le plus que je peux, ce qui n'est pas beaucoup. J'habite chez Drozin et ma vie est consacrée à Evangeline. Mon père ne dit rien. Il pense comme ma mère, mais n'ose pas contredire Drozin. Mes sœurs sont fières de moi et sont heureuses de mon succès. Je ne sais pas quoi faire avec tout cet argent. À la fête de l'Assomption, j'en donne la moitié à ma sœur Marie, qu'elle place aussi dans le coffre-fort de notre oncle Martin.

Pendant la première semaine de septembre, je ne dors pas tellement je suis excité. Enfin, le grand jour arrive. Bien que notre maison ne soit qu'à deux heures de Surrey Street par le chemin de Vermillionville, on s'installe dans l'étable à l'hippodrome la veille. L'ambiance est tendue. Drozin se couche sur son lit de camp, Caro Raggio et moi, on s'allonge par terre, couverts de courtepointes, avec des couvertures de selle roulées pour oreillers. Je ne dors pas de la nuit. Au petit matin, Gabriel me secoue les bottes.

— Lève-toi, André, on va faire courir la belle.

Evangeline est déjà sellée, un sac d'avoine sur la tête. J'essuie mes yeux et je m'étire. À mes pieds, une nouvelle paire de bottes d'équitation, en cuir noir brillant, bordées au jarret de brun, les talons bas, juste assez de niveau pour tenir l'étrier. Elles sont magnifiques. Je les enfile rapidement et je suis mon cheval dehors.

L'ovale fait un mile, mais la piste est prolongée devant la tribune pour faire un demi-mile de parcours sans courbe. Il y a un léger brouillard à travers lequel j'entends les autres coureurs. On sort, petit galop, trot et marche. Gabriel me dit de ne surtout pas la faire galoper. Ça dure une demi-heure et on rentre. Déjà, il y a du monde qui arrive.

Le temps est venteux avec un ciel ennuagé, laissant passer des éclaircies. Avant dix heures du matin, les gradins sont remplis. J'aperçois Morphie faisant son tour. Ici et là, les paris sont pris à partir d'un programme imprimé. Je n'ai jamais vu pareille chose. La course de Flying Evangeline est septième, toujours de la chance. C'est elle qui est handicapée maintenant 10 à 1. On gagne facilement et on est qualifiés pour la royale. Je suis touché de voir mes parents arriver. Ma mère a apporté de la salade de pommes de terre et un poulet froid qu'on dévore dans l'étable. Je suis heureux et fier. Cette nuit-là, je ne dors pas encore, trop anxieux. Je m'approche d'Evangeline, lui flattant l'encolure. Elle hennit doucement.

Tout à coup, je sens qu'il y a de l'orage dans l'air dans l'étable. Drozin attrape Gabriel par la chemise, leurs nez si près qu'un maringouin ne pourrait pas passer entre.

— Tu m'as menti.

— Non, je t'ai rien dit.

— Tu devais me le dire.

— Tu me dis pas tout ce que tu fais. Je suis plus à toi, Drozin, je suis plus ton homme.

— Espèce de… Tu feras cinq cents piastres, peu importe qui gagne.

— Drozin, je te donne tout ce que je te dois. Je ne fais pas moins pour toi et pour ton cheval que je ferais autrement.

Flying Evangeline va courir contre Miss Get. Le propriétaire de Miss Get, c'est mon oncle Thomas, et son entraîneur, c'est Gabriel Strauss. Flying Evangeline va courir contre un autre cheval de Gabriel Strauss. Drozin est hors de lui, mais il n'y a rien qu'il puisse faire, sauf de laisser les chevaux courir et espérer gagner. Le jockey de Miss Get est le fils de Thomas, le mulâtre qui s'appelle, lui aussi, André Boudreaux.

En me promenant dans le paddock, j'ignore ce qui se passe, mais je sens que l'ambiance est maudite et que la malchance me guette.

Le lendemain, le temps est brumeux, une vague de froid ayant passé dans la nuit. La royale se tient en matinée. Les quatre meilleurs temps sont qualifiés. Il y aura des éliminatoires et ensuite la finale. Si elle gagne, Evangeline aura couru six étapes. Mais elle est en forme et la journée s'annonce bien.

Notre première course est contre la jument Miss Get. Dans cette royale, les chevaux doivent se lancer sur place, les entraîneurs les tenant par la bride jusqu'à la cloche. C'est Gabriel qui tient Evangeline et Thomas qui tient Miss Get. On gagne la première manche d'une tête et on revient tranquillement.

Gabriel me dit :

— Laisse-le gagner cette fois, ça fera monter les mises.

La situation est étrange. Je ne comprends pas ce que mon oncle Thomas, banni de notre famille, fait à côté de moi, son fils monté sur le cheval concurrent. Il est de mon âge, maigre, les cheveux frisés et les yeux clairs. Il me regarde avec méchanceté, mais tous les jockeys se regardent comme ça. Evangeline est en train de gagner, mais je la retiens, et on perd d'une tête.

Pendant la dernière manche, le brouillard se répand et nous courons dans la brume. Au premier *furlong*, on a bien de l'avance, mais le jockey de Miss Get s'approche et attrape mes rênes. Je lui donne un coup de cravache, puis un autre, avec toute ma force. Je suis en train de le regarder et je ne vois pas le chien qui traverse la piste. Evangeline le frappe en pleine course et on tombe. De toutes mes chutes, celle-là est la plus pénible, parce que la vraie chute ne commence qu'une fois que j'ai touché terre. Quand je retrouve mes esprits, je vois qu'Evangeline est debout et marche, mais elle boite.

Le canon de sa jambe droite est fracturé. L'os passe par la peau et le sang coule, laissant une traînée rouge sur la terre. Les gens arrivent en courant et il y a beaucoup de cris. Drozin parvient à attraper Evangeline.

— Tassez-vous, il hurle, dégagez !

Et à moi, il ordonne :

— André, va-t'en, va-t'en, je te dis !

Sa face est rouge et les veines de son cou sautent.

— Entourez-moi, il crie aux gens.

Il sort un pistolet de sa botte, un .32 Smith & Wesson retroussé, qu'il met dans l'oreille d'Evangeline. Le premier coup la jette à terre. Elle s'agite, les yeux effrayés, le sang giclant de son oreille. Drozin vide le cylindre, cinq coups d'affilée.

Evangeline gigote, les quatre jambes ballottant sa dernière course. Je me jette sur elle, lui serrant la tête, le sang mélangé à mes larmes. Drozin me tire par la nuque et met le pistolet dans ma main.

— Va jeter ça, il me dit.

Son menton tremble et des larmes coulent de ses yeux.

Je regarde mon grand-père. Je jette le pistolet à terre. Il est encore chaud et sent la poudre. Je cherche André Boudreaux, l'autre, que je trouve sur la ligne d'arrivée. Je lui saute dessus avec ma cravache. Je ne me souviens de rien après ça.

Quelques jours plus tard, le corps d'Evangeline arrive dans un wagon dont on a enlevé les bords. Drozin fait creuser une fosse de dix pieds de profondeur derrière sa maison, à côté du cimetière où sont enterrées sa femme et ses filles. Ça prend une journée entière à creuser le trou, et, pendant la moitié du temps, on creuse dans la boue, ayant atteint la nappe phréatique. Gabriel Strauss et plusieurs Créoles y travaillent d'arrache-pied. On fait venir une poulie du moulin de coton et, avec énormément de peine, on réussit à enterrer le corps raidi d'Evangeline debout, la tête pointée vers l'est. Une fois qu'elle est recouverte de terre, Drozin sort son grand pistolet argenté et tire en l'air. Il vide le cylindre et le remplit, puis le vide trois fois et demie encore, vingt et un coups en tout.

— Y en a pas deux comme toi ! il crie vers la fosse.

Il se tourne vers Gabriel et lui dit :

— Va-t'en. Je veux plus te voir.

Ça sera très long avant que je le revoie.

Troisième partie

9

Le deuil est un animal sauvage qui ne sera jamais apprivoisé. C'est lui qui nous maîtrise, nous oblige à suivre ses commandes sans qu'on puisse résister. Les images tournent dans ma tête. Je vois ses yeux, ses oreilles s'agitant. J'entends ses grands soupirs et ses sabots frappant la terre. Je sens son odeur, et mes doigts se souviennent de la texture de son poil rugueux. Je n'arrive pas à chasser ces images de ma tête et mon esprit accablé dérive comme un bateau sans gouvernail. Au milieu de la nuit, les souvenirs s'assoient sur ma poitrine, avec un poids fait de tout ce qui est encombrant dans l'univers.

Je ne pouvais plus supporter de vivre chez Drozin et je suis retourné à la salle à harnais, dans la grange de mon père. Même là, je suis troublé, abattu, me réveillant la nuit le souffle court, le rêve d'Evangeline flottant au-dessus de moi, un fantôme, ses griffes ancrées dans ma peau, ses dents aiguisées m'arrachant des bouts de chair. Drozin fait tout pour me divertir, arrivant à l'improviste, m'offrant des cadeaux : un couteau, des bandanas de toutes les couleurs. Mais je me réfugie dans ma souffrance, là où il n'y a pas de place pour autre chose. Je m'occupe de ma Cannelle. Elle est douce et je l'aime, mais de la voir me rappelle Evangeline, et ça me pince, le pincement faisant écho dans le vide qui entoure mon cœur.

Une semaine après l'accident, je suis encore bouleversé, les larmes surgissent rapidement. Tout me rappelle ce cheval.

J'essaye d'éviter les endroits où je savais qu'elle me guettait, mais son empreinte est partout et, soudainement, à n'importe quel moment, je me sens propulsé dans le malheur, comme un mulot dans les serres d'un hibou à la brunante.

À la fin de l'après-midi, je range les pelles avec mes deux frères quand Drozin arrive. Il est seul.

— André, j'ai une surprise pour toi !

Il me regarde avec les yeux d'un suppliant.

— Est-ce que tu voudrais m'accompagner à La Nouvelle-Orléans ?

Je ne saurai jamais s'il me l'a proposé pour me soulager ou bien s'il avait l'intention d'y aller. Mais pour moi, c'est une invitation fabuleuse. On part le vendredi suivant, le 16 septembre.

10

On se présente à la gare à temps pour le train de sept heures. La construction de la voie ferrée s'est rendue à Rayne, nommé tout comme Scott en l'honneur d'un conducteur de train, chaque gare plantée à cinq miles de la précédente, comme le seront tous les villages le long de la prairie. Ce sont les graines d'un chapelet d'acier étiré par un dieu errant un mile à la fois, se battant pour rejoindre les tentacules du progrès arrivant de Houston pour boucler la ceinture du monde. À Rayne, les trains passent la nuit et, au matin, ils prennent le point tournant, puis recommencent leur trajet à l'envers jusqu'à la station de Vermillionville, où ils tournent de bord de nouveau. La gare de Scott est plus grande que l'église. Il y a deux bancs pour les passagers, fabriqués avec des planches larges posées sur des pieds sans ornement ni adossement. La plupart de l'espace est vide, en attente de marchandises et, surtout, des balles de coton qui seront expédiées vers La Nouvelle-Orléans. De temps en temps, il y a des livraisons d'équipement destinées au magasin général d'Alcide Debaillon, qui se trouve à côté de la gare, de l'autre côté de sa maison. C'est une maison colossale dans le style américain, peinte en blanc avec une galerie spacieuse à l'avant ornée d'une balustrade. Debaillon vend de la quincaillerie et de la modernité, des charrues, des wagons, des harnais, tous exposés dans son magasin qui, lui aussi, est plus grand que l'église. Drozin et Debaillon ne s'adonnant pas, on m'interdit d'y entrer, mais je regarde par les vitres de la galerie à l'avant quand j'y passe, voyant toutes ces machines neuves qui brillent avec tant de promesses. À l'étage, il y a deux balcons, un de chaque côté. D'un côté, il y a, pour les dames, des étoffes, des boutons, du fil à coudre et une machine à coudre Thimonnier, une vraie merveille. Il y a aussi de la vaisselle et de la coutellerie, et même des vêtements prêts-à-porter. De l'autre côté, pour les hommes, il y a des armes à feu, des fusils, des carabines, des pistolets, des couteaux ainsi que des chapeaux et des habits. Il n'y a personne dans le pays qui peut se payer ces choses, mis à part les armes à feu rendues nécessaires, et un chapeau une fois dans sa vie. Mais la raison d'être du magasin n'est pas le commerce autant que la vanité. Debaillon n'a pas besoin de vendre beaucoup pour satisfaire ses ambitions. Le chemin de fer l'a rendu encore plus riche que Drozin, parce qu'il a commencé avec beaucoup d'avance.

Debaillon est originaire de Royville, le long de la Côte Gelée, au sud de Vermillion, où il a toujours une plantation de canne à sucre. Ses contacts politiques lui ont donné accès à des informations privilégiées concernant la route qu'allait prendre le nouveau chemin de fer. Ainsi informé, il est allé offrir à Drozin deux dollars l'acre, prix fabuleux, pour cinq cents acres, sachant que sa fortune à lui, Debaillon, serait considérablement augmentée par cette acquisition. Drozin pensait faire une excellente affaire. Les deux hommes se rencontraient lors des rassemblements politiques vers la fin de l'occupation, à l'époque où ils ont retrouvé le droit de voter, des soirées arrosées de whisky du Tennessee et embaumées de la fumée de cigares et de la nostalgie. Veufs tous les deux, ils revivaient leurs jours de gloire militaire et discutaient du prix du coton. Il y avait toujours de la rancune chez Debaillon. Il n'avait jamais accepté que Drozin soit élu capitaine de la compagnie pour laquelle lui, Debaillon, avait fourni les uniformes. En vendant de sa terre, surtout à ce prix, Drozin se disait heureux du marché, convaincu que Debaillon s'intéressait au coton. Quand il a appris, une fois la vente enregistrée, que Debaillon était maintenant assis sur le lopin où le Morgan and

Louisiana Railway construirait sa première gare, la colère s'est installée comme un ver dans son cœur, où elle restera pendant toute sa vie. Quant à Debaillon, il s'est dit satisfait de sa revanche et estimait que maintenant lui et le Colonel étaient quittes.

Dans le bâtiment de la gare, à part les deux bancs et le grand espace habituellement dégagé, il y a une grille dans le mur donnant sur le bureau, derrière lequel est assis l'agent, un dénommé Dub Domingues. Il passe ses journées sur un tabouret à jouer de l'accordéon à boutons et s'occupe parfois d'un client. Il a acheté l'accordéon chez Debaillon au prix de vingt dollars, qu'il pouvait payer en versant un peu chaque mois de son salaire. Il est un des rares ouvriers du pays qui en possède un.

C'est un homme maigre à la peau basanée, le visage pointu comme la tête d'une hache. Il s'est mis à apprendre l'accordéon pendant ses temps libres, qui étaient abondants, sauf deux fois par jour quand les trains passent et à l'automne, quand on exporte le coton, les balles rangées comme des soldats à l'intérieur de la gare. Avec un violoneux créole, un dénommé Amédée Toussaint, il fait bal. Sa femme, une bassette aux cheveux tressés et tournés autour de sa tête comme une couronne, chante. Elle est américaine et s'appelle Verna Mae. Elle fait fureur dans les veillées, accompagnée de son mari avec son accordéon noir et du violoneux créole, qui danse comme une toupie en tirant l'archet sur les cordes.

Drozin et moi arrivons de bonne heure, conduits par Caro Raggio, qui doit rester pour veiller le pays. On attend assis sur un des bancs. Nous avons chacun un petit sac de toile, celui de Drozin, couleur crème, est deux fois plus grand que le mien, qui est violet et couvert de broderie. Pendant qu'on attend, Dub Domingues joue de l'accordéon, chantant une mélodie plaintive qui parle de cœur brisé. La poussière danse dans la lumière du matin qui plonge des fenêtres vitrées le long des murs.

Comme conduite par le tonnerre, la grosse bête noire entre en gare. Le chaudron ressemble à une balle de la carabine du diable. Les roues, grandes comme un homme, sont attachées aux barres de traverse d'où passe l'énergie qui arrive du centre de la Terre, magma repoussant tout sur son passage. À l'avant, il y a une grille pointue pour écarter tout ce qui s'oppose à son progrès implacable, et, en dessous du chaudron, se trouve une lampe grande comme l'œil d'un cyclope pour éclairer le chemin. Elle est posée derrière la cheminée d'où sort la boucane, une rivière de suie noire coulant de sa tête comme une plume dansant dans le vent.

Je ne l'avais jamais vue de si près, la grosse bête. Elle est magnifique et me fait frissonner. Il y a une équipe de cinq personnes : le chef habillé en costume gris dont le royaume est le dernier char couleur rouge sang, et trois Noirs en salopette, leurs mains fourrées dans des gants qui arrivent aux coudes, un est mécanicien et les deux autres sont charbonniers, dont le travail est de nourrir le feu avec d'énormes pelletées de charbon, jetant les cailloux dans la gueule des flammes de l'enfer. La place de l'ingénieur est à la droite de la cabine, assis comme le pharaon veillant sur son empire. Il est de blanc vêtu et, sur sa tête, une casquette rayée bleu et gris est posée en angle. Pendant que l'engin reprend son souffle, le mécanicien rôde le long des roues, burette à la main, abreuvant le fer assoiffé.

Drozin et moi entrons dans la seule voiture destinée aux passagers, le reste du train étant composé de deux wagons pour les marchandises. Les balles de coton s'empilent au bout du quai, en provenance du moulin, qui pompe nuit et jour depuis plusieurs semaines. Une douzaine de Créoles, des hommes de Debaillon, torse nu, se débattent avec les énormes carrés, les fibres blanches entassées serrées et enveloppées de jute, chaque paquet pesant cinq cents livres. Ça prend six hommes pour les bouger, tirant, jurant, leurs mains, leurs bras, leurs poitrines écorchés vifs, leur sang coulant sur la peau noire, les gouttes tombant sur les planches crues du quai. Ils poussent les balles sur le chariot, puis les traînent à l'intérieur, cent par voiture en rangées de quatre, commençant aux deux bouts pour finir par remplir la rangée du milieu. Dub Domingues observe du quai et finit par remettre un morceau de papier au chef du train qui met sa marque, retournant une copie. Dub le regarde, habillé en kaki brun, le bout de sa ceinture noire, trop grande, pendant sur sa jambe, ses cheveux noirs plaqués à l'arrière. Il tourne de bord et rentre par la porte qui donne sur le bureau, où il va retrouver son accordéon jusqu'au prochain train, quand l'opération recommencera. Debaillon est propriétaire du moulin, le nerf du pays, ses couloirs névralgiques attachant les plants de coton, les mottes de terre, le soleil, la pluie, les ouvriers, les bêtes, les hommes et les femmes les uns aux autres. À chaque goutte de sueur, à chaque geste, Debaillon empoche. Les balles vont nous accompagner à La Nouvelle-Orléans et, de là, partir sur des navires vers les moulins de la côte est américaine, où elles seront tissées, teintes et vendues.

La voiture des passagers est vide, sauf pour nous. Enfin, au bout d'un temps qui semble être interminable, on entend les portes glissantes des voitures se fermer avec un bruit d'os qui casse, de serpent qui frappe. On entend des cris et le sifflet du chef. Doucement, la bête se met à bouger. Tranquillement, elle prend son élan, les énormes roues tournant comme la Terre tourne. Elle se met au trot et bientôt au petit galop. L'ingénieur tire sur la corde et l'engin chante, une chanson perçante et fière. Il y a deux conducteurs qui font le trajet entre Vermillionville et Rayne, chacun donnant son nom à chaque village. D'abord Scott et ensuite Rayne. Ils ont chacun un style de sifflet. Je ne sais pas lequel est lequel, mais l'un est langoureux, comme une vieille complainte, l'histoire d'une jeune fille de quatorze ans, morte pendant que son amant est à la guerre. L'autre est excité, staccato, avec l'énergie de la folie, comme la femme à Pierre Sonnier, mordue par un chien enragé, qu'on devait écraser entre deux matelas durant des semaines jusqu'à ce qu'elle meure de fatigue à s'agiter comme un démon nuit et jour. À tour de rôle, on s'assoyait sur le matelas du haut, entendant la dame hurler comme une folle. D'autres retenaient Pierre Sonnier, devenu fou de chagrin, jusqu'à ce qu'elle soit morte et que lui aussi ait lâché prise. Tout le pays assistait au spectacle, des nuées de monde observant avec une curiosité provoquée par l'impudeur. Le sifflet de ce conducteur ressemble aux cris de Mme Eugénie Sonnier. Tandis que l'autre sonne plutôt comme une berceuse.

Il y a cinq miles de la gare de Scott à la gare de triage où on doit changer d'engin. Le voyage prend quinze minutes, ce qui prend deux heures à cheval. Nous restons à bord, les balles de coton se reposant après toutes les prouesses précédentes. On sent le train repartir, retrouvant sa dégaine. Il se balance à gauche et à droite, boitillant comme une grive soûlée aux boules de confriet[20], mais une fois au triple galop, on ne sent plus ses déhanchements.

On arrête de nouveau à la gare de Vermillionville et plusieurs passagers montent à bord. La cabine est pleine. De chaque bord de l'allée du milieu, un banc en bois poli, orné de quincaillerie en laiton, est rempli, chacun avec assez de place pour deux grandes personnes ou trois petites. Drozin et moi sommes assis à l'avant. Il sort sa montre de poche et l'ouvre, la tenant ouverte pour me montrer. Il est dix heures et quart quand le sifflet sonne et la bête commence à souffler. Ça nous prendra six heures et demie avant d'arriver à Algiers. Un voyage qui prend à Gabriel Strauss deux semaines à dos de cheval, au rythme languide des animaux à cornes. Notre bête ne va pas lentement, elle avale le pays comme un ogre, ses jambes tournant comme un moulin à vent.

Je regarde passer le pays. À partir de La Nouvelle-Ibérie jusqu'à Brashear, on longe le bayou Teche. À l'horizon, étendus jusqu'au bout du monde, les champs de canne à sucre s'étirent, les cannes tranchant le ciel comme autant de sabres. On arrête quinze minutes à chaque station pour prendre quelques passagers de plus, Jeanerette, Baldwin, Franklin. À Brashearville, on traverse le bayou sur un pont, ce qui me coupe le souffle. J'ai l'impression qu'on tombera dans l'eau et je tiens la manche de

20. Buisson aux baies rouges qui, une fois fermentées, ont un effet d'ivresse sur les oiseaux qui les consomment.

la veste de mon grand-père pendant que je regarde dehors, le balancement du train me donnant la nausée, ce qui le fait rire. Chose étonnante, une fois passé Franklin, on nous invite à manger. Il y a une cuisine et une salle à manger, des tables carrées couvertes de nappes blanches. Je m'assois en face de Drozin, fier comme un coq, mais quand même perdu parmi tout ce faste. On reconnaît mon grand-père. Les serveurs noirs, habillés en veste blanche comme les nappes, l'appellent non pas Drozin ou Colonel, mais M. Boudreaux. Quand on lui a acheté le droit de passage, le Morgan and Louisiana Railway lui a donné non seulement de l'argent, mais surtout des parts. Mon grand-père est donc propriétaire du train, en partie, et il est accueilli avec une courtoisie démesurée. On nous sert un steak et des pommes de terre bouillies. Les fourchettes et les couteaux sont tellement lourds que je les manipule avec beaucoup de souci.

Une fois qu'on quitte Brashearville, on plonge dans la cyprière, à perte de vue, la jungle impénétrable. Dans le ciel, aigrettes, ibis, spatules et souvent les vautours tournent lentement, soutenus par les courants ascendants. Autour des cyprès rouges, qui poussent dans l'eau comme autant de piquets géants, serpents et alligators guettent. À l'approche de l'automne, la verdure douce du printemps est usée par la chaleur du mois d'août et les aiguilles des cyprès sont ternies. J'observe, le nez collé à la vitre, et le tableau de cette nature sauvage m'hypnotise, des miles et des miles sans relâche.

On arrive à Algiers, la fin de la voie, à quatre heures et demie. On débarque à la station en face du quai, où le traversier nous attend pour l'étape ultime du voyage. Devant moi s'étale le fleuve, le Méchachébé, le Mississippi, ses eaux brunes suivant le courant en aval, vers la droite. J'en ai déjà entendu parler, mais je n'imaginais guère à quel point il était grand. On monte sur le bateau, on grimpe les escaliers à l'étage, puis on s'installe sur le pont. Au loin, j'observe la ville, une confusion de couleurs et de formes qui surgissent de l'horizon comme un brouillard, avec au milieu le clocher de la cathédrale Saint-Louis, visible comme l'aiguille de la boussole du bon Dieu pointant vers le ciel. Depuis qu'on est montés dans le train, je vis dans un rêve. Mon grand-père est fier de me montrer ce monde. Il me regarde souvent, le sourire caché derrière ses moustaches.

11

En arrivant à La Nouvelle-Orléans, il m'est difficile de ne pas souscrire à la conception de la vie de Drozin. Élu de Dieu, béni des anges. Je vis dans un rêve, avec lui comme guide. Je suis entraîné dans un monde fantastique où mon grand-père est aussi à l'aise que je suis gêné. On arrive sur la rive gauche, sur le quai face à la cathédrale. L'édifice est merveilleux, le clocher central entouré de deux tours d'un blanc éclatant. Devant elle s'étire la grande place avec, au milieu, la statue équestre d'Andrew Jackson, le sauveur de la ville, son grand cheval ruant, son grand chapeau tenu dans sa grande main droite, saluant la vie.

Je ne sais pas ce qui m'étonne le plus, les banquettes[21] qui serrent les rues de chaque côté, protégeant les chaussures de la poussière et de la boue, ou les personnes colorées de toutes les races, les Créoles habillés à la dernière mode, leurs chapeaux hauts de forme, leurs cravates amples percées en plein milieu par des bijoux éblouissants. Il y a multitude de Créoles ravissantes en tignons de madras, les plateaux posés sur leurs têtes emplis de pralines qui répandent un parfum de caramel. Partout, il y a l'odeur des crottes de cheval qui s'empilent en plein milieu de la rue, et le bruit des chevaux de trait tirant toutes sortes de cargaisons, dirigés par des hommes endormis. On sent les effluves des eaux stagnantes qui ondulent parmi les bâtiments en briques

21. Trottoirs.

rouges, les devantures en stuc, leurs balcons en fer forgé tordus dans les formes les plus élégantes comme des lianes carbonisées. Les rires et les conversations fusent dans la ville pareils à une couche de brouillard, laissant des miettes qui arrivent à mes oreilles tout comme le sifflet du train qui, une fois entré dans ma tête, explose contre le mur de mon cerveau. Je suis envahi par ces bribes de sons, ces craquements de harnais, ces sifflements de conducteurs de wagons, ces rires gras de Créoles, ces cris d'enfants qui semblent courir partout, cette tour de Babel de langues et de dialectes, anglais, espagnol, et ce français qui sonne comme une langue étrangère. Tous ces sons éclatent à l'extérieur de moi, tirant un rideau qui tombe du haut du ciel jusqu'à mes pieds. Tout est mystère. Je tiens la manche de mon grand-père par peur de le perdre et me retrouver à jamais parmi ce monde instable. À croire que la perte de mon cheval Evangeline a fini par m'emmener vers cette vision invraisemblable. Je ne pense plus à elle, toute ma concentration fixée sur où je mets mes pieds.

On prend une voiture qui nous amène à l'hôtel Provincial de la rue Chartres, au coin de la rue des Ursulines. Leur couvent entouré de ses murs est en face. À l'entrée de l'hôtel, un comptoir en acajou brille comme les étoiles et, derrière, se tient un homme, mulâtre, mieux habillé que tous les riches de Vermillionville. Il a un beau sourire complaisant. Il nous donne une clef et nous indique la chambre. Au mur est accroché un portrait pleine taille de Napoléon Bonaparte, sa main droite enfoncée dans son gilet, son pied posé sur un soldat couché à terre et probablement mort. Il a le regard féroce. Je demande à mon grand-père :

— C'est qui ?

— C'est celui qui a vendu la Louisiane aux Américains, il me répond.

On dépose nos affaires dans la chambre 113, qui donne sur une cour intérieure envahie de plantes tropicales avec, en plein milieu, une fontaine en fer forgé d'où l'eau saute, chantant une mélodie douce comme une berceuse. Ensuite, on sort, traversant l'avenue des Ursulines, et on entre dans l'église Sainte-Marie.

Mon souffle est coupé par la beauté de la chapelle. L'autel est entouré de quatre colonnes de couleur crème posée sur un pot de lait fraîchement tiré, et les murs du fond sont d'un bleu doux comme une journée de printemps. De chaque côté de l'autel se trouve un candélabre avec une douzaine de bougies tenues dans ses branches.

— Les Ursulines se sont occupées de mon grand-père quand il est arrivé avec son père à lui de l'Acadie, dit Drozin.

Je regarde mon grand-père et je ne le reconnais plus. Dans la pénombre, sa tête prend une forme indéfinissable. Je crois entendre la voix de Dieu. Drozin ne m'a jamais parlé de ça non plus, de son grand-père à lui, de nos ancêtres.

— Il s'appelait Simon et a fini par marier sa belle-sœur Monique Dupuis, qui, elle, est arrivée avec sa mère, Anne Gaudet. Olivier, mon arrière-grand-père, avait perdu sa femme dans le Dérangement, tout comme Anne Gaudet avait perdu son mari. Ils se sont rencontrés sur le navire de Beausoleil et se sont mariés à Cabanocé. Leur fils Olivier Abram, c'est mon père. Tu ne l'as jamais connu. Il est mort à la fin de la guerre. Quand je suis arrivé de Mansfield, il était enterré depuis des mois, on ne sait pas où. C'est à lui que les Espagnols ont donné la terre sur laquelle on habite.

On s'approche de l'autel, l'écho de nos pas résonnant sur le sol en pierre. Il y a une table avec des lampions. Drozin met une pièce dans la boîte, je ne sais pas laquelle, mais ça doit être six escalins au moins, vu le bruit qu'elle fait en tombant. Il prend une mèche qu'il allume avec la flamme d'un lampion et en allume cinq autres. Il me passe ensuite la mèche et m'indique la table.

— Allumes-en une, il me dit. Et fais un vœu.

Je pose la mèche et une petite flamme surgit, faisant briller le verre rouge du lampion. Je fais mon souhait. « Pour Evangeline », je me dis, mais je m'arrête. « Pour Drozin », je me reprends, pensant qu'il en a plus besoin qu'elle. De tous les souvenirs fabuleux que je vais rapporter avec moi de ma visite en ville, cette conversation restera le plus cher à mon cœur.

On sort de l'église, retournant vers la place d'Armes. La brunante est tombée et un homme, un Créole, tout de noir vêtu, portant un chapeau haut de forme tout aussi noir que lui, se promène en allumant les lampes au gaz qui se trouvent à chaque coin de rue, chacune posée sur son poteau comme un vautour. Sur les balcons, on allume des lampes à l'huile qui font danser les ombres des clôtures et des branches d'arbres comme des esprits envoûtés. On marche d'un pas sûr, arrivant devant la cathédrale. Sur la place, une faune féerique apparaît : des mendiants qui jaillissent des ténèbres comme des fantômes, et un vieux Noir avec un banjo, assis sur les marches de l'église, sa chanson lancinante de mélancolie. Il y a plusieurs diseuses de bonne fortune, chacune assise devant une petite table, leurs cartes de tarot étalées, éclairées aux chandelles. « Venez, venez, messieurs », elles chuchotent, leurs énormes boucles d'oreilles clinquant quand elles tournent la tête. « Je peux lire votre avenir, venez, approchez. » Leurs voix sifflent et me donnent des frissons. Quand je regarde sur une des tables, je vois la carte de la Maison-Dieu. L'image est celle d'une tour qui brûle.

On dépasse la place, toujours rue Chartres, jusqu'à la rue Saint-Louis. Drozin nous emmène dans une maison au coin. Il y a une pancarte en bois à l'extérieur de la forme d'un bord de visière poussé vers l'arrière. On entre. En franchissant la porte, on est catapultés dans un océan de bruits, le vacarme nous tombant dessus comme un raz de marée. Le son de la coutellerie frappant les assiettes, les conversations tapageuses, les fous rires, tout ce tumulte nous inonde. Un serveur arrive, la même veste blanche et la même peau noire. Il nous emmène à l'intérieur dans la cour. Il y a quatre tables en fer, entourées de palmiers dans des pots de céramique, les lampes à l'huile fixées au mur éclairant les briques rouges qui apparaissent derrière le stuc défait par le temps. Il y a des statuettes de Napoléon partout. Je le connais bien maintenant, avec son air malsain, ses sourcils froissés et sa main droite cachée dans son gilet.

— Pourquoi toutes ces statues ? je demande à Drozin.

— Napoléon était l'empereur de la France, mais après sa défaite, on l'a envoyé en exil. Il devait rejoindre la Louisiane où une armée l'attendait pour reconquérir l'Amérique et fonder un nouvel empire. Cette maison a été construite pour l'accueillir. Au deuxième étage, tout en haut, on trouve une coupole d'où on peut observer le fleuve. On guettait le bateau qui allait amener l'empereur. Mais il n'est jamais venu. Ça fait qu'on a fait un restaurant à la place.

Mon grand-père commande des huîtres. Je ne sais pas ce que c'est. Je n'en ai jamais mangé. À première vue, elles sont dégoûtantes. Et au premier goûter aussi. Drozin se met à rire.

— Il serait mieux de les assaisonner, il me dit en m'offrant une petite tasse avec du raifort et de la sauce piquante.

Effectivement, ça passe mieux. J'en mange deux douzaines et Drozin, trois. Il fait venir une bouteille de vin blanc, avec un verre pour moi. Je goûte, mais je n'aime pas, le goût est trop amer. Je suis content d'arroser les huîtres avec de l'eau.

La nuit est fraîche, les nuages tourmentés reflétant les lampes de la ville. En face de la maison Napoléon, il y a un énorme bâtiment, le plus grand que j'ai jamais vu. L'hôtel Saint-Louis s'étend de la rue Chartres jusqu'à la rue Royale, deux étages de vingt-neuf fenêtres chacun. Je les compte pendant que Drozin et moi longeons la rue. « C'est ici le gouvernement de la Louisiane » est son seul commentaire.

Au coin de la rue Royale, il y a une station de voitures, et Drozin demande à un conducteur de nous prendre dans son phaéton à quatre places tiré par un vieux mulet qui serait mieux à l'étable. Il me rappelle Augustin avec ses grandes oreilles tombantes. Il me fait pitié. On s'installe et on part. Le vent est frais et j'ai froid. Heureusement qu'il y a une couverture en laine carreautée noir et rouge. On se la met sur les genoux et je monte mon bout jusqu'au cou. Je suis ébahi, stupéfié. Ça grouille dans tous les sens, des hommes et des femmes partout, les lampes au gaz projetant leurs ombres. Je vois un couple qui s'embrasse, collé contre un mur, et des joueurs de dés accroupis sur une banquette, des billets de banque à la main, leurs visages contorsionnés par des grimaces vulgaires. Je vois des centaines de visages cachés par la pénombre, et je sens le mouvement d'un corps frénétique, excité par le désir et l'alcool, une bête qui cherche à se satisfaire. Je me sens ivre. La course nous fait traverser la vieille ville et entrer dans le faubourg Sainte-Marie. Les maisons sont plus espacées, avec même des petites cours à l'avant et des arbres. Il y a moins de lampes et moins de monde. Je ne sais pas où je suis et j'ai l'impression de chuter encore, les sabots du vieux mulet frappant la terre comme des tambours. On navigue dans le labyrinthe de la ville nouvelle, arrivant sur une grande place ouverte avec, au fond, un bâtiment bien éclairé. C'est la gare. Je ne sais pas si Drozin voulait me surprendre ou bien s'il n'avait pas envie de parler, mais tout se passe dans le secret. Je ne sais pas où on est rendus ni ce qu'on y fait. En arrivant devant la gare, je vois une foule de monde, des centaines de gens, des hommes blancs pour la plupart, bien habillés. Ils se parlent entre eux et passent le temps à se faire des plaisanteries. Ils attendent.

En descendant, Drozin donne un billet de banque au conducteur.

— Attendez-nous, il lui demande.

— Je serai avec les autres voitures, répond le monsieur.

Il a la barbe grise et mal entretenue, et porte un chapeau de feutre vert, usé sur les bords. Sur ses épaules, une vieille cape grise tombe au milieu de son dos. Drozin sort sa montre de sa poche. Huit heures et quart.

On essaie de trouver un endroit pour s'asseoir, mais sans succès. Finalement, accablés de fatigue, on s'assoit par terre.

— Grand-père, je demande, qu'est-ce qu'on fait ici ?

— Mon cher André, on est venus pour accueillir la plus grande comédienne du monde, il répond.

Ce qui me laisse aussi perplexe. Je ne sais pas ce que c'est qu'une comédienne.

Il y a une vieille Créole assise devant une marmite. Pour se dégourdir, on l'approche. Dans la marmite, posée sur un petit feu boucaneux, il y a du vin épicé. L'odeur de cannelle et de clous de girofle me chatouille le nez. Drozin se paie une tasse, m'offrant une gorgée. Le vin est chaud et me brûle la gorge, mais l'effet est agréable et coupe le froid. Les heures passent dans un défilé fatigant, chaque moment est comme une pénitence. Je pense à mes parents, à mes sœurs, à mes frères, couchés paisiblement dans leurs lits, et je me demande ce que je fais ici. Je veux m'en aller et retourner dans mon coin de pays tranquille et loin de cette affliction. Je veux m'étaler et dormir, mais je résiste par peur de décevoir mon grand-père. Il est heureux au milieu de ce tumulte, sa confiance étant la preuve qu'il est un élu de Dieu.

Après une éternité ou deux, une cloche sonne et, soudainement, la foule s'éveille comme une seule bête. Il est neuf heures quarante-trois et le train de Saint-Louis arrive. Une frénésie possède la foule et les gens s'empressent de rejoindre le quai. En plein milieu se trouvent un vieux monsieur et son petit-fils débarqués de nulle part parmi cette humanité qui grogne comme un ours noir. On est emportés par la vague. Au loin, on voit l'engin entrer en station, la vapeur de sa chaudière empestant la nuit d'une senteur de charbon brûlé comme l'haleine d'une chimère maudite. Sa lampe de cyclope éclaire la foule et m'aveugle. Le train arrive au quai et se relâche dans un long soupir sale. Les gens se mettent à courir le long du quai, arrêtant à chaque voiture comme une meute de chiens enragés.

« Sarah ! Sarah ! Sarah ! » Ils chantent dans une cacophonie se réverbérant contre le plafond en métal de la gare comme des coups de marteau. Des gens commencent à sortir du train, effrayés par la foule, essayant de se frayer un passage. Au bout d'un moment, l'ardeur de la foule s'estompe et un silence s'installe, celui d'un cimetière à minuit. Soudain, une dame sort sa tête d'un wagon et salue, agitant sa main. La cohue recommence. « Sarah ! Sarah ! Sarah ! » Il y a une fanfare de cuivres qui joue *La Marseillaise*, et la musique ajoute à l'effet mystique.

Après quelques minutes, elle apparaît à la porte du wagon. Elle est petite et enrobée dans un grand manteau au col de fourrure, un chapeau noir enfoncé sur sa tête. On ne peut pas voir ses yeux. Elle s'apprête à descendre quand on s'empare d'elle et qu'on la porte sur les épaules, et encore le chant recommence, « Sarah ! Sarah ! Sarah ! ». Elle est transportée par la foule, passant juste devant nous. J'ai à peine le temps d'apercevoir son visage. Sa tête est inclinée vers l'arrière en extase et, sur sa bouche, un grand sourire laisse voir ses dents blanches. On l'emmène jusqu'à la diligence qui l'attend. On la place sur une marche avec soin, et aussitôt les quatre chevaux blancs sont détachés et des hommes prennent les barres et tirent. Ses amis et son équipe arrivent à la rejoindre et ils montent à bord uniquement parce qu'elle insiste pour qu'on les laisse passer. Drozin me prend par la main et me tire vers le phaéton qui nous attend encore, et on suit la foule déchaînée.

À travers le faubourg Sainte-Marie, le quartier américain, le cortège avance, passant dans les rues maintenant comblées d'humanité. Pendant une heure, on suit. Les hommes qui tirent la diligence sont remplacés par d'autres dès qu'ils se fatiguent. Sur les perrons des maisons, les habitants sortent pour observer ce qui se passe. En chemise de nuit et bonnet, ils regardent avec des yeux incrédules. À l'arrière du défilé, on est obligés d'arrêter souvent pour attendre que la circulation se dénoue. Je me roule dans la couverture pour me protéger du vent. Je ne comprends pas ce qu'il m'arrive. J'étais chez moi ce matin, et depuis, j'ai vécu toute une vie.

Le défilé arrive enfin à l'hôtel Saint-Charles. Malgré ma fatigue, je suis bien éveillé devant l'édifice. L'hôtel est vaste et s'étend comme un tigre au repos, trois étages en marbre blanc surplombant le rez-de-chaussée. Six colonnes corinthiennes dominent le portique. L'immeuble compte quatre cents chambres, cent salles de bain et trente salons pour se rencontrer. On se stationne en bas, à l'arrière de la foule qui bloque la rue comme du bois flotté. Après un moment, on voit l'actrice apparaître dans le portique, une petite dame toujours emmaillotée dans son manteau, son chapeau enfoncé sur la tête. Elle salue la foule et disparaît au son du chant continu : « Sarah ! Sarah ! Sarah ! »

On prend le chemin de notre hôtel, traversant la rue Canal pour entrer dans le Vieux Carré, la vieille ville. Je ne me souviens pas du voyage de retour, mon cœur débordant de sensations. En m'écrasant sur le lit, je dors dès que ma tête frappe l'oreiller. Même les ronflements de mon grand-père ne m'empêchent pas de trouver le sommeil.

12

Je dois inventer une nouvelle façon de m'exprimer tellement ma vision ne correspond plus à ce que je voyais il y a deux jours à peine. Je dois élaguer les vieilles branches de ma vie et envisager une façon nouvelle de concevoir mon être. Mon corps est le même, mais l'esprit ne l'est plus. La boule du sifflet du train aiguisée jour après jour en grain de poussière a fini par exploser dans ma tête et par tisser une nouvelle corde que j'attrape avec mes deux mains, sans savoir ce que je tiens. Le tapis de ma vie est usé jusqu'à la trame, révélant quelque chose que je ne pouvais ni imaginer ni comprendre. Les nouvelles images révèlent autre chose que les brins de fantasmes innocents qui se sont défaits comme du vieux cuir sec. Je suis confronté à l'incertitude et au désarroi. Le monde que j'imaginais, dans lequel je suis maintenant projeté, me laisse perplexe et me fait peur. Heureusement que mon grand-père me soutient.

On déjeune à l'hôtel : œufs frits, galettes de pain de maïs, saucisses de porc et café noir. Renforcés, on part et on traverse la place d'Armes. Le carré est tranquille, les rapaces et les charognards de la veille ont disparu. On traverse la rue Canal. Je suis épaté par les tramways, glissant sur les rails en plein milieu de la grande rue, tirés par des machines à vapeur, chaque voiture remplie de gens de toutes les couleurs, de toutes les races, de toutes les allures. Au coin de Canal et de l'avenue Saint-Charles se trouve le magasin d'Arthur Rubenstein, spécialisé en mode pour hommes. Abdallah à Vermillionville n'est rien à côté. Lorsqu'on franchit la porte, un vieux dandy, portant des lunettes pince-nez et un complet noir rayé, nous accoste avec un grand sourire collé au visage. Ses dents sont longues et jaunies.

— Que puis-je pour vous, chers messieurs ?

— Un complet pour mon jeune ami, répond Drozin.

Après maints essais, plusieurs manipulations et autant de retouches, je sors de chez Rubenstein portant un nouvel habit, le premier costume de ma vie, en laine, noir et rayé, et une chemise blanche, mes anciens vêtements dans un sac sous mon bras. Je ne sais pas quoi penser. Non seulement je ne vois plus la vie du même œil, mais surtout je ne me ressemble plus. De l'extérieur comme de l'intérieur, je ne suis plus le même. Je trouve cela déconcertant, mais je me laisse aller, tenant la bride serrée, accroupi sur la selle pendant que la vie part au triple galop, faisant attention de ne pas chuter.

Drozin n'arrête pas de ricaner, profitant de mon incrédulité pour s'amuser. À côté de chez Rubenstein est la boutique du chapelier Meyer, où on fait une halte. Drozin entre comme un pacha, comme si la vie et la ville et tout ce qu'il voit lui appartenaient, avec la confiance de l'élu. Moi, par contre, je suis derrière comme un chien battu, la queue entre les jambes, certain que si je perds mon grand-père, je ne vais pas me relever de la chute. Cette fois, on magasine pour Drozin. Il sait ce qu'il cherche, un grand stetson gris, le même qu'il porte mais en tout neuf.

— Le mien commence à être trop vieux, il dit.

Le marchand, un tout petit bonhomme presque chauve, ses quelques cheveux blancs coupés au ras de son crâne, des grands poils noirs sortant de ses oreilles, est habillé en chemise, les manches roulées, et un gilet noir rayé de la même couleur que mon habit. Avec une petite machine à vapeur, il plie le bord du nouveau chapeau pour que la visière penche vers l'arrière dans le style de Napoléon, dont les images abondent. Se regardant dans la glace, Drozin lâche un grand soupir de mulet satisfait.

— Là, on est prêts ! il s'exclame en riant. Mais ça prend un chapeau pour mon ami.

Je passe à travers une quantité de couvre-chefs, le marchand descendant boîte après boîte des étagères. Il y a autant de chapeaux que de bêtes à cornes sur la savane émeraude. J'apprends que ma taille est *7 ¼*. Enfin, j'en trouve un qui me plaît, à la couronne ronde avec un petit rebord. Il est couleur crème.

— Trop salissant, dit Drozin.

Le marchand sort le même en noir. Une fois qu'on s'est tous mis d'accord, il prend le chapeau et, sur la bande intérieure en cuir, il estampille avec un tampon ces lettres dorées : Meyer the Hatter, New Orleans.

J'ai honte de mes bottes, toutes crottées. J'aurais pu porter mes bottes de jockey anglaises, mais je suis parti de chez nous sans savoir ce qui allait se passer. Drozin me comprend sans que je dise mot. Au coin de la rue, il y a un cireur, des chaises montées sur une plateforme, avec des étriers pour poser ses pieds. On s'assoit et le vieux Noir se lance, étalant la cire à main nue, frottant avec sa brosse pour finir avec un linge, qu'il fait claquer en chantant. Je ne comprends pas un mot, car tout est en anglais. Pendant qu'il chante, un jeune enfant de moins de dix ans danse la claquette à côté, ses jambes gigotant dans tous les sens. Drozin paye le cireur et donne une pièce de dix sous à l'enfant.

Il sort sa montre et regarde l'heure.

— Parfait ! On a du temps.

De l'autre côté de l'avenue Saint-Charles, on voit un restaurant. Il y a une enseigne rouge attachée au balcon avec des lettres blanches. C'est à ce moment précis que je fais un vœu, comme si le ciel s'était ouvert et que Dieu m'avait pointé de son grand doigt : je vais apprendre à lire. J'ai vu les marques qu'on griffonne sur le papier, des marques qui parlent, mais qui sont pour moi autant de mystères. On peut envoyer le papier au bout du monde et, si on sait lire, les marques vont parler pour raconter ce que l'on a dit. Sans pouvoir lire, on ne comprend rien.

Le restaurant est énorme et plein de gens, des dizaines de tables, toutes couvertes de nappes blanches avec des serveurs en grands tabliers noirs qui arrivent aux chevilles. Ils se déplacent en toute hâte, s'évitant de justesse, naviguant autour des tables comme les boules sur une table de billard. Le plafond haut et les murs en brique font en sorte que toutes les conversations forment un tourbillon de sons qui partent en ricochet, arrivant par tous les coins de la salle. On s'entend à peine.

On nous donne une table et le serveur arrive avec de grands menus. Drozin fait semblant de lire, mais il sait déjà ce qu'il veut et commande pour nous : spaghetti aux boulettes. On arrive avec deux plats de ce qui ressemble à de longs vers blancs couverts de sauce rouge. Les boulettes sont frites avec l'extérieur croustillant et, à l'intérieur, la viande est farcie aux oignons d'une douceur à faire brailler. Je n'ai jamais mangé quelque chose d'aussi bon de ma vie, mais je suis maladroit et je tache ma nouvelle chemise blanche de sauce rouge. J'ai honte, mais ça fait rire Drozin. Pendant que j'essaie d'essuyer les taches, il passe proche de s'étrangler en riant, son gros ventre tremblant en dessous de son gilet, et sa bouche assez fendue pour faire monter ses moustaches tout près de ses grandes oreilles.

Le Grand Opera House se trouve sur la rue Canal, du côté du Vieux Carré, entre une église épiscopale et un magasin général. Il y a vingt-huit marches qui montent de la rue jusqu'au perron, tel un temple grec. Je vais apprendre ce qu'est un temple grec dans les prochains jours. Je vais apprendre plein de choses. Les portes du théâtre sont en bois massif ornées de laiton. L'entrée donne sur un couloir rempli de gens. C'est comme partout dans cette ville, cette cohue, ce vacarme, ces bruits incessants, murmures indéfinis qui tourbillonnent, une frénésie rendant toute compréhension impossible. On longe le corridor parmi les citadins, des messieurs habillés à la mode et des mesdames en robes longues et chapeaux coiffés de grandes plumes.

Drozin et moi creusons un sillon entre les gens et leurs fous rires. Il y a un bar sur la gauche avec deux vieux Noirs toujours habillés de la même veste blanche. Mon grand-père commande un whisky pour lui et un verre de limonade pour moi, tous deux servis sur de la glace pilée, qu'on consomme sur place avant de se jeter de nouveau dans le vortex qui nous emmène, après un long et laborieux trajet, aux portes du théâtre même.

J'ai le souffle coupé par l'ampleur de cette beauté où tout scintille. La scène est bordée de bois sculpté en forme de lianes et de fleurs, couvert de feuilles d'or. Le rideau représente une scène dramatique, où un monsieur et une vieille dame se penchent sur le corps allongé d'une jolie jeune femme. On prend nos billets que Drozin sort comme par magie de sa poche et on nous conduit vers nos sièges, 13 E et F. J'arrive à déchiffrer les numéros, mais le programme qu'on nous donne reste un objet sacré et indéchiffrable. Petit à petit, les gens s'installent. Au son d'une cloche, les lampes sont éteintes et le rideau monte, révélant l'intérieur d'une église. Soudain, un homme entre en courant. Il découvre une clef qui lui permet de se cacher dans une chapelle privée. Au même moment, un autre homme arrive sur scène, un artiste-peintre qui vient pour travailler l'image d'une statue de Marie Madeleine. Le premier homme sort de sa cachette et les deux se reconnaissent et se parlent. Le peintre, un réfugié politique en fuite, s'appelle Cavaradossi et il promet au premier de l'aider. Je saurai tout cela par la suite. Hors scène, on entend la voix d'une femme qui appelle. C'est l'amante de Cavaradossi qui vient pour le chercher. Dès qu'elle entre en scène, la foule s'extasie. On pousse des cris de joie. Les spectateurs se mettent debout et applaudissent comme des fous, les messieurs surtout. Moi et Drozin faisons pareil. Je ne sais pas trop pourquoi, mais ça me semble la chose à faire. Je reconnais la petite dame qui est arrivée par le train de nuit. C'est elle, Sarah Bernhardt.

J'ai beaucoup de misère à suivre ce qui se passe, mais je parviens néanmoins à comprendre plus ou moins. Arrive un vilain, un policier qui cherche Cavaradossi et qui utilise la Tosca,

Sarah Bernhardt, pour le découvrir par la ruse. C'est compliqué mais c'est beau, et la petite Sarah transforme le théâtre en un grand cœur battant, l'émotion coulant à flots entre les sièges. Ça finit mal. La Tosca tue le maudit policier. Elle place un crucifix sur sa poitrine et deux chandelles autour de son corps. Le théâtre est silencieux, les gens suspendus à chaque geste de Sarah Bernhardt, tandis qu'elle accomplit cette ultime tâche. Ses gestes sont d'une grande lenteur et je sens les larmes monter, ma gorge serrée par des mains invisibles. L'émotion est palpable pendant qu'elle pose les chandelles. On entend les sanglots étouffés. La Tosca est poursuivie pour son crime et, plutôt que de se laisser prendre, elle va sauter dans un précipice. Sa mort est lente et douloureuse. Il n'y a pas un œil sec dans tout le théâtre, des centaines de personnes bouleversées jusqu'aux larmes. C'est à ce moment que je vois que Sarah Bernhardt connaît elle aussi la chute. Elle la navigue avec la confiance qui ne peut venir autrement que par le vécu. Elle ne pourrait jamais faire semblant de mourir avec autant d'aisance si elle ne connaissait pas la chute. Comme moi, elle sait tomber en se protégeant. Autrement, elle serait morte depuis longtemps.

Le rideau tombe sur son corps inanimé et la foule éclate. Puis le rideau se lève et ils sont tous là, Cavaradossi, le policier Scarpia et Floria Tosca, la petite Sarah Bernhardt, en plein milieu. Ils ont l'air contents, souriant à la foule qui applaudit férocement. Ils ont l'air d'être des amis, ce qui me paraît assez étrange étant donné ce qui vient de se passer. Les lampes s'allument, le rideau se ferme, et je sens une désolation qui m'atteint jusqu'au fond de mon âme. Les yeux de Sarah Bernhardt pendant son agonie étaient les mêmes que ceux de Flying Evangeline, tandis que son sang giclait de son oreille et que ses pattes partaient dans tous les sens, couchée sur la terre de son ultime course. Je comprends pourquoi les gens sont fous de Sarah Bernhardt. C'est parce que même en les mettant face à la souffrance de la vie, durant quelques instants, quelques minutes, une heure au plus, ils oublient qu'ils vont mourir.

Je ne sais pas comment je vais trouver la force de passer à travers une deuxième épreuve aussi difficile, mais Drozin a des billets pour la représentation du soir. On retourne au même restaurant italien. J'ai envie de reprendre les boulettes, mais Drozin insiste pour que je choisisse autre chose, une escalope de veau martelé avec une tranche de jambon et du fromage, un *scallopini*. Ça me rappelle trop le nom du policier, Scarpia, et je n'ai pas faim. Je n'ai pas envie de retourner au théâtre, trop accablé par mes sentiments, mais je n'aurais pas pu trouver un endroit où être mieux avec moi-même de toute façon. La pièce de la matinée, *La Tosca*, a réveillé en moi des sentiments que je ne souhaitais pas ressentir. Même Drozin est préoccupé, un nuage gris cachant le soleil de ses yeux. Son caractère habituellement turbulent est devenu maussade comme le crachin qui commence à tomber. J'ignorais ce côté de mon grand-père, la partie vulnérable, et je découvre que même les élus de Dieu ont des failles.

Aller au théâtre deux fois dans la même journée est comme manger trop de tarte. C'est amusant lorsqu'on avale, mais il y a un prix à payer. On prend nos places, cette fois en plein milieu de la rangée 24. La deuxième pièce est *La Dame aux camélias*, et ça finit tout aussi mal. Sarah Bernhardt joue Marguerite Gautier. Étant initié au théâtre, je peux mieux suivre l'histoire cette fois. Marguerite fuit son père brutal pour s'installer à Paris, où elle observe avec envie la vie des courtisanes. Elle rencontre un vieil homme riche, le duc de Charles, qui devient son protecteur, mais elle tombe amoureuse d'Armand Duval, un jeune bourgeois. Elle quitte la ville pour s'installer avec lui, mais le père d'Armand, soucieux du scandale, la persuade de l'abandonner. Armand est convaincu que Marguerite l'a quitté pour un autre, et elle, atteinte de tuberculose, finit sa vie dans l'agonie, regrettant ce qui aurait pu être. La mort de Marguerite s'étire, ça semble durer des heures. Enfin, avec un grand soupir, sa vie et ses misères s'achèvent. Je suis moins touché par cette mort que par la précédente, mais je retiens une larme quand même. La réponse du public est plus calme que cet après-midi, peut-être parce que la mort de Marguerite est plus douce que celle de la Tosca, ou peut-être parce que les gens sont plus fatigués. Je remarque que beaucoup de spectateurs ont assisté aux deux pièces. L'ambiance est plus sereine, plus effacée, mais les applaudissements sont tout aussi enthousiastes. Je suis heureux quand c'est fini. On ne peut pas supporter autant d'émotions en une période si courte sans devenir insensible.

Mon grand-père et moi prenons la route de l'hôtel, descendant la rue Dauphine jusqu'à Saint-Philippe, évitant la place et toute sa faune nocturne. On aboutit enfin sur la rue Chartres et à l'hôtel Provincial. Une pluie fine tombe pendant toute la marche. À notre arrivée, mon nouveau chapeau est trempé, et mon nouveau costume aussi. Regagnant notre chambre, on s'endort vite.

13

La matinée du dimanche est en elle-même une montagne. En cinq parties, *Phèdre* va durer des heures. L'histoire est compliquée, mais ce qui m'étonne surtout, c'est que ce sont les mêmes cinq acteurs qui jouent les rôles. Comment se souvenir de toutes ces répliques, de tous ces gestes ? Celui qui joue Thésée, c'est celui qui jouait Scarpia. Celui qui joue Hippolyte, c'est celui qui jouait Armand. Je me dis qu'être acteur c'est comme être jockey, on le fait d'abord parce qu'on l'a dans le sang et ça vient naturellement, quel que soit le cheval sur lequel on est monté. Autrement, ce n'est pas la peine. Mais le Soleil et la Lune et toutes les planètes des trois pièces, c'est Sarah Bernhardt. Les autres sont là comme l'équipage autour d'un cheval de course. Ils sont là pour aider, mais c'est au jockey qu'appartiennent le défi et la gloire.

Phèdre est amoureuse de son beau-fils et attend que son mari, le père du beau-fils, meure avant de déclarer son amour. Mais le beau-fils ne veut rien savoir comme il est amoureux d'Aricie. À la fin, Phèdre se suicide en buvant du poison. Sa mort est lente et souffrante, mais cette fois, ça ne me touche pas. L'histoire est trop compliquée et je n'arrive pas à suivre. J'aime les costumes, des espèces de draps passés en dessous d'une épaule. Mais autrement, cette pièce, bien qu'un exploit technique, me laisse froid. J'ai quand même un frisson quand Phèdre meurt, l'émotion rôdant autour de Sarah Bernhardt comme un coyote égaré. Mais, de loin, je préfère *La Tosca*. Peut-être parce que c'était ma première pièce de théâtre de toute ma vie, mais il me semble que ça me touchait plus, bien que je n'aie à peu près rien compris de ce qui se passait. Peut-être parce que trop, c'est trop. Les grattons[22] de porc sont bien bons, mais à force de les manger jour après jour, on se lasse. Néanmoins, le public est tout aussi déchaîné. Les acteurs reviennent et reviennent pour saluer la foule, cinq fois. À la fin, Sarah Bernhardt sort toute seule, frêle comme un oisillon tombé du nid, son sourire généreux comme un cadeau qu'elle donne à chacun de nous. On ne peut que l'aimer. Après un dernier salut, elle part, laissant les gens entre eux, chacun et chacune tournant sur place, se demandant ce qu'ils vont faire. Tranquillement, on sort, quittant les rangées pour rejoindre les allées et, plus loin, la porte comme un grand fleuve se forme de toutes ses tributaires. Les gens sont dociles. Après trois heures de tragédie, on est tranquille.

Drozin et moi prenons la route de l'hôtel. Comme la veille, une petite pluie fine tombe, mouillant les murs des bâtiments, passant sa main légère sur nous, laissant une trace comme la traînée d'un escargot.

En arrivant à l'hôtel, on monte dans la chambre pour un instant, le temps de se laver le visage et de peigner nos cheveux.

— On est invités chez un grand monsieur, André, me dit Drozin.

Je suis curieux, mais je n'ose pas demander de détails.

En sortant de l'hôtel, on vire à droite. En face du couvent des Ursulines, au numéro 1113 de la rue Chartres, apparaît une maison imposante, le stuc jaune donnant une atmosphère lumineuse à la grisaille. Il y a deux escaliers en fer forgé de chaque côté du portique ; on monte celui de droite. Je compte douze marches. Le portique comporte quatre colonnes. Il y a une porte blanche massive. On cogne et un vieux Noir, avec la même veste blanche, ouvre.

— Oui, monsieur ? il demande.

22. Petits dés de peau de porc frits.

Ses cheveux sont grisonnants et il a d'énormes poches sous les yeux, lui donnant l'air d'une tortue.

— Colonel Drozin Boudreaux et son petit-fils, pour M. Beauregard.

— Entrez et attendez, il dit en nous indiquant le coin.

Il repart dans la vaste pièce, ses chaussures frottant le plancher de sapin avec un rythme endormi. Les murs sont bleu ciel, la même couleur qu'à l'église en face. Sur chaque bord, une porte donne sur un couloir avec un tapis au motif géométrique. Au bout de la pièce, l'ouverture mène vers une autre pièce, le passage encadré de fausses colonnes. Aux murs, il y a des portraits de plusieurs personnes, une jeune fille, un monsieur avec de longs cheveux, un jockey qui tient la bride d'un cheval blanc. Au plafond, deux chandeliers brillent.

Quand il revient, le Noir est accompagné d'un monsieur habillé en costume avec un col dur et une cravate fleurie. Il est petit et ample, avec des cheveux gris. Il marche d'un bon pas.

— Colonel Boudreaux ! il s'exclame. Je suis très heureux que vous ayez pu nous rejoindre.

— Mon général, je vous présente mon petit-fils, André.

Et, se tournant vers moi, il dit :

— André, je te présente le général Beauregard.

Le monsieur me serre la main avec une poigne ferme, me regardant dans les yeux. Ils sont bleu-gris d'acier et me font frissonner.

— Je suis très heureux de faire votre connaissance, il me dit. Votre grand-père et moi, nous nous connaissons depuis Shiloh.

Se tournant vers Drozin, il continue :

— Mais ce sont de vieilles histoires. Ce soir, on ne parle pas des anciens combats, on est là pour célébrer. Entrez, entrez.

Il prend Drozin par le bras et le conduit à l'intérieur. Drozin donne son chapeau au Noir. La lumière des chandelles se reflète sur son crâne chauve, ses longs cheveux blancs tombant jusqu'aux épaules.

Le monsieur en question est Pierre Gustave Toutant Beauregard, celui qu'on surnomme le « Napoléon du Sud ».

C'est lui qui a lancé la guerre à Charleston en attaquant le fort fédéral Sumter. Il a commandé à Shiloh, où il a connu Drozin. Depuis la reddition, il est retourné sur ses terres dans la paroisse Saint-Bernard, mais trouvant que la canne à sucre ne paye plus assez, il s'est installé dans cette maison du Vieux Carré et est devenu président du Morgan and Louisiana Railway, et donc, en quelque sorte, le partenaire d'affaires de mon grand-père. Il nous emmène dans l'autre pièce, où plusieurs personnes attendent, des messieurs bien habillés, avec leurs dames tout aussi bien vêtues. Certains ont un verre à la main. Ils placotent entre eux.

— Excusez, messieurs-dames, proclame Beauregard, je vous présente le Colonel Drozin Boudreaux et son petit-fils André. Je vous laisse le soin de vous présenter.

Et il disparaît aussitôt à l'autre bout de la pièce. Les gens viennent vers nous, se nommant, nous serrant la main. Les dames sont exquises avec des colliers et des sourires pleins de charme. Bien qu'ils nous donnent leurs noms, je ne me souviens d'aucun. Le vieux Noir arrive avec un plateau d'argent sur lequel il y a plusieurs verres. Il nous en offre un.

— C'est un julipe à la menthe, André. Ça mettra du plomb dans ton crayon, mon grand-père me dit en riant.

Le verre est rempli de glace pilée avec des feuilles de menthe sur le bord. Au fond, il y a du sucre de canne et du whisky. Je prends une gorgée et je manque de m'étouffer, me mettant à tousser à l'amusement général. Je suis mal à l'aise, ne sachant pas quoi dire.

— Vous faites quoi dans la vie, André ? un des messieurs me demande.

— Je suis jockey, je réponds.

— Au Fair Grounds ? il continue.

— Non, pas encore. Je cours surtout aux alentours de Vermillionville.

— Ça doit être passionnant. J'adore les chevaux, il me dit, avant de partir rejoindre un autre groupe.

Je reste planté là comme un des palmiers en pot qui longent le mur, tenant le verre en argent qui me glace les mains. Je le change de main jusqu'à ce que le vieux Noir arrive pour me l'enlever, me regardant avec dédain.

Drozin est entraîné dans plusieurs conversations. Il annonce qu'il est planteur, propriétaire terrien et actionnaire du Morgan and Louisiana Railway. Il est à l'aise avec ces gens distingués, échangeant des plaisanteries. On parle beaucoup des pièces de théâtre de Sarah Bernhardt, chacun donnant ses opinions. Il semble que tous ont vu les trois pièces comme nous.

Après un long moment où je me suis ennuyé et senti mal à l'aise, Beauregard revient accompagné de plusieurs nouveaux venus.

— Mesdames et messieurs, il chante, je suis très fier de vous présenter notre invitée spéciale, la « Divine » Sarah, ainsi que ses collègues.

C'est elle. Je n'en crois pas mes yeux. Elle est tête nue, ses cheveux bouclés tombant autour de son visage. Ses yeux bleus brillent plus que les chandeliers. Elle est habillée simplement, une jupe brun foncé, avec des plis, et un chandail en laine de la même couleur. Son sourire est irrésistible. Les gens se mettent à l'applaudir, ayant posé leur verre. Elle continue à sourire, pendant que Beauregard la présente à tous, un par un. Quand elle arrive devant nous, Drozin lui baise la main.

— Vous êtes formidable, madame, mais vous entendez cela souvent, j'en suis certain.

— Mais ça fait toujours plaisir, monsieur, elle répond.

— Je vous présente mon petit-fils, André.

Elle me prend la main en me fixant dans les yeux.

— Un très charmant jeune homme, elle dit.

J'essaie de lui répondre, mais je n'arrive qu'à bégayer :

— Merci.

La Divine Sarah est accompagnée par les autres comédiens, dont l'acteur principal semble être son mari. Il s'appelle Edouard Angelo. Il y a aussi une dame plutôt vieille et corpulente, sa dame d'honneur, et deux jeunes garçons, ses assistants. Ils sont aussi gênés que moi et semblent avoir mon âge.

Une fois que Sarah Bernhardt a été présentée à tous, Beauregard nous invite à le suivre dans la salle à manger. Il y a une somptueuse table pour la vingtaine de personnes que nous sommes. À la tête, Sarah Bernhardt et son mari sont assis aux côtés de Beauregard. Moi et Drozin prenons place au milieu de la table. Arrive une série de plats, chauds et froids, servis par des serviteurs noirs. Gombo aux herbes, rosbif froid, poulet au four aux carottes et navets, pain de maïs et pain blanc suivis d'une tarte aux pacanes et à la crème. Il y a du vin rouge de Bordeaux, mais je préfère m'abstenir, me satisfaisant de l'eau, mes aventures avec l'alcool n'ayant pas été profitables à date.

Une fois la tarte servie, on sort des bols à café brûlot. Sur des épluchures d'orange piquées de clous de girofle, on fait couler du cognac flambé dans le bol rempli de café et de bâtons de cannelle. Servi dans une grande tasse, c'est enivrant.

Frappant son verre avec son couteau, Beauregard demande le silence.

Tranquillement, les gens se taisent. Se levant, il s'adresse à l'assemblée.

— Je vous invite à trinquer en l'honneur de la Divine Sarah.

— Hourra, hourra ! scande la tablée.

— Merci de nous avoir honorés, chère madame, de votre présence et de nous avoir fait vibrer par votre talent.

— Hourra, hourra ! scandent à nouveau les convives.

— J'ai une nouvelle à vous annoncer, continue Beauregard. J'ai proposé à Mme Bernhardt et à son équipe de nous accompagner à la chasse aux canards. Et elle a eu l'amabilité d'accepter. Par cette occasion, j'étends l'invitation à vous tous. Nous allons voir les détails par la suite, mais j'espère que vous pourrez vous joindre à nous, pour faire découvrir à Mme Bernhardt la splendeur de la nature louisianaise.

— Hourra, hourra !

Une fois le dessert et le café terminés, les gens se lèvent de table. Les dames se font pointer vers un des salons qui longent les pièces principales, alors que les messieurs se font diriger vers une autre pièce pour le cognac et les cigares. Il y a un moment gênant où Beauregard ne sait pas quoi faire avec son invitée spéciale. Finalement, Sarah Bernhardt suit les hommes et fume un cigare elle aussi, assise dans un fauteuil en cuir comme la reine d'un essaim d'abeilles.

En marchant vers le salon, Beauregard prend Drozin à part.

— Mon Colonel, il dit, j'espère que vous allez pouvoir nous accompagner. Nous avons besoin d'un chef cuisinier.

— Mon général, il répond, je ne peux rien vous refuser.

14

L'expédition de chasse est organisée comme une campagne militaire. Il y a neuf wagons Conestoga couverts. Dans l'un d'eux se trouvent les fusils et les cartouches, et dans un autre, les effets personnels de chacun, y compris mon pauvre sac en toile. Deux chariots transportent le matériel de campement : les tentes, qui seront montées pour nous abriter, ainsi que les lits et les tables pliantes et, enfin, un petit bureau pour Beauregard. Deux autres renferment les victuailles : des sacs d'oignons et de patates douces, de la viande salée, du tasso[23], de la farine blanche, de la farine de maïs. Il y a aussi un gros chaudron noir qui nécessite quatre hommes pour le déplacer et, sous une couverture en velours, la presse à canard en argent massif. C'est un large cylindre orné à l'extérieur d'un bas-relief représentant une scène de chasse : Diane, une déesse, qui vise avec son arc des cerfs qui courent autour du cylindre sous les arbres sculptés. Sur le haut est un écrou en forme de croix que l'on visse sur le filetage à l'intérieur, comprimant ainsi les carcasses qu'on y met pour faire sortir la graisse. Un des chariots contient une citerne d'eau fraîche et un autre, du bois pour faire le feu, comme on n'en trouvera pas forcément assez de sec. Dans le dernier chariot, il y a le chenil composé d'une douzaine de labradors, autant de noirs que de clairs.

---

23. Porc fumé.

Avant l'aube, on est au pied de la rue Canal pour prendre le traversier. Ça prend deux voyages pour compléter le transfert de tout l'équipement et des hommes. Les palettes rouge vif du bateau, le *Robert E. Lee*, frappent l'eau dans un rythme hypnotisant, le soleil qui se lève scintillant sur les vagues de cette rivière grande comme le monde. Le capitaine donne deux coups de sifflet et on plonge dans le courant, montant en amont dans une grande courbe, pour se laisser porter vers les quais d'Algiers, une fois qu'on a traversé le milieu du fleuve. Les mouettes rieuses nous suivent, leurs becs rouges comme les palettes du bateau enfoncés au mitan de leurs têtes noires, leurs cris ressemblant à des éclats de rire qui rendent la traversée joyeuse. Malheureusement, elles nous quittent sur l'autre rive et le voyage devient beaucoup moins agréable.

Sarah Bernhardt voyage sans son équipe, accompagnée uniquement par ses deux assistants, les jeunes Français. Sa dame d'honneur, son mari ainsi que le reste de la troupe sont restés en ville pour se reposer soi-disant, mais les mauvaises langues disent qu'elle est fatiguée de son mari. Elle est assise sur le banc d'un des wagons, à côté du conducteur, un Créole. Mais avant même qu'on arrive sur la rive droite, elle se cache à l'arrière, allongée sur la cargaison, où elle passera la majorité de la journée. Il y a une douzaine de chasseurs, tous, comme Drozin, montés à cheval, ainsi qu'une douzaine de Créoles, qui, eux, sont montés sur les mulets de l'attelage ou qui marchent. Les mulets sont grands, aux oreilles pendantes, et la plupart sont blancs, de beaux mulets américains, larges à l'épaule, la croupe et les hanches arrondies. Je suis assis dans un wagon sur le banc à côté d'un dénommé Bras Coupé. Il a le visage mince et un bout de paille entre les dents qu'il déplace sans cesse avec sa grande langue rose. Ses doigts sont très longs et les paumes de ses mains calleuses comme la corne de bœuf. Il chante un refrain qu'il interrompt pour encourager les mulets. « Allez, ma belle, hale. Allez, Betsy. *Git up.* »

Il s'appelle Bras Coupé à cause d'un incident survenu à l'époque où il était esclave sur la plantation de Beauregard, à

Saint-Bernard. Farouchement intransigeant, il est vendu en Virginie par son maître qui ne pouvait plus supporter son insolence. Le Noir est amené dans une des caravanes qui transportaient les esclaves intraitables au bas du fleuve jusqu'à La Nouvelle-Orléans. Il est acheté par Beauregard au marché Maspéro pour la somme faramineuse de huit cents dollars, puis emporté sur sa plantation de canne à sucre. Le premier jour, on remet à Bras Coupé une pioche et on le pousse vers le champ. Il prend la pioche et attaque le contremaître. Le Code noir est sans équivoque : un esclave qui attaque un Blanc sera puni de mort. Mais pensant que la mort serait trop indulgente, on décide de lui couper le bras et on appelle Beauregard pour qu'il assiste au châtiment. Il arrive pour trouver l'esclave retenu par six hommes. Le Noir est agenouillé devant un chicot avec le bras gauche étendu. Le contremaître se tient par-dessus, avec, dans sa main droite, une hache. Il est prêt à agir et n'attend que le signe de Beauregard. Mais celui-ci l'en empêche. Les raisons de sa réticence sont complexes. Beauregard est soucieux de protéger son investissement d'abord. Mais il y a aussi le fait qu'un estropié sera une source permanente de rancœur. Le châtiment provoquera plus de problèmes que de solutions. Beauregard a donc décidé d'armer l'esclave, ce qui est en contravention avec le Code noir. À la place de le punir, il l'envoie sur les bords des cyprières dans une petite cabane, où Bras Coupé est chargé d'approvisionner la plantation en gibier. Comme beaucoup de choses qui sont racontées autour des feux de camp, il faut se méfier. Mais, chose certaine, Bras Coupé s'avère être un chasseur expérimenté.

Une fois que toute la troupe est sur la rive droite, la caravane avance en suivant la voie ferrée. Une petite pluie froide commence à tomber, rendant le voyage difficile et déplaisant. Le chemin de fer atteint les rives du Mississippi à une station triste et délabrée : Westwego. C'est d'ici le point de départ pour l'ouest vers Brashear et le bayou Teche, la route que Drozin et moi avons prise à l'arrivée. Mais on quitte la voie ferrée et on se dirige vers le sud, vers la baie de Barataria et le pays des contrebandiers. Autour du feu, pendant les prochains jours, on racontera des histoires fabuleuses. À La Baratarie, les frères Pierre et Jean Lafitte, deux corsaires, se sont installés avec une bande de renégats, bien avant que la Louisiane soit vendue aux Américains. Munis de lettres de marque de Carthagène, les deux Bordelais sont le fléau des navires espagnols dans le golfe du Mexique. L'importation d'esclaves africains est interdite quand la Louisiane devient un territoire des États-Unis. Mais on préfère toujours les Griffes[24], arrachés directement de l'Afrique, et réputés être plus dociles que les Créoles. Il y a un bon marché pour ces pauvres Noirs que les frères Lafitte dérobent des vaisseaux espagnols qui, eux, continuent le commerce d'esclaves au Congo. En plus, les bateaux sous pavillon espagnol transportent des produits de luxe à destination de Caracas ou de Baranquilla, très prisés par les planteurs louisianais et leurs femmes, qui n'ont aucun scrupule quant à la provenance de cette marchandise.

Au coin des rues Bourbon et Saint-Philippe, au cœur de la vieille ville, les frères Lafitte tiennent une forge, qui n'est qu'un leurre, car leur vrai commerce est la contrebande. J'entends ces histoires, transporté chaque soir vers un monde fantastique habité de titans et de génies. Entre les pièces de Sarah Bernhardt et les histoires des chasseurs, je suis envoûté.

Notre voyage, cependant, devient de plus en plus difficile. Le chemin que nous prenons n'est plus qu'une trace dans les marais boueux. Un des wagons s'enfonce et on doit s'arrêter pour le sortir. Il s'est pris dans la boue jusqu'aux moyeux. On coupe des arbustes et des buissons qu'on fourre en dessous d'une roue. On dételle un deuxième wagon, attachant ses mulets aux quatre de celui qui est embourbé. La boue nous éclabousse tous, surtout les mulets et les Créoles. Une fois le wagon libéré, la journée est très avancée et on est obligés d'installer un camp de fortune au premier endroit assez sec. Il continue à pleuvoir et le temps est frais. La pauvre Sarah Bernhardt doit certainement regretter

24. Nom qu'on donnait aux esclaves nés en Afrique.

d'avoir accepté cette invitation. On ne la voit pas, toujours cachée au fond du wagon avec ses deux assistants. Pour souper, on partage des biscuits secs et de la viande séchée. On ne monte qu'une seule tente où on dort cordés comme du bois. On donne à Sarah Bernhardt la place de choix au centre, au sec, couchée entre ses deux assistants. Les Créoles se couchent en dessous des wagons, à même le sol mouillé. La nuit est longue et misérable.

Je suis réveillé par l'odeur de la friture du lard. La tente est vide, toute la troupe est debout. Le camp s'active. Drozin dirige l'opération. Il est en chemise, les manches roulées, une couronne de sueur adorne son front. Il est gai, un sourire aux lèvres, s'amusant avec tous ces hommes qui attendent pour qu'il remplisse leurs assiettes. Dans un des chaudrons, il a cuisiné une omelette assaisonnée avec de l'ail sauvage qu'il a trouvé dans le sous-bois. Il y a un énorme pot de café qui répand une odeur exquise. Les gens sont de bonne humeur, malgré la nuit difficile. Le temps est magnifique, le front froid ayant passé, traînant derrière lui un ciel bleu clair. Une fois le déjeuner terminé, on nettoie les ustensiles et tout est chargé. Vers neuf heures, la caravane repart, toujours vers le sud. La piste est encore aussi boueuse, mais on porte attention aux mares, qu'on remplit avec de la broussaille et des branches. La progression est bonne et on parvient au campement au milieu de l'après-midi, ayant arrêté en route pour manger froid, du pain de maïs et de la viande fumée.

Le campement est sur les rives du lac Salvador. Ses eaux calmes s'étendent devant nous, entourées de cyprès et de planes, leurs branches portant des filets de mousse espagnole[25] qui ressemble à la barbe d'un vieil homme. On s'arrête au lac Salvador, mais si on suivait les cours d'eau plus bas, on arriverait à la baie Dosgris, la baie Caminada, l'isle des Mendiants et, dans la baie de Barataria, la Grande Isle. J'apprends tout ça de la part de Bras Coupé.

---

25. Parasite de la famille des bromélias, à l'aspect de cheveux gris frisés, qu'on appelle aussi la barbe espagnole.

Il y a assez de clarté pour bien installer le camp. Quatre tentes sont montées autour d'un carré, où la cuisine est placée : une tente pour Sarah Bernhardt et ses assistants, une pour Beauregard et deux pour les chasseurs. Les Créoles se logent dans une cabane délabrée en planches de cyprès rouge usées par le vent et la pluie, sa petite galerie branlante, son toit à moitié parti.

Le souper est festif. Une table pliante est montée en forme de U, Beauregard est assis au milieu avec, à sa gauche, Sarah Bernhardt et, à sa droite, le consul général de France à La Nouvelle-Orléans, Louis-Michel Desfourgues. C'est un grand mince avec des gestes très posés et une façon de parler endormie. On allume un feu, la grosse marmite noire posée sur les braises. Le repas est le même qu'au matin, une omelette et des lardons frits. Drozin est à l'aise. Je ne l'ai jamais vu aussi détendu, son rire facile faisant frétiller son gros ventre. La compagnie est animée et la repartie, amusante. Projetée par les lampes au kérosène, l'ombre des convives danse sur la canopée. Dans le bois, on entend des hiboux qui se répondent. Le repas fini, Beauregard sort sa boîte à cigares et en offre à tous, y compris à Sarah Bernhardt, qui arrache le bout avec ses dents et se met à fumer comme un muletier.

— On est ici sur les terres des frères Lafitte, commence Beauregard, tous les yeux rivés sur lui, même ceux des Créoles qui écoutent assis par terre dans la pénombre.

Le ciel est dégagé et les étoiles brillent comme un tapis de lumière. Un petit filet de lune traverse le ciel.

— Le général britannique Pakenham est arrivé ici pour traiter avec Jean Lafitte en hissant un drapeau blanc. Il lui a proposé le contrôle du territoire contre son aide, soit de guider l'armée britannique à travers les marais pour surprendre La Nouvelle-Orléans. Lafitte a demandé deux jours pour y répondre. Aussitôt, le Britannique est remonté sur son navire, tandis que Lafitte est parti à La Nouvelle-Orléans prévenir le commandeur américain des plans des Anglais. Il a eu beaucoup de difficulté déjà à voir Jackson et encore plus à se faire croire. Depuis l'arrivée des

Américains et du gouverneur Claiborne en 1804, Lafitte et ses corsaires étaient devenus des parias. Les Américains souhaitaient imposer des tarifs sur l'importation, et, évidemment, Lafitte ne voulait rien savoir. Son entreprise fleurissait, et cela, sans tarifs. Il y avait beaucoup de méfiance de la part du général Jackson et autant de la part de Lafitte, mais finalement ils se sont entendus. Sachant que les Britanniques allaient débarquer sur la plaine de Chalmette, Jackson a fait creuser des tranchées dans lesquelles les Américains attendaient.

Beauregard tire sur son cigare, scrutant chaque personne à table, s'assurant qu'il tient bien son auditoire.

— Les Britanniques se sont perdus dans les marécages, leurs beaux uniformes tachés de boue. Une fois qu'ils sont arrivés sur la plaine, les Américains les attendaient. Nous avons souffert la perte de soixante hommes ce jour-là et les Britanniques, deux mille, y compris le général Pakenham lui-même. Ils traversaient la plaine en formation et se sont fait abattre par les carabines américaines bien protégées derrière les levées. C'était l'abattoir. Et tout cela n'aurait pas été possible sans l'appui de Lafitte. On a érigé une statue en l'honneur d'Andrew Jackson, le prétendu sauveur de La Nouvelle-Orléans, mais pour Jean Lafitte, on n'a rien fait, même pas une plaque. À savoir que le métier de corsaire comporte certains risques.

Il se met à rire. Et nous tous également.

La tablée devient silencieuse, et la forêt aussi, à part les hiboux. Trop froid pour les grenouilles et les ouaouarons. Et, dieu merci, pour les maringouins aussi.

— Jean Lafitte est arrivé chez nous, commence lentement Drozin, et tous les yeux se tournent vers lui. Enfin, peut-être pas lui, mais certainement de ses acolytes.

Il fait une pause, regardant autour de la table.

— Les corsaires opéraient dans la prairie des Attakapas aussi. Ils montaient la baie de Vermillion et le bayou pour arriver aux Attakapas. Puis ils partaient vendre leur contrebande partout dans la prairie, passant de plantation à plantation.

Il s'arrête de nouveau pendant que son ombre danse sur les arbres.

— Ils ont dû apprendre qu'Hippolyte Chrétien était décédé et ils ont décidé d'aller visiter sa veuve dans l'espoir de la piller. Une nuit, Mme Chrétien voit qu'il y a des étrangers qui rôdent autour de la maison. Il est trop tard pour appeler au secours, ses enfants sont couchés, ses domestiques aussi. Un des brigands s'est introduit dans la maison et monte l'escalier vers l'étage et sa chambre. Elle lui tend alors un sac de bijoux pour le distraire et pendant qu'il tente de le prendre, elle sort son pistolet et tire. Il tombe dans l'escalier. Elle passe par-dessus le corps et s'apprête à affronter les autres bandits, mais eux, morts de trouille, disparaissent dans la nuit.

— Comment elle s'appelait ? demande Sarah Bernhardt.

— Félicité Chrétien.

— Mon Dieu, quelle histoire, je vais commander qu'on crée une pièce de théâtre en son honneur. Voilà mon genre de bonne femme, elle dit en tirant sur son cigare.

Le lendemain, je suis réveillé par Drozin qui me secoue l'épaule. Je ne dormais pas très bien. Je suis couché sur le sol, sans oreiller, avec seulement une couverture mince en laine. La vraie difficulté à dormir est causée par les ronflements qui transpercent la nuit comme une passe-partout mordant dans le bois mort. Il est de bonne heure, quatre heures du matin. Je sors, mes yeux encore remplis de sommeil. Le feu brûle et la boucane s'évapore dans les lambeaux de la nuit. Le ciel est dégagé et les étoiles brillent sur un fond de velours. Après un déjeuner hâtif, on part en direction du lac Salvador. En approchant, on doit se mettre à quatre pattes et ramper. L'herbe est couverte de givre. Je suis sans gants et mes mains sont gelées, éraflées par les feuilles. Sur la surface ondulée du lac, il y a une multitude de petits points comme autant de cailloux lancés. Ce sont les canards.

Plusieurs Créoles retiennent les chiens, leur chuchotant des paroles pour les calmer. On marche furtivement vers le bord de l'eau, comme des loups sur une proie. Le silence est doux comme une caresse. Le soleil se lève derrière nous, teintant l'horizon de rose. C'est Bras Coupé qui donne le signal en se levant subitement. Il tire. Il est suivi par tous les chasseurs qui se mettent à tirer comme des démons. Le calme de la matinée est rompu. Je pense à Sarah Bernhardt. Elle est avec nous, mais comme moi, sans fusil. Le carnage est terminé en moins d'une minute. La multitude de canards qui survivent se jettent dans le ciel comme un seul être, les battements de leurs ailes résonnant aussi fort que les coups de fusil. Sur l'eau flottent une cinquantaine de carcasses. Les chiens sautent à l'eau pour nous les rapporter. Elles vont être placées dans plusieurs grands sacs qui se rempliront au courant de la matinée.

Il y a quelques cachettes flottantes au large, des petites plateformes avec des murs faits de roseaux et un toit en branches. On décide que je vais m'y installer avec les deux Français. Bras Coupé nous emmène en pirogue, un à la fois. On est coincés tous les trois avec un fusil et dix cartouches. Je suis mal à l'aise, ne connaissant pas du tout ces deux hommes. Le plus vieux, celui aux cheveux noirs, s'appelle Ernest Blanc, et son frère aux cheveux blonds, Alexis.

— Putain, il fait froid, dit Ernest.

— Tu voulais visiter les gueux, lui répond son frère.

— Va chier.

La matinée est très longue. On est installés en face des rives du platin[26] et des chasseurs. Bras Coupé appelle les oiseaux. Il a une petite trompette qui imite le son du canard, chose qu'il fait avec beaucoup de succès. Devant les chasseurs sont placés plusieurs leurres, sculptés en bois. Dès qu'il y a une volée qui arrive, attirée par l'appel, elle se pose parmi les leurres, les pattes palmées des canards glissant sur l'eau. Soudain, les chasseurs surgissent des roseaux et la fusillade commence. On est bien trop loin pour en profiter, mais pas trop loin pour ne

26. Terre basse qui contient de l'eau.

pas sentir les billes des fusils qui passent entre les roseaux de notre cachette. Pendant toute la matinée, on ne tire pas une seule fois. Finalement, repérant une paire de canards au fin fond du ciel, je me lève et je tire sans espoir. Coup de chance, je frappe un canard qui descend dans une rotation mortelle. Un des chiens part le chercher et me le rapporte. C'est un colvert. Il n'est même pas mort, me regardant avec des yeux qui font pitié. Ernest Blanc lui tord le cou et aplatit sa tête avec son talon.

— Tiens, il dit. Est-ce que je peux tirer ? il me demande. Passe-moi donc la pétoire.

Il nous reste encore neuf cartouches. Je lui passe le fusil. Il ouvre le pivot et insère la cartouche. Il porte la crosse à la joue. Il vise les chasseurs et tire.

— Comme ça, ils sauront ce que ça fait, les connards.

Enfin, on vient nous chercher. Les sacs sont remplis de plus de deux cents canards, dont ma petite contribution est un colvert à la tête écrasée, parmi les sarcelles à l'aile bleue, les sarcelles à l'aile verte, les chipeaux, les fuligules, les dos gris et les colverts.

De retour au camp commence le nettoyage. On enlève les plumes dans une opération lente et pénible pour mes petits doigts. Je suis avec les Créoles, qui s'amusent. Une fois les plumes enlevées, on plonge les corps dans une chaudière d'eau bouillante. Drozin les ouvre et détache le foie, le cœur et le gésier. Avec les débris, il fera un jambalaya, le riz cru frit dans la graisse et assaisonné de piments rouges, avant d'ajouter l'eau de cuisson. Les carcasses sont passées dans la presse à canard, le couvercle vissé, écrasant les os et la peau crue, faisant couler la graisse. Avec ça, Drozin fera son roux, ajoutant la farine au fur et à mesure jusqu'à ce que la pâte soit de la couleur du café. Ça va mijoter pendant des heures, les canards décortiqués se défaisant, les saucisses boucanées ajoutant leur saveur particulière, les oignons réduits par la chaleur. Il y aura des magrets aussi, préparés au début du repas, les fines tranches de viande sautées dans une grande poêle en fonte. Des patates douces sont placées sur la braise.

Beauregard fait descendre des caisses d'un vin de Bordeaux en l'honneur de la ville natale des frères Lafitte, Château Beychevelle, avec l'image d'un navire sur l'étiquette. Pendant que les chasseurs trinquent, Bras Coupé m'emmène dans le bois. Comme un vieux chien, il fouille partout, tassant les mottes de terre avec le bout de ses bottes usées.

— Voilà ! il crie, se penchant par terre et soulevant une petite trompette orangée. Ha ha ! Ha ha ! il rit avec son rire gras, dansant la gigue. Tu vois ça, André ? Une chanterelle.

On regarde et partout il y en a. On les ramasse, assez pour remplir son chapeau.

En sortant du boisé, à notre surprise, on rencontre Sarah Bernhardt se promenant seule. Bras Coupé me chuchote :

— Dis rien pour les champignons, on va la surprendre. Bonsoir madame, il dit en faisant une révérence bien exagérée, se pliant en deux.

Bien qu'il ne l'ait jamais vue sur scène, et ne la verra probablement jamais, il sait que c'est un grand personnage. Je la salue avec ma tête, trop gêné pour dire mot.

— Comment vous appelez-vous ? elle demande.

— Bras Coupé.

— Comme c'est curieux.

Elle marque une pause, scrutant son visage, le blanc de ses yeux légèrement brouillé de sang, ses pommettes lisses et sa bouche entourée de lignes creuses.

— Bien, monsieur Bras Coupé, je voudrais que vous vous joigniez à nous ce soir pour le dîner.

Bras Coupé ne croit pas comprendre. Il ne dit rien, regardant les yeux pétillants de cette petite dame, ses cheveux bouclés sauvages encadrant sa figure.

— Oui, vous avez bien compris, elle dit enfin. Et je veux que vous invitiez votre camarade, l'autre chef chasseur. Comment il s'appelle ?

— Vous voulez dire Saint-Malo ?

— Comme c'est curieux. Je connais bien la Bretagne et j'adore la côte d'Émeraude et Saint-Malo. Oui, invitez Saint-Malo.

— Mais on peut pas, madame. On est les guides, on peut pas manger avec les Blancs.

— Ne faites pas le difficile, j'insiste. Vous allez être assis à côté de moi.

— Madame, on peut pas, ça se fait pas.

— Monsieur Bras Coupé, ce n'est pas parce que ça ne s'est jamais fait que ça ne doit pas se faire.

Elle le regarde dans les yeux.

— Il faut commencer quelque part.

Elle se retourne et repart.

Bras Coupé est très embêté. Il sait que de se présenter à la table des Blancs risque de lui causer beaucoup d'ennuis et même de la violence. Il sait aussi que, s'il refuse la demande d'une Blanche, elle serait capable de dire n'importe quoi, ce qui serait encore plus dangereux. Il court chercher Saint-Malo et lui explique.

— On est dans la merde, dit Saint-Malo.

Il est un basset à la tête ronde, au corps dense, aux muscles serrés, enrobés d'une couche de gras. Il a un fossé entre les dents, ce qui fait qu'il siffle en parlant.

— On va essayer de se cacher, pendant le souper.

— Mais elle pourra raconter ce qu'elle veut et on sera encore plus dans la merde.

L'heure fatidique arrive. Drozin sert d'abord les magrets, saignants, à peine braisés. Sarah Bernhardt arrive avec, ses bras entrelacés à gauche avec Bras Coupé et à droite avec Saint-Malo. En les voyant, la compagnie est surprise, confuse.

— Mon cher général, elle dit en s'adressant à Beauregard, constatant le magnifique travail de ces braves messieurs, j'ai osé les inviter à se joindre à nous pour les reconnaître.

Elle fait une pause, comme sur une scène, le silence frappant aussi fort que le plus éloquent des soliloques.

Beauregard est pris de court. Décontenancé, il cherche ses mots. Enfin, il répond :

— Madame, dans notre pays, les serviteurs ne mangent pas à la même table que les...

La compagnie est gênée, anxieuse. Les hommes boivent du vin depuis midi, l'ivresse ajoutant à la tension.

— Dans mon pays, cher Pierre, les ouvriers sont reconnus pour leur travail.

Se tournant vers le consul général de France :

— N'est-ce pas, monsieur Desfourgues ?

Desfourgues est tout aussi embêté.

— C'est vrai qu'en France, nous avons l'habitude de reconnaître le travail bien fait...

— Allez, apportez deux chaises. Je voudrais ces messieurs à mes côtés pour que je puisse en apprendre davantage sur leurs vies.

En prenant place, Beauregard vise Bras Coupé d'un regard de rapière.

— Qu'est-ce que tu fous là ? il chuchote sur un ton menaçant.

— C'est pas mon idée, il répond, je connais ma place.

Les deux hommes s'assoient, se demandant quelle peut bien être cette place. Après les magrets, Drozin sert un bol de gombo canard et saucisse avec, en plein milieu, le jambalaya du débris[27] accompagné d'une patate douce.

Pendant le repas, Sarah Bernhardt assaille Bras Coupé et Saint-Malo de questions qu'ils essayent d'éviter ou auxquelles ils répondent de la façon la plus brève. À la fin du repas, Drozin arrive avec les chanterelles sautées.

— Un cadeau de votre ami Bras Coupé, il annonce, en posant le plat devant elle. Il n'y en a pas beaucoup, assez pour quelques bouchées.

27. Abats.

Sarah Bernhardt s'extasie.
— Tenez, mon cher général, goûtez-y.
Beauregard prend la fourchette qu'elle lui offre.
— Très bon, excellent, il dit, merci Bras Coupé.

15

Le voyage de retour à La Nouvelle-Orléans se passe sans encombre. Le temps est agréable, les journées sont chaudes, un vent du sud apportant chaleur et gros nuages. On arrive à la brunante, à temps pour le dernier traversier, le soleil se couchant derrière nous. On fait cadeau d'un jeune alligator à Sarah Bernhardt, qu'elle baptise « Ali-ga-ga ». Nourrie aux poulets crus et au champagne, la pauvre bête ne survivra pas longtemps. Une fois sur la rive gauche, on accompagne Sarah Bernhardt à l'hôtel Saint-Charles, longeant la rue Canal et passant devant le Grand Opera House sur la droite, ce qui suscite bien des souvenirs. On est toujours à bord de nos wagons Conestoga couverts. On descend tous pour lui serrer la main. À ma surprise, elle se rappelle mon nom. À la consternation générale, elle embrasse Bras Coupé et Saint-Malo sur les joues, comme elle le fait avec Beauregard et Drozin. Elle va rejoindre sa troupe d'amis avec tant d'histoires à raconter. Le lendemain, ils partiront de la gare à bord des deux trains réservés, prenant de nouveau la direction de Saint-Louis, Missouri, laissant dans son sillage un effet qui va s'accentuer avec le temps, tandis que sa légende s'accroît. La voie ferrée qui quitte la ville vers le nord est devenue périlleuse. Une crue d'eau a ébranlé le pont sur un des canaux, et on hésite à faire passer le train. L'itinéraire de rechange sera long et laborieux et fera en sorte que la troupe arrivera en retard pour ses prochains engagements. Contre l'avis de plusieurs, y compris celui du conducteur du train, entourée par ses collègues morts de peur, Sarah Bernhardt insiste pour qu'ils passent. En arrivant de l'autre côté, les piliers en bois du pont se mettent à frémir et, après un bref moment, le pont et toute sa ferraille dégringolent dans une cascade bruyante.

Le lendemain, Drozin et moi prenons le chemin du retour. On est au pied de la rue Canal pour prendre le premier traversier. Beauregard est venu nous saluer. Il est courtois, mais distant. Il est venu seul ; il nous souhaite bon voyage et repart sans tarder. Je suis surpris de retrouver les jeunes Français, assistants de Sarah Bernhardt, les dénommés Ernest et Alexis Blanc. J'apprends qu'ils ont quitté la troupe de théâtre et sont maintenant engagés par Drozin comme jardiniers. Ils traînent derrière eux un petit chariot chargé d'une douzaine d'arbustes, des néfliers avec les racines enveloppées de jute, ainsi que deux sacs d'outils neufs.

Sur le traversier, je regarde le fleuve et je pense à la mer. J'imagine que la mer est comme fleuve après fleuve éternellement cousus ensemble, ressemblant à la courtepointe que Dieu a faite pour couvrir la Terre. Dans les vagues de la mer, je crois qu'on peut jeter ses souffrances, qui sont emportées et réduites à néant, pareil au sifflet du train à l'envers. Plutôt que de s'user de plus en plus petit comme le fait le sifflet, la mer gonfle, arrache les misères de son cœur et les balaye au large.

Je me demande comment faisait Drozin pendant les années de cette guerre qu'il a perdue, dormant dans la boue, se battant contre un ennemi qu'il ne connaissait pas, mais qu'il était prêt à tuer à cause de la couleur de son uniforme. Je n'ai jamais rien vu d'aussi terrible, et bien qu'il n'en parle jamais, je sens parfois dans son regard une fissure où passe le doute, surtout quand il se trouve en compagnie de ses anciens camarades. En se quittant, Beauregard et mon grand-père ont échangé un regard rempli d'une lassitude déguisée en amitié, un faire semblant dans une fraternité faussement éternelle, qui n'est qu'une ruse pour protéger leurs illusions. En fait, ils auraient bien aimé ne pas être liés par leurs histoires de défaites et de déceptions, mais puisque ce n'est pas possible de s'en défaire, ils tournent leurs manteaux d'opprobre à l'envers pour se vêtir en chimère glorieuse du temps passé. Je pense qu'ils ont trouvé une mer à l'intérieur de leurs cœurs sur laquelle ils naviguent à bord du navire de leurs songes. Mais ils se heurtent contre les rochers d'un monde qui brise ce fantasme et met en doute la notion qu'ils sont les élus de Dieu. Quand Sarah Bernhardt embrasse Bras Coupé sur la joue, lui accordant le même statut que son ancien maître, Beauregard ne peut accepter ce qui se passe et, comme tous ses confrères, il se réfugie dans le mensonge. Pour préserver le mensonge, ils doivent avoir recours à la violence. Mais devant Sarah Bernhardt, ils ne peuvent pas exprimer leur vérité ouvertement; ils doivent le faire la nuit, le visage caché. En plein jour, on doit accomplir son destin sans permettre au doute de s'installer, et, pour cela, il faut créer un monde qui ne divague pas de la trame qu'on travaille à maintenir en cachant la vie derrière le mensonge, permettant ainsi de prétendre que rien n'a changé.

Pour Drozin, engager deux prétendus jardiniers de France n'a rien à voir avec le jardinage, mais plutôt avec la prétention. Il n'a aucunement besoin d'un jardin ni de jardiniers, si ce n'est pour pouvoir prouver à Debaillon et à tous ses semblables que lui, Drozin Boudreaux, est plus fort et cela parce qu'il a des jardiniers français à son service. Je ne pense pas qu'il y ait même pensé. Ça relève de l'instinct de survie, comme agripper le pommeau de la selle quand son cheval rue. Son geste est aussi naturel que de respirer, une autre brique dans le mur qui l'entoure et qui le protège et protège ceux qui, comme lui, sont dévoués à une cause perdue. Ils refusent d'admettre que le monde a changé et qu'ils ont dépensé quatre ans de leur vie et toute leur fortune pour défendre quelque chose d'indéfendable. L'admettre n'est tout simplement pas possible.

Quant aux deux Français, à peine plus vieux que moi, avec encore la barbe douce comme le ventre d'un poulain, je n'ai su leurs intentions que bien plus tard.

— Ernest et Alexis sont des maîtres jardiniers, m'annonce mon grand-père, et je les ai engagés.

C'est tout ce qu'il me dit pour expliquer la présence de ces deux jeunes hommes dans le train du retour, assis à côté de moi et de mon grand-père dans la voiture-restaurant. On est à une table avec sa nappe immaculée et ses serveurs noirs, les mêmes qu'à l'aller, qui flottent autour de nous comme des colibris dans leurs vestes blanches. Le voyage se passe en grande partie dans le silence. Je tente de faire la conversation, par politesse, leur demandant d'où ils viennent et comment ils ont commencé à travailler pour Sarah Bernhardt, questions qui restent sans réponses. Ernest, le plus vieux, au teint basané, s'ingénie à manger avec son couteau les petits pois qui sont servis avec le steak et la purée de pomme de terre, essayant d'en balancer plusieurs sur la lame, faisant tomber la plupart, ce qui amuse son frère au plus haut degré. Ils ricanent comme des enfants pendant que je me réfugie dans mes pensées. Ils sont des Français de France, ce qui n'est pas moins étrange que s'ils étaient descendus du ciel dans un chariot tiré par des anges. Drozin ne dit rien, les observant comme des animaux de cirque.

On arrive à Vermillionville, à la gare de triage, en fin d'après-midi. On débarque les néfliers. Caro Raggio nous attend, prévenu par télégramme de notre arrivée. Il est dans le wagon tiré par nos deux mulets, leurs têtes baissées, la grande langue d'Augustin qui pend de côté. Il tombe une pluie fine.

— Caro Raggio, dit Drozin, je vous présente nos nouveaux engagés, Ernest et Alexis Blanc. Ces messieurs vont nous aider à planter un jardin. Et voilà les premiers arbres, des néfliers du Japon.

Caro regarde les Français avec un air suspicieux. Il les salue d'un petit geste de sa tête ronde. Les arbustes et nos sacs sont chargés, nous partons chez nous, les Français et moi à l'arrière, mon grand-père sur le banc à côté de son valet.

Les deux Français s'installent dans la cabane derrière chez Drozin et je retourne chez nous, reprendre mes quartiers dans la salle à harnais de la grange. Mes parents sont surpris de me voir entrer par la porte d'en avant, traînant mon sac. Ils sont dans la cuisine, rangeant la vaisselle, et se tournent en m'entendant. Leurs visages ne trahissent aucune émotion. Ils me regardent comme s'ils me voyaient pour la première fois. C'est normal, car je ne suis plus la même personne qui est partie il y a moins de deux semaines.

Le lendemain, au milieu de l'après-midi, Caro Raggio arrive et nous demande à tous de l'accompagner, moi, mon père et mes deux frères. Il y a une cargaison spéciale qui arrive à la gare et, selon Caro Raggio, il faudra beaucoup d'hommes pour la déplacer. On part dans le wagon, le suivant. Quand on arrive, il y a déjà une vingtaine d'hommes qui attendent sur le quai ; Drozin, les deux Français, mes oncles Martin et Siméon, Pierre Sonnier ainsi qu'une douzaine de Créoles qui se tiennent en groupe, silencieux, déplaçant leur poids d'une jambe à l'autre, regardant par terre.

Le train entre en gare à coups de sifflet langoureux. Je sais que c'est Rayne le conducteur. La grande bête noire dépasse la station, s'arrêtant aux grincements de ses grandes roues qui mordent les rails. Dub Domingues sort de son bureau, toujours habillé en kaki brun, le bout de sa ceinture qui pend, ses longs cheveux noirs s'agitant dans le vent du sud. Il arrive devant le wagon et tire sur le loquet. À l'intérieur, seule au milieu de l'espace vide, une grande boîte est couchée par terre. Le bois est de couleur claire et elle brille dans la noirceur. Elle est haute de deux pieds et en forme de table rectangulaire. Il y a des poignées en corde tous les deux pieds.

Les Créoles entrent dans le wagon et, avec beaucoup de difficulté, parviennent à la soulever et à la mettre debout. À l'aide des bouts de corde, ils arrivent à la pencher pour la soulever de nouveau et la placer sur la petite charrette de la gare. Passant par l'intérieur pour ensuite descendre la rampe et rejoindre la rue, on tente de la porter pour l'installer au fond d'un wagon dont on a enlevé les bords, mais la boîte est trop lourde et on est obligés de partir dans la rue avec la charrette et sa cargaison, tirée par les

Créoles. Le défilé arrive péniblement au passage à niveau. Les Créoles se mettent à chanter une chanson langoureuse. Depuis la galerie de sa maison blanche, Alcide Debaillon nous regarde passer. Il est immobile, les bras croisés. On fait comme si on ne le voyait pas.

Le voyage jusqu'au café de mon oncle est ardu. La procession attire des curieux qui nous suivent comme des cochons derrière la pâtée. La journée est courte. On arrive devant le café à la brunante et, dans un effort ultime, les Créoles soulèvent la boîte et la placent par terre devant l'escalier. Sur la boîte est marqué Frasier & Co, Chicago, Illinois, et en caractères faits à la main : Martin Begneaud, Scott, Louisiana. Mon oncle Martin entre dans son café et revient avec un pied-de-biche et un marteau. Il commence à défaire la boîte sous les regards ardents des Créoles. Aidé par son frère Siméon et mon père, ça lui prend quasiment autant de temps pour l'ouvrir qu'il en a fallu pour la transporter depuis la gare. Des lampes au kérosène sont allumées et pendues sur la galerie maintenant éclairée en pleine nuit. Le croissant de lune est caché par les nuages.

Finalement, on arrive à ouvrir la boîte. À l'intérieur, comme dans son sarcophage, entourée de foin et enveloppée de ouate, une sorte de table apparaît.

— Une table de billard, répond Drozin à ma question.

Je ne sais pas ce que c'est. Une fois le rembourrage enlevé, je vois la plus belle table que j'aie jamais vue. Les bords sont d'un bois couleur de whisky. La surface est recouverte de feutre émeraude et lisse comme la fesse d'un bébé. Avec beaucoup de soin, on arrive à passer les cordes en dessous, faisant attention de garder en place la ouate qui entoure la table. Avec six hommes de chaque côté, on monte doucement les deux marches. Soudain, quelqu'un glisse et la table de billard tombe sur la galerie avec un bruit sec. Une planche de la galerie est brisée et un bord de la table et son joli bois sont égratignés. Mon oncle Martin pousse un cri comme celui d'un alligator au fin fond du marais. Il se calme, et la table est de nouveau soulevée et transportée péniblement.

On ne peut pas la faire passer par la porte. Avec des hommes de chaque côté, elle ne passe pas. Pierre Sonnier part et revient avec une longue planche et des rondelles de bois. Finalement, avec beaucoup de peine, la table est entrée à l'intérieur.

Dans la boîte, il y a aussi les pattes. Elles sont rondes et sculptées en forme de tiges de plantes, avec au pied une fleurette. Siméon et Martin se mettent à quatre pattes et en vissent une aux quatre coins de la table, qui, avec beaucoup de soin, est enfin placée debout au milieu du café. On sort les bâtons pour jouer. Il y en a quatre, tous presque aussi grands que moi, avec le bout feutré, et un cinquième avec au bout un morceau de métal ondulé, dont personne ne sait à quoi ça peut servir. Il y a six poches en cuir tressé qui s'attachent aux orifices situés aux coins et au milieu des côtés. Il y a aussi une boîte en bois laqué sur laquelle est marqué le nom de Frasier & Co. Une fois les poches mises en place et les bâtons rangés, mon oncle Martin place la boîte sur le feutre soyeux et l'ouvre en déplaçant le loqueteau. À l'intérieur, il y a seize boules de la taille d'une poigne d'homme chacune, toutes posées sur un tissu de velours violet comme des œufs au milieu d'un nid. Il y en a sept d'une seule couleur et sept qui sont rayées, plus une noire, la 8, et une blanche, toutes numérotées. Les couleurs sont vives et scintillent dans la lumière des lampes. On est tous agglutinés, Blancs et Créoles, autour de la table, envoûtés par les couleurs des boules. Il y a un manuel d'instruction, mais on ne peut pas le lire, car personne ne sait lire et, en plus, c'est écrit en anglais.

Le café flotte sur un radeau de silence. L'ambiance est respectueuse. Les Créoles sont saisis par la curiosité autant que les Blancs. C'est probablement la dernière fois qu'ils vont pouvoir entrer dans le café, mais leur présence ne dérange pas. Martin donne à chacun une pièce de monnaie et un coup de whisky, mais il ne les chasse pas. On ne sait pas quoi faire. Il est minuit passé, le transport et l'installation de la table ayant pris huit heures. On tourne autour de la table, hypnotisés. À l'exception de l'égratignure sur un des bords à la suite de la chute, elle est parfaite. Siméon va chercher son niveau à bulle et, avec l'aide des vis en dessous des pattes, il arrive à la mettre parfaitement à plat. Pendant qu'il le fait, tout le monde l'observe en silence. On est comme à l'église.

— Qui veut bien faire une partie ? on entend quelqu'un demander.

Tout le monde se tourne vers celui qui a parlé. C'est Ernest Blanc. Il répète sa question.

— Tu connais jouer ? demande Martin.

— Oui, monsieur, il répond avec confiance. Cherchez-moi deux queues et je vous ferai une démonstration

On va chercher les bâtons et Ernest en donne un à son frère. À l'aide d'un cadre triangulaire, il place les boules, la première boule à la pointe du triangle, posée sur une petite marque que personne n'avait remarquée. Se tenant à l'autre bout, il tourne l'extrémité du bâton dans un petit carré de craie bleue, dont personne n'avait soupçonné l'utilité.

— Voici le jeu de la 8. Il faut choisir soit les boules rayées, soit les pleines. Une fois qu'on a empoché sa suite, il s'agit d'empocher la 8, la noire, et voilà, c'est gagné.

Il place la blanche sur le tapis de feutre et la frappe avec violence. Le triangle des boules explose, les couleurs partant comme des poules apercevant un émerillon. Une par une, les boules tombent. Ernest est concentré, étudiant ses coups, de temps en temps tournant son bâton dans la craie. Il demande à Martin s'il y a de la poudre à bébé. Martin ouvre une petite boîte et la passe à Ernest, qui jette de la poudre sur ses mains, les frottant pour que le bois du bâton glisse mieux. En peu de temps, il termine sa suite et arrive à empocher la 8. Il a battu son frère de plusieurs boules. On le regarde tous, éblouis. Une fois la partie finie, il redonne le bâton à Martin. Un par un, on quitte le café, les pieds glissant sur le plancher comme le bâton entre les mains du Français.

Il est très tard avant que je me couche. Le lendemain, il y a un défilé de monde devant le café de mes oncles, tous curieux de voir cette merveille venue de l'autre bout du pays. Les deux Français commencent leur travail de jardinage, plantant les néfliers en deux rangées derrière la maison, tout près du cimetière où sont enterrés ma grand-mère, ses filles et mon cheval.

Ernest et Alexis ne se révèlent pas très doués pour le jardinage. La moitié des arbres qu'ils plantent crèvent, parce que, selon Caro Raggio, ils ne les ont pas arrosés. Il ne les estime pas beaucoup et se plaint auprès de Drozin de leur paresse et de leur prétention, plainte à laquelle mon grand-père fait la sourde oreille. C'est avec de plus en plus de mépris que Caro Raggio prépare leur déjeuner. Assis autour de la table, face à Drozin, ils n'ont pas de réponses aux projets de jardinage que Drozin sollicite. Les deux frères passent de plus en plus de temps au café de mon oncle. Ils y vont le soir, après que Caro Raggio leur a servi le souper, empruntant le chariot, et ils veillent de plus en plus tard. Ils donnent des cours de billard et commencent à parier avec les clients. À vingt-cinq sous la partie, les Français font autant d'argent dans une soirée qu'en piochant pour Drozin pendant un mois.

Un soir, Charlie Jenkins se fâche après avoir perdu trois parties de suite. Inspiré par un verre de whisky d'Arnaudville, il menace Ernest Blanc avec son bâton et essaye de le frapper avec une boule. En visant le Français, il tire mais manque sa cible, la boule passant à travers la fenêtre. Le dos tourné, Jenkins n'aperçoit pas mon oncle Siméon, qui sort de derrière le comptoir, son bâton de baseball qu'il cache en dessous et qu'il appelle « l'Exécuteur » à la main. Prenant soin de ne pas frapper Jenkins à la tête, ce qui pourrait le tuer et surtout répandre beaucoup de sang, il le frappe dans le gras de l'épaule. Le coup foudroie Jenkins, qui tombe à terre comme une catin en maïs. Siméon, qui est deux fois plus grand que lui, le prend, une main au col et l'autre au fond de culotte, et le traîne dehors, le jetant par-dessus la galerie. Jenkins se retourne sur lui-même, regardant Siméon à travers le brouillard de ses sens.

Mon oncle descend les marches et plante son gros doigt sur le nez bosselé de Jenkins.

— Si tu reviens, je te tue, il lui lance.

Tournant de bord, il rentre dans son café, prenant les deux Français par le col et les poussant vers la porte.

— Je ne veux plus vous voir ici, il leur dit. Vous avez compris ?

Il les regarde avec deux yeux aussi froids et aussi durs que les rails de la voie ferrée.

— Allez-vous-en.

Il tourne sur ses talons et ferme la porte derrière lui.

Ernest et Alexis reprennent le chemin vers chez Drozin. C'est Ernest qui conduit, fouettant le cheval hongre sans merci.

La boule que Jenkins a projetée par la fenêtre est la 9, rayée jaune. On ne la retrouvera jamais.

16

Je ne sais pas ce que c'est que la folie. La seule personne que j'ai vue enragée était la femme de Pierre Sonnier, mordue par un chien, hurlant entre deux matelas, mais elle n'était pas forcément folle. Ce qui m'est arrivé était de la folie. J'ai perdu mes balises et je flottais dans un monde irréel où je me demandais constamment ce qui m'arrivait. J'avais peur, peur de me faire du mal ou d'en faire à quelqu'un.

Une fois que les Français ont été bannis du café de Martin Begneaud, ça ne leur a pas pris longtemps pour trouver une autre avenue pour réaliser leur projet de bamboche. Je ne sais pas comment ils ont découvert le cabaret de Jingas, je ne savais même pas que ça existait. Un vendredi soir après le souper, alors que je m'installais dans la salle à harnais, j'ai entendu gratter à la porte. C'étaient eux. Ernest chuchotait avec l'air d'un chien qui vient de manger le coq du poulailler :

— André, venez, nous avons besoin de votre aide.

Je ne comprenais pas ce qu'ils faisaient là, et encore moins ce qu'ils voulaient, mais j'ai fini par saisir qu'ils voulaient m'embarquer dans une aventure nocturne. Silencieusement, sans penser à ce que j'étais en train de faire, j'ai mis la bride sur les deux mulets ainsi que sur ma Cannelle, et on s'est faufilés dans la nuit, faisant attention de ne pas faire de bruit en contournant, à distance, la maison où une lampe brûlait encore.

Le temps était frais et le ciel couvert, ce qui rendait le périple hasardeux. On ne pouvait pas avancer trop vite, comme les mulets n'ont pas l'habitude de courir, et, en plus, ils n'avaient pas de selle, ce qui fait que les Français étaient montés à cru. Après une longue heure, on est arrivés enfin au petit village, ses maisons sans éclairage, sauf une au bout du rang. On est descendus et on a attaché nos montures parmi une douzaine d'autres qui étaient déjà là. On a entendu un bruit sourd à l'intérieur, comme un nid d'abeilles. Ernest a foncé et a ouvert la porte, et on a été frappés par un raz de marée de sons qui s'abattait sur nous, nous entraînant dans son tourbillon. J'étais aveuglé, mais j'ai commencé à distinguer autour d'une table, cartes à la main, plusieurs Créoles que je ne reconnaissais pas. Il y avait une odeur de cigare et de fauve. Les rayons des lampes au kérosène se propageaient à travers la fumée, dessinant des traces comme les doigts d'un ange. Les hommes nous ont regardés avec méfiance et stupéfaction, toutes leurs têtes braquées sur nous comme si elles étaient attachées à la même corde. Personne n'a dit mot, jusqu'à ce que Jingas surgisse du fond de la petite salle.

— Entrez, mes amis, il a dit, sa grande voix résonnant entre les quatre murs.

Il a parlé aux hommes autour de la table, tous muets comme des poteaux.

— Ce sont nos amis français. Y aura pas de tracas.

Il a tiré trois chaises de bois aux sièges en cuir sauvage et on s'est assis contre le mur. Jingas était rond comme un tonneau, les manches retroussées sur ses avant-bras, larges comme des cuisses de cochon. Il avait la tête aussi ronde que son ventre, chauve avec une couronne de cheveux grisonnants autant que les poils de sa barbe coupée au ras de ses joues.

— J'aimerais bien jouer, a annoncé Ernest.

Il était à l'aise et c'était évident que ce n'était pas la première fois qu'il venait. On lui a fait une place à la table, pendant que Jingas arrivait avec des verres de liqueur ambrée, du whisky. On a joué à la bourré, cinq sous la mise. Je ne suis pas un joueur de cartes plus que ça, mais j'ai compris le jeu à force de traîner chez mon oncle Martin. Je me demandais en moi-même ce que je foutais là, et c'est alors que la folie est entrée dans ma vie. Par indolence ou par curiosité, ou plutôt par haine de moi-même, je suis resté là, séduit par la fascination de ce qui est défendu, sachant que je me faisais du mal, mais ne pouvant pas me détacher et partir en courant comme j'aurais dû. Cependant, toutes ces réflexions ne sont arrivées que bien plus tard. À ce moment-là, j'étais ivre du whisky, des odeurs et de l'interdit. On est demeurés assez longtemps pour qu'Ernest ait perdu vingt-cinq sous, ce qu'il estimait suffisant, et on a repris la route de la maison sous le même ciel ennuagé. Ainsi a commencé une glissade vers la folie, ce qui est bien pire que la chute. Celle-ci a l'avantage de se passer très vite : on perd le contrôle et on tombe, et si on sait tomber, c'est fini. La glissade est lente. On sait à tout instant ce qui se passe, mais on est impuissant à s'arrêter. Le résultat est le même : on tombe, mais à cause de sa lenteur, la glissade est beaucoup plus pénible, car on est conscient tout au long.

À partir de ce vendredi-là, les Français se sont présentés régulièrement, grattant à la porte de la salle à harnais, puis on partait en direction de la Coulée Croche. On y allait toutes les semaines, hormis quand le temps était trop mauvais. On faisait bien gaffe en sortant de la basse-cour, mais une fois, il y a eu un incident et j'ai eu peur que mes parents nous découvrent. Les mulets étaient montés par les deux Français, bride à la bouche, mais sans selle et ne portant pas d'œillères. Sans œillères, ils se voyaient bien et, un soir, Augustin s'est tourné de bord et a flanqué un coup de tête à Hercule dans les côtes. Ça a résonné comme un tir de carabine. J'étais certain que mon père allait sortir, fusil à la main. Mais, par chance, c'est passé inaperçu. Les fois suivantes, on a fait bien attention de ne pas laisser les mulets s'approcher, de ne pas faire courir les bêtes non plus, pour éviter qu'elles suent et répandent donc de l'écume que mon père aurait pu voir le lendemain. Je brossais ma Cannelle après chacune de nos courses nocturnes pour ne pas laisser de traces.

La première fois qu'on est allés à la Coulée Croche, il y avait une serveuse, une jeune et jolie créature, un ange créole, ses yeux brûlants comme de la braise. Elle s'appelait Marie, et je l'ai aimée dès que je l'ai vue.

C'est peut-être la cinquième ou sixième fois qu'on y allait quand, en arrivant, Ernest m'a conduit vers le fond de la salle. Il y avait deux portes, il en a ouvert une et, me prenant par le bras, il m'a poussé à l'intérieur puis a refermé. La petite pièce était éclairée par un candélabre avec cinq chandelles de tailles différentes, qui jetaient une lumière haletante. Il y avait une Créole assise sur un petit lit et, comme le candélabre était derrière elle, je distinguais à peine son visage. Elle était grosse. Il y avait une odeur forte qui m'étouffait, mais je ne saurais la décrire.

— Approche-toi, chéri, elle a dit.

Sa voix était grasse comme une oie gavée.

Ne sachant pas quoi faire, j'ai fait un pas vers elle.

— Plus près, chéri, approche-toi. Je te ferai pas mal, tu vas voir.

J'étais debout devant elle. J'ai commencé à respirer rapidement quand elle a défait ma braguette. Elle me caressait de ses mains, me flattant, mon sexe droit comme un pilier, qu'elle a pris dans sa bouche, ses lèvres autour de moi. J'avais la tête qui tournait. Je me sentais mal et j'avais envie de vomir, mais je ne pouvais pas me retirer. Ça n'a pas duré longtemps. Quand elle a eu fini, elle a craché dans un mouchoir.

— C'est déjà payé, elle m'a dit.

J'ai refermé mon pantalon et je suis rentré dans la salle. Les joueurs ont fait comme s'il n'y avait rien eu. Ernest m'a fait un clin d'œil et une grimace. J'ai dû endurer la soirée, assis contre le mur, certain que tous avaient compris ce qui s'était passé.

Sur la route du retour, Ernest m'a demandé :

— Comment a été ta rencontre avec Martha ?

— Va te faire foutre, je lui ai répondu.

Je voulais le tuer.

Il faut dire que j'étais jaloux des Français, avec toute la reconnaissance que leur donnait mon grand-père. Drozin était toujours aux petits soins avec eux, excusant leur bamboche et leur paresse. Il les appelait ses « jardiniers », mais ils n'étaient pas plus jardiniers que moi. Mon grand-père était juste trop orgueilleux pour admettre qu'il avait engagé des couillons qui ne valaient rien. Ils ont pris la cabane dans laquelle j'avais connu les plus beaux jours de ma vie, dans le temps qu'Evangeline courait et où nous étions couverts de gloire. Et voir l'étincelle dans les yeux de ma sœur Marie chaque fois qu'Alexis Blanc arrivait me dégoûtait. Elle aurait pu trouver un Cadien comme moi plutôt qu'un Français de France qui pétait plus haut que son cul. Il faut dire que j'ai été, moi-même, un admirateur des Français pendant un temps. Ernest et son frère savaient lire et écrire, ce qui leur ouvrait les portes d'un monde que je ne connaîtrais jamais. Mais après qu'ils m'ont poussé chez la pute, j'ai commencé à les haïr, surtout Ernest, qui menait son frère par le bout du nez. C'était un menteur impénitent. Il mentait constamment, surtout à Drozin, à tel point que je me demandais s'il croyait à ses propres mensonges. Je le haïssais parce qu'il m'avait corrompu, il m'avait humilié en me jetant dans les bras de cette harpie, pendant que la femme que j'aimais attendait de l'autre côté de la porte. Je le détestais parce que je ne trouvais pas le courage de résister à son aisance séductrice, ni de me libérer de la notion accablante qu'il était mieux que moi.

Quand on est retournés chez Jingas, j'ai suivi Marie dehors et je lui ai parlé. Je ne me souviens pas de ce que j'ai dit, mais je me souviendrai toujours de son regard. J'ai tenté de la prendre dans mes bras et de l'embrasser. Elle m'a repoussé violemment.

— Qu'est-ce que tu fais là ?

— Je t'aime.

— Tu ne sais même pas ce que c'est, l'amour.

Dans le ciel, il y avait une demi-lune, et sa lumière éclairait le visage de Marie, scintillant sur ses joues.

— Tu as été avec Martha ? elle a demandé.

— Non, j'ai bégayé.

— Ne mens pas, André. Je ne suis pas une pute, je ne suis pas Martha.

Des larmes se sont formées aux coins de ses yeux.

— Tu penses que parce que j'suis noire, tu peux faire ce que tu veux avec moi. Mais regarde-moi bien. Je suis une femme pareille qu'une Blanche. Si tu coupes ma peau, je vais saigner de la même couleur rouge.

Elle a regardé la lune, s'essuyant les yeux. Je n'avais jamais rien vu d'aussi beau.

— Ce que je veux, c'est ce que toute femme veut. Je veux un homme qui va m'aimer et me protéger et me rendre heureuse et que je peux rendre heureux. Je ne veux pas de ton amour de rien. Va-t'en et laisse-moi en paix.

La fois suivante, j'ai demandé si Marie était là. Non. Je suis allé dehors, pensant que j'allais pouvoir la rencontrer. À quatre pas de la porte, on m'a frappé au visage. C'était André Boudreaux, l'autre.

— Laisse ma sœur tranquille ou je te tue.

Ses yeux étaient plissés. J'ai vu son poing fermé, qui m'a frappé encore. Je me suis défendu comme je pouvais, le frappant aussi. On a roulé par terre, à coups de poing et de genou, jusqu'à ce que Jingas sorte pour nous séparer, tenant chacun de nous avec l'une de ses grandes mains charnues.

— André, il a dit, s'adressant à l'autre, va-t'en. J'veux pus te voir ici.

André s'est éloigné et, me pointant du doigt, m'a lancé :

— Je te tue, tu comprends ?

Un peu de sang mélangé à de la bave coulait du coin de sa bouche.

Jingas m'a parlé comme à un enfant.

— Tu ferais mieux de t'en aller et ne plus revenir.

Cette nuit-là, en rentrant, j'ai eu une autre surprise. Mon père nous attendait dans la grange. Je suis entré, tirant ma Cannelle par la bride. Mon père m'a attrapé par la chemise, me tirant vers lui suffisamment proche pour sentir mon haleine de whisky. Il me tenait comme une poupée.

Voyant les égratignures sur mon visage, il m'a demandé :

— Qu'est-ce qui s'est passé avec toi ?

— J'ai tombé de mon cheval.

Il m'a regardé avec des yeux qui ont transpercé mon cœur comme le couteau qui fait saigner la bête. Mon père ne m'a jamais frappé. Je ne pense pas qu'il ait frappé aucun de ses enfants. J'ai senti quand même qu'il est passé tout près de me donner une raclée.

Il m'a lâché, et j'ai senti tous mes os se ramollir.

Il a pointé les Français.

— Allez-vous-en. Et si je vous attrape encore, il y aura le diable à payer.

Les deux sont restés plantés comme des piquets, l'air bête. Finalement, ils m'ont tendu les brides et sont partis dans la nuit.

C'est la dernière fois que je suis allé à la Coulée Croche pour un bout. Je ne sais pas si c'est aussi le cas pour les Français, mais je ne sais pas comment ils auraient pu s'y rendre.

L'amour est un voleur qui passe dans la nuit. Je n'arrive pas à penser à autre chose qu'à ma belle Créole. Je vois sa bouche, ses yeux noirs, l'arc de ses sourcils et ses dents blanches qui étincellent lorsqu'elle sourit. Elle est fine de taille, la forme de ses cuisses sous sa jupe est imprimée dans ma mémoire comme une marque au fer ardent. Je ne respire plus, car elle a pris tout l'air de l'univers. Je ne dors pas. Je ne mange pas non plus et, par désespoir, je finis par chercher à la retrouver. Il faut que je trouve de l'aide.

C'est un samedi et je dois faire une commission chez mon oncle. J'arrête, le temps de ramasser ce qu'on m'envoie chercher, je ne me souviens même pas ce que c'est. Je continue, traversant le village au galop, dépassant la gare et le moulin de coton, et j'entre dans le quartier créole. Je ne sais pas où je vais et j'arrête quelqu'un pour demander où habite Marie Agélas.

J'arrive devant une petite maison rose. Il y a une galerie blanche très étroite avec deux colonnes maigres peintes de la même couleur. La cour est dénudée, sauf pour un latanier qui pousse à droite de la galerie. J'amarre ma Cannelle au poteau et je frappe à la porte. C'est elle qui ouvre, très doucement, me regardant d'un œil curieux, tenant la porte entrouverte.

— Oui, elle dit, méfiante. Quoi c'est j'peux faire pour toi ?

— Marie Agélas, je demande. J'entends dire que vous êtes voyante.

Elle m'observe avec suspicion.

— J'peux vous payer.

Elle ouvre la porte.

— Combien ?

— J'ai six escalins.

Elle sort la tête, regardant à gauche et à droite.

— Va attacher ton cheval derrière et attends-moi devant la porte.

Je fais comme elle me dit et j'attends en bas des deux marches. La porte est peinte en blanc, tout comme celle à l'avant. Elle ouvre et j'entre dans la cuisine. À gauche, il y a un évier que surplombe la pompe à manivelle et, à droite, une table avec deux chaises en bois et un garde-manger. Elle m'invite à la suivre. On est dans le salon, très petit aussi. Contre le mur, à gauche, se trouvent une causeuse et deux chaises en velours gris. À droite, il y a la chambre. Je vois un lit à baldaquin recouvert d'une courtepointe couleur crème décorée de motifs de toutes les couleurs. Au-dessus de la porte, il y a des rameaux de Pâques, croisés, les palmes brunies par le temps.

Elle tire une petite table qui est contre le mur jusqu'au milieu de la pièce.

— S'il te plaît, va me chercher les chaises dans la cuisine.

Pendant que je vais les chercher, elle sort un morceau de velours noir qu'elle place soigneusement sur la table. Elle s'assoit face à la porte, et moi de l'autre côté avec la porte dans le dos. Elle sort de la petite armoire un jeu de cartes. Elles sont grandes.

Je ne vois pas les devants, mais l'arrière est bleu foncé avec un dessin cruciforme. Un tarot de Marseille.

Marie Agélas prend une chandelle, la place sur la table et l'allume. Ses allumettes sont énormes et l'odeur du soufre me brûle le nez. Elle se met à brasser les cartes, les yeux fermés. Je pense qu'elle prie, le menton pointé vers le plafond. Elle soupire un coup, dépose le jeu sur la table, puis le divise en trois paquets, pour ensuite le reformer.

— Quoi c'est tu veux savoir ? elle demande, me fixant dans les yeux.

Pour la première fois depuis mon arrivée, je suis mal à l'aise. Déjà de me trouver dans la maison d'une Créole et, en plus, tout seul avec elle, c'est assez étrange. Maintenant, avec ses rituels et ses yeux devenus menaçants, j'ai froid dans le dos et les mains trempées de sueur.

— J'suis en amour, mais on ne veut pas me laisser voir ma belle, je dis.

Elle me fixe toujours.

— Je veux savoir ce que je dois faire pour la revoir.

— Je comprends, elle dit. Est-ce qu'elle veut te revoir ?

— Oui, je mens.

Elle ferme les yeux et reste silencieuse pendant un moment, avant de retourner les trois premières cartes et de les poser, face en l'air, devant moi : Le Soleil, La Maison-Dieu, Le Diable.

— André, elle commence, les trois cartes sont le passé, le présent et l'avenir.

La première carte représente un grand soleil avec en dessous deux personnages devant un mur de brique. L'un a sa main posée sur l'épaule de l'autre.

— Le Soleil est un bon signe. Ça apporte de la chaleur et de la vie. Depuis combien de temps connais-tu ton amoureuse ?

— Assez longtemps, je mens encore.

— Donc, tu étais avec elle dans une vie antérieure.

Je ne sais pas de quoi elle parle. En voyant ma confusion, elle explique.

— Selon l'Ordre hermétique de l'Aube dorée, tous les esprits existent avant la vie présente. Quand quelqu'un meurt, son esprit est transporté dans l'âme de quelqu'un qui naît.

Je ne comprends pas vraiment ce qu'elle dit.

— Toi et cette femme avez été ensemble dans une autre vie et ça s'est bien passé.

Je ne saisis toujours pas très bien ce qu'elle raconte, mais elle continue.

La deuxième carte représente une tour frappée par la foudre, ouvrant la couronne qui la chapeaute. Deux personnages semblent tomber de l'édifice.

— La Maison-Dieu, c'est le renversement. L'ordre des choses est renversé par ton activité. Ce qui est en haut est maintenant tombé en bas.

Elle me fixe de nouveau dans les yeux.

— Dis-moi qui est cette femme que tu aimes.

— Marie Boudreaux, je réponds sans réfléchir.

— Ta sœur ? elle demande, incrédule.

— Non, l'autre.

Une ombre passe sur son visage et les coins de sa bouche se contractent. Elle me regarde intensément et ramasse soudainement les cartes d'un geste brusque.

— André, pour l'amour de Dieu, oublie ça. Je t'en prie. Oublie ça.

— Mais qu'est-ce que ça veut dire, la dernière carte, Le Diable ? je demande, ma voix tremblante.

L'image est celle d'un personnage mi-homme mi-bête pourvu d'une poitrine de femme, d'un sexe masculin, cornu, griffé et ailé et tenant une épée. En dessous, il y a deux diablotins, avec des cornes aussi. Ils ont une longue queue et sont enchaînés.

— Oublie ça, je te dis.

— Je sais qu'elle est noire, mais je l'aime. Mon oncle Thomas vit avec une Noire.

— André, c'est ta cousine.

Elle devient de plus en plus excitée.

— Oui, mais on peut marier ses cousins, je réponds.

Je ne sais même pas si c'est vrai.

— André, pour l'amour de Dieu. Ton affaire va finir au diable. Gare à toi. Je t'en prie, il y a déjà assez de sang mêlé dans cette famille.

Elle se lève et range les cartes. Je vois qu'elle tremble des mains.

— André, s'il te plaît, va-t'en. Et ne reviens jamais.

— J'vais vous payer.

— Tu me dois rien. S'il te plaît, pars tout de suite.

Elle souffle la chandelle et me regarde encore avec ses yeux qui me font sentir comme s'ils me brûlaient à travers la peau.

— Va-t'en, je t'en prie.

Je sors par la porte arrière et monte sur ma Cannelle, mon cœur qui bout comme si ma poitrine était remplie d'huile chauffée. Je prends le chemin du retour, passant à travers le village. Les personnes que je croise n'existent pas. En arrivant chez nous, ma mère me demande les bouts de ficelle qu'elle m'avait envoyé chercher. Je les ai égarés. Ne sachant quoi lui répondre, je repars vers la grange.

Quatrième partie

17

16 décembre 1881

Le shérif Isaac Broussard, dit Ike, se tient debout au milieu d'un nœud d'hommes. L'élection est dans trois mois, et Ike fait de la politique. La plupart du temps, il est assis derrière son bureau en acajou, fabriqué à Chicago et transporté par le chemin de fer via La Nouvelle-Orléans. C'est là qu'il s'occupe des affaires de la paroisse de Vermillion, ses manches roulées, son gilet déboutonné, un grand homme derrière un grand bureau dans une grande pièce aux lambris en cyprès, rendu gris par le temps, surmonté par des murs de couleur claire qui montent jusqu'aux frisettes. Le plafond est haut et l'ambiance sombre, malgré la clarté qui se répand depuis les vastes fenêtres. Ike Broussard est assis derrière son bureau tous les jours de la semaine, hormis quand la température l'oblige à se coller au poêle en fonte. Aujourd'hui, il n'est pas à son bureau, mais sur les marches de la maison de Cour. Il est sans veste, ses manches sont toujours roulées, et ses bras sont rugueux comme de l'écorce de sapin. Il appelle chaque passant qui semble être en âge de voter. Il les attrape comme on attrape un goujon[28] à la ligne, lançant des commentaires coquins comme appâts. Il est avenant, joyeux même. Il dépasse la petite foule d'une tête avec son stetson, grand comme une roue de wagon. Ses moustaches noires rebondissent au-dessus de ses lèvres charnues.

28. Poisson barbu (*Pylodictis olivaris*) pouvant atteindre cinquante kilogrammes.

Isaac Broussard, dit Ike, un homme bien-aimé de la plupart des citoyens de Vermillion, est le shérif de la paroisse de Vermillion depuis que l'armée nordiste est partie. Il cherche à obtenir un deuxième mandat. Son adversaire est Will Campbell, candidat sous la bannière du parti progressiste de William Jennings Bryan, qui promet de venir en aide aux petits habitants. La campagne de Campbell a commencé comme un feu de savane et se propage même dans les quartiers reculés de la paroisse. Depuis que les Républicains sont partis avec l'armée d'occupation, les Démocrates Bourbons ont le champ libre de concurrence. Ils espèrent reprendre le pouvoir et le restaurer aux mains de l'élite planteuse. Mais cette année, les progressistes montent une sérieuse campagne, et Ike Broussard ne tient rien pour acquis.

Le temps est chaud pour la saison, des escadrons de nuages sont poussés par le vent implacable du sud. Le drapeau américain, hissé sur son mât au coin du carré, s'agite, claquant comme une planche de bois tombant par terre. Le vent va souffler jusqu'à Pâques, quand les averses d'été commenceront et que la chaleur s'installera.

Autour d'Ike, il y a les ouvriers de la cour à bois et ceux de la quincaillerie, les vendeurs du magasin général et des autres boutiques lacées autour de la maison de Cour comme un collier. Il y a aussi quelques habitants, venus en ville pour chercher des provisions et qui sont maintenant pris dans les filets du shérif. On voit son grand chapeau depuis l'autre côté de la rue Jefferson. Il a le dos au vent, sa main droite sur le rebord de son couvre-chef, au cas où une rafale menacerait de le lui enlever. Les hommes s'agglutinent autour de lui. Ils sont en costume de travail, kaki ou bleu de Nîmes.

Aucun des avocats qui travaillent à la maison de Cour n'a le temps d'écouter le grand shérif de Vermillion raconter ses histoires. Ils ne veulent pas non plus laisser croire qu'ils ne sont pas occupés, malgré qu'il y ait trop d'avocats à Vermillion pour le peu de travail disponible. Ils préfèrent flâner à l'intérieur de l'édifice, dans le couloir sombre en haut des marches, et partager des potins. L'un d'entre eux descend l'escalier d'un pas résolu, sa veste boutonnée, sa cravate nouée, son chapeau placé fermement sur sa tête. Il fait signe au shérif d'un geste de la tête, sans s'attarder. Ce qui arrange Ike Broussard. Il va s'occuper des avocats au moment propice, à l'intérieur de la maison de Cour, d'homme à homme. Pour l'instant, ils ne vont pas ternir la lumière d'Ike Broussard, qui brille comme le Soleil autour duquel les planètes tournent.

Pour les passants qu'il n'arrive pas à prendre dans ses filets, Ike lance un petit mot, « *Don't forget me in the election* ». Son accent est épais mais son anglais, compréhensible. Pour ceux qui ne comprennent pas l'anglais, le fait qu'Ike le parle ajoute à son prestige. En vrai politicien, il parle anglais à ceux qu'il veut impressionner, et français à ceux dont il souhaite gagner la confiance. Ike peut les distinguer les uns des autres. Après quatre ans de mandat, il connaît tous les électeurs de la paroisse par leurs prénoms, sauf les Noirs, mais depuis le départ des Républicains, ce n'est plus un souci. Il est responsable des taxes en plus, et il sait qui est riche et qui est pauvre. Il a vu tous les péchés et toute la tristesse du pays, tous les mauvais coups et toutes les bagarres, toute la jalousie et toute la petitesse.

Le shérif Ike Broussard a, il le croit, le don de prévoyance. Ça commence avec des picotements dans ses doigts et ses doigts de pied qui grimpent ensuite le long de ses bras et de ses jambes. On pourrait dire que sa soi-disant prévoyance n'est qu'un problème de mauvaise circulation sanguine due à son poids et aggravée par sa consommation modérée mais régulière d'alcool. Il aime son pousse-café, un petit coup de whisky versé dans sa tasse de café noir, matin et midi. Il est bien connu parmi les bambocheurs qu'Ike Broussard a la jambe creuse et une capacité légendaire à absorber l'alcool. Il aime sa boisson autant que le pire des ivrognes, mais personne ne l'a jamais vu soûl, ni même le moindrement perturbé par sa consommation. Quant à sa prévoyance, il n'a jamais pensé que ça pouvait être causé par la boisson.

Il sait qu'il a le don. La première fois que ça lui est arrivé, c'est lorsqu'un feu a détruit deux magasins de la rue Vermillion, la pharmacie d'Hector Vianet et la quincaillerie. Il a senti les picotements et s'est dit qu'il se passait quelque chose de sérieux. C'était en novembre 1878, la première année de son mandat. Depuis, il a de plus en plus confiance dans ses pressentiments, comme lorsque l'épidémie d'anthrax a détruit les troupeaux de bêtes à cornes du marais Bouleur. Il savait qu'il allait se passer quelque chose et, grâce à sa prévoyance, plusieurs troupeaux ont été sauvés. Il a eu le même sentiment il y a deux ans, juste avant que l'ouragan déchire la paroisse, déracinant les arbres, enlevant les toits des maisons de la Côte Gelée tout au long du bayou jusqu'au pont de l'île Copalme et les terres de l'ancien gouverneur Mouton. Plusieurs familles habitant le long du bayou Vermillion ont été évacuées avant que le raz de marée ait poussé une vague de quinze pieds de haut dans la baie, remontant le bayou jusqu'à Royville et emportant tout sur son passage. Sous une pluie diluvienne, le shérif Ike Broussard et ses députés ont sauvé une bonne centaine de personnes, qui ont été logées dans la maison de Cour pendant plusieurs semaines, le temps qu'elles retournent chez elles pour reconstruire leurs demeures inondées.

En même temps qu'Ike Broussard pontifie sur les marches de la maison de Cour, un étranger, un Américain, arrive devant la maison du Colonel Boudreaux. Il arrive sur un cheval gris puis en descend, se reposant la tête sur le flanc de sa monture pendant un court instant. Il remet sa veste et arrange sa cravate autour de son col amidonné. Tirant un grand mouchoir de sa poche, il essuie son visage et marche vers la maison. Celle-ci, construite en 1830, l'année où Drozin a marié Azéma Breaux, a une galerie de six pieds de large. Les planches de cyprès ont pali avec les années, devenant d'un gris lumineux, sauf sur les murs à l'est où les planches prennent le plein soleil et sont devenues quasiment noires. Le chêne, planté par Olivier Boudreaux, le père de Drozin, étale ses grandes branches qui gravissent le bord du toit et jettent de l'ombre sur la cour avant. En dessous du chêne, la terre est nue, avec quelques petites taches d'herbe brunie par la saison. La terre est fraîche au toucher, paquetée par des décennies de pas.

L'étranger monte les marches et avance vers la porte, ses yeux s'ajustant à l'obscurité. Il a l'air d'un chien errant. La porte est ouverte, et il regarde par la moustiquaire, mais ne distingue rien dans la noirceur. Il frappe trois fois. Drozin Boudreaux est couché sur le plancher de sa chambre. Il est midi passé. Il a fini son repas de pain de maïs trempé dans un bol de lait et s'est allongé pour sa sieste. Son valet, Caro Raggio, est occupé à l'arrière dans la basse-cour.

Drozin entend cogner à la porte comme si les coups venaient d'en dessous de l'eau. Il se lève lentement. Malgré ses soixante-cinq ans, il est en forme grâce à une vie saine, ses bras et ses jambes sont encore forts. Son visage est ridé autour des yeux, avec des plus petites rides tombant en cascade le long de ses joues comme les affluents d'un fleuve. En dessous de ses sourcils, sa peau est couleur caramel. Son front est blanc comme de l'ivoire, ses grands cheveux blancs ruissellent sur ses épaules dans le vieux style de sa génération. Il porte des moustaches, mais pas les favoris, préférés par beaucoup des vétérans de la guerre.

Un peu chancelant de son sommeil dérangé, Drozin ramasse l'oreiller sur lequel reposait sa tête et le pose délicatement sur son lit. Il tire son gilet du piquet du mur, entre la porte et l'armoire, et passe ses bras dans les trous. Du couloir, il aperçoit un homme seul à la porte, sa tête tenue de travers, son visage caché par la clarté du contre-jour. Le Colonel ne le reconnaît pas.

— *How do you do ?* demande l'Américain avec ce ton de fausse gaieté qui est l'habitude de cette race.

— *How do you do ?* répond le Colonel.

L'Américain est soulagé. Au moins, cet homme parle l'anglais. Il a une grande méfiance envers les habitants de la prairie. Ceux de Vermillionville sont faciles de commerce et comprennent assez bien l'anglais, mais ceux de la campagne sont mystérieux et renfrognés. Aujourd'hui même, l'Américain s'est fait menacer par un habitant, pistolet à la main. Dans l'impossibilité de se faire comprendre, il a battu en retraite hâtivement. Il est heureux de rencontrer quelqu'un avec qui il semble pouvoir communiquer.

— *Good afternoon, sir,* il dit, *I am Thomas P. Carver of the Progressive Party of America, and I would be obliged if you would grant me a little of your time to explain to you our platform*[29].

Drozin n'a jamais entendu parler du Progressive Party of America, mais il est bien disposé à écouter son interlocuteur. La dernière fois qu'un Américain lui a rendu une visite de ce genre, c'était pour lui proposer d'acquérir les droits de passage sur ses terres au nom du Morgan and Louisiana Railway, ce qui a fait de lui un homme riche. Depuis l'arrivée du chemin de fer, Drozin est devenu un ardent partisan du progrès.

Il pousse la porte-moustiquaire et invite l'Américain à entrer. L'homme est bien habillé, en costume brun avec une belle cravate bleue, le même que ses yeux. Il inspire confiance. Il enlève son chapeau, ses cheveux courts ont la couleur du foin d'automne. La maison est coupée en deux par un couloir où un cabinet à miroir est posé. Sur la droite sont les deux chambres, celle de Drozin à l'avant, puis celle de Caro Raggio. Sur la gauche se trouvent le salon et, au fond, la cuisine. Le Colonel dirige son visiteur vers le salon, lui indiquant une des deux chaises en velours bordeaux, leur bois sculpté en forme de fruits et de feuilles.

Drozin marche ensuite vers l'arrière de la maison et ouvre la porte, lançant un cri.

— Caro, viens faire du café. On a de la visite.

Thomas P. Carver entre dans le salon. Il n'est ni jeune, ni vieux. Il utilise la lettre P comme initiale, pensant que ça lui donne l'air plus sérieux. À sa gauche, il y a le sofa avec sa bordure d'acajou, en face des chaises, entre lesquelles se trouvent deux tables basses couvertes de marbre blanc. Au fond de la

29. Bon après-midi, monsieur. Je suis Thomas P. Carver du Progressive Party of America et je vous saurais gré de me donner un peu de votre temps pour vous expliquer notre plateforme.

pièce se trouve la cheminée. Les chaises sont posées devant les deux fenêtres du salon à travers lesquelles une lumière tamisée tombe, dessinant des carrés de clarté par terre. Carver s'assoit et observe la pièce. Tout est propre comme si personne n'y venait jamais. Entre le sofa et la cheminée se trouve une étagère avec du bric-à-brac : un petit chien en porcelaine et un autre objet représentant deux amants, le monsieur s'avançant vers la demoiselle pour l'embrasser, pendant qu'elle recule, ses mains tenues sur sa poitrine, la tête tournée. Il y a aussi une bible en anglais, *Holy Bible*. Les murs recouverts de papier peint sont foncés, d'un brun rougeâtre.

Le Colonel revient et s'assoit dans l'autre chaise, poussant un grand soupir. La chaise est trop petite pour lui et ses fesses débordent. Peu de temps après, Caro Raggio arrive avec un plateau sur lequel sont posés deux tasses de café et un bol de sucre en argent. Il y a de la vapeur qui serpente des tasses.

Caro Raggio salue l'homme en français et l'Américain tente de lui répondre.

— Merci, il dit.

Le visiteur se sert du sucre puis recule dans sa chaise, pendant que Drozin ajoute quatre cuillerées à sa tasse. Il recule aussi, encore avec un grand soupir, et sirote son café avec un sifflement bruyant. Il regarde l'Américain au-dessus de sa tasse, comme un chat qui regarde une souris.

La conversation commence tranquillement, l'Américain félicitant le Colonel pour sa propriété. Après un temps suffisant pour la plaisanterie, il arrive au but de sa visite : la politique.

Le Progressive Party est un mouvement agrarien qui promeut la solidarité entre fermiers et ouvriers. Il propose le bimétallisme[30], une taxe graduée sur le revenu, l'établissement d'entrepôts pour venir en aide aux fermiers, l'élection directe des sénateurs et l'établissement d'un système d'épargne national.

30. Le bimétallisme proposait l'utilisation de l'or et de l'argent comme normes monétaires à un taux d'échange fixe, ce qui devait augmenter l'offre monétaire et stabiliser les prix.

Sa plateforme est conçue pour contenir l'influence des intérêts corporatifs et habiliter au pouvoir des petits habitants et des ouvriers, noirs comme blancs.

Drozin écoute poliment Thomas P. Carver, qui est passionné par son discours. Sa tasse de café devient froide tandis qu'il parle. Drozin ne comprend pas la moitié de ce qu'il dit, mais il aime ce jeune Américain. Il aime sa vigueur et son énergie. Il aime la notion du progrès.

L'Américain finit de parler, et l'accalmie s'installe dans le salon comme après l'orage. Drozin ne dit rien pendant un moment, mais finit par lui proposer une autre tasse que l'homme refuse, disant qu'il a déjà trop profité de l'accueil. Il présente une carte de visite à Drozin et explique qu'il loge à l'hôtel Évangeline à Vermillionville et qu'il est disponible n'importe quand pour répondre aux questions ou organiser une rencontre supplémentaire. Il se lève, serrant la main du Colonel avec une poigne bien ferme. Drozin le raccompagne jusqu'à la porte.

— *Tank you,* il dit, *please come hagain hennytime.*

L'Américain prend sa monture et part à pied vers le village. Drozin l'observe de la porte jusqu'à ce qu'il disparaisse à l'horizon. Il retourne à sa chambre et range soigneusement la carte de visite dans le tiroir de son armoire où il garde ses mouchoirs.

18

Le jour de l'élection est venteux, le vent du sud soufflant son plein. Ce n'est qu'un autre agacement. Les Régulateurs[31] sont passés dans le chemin devant chez Drozin, comme une meute de chiens marquant son territoire. C'est Charlie Jenkins, Bébé Knight et d'autres fatras de Carencro. Armés jusqu'aux dents, ils annoncent l'intention d'imposer leur loi. Pendant les années de l'occupation, aucun vétéran sudiste n'avait le droit de voter, seuls les Noirs et les arrivistes yankees le pouvaient. Depuis le retour au pouvoir des Démocrates Bourbons, le pendule a viré de bord. Les Régulateurs se donnent la responsabilité de maintenir le nouvel ordre. J'avais treize ans lors des dernières élections, mais je me souviens des tracas. Ils étaient trois cents à parcourir en long et en large la paroisse de Saint-Landry, et le poste des Opélousas a baigné dans le sang. La bataille a continué toute la journée avec je ne sais combien de morts des deux côtés. On en parle depuis des semaines, se demandant si la même chose se passera cette fois-ci.

Charlie Jenkins et sa bande, une douzaine d'hommes, n'ont pas le courage d'aller jusqu'à la Coulée Croche. Ils vont jusque devant chez Drozin et continuent leur chemin, toujours bien en vue, finalement tournant de bord, ayant satisfait les exigences de leur orgueil. Ils ne sont pas masqués, d'abord parce que tout

31. Paramilitaires qui surveillaient les urnes le jour des élections.

le monde les reconnaît, et parce que, avec le vent qui souffle à arracher les clous de la cabane, de monter masqués aurait posé un défi technique un peu trop compliqué pour des hommes qui ont commencé à boire dès que le soleil s'est levé.

Le bureau de vote se trouve à la gare de Scott et l'ouverture des urnes se fait à neuf heures du matin. Depuis la visite de l'Américain Thomas P. Carver, Drozin s'est jeté corps et âme dans le Progressive Party, ce qui lui a valu un télégramme de Pierre Toutant Beauregard. Au milieu d'un après-midi, Dub Domingues est arrivé sur son poney créole chétif, ses cheveux partis dans tous les sens. Il était nerveux et on aurait dit que sa ceinture noire pendait plus bas que d'habitude. Mal à l'aise, il a cogné à la porte et Caro Raggio a ouvert.

— J'ai un télégramme pour le Colonel. C'est en provenance de La Nouvelle-Orléans. Envoyé par le général Beauregard.

Dub Domingues était tout impressionné.

— Entrez, monsieur, lui a dit Caro Raggio.

— Oh non, non merci, il a répondu, je n'ai pas le temps. J'veux juste donner ça au Colonel.

Drozin est arrivé de la cuisine d'un pas délibéré. Dub Domingues lui a remis le message et lui a tendu un papier à signer que Drozin a passé à Caro Raggio, qui a signé à sa place avec le crayon que Dub lui a offert. Drozin a regardé l'enveloppe jaune, il l'a ouverte, a sorti le télégramme, l'a déplié et l'a passé de nouveau à Dub.

— Ça dit quoi ? a demandé Drozin.

Dub, avec un geste solennel, l'a pris entre les deux mains. Il s'est raclé la gorge et s'est mis à lire.

— « Mon cher Colonel Drozin, c'est avec consternation que j'apprends votre soutien au Progressive Party en vue des élections prochaines. Je vous mets en garde. Ce parti est une menace à l'ordre public et l'application de son programme mettra en péril la stabilité économique pour laquelle nous avons fait tant d'efforts et de sacrifices depuis la guerre récente. Sachez qu'un des articles de sa plateforme électorale est de contrôler le commerce des chemins de fer, ce qui mettra nos intérêts communs en péril. Ne vous laissez pas embarquer avec des fausses promesses et des lueurs du prétendu progrès. La prise du pouvoir de ce parti entraînera notre pays vers le gouffre duquel nous commençons seulement maintenant à nous sortir. Méfiez-vous des faux prophètes. Je vous prie d'accepter l'expression de mes sentiments les plus fidèles envers vous ainsi que tous les vétérans de notre cause. Signé Pierre Gustave Toutant Beauregard. »

Dub a terminé sa lecture, a plié le télégramme et l'a passé à Drozin, qui l'a pris et l'a plié davantage. Il l'a mis dans la poche de son gilet. Plus tard, il le posera dans le tiroir de son armoire où sont placés ses mouchoirs. Fixant Dub dans les yeux, il l'a remercié.

— Comment va Verna Mae ? il lui a demandé.

— Elle va bien.

Sans tarder et sans un mot de plus, Dub a descendu les marches, est monté sur son petit poney et est reparti au village. Drozin et Caro Raggio l'ont regardé s'éloigner.

— Bien, a dit Drozin enfin.

Les deux hommes sont retournés à l'intérieur.

Le télégramme n'a semblé faire aucun effet. Non seulement Drozin a continué à œuvrer pour le Progressive Party, mais il a logé M. Carver durant les derniers jours avant l'élection.

En rentrant dans sa chambre à l'hôtel Évangeline un soir après souper, l'Américain a trouvé une poupée d'enfant avec une corde de pendu ficelée autour de son cou et attachée à sa porte avec un couteau d'égorgement. Ça l'a dérangé au point où il n'a pas fermé l'œil, assis dans la seule chaise de sa chambre, les yeux fixés à la porte, son pistolet .32 sur ses genoux. Au milieu de la nuit, on a cogné à sa porte. Il a sursauté et attendu, son cœur battant à tout rompre. Il a entendu le cri d'un animal blessé, un cri souffrant répété sans cesse. Il a ouvert la porte, accroupi, son pistolet à la main, pour découvrir un rat de bois[32] qu'on avait

32. Opossum.

trempé de kérosène et mis en feu. Le petit animal était pris de folie et courait d'un bout à l'autre du couloir, brûlé vif. Ne sachant quoi faire d'autre que de l'abattre, Thomas P. Carver a tiré. Ça lui a pris cinq coups avant de l'achever, tellement l'animal courait dans tous les sens. Par précaution, l'Américain a gardé une balle dans le cylindre, au cas où les visiteurs reviendraient. Assis par terre devant sa porte, désemparé, il a sursauté de nouveau quand le propriétaire de l'hôtel, Jacques Pellerin, lui a touché l'épaule, avant de se débarrasser de l'animal qui brûlait encore et qui commençait à sentir fort. Quelques clients regardaient derrière leurs portes entrouvertes pendant que Pellerin descendait chercher une pelle avec laquelle il allait enlever la petite bête. Le tapis du couloir était ruiné. Quand Pellerin est remonté, Thomas P. Carver était encore sur ses genoux devant sa porte.

— Il faut partir de mon hôtel, il a dit à l'Américain.

Il était trois heures du matin passé et Pellerin avait les yeux rouges, était habillé en chemise, la poignée d'un pistolet, un calibre .38, poussant son nez de la poche droite de son pantalon noir rayé.

— *You have to go now.*

Calmement, Thomas P. Carver a fait sa valise et a quitté sa chambre. Ses cheveux étaient mal coiffés, et sa barbe blonde poussait comme les bourgeons du printemps. Il a rencontré le propriétaire en bas et a réglé sa note. Pellerin a essayé de lui faire payer le tapis, mais Carver a résisté, disant, avec raison, que ce n'était pas lui qui avait mis le feu. Tout l'hôtel sentait la chair brûlée.

L'écurie de louage n'était pas encore ouverte quand il s'est présenté. Il a attendu patiemment jusqu'à ce qu'on débarre la porte, ce qui s'est fait avant l'aube, et il a pris la rue Jefferson, ne sachant pas trop où aller. Par instinct ou par intervention divine, il est parti sur le chemin de Scott et s'est retrouvé devant la maison de Drozin sans trop savoir comment. Les premiers rayons du soleil teintaient les nuages de rose. Il était trop tôt pour que le vent souffle. Carver s'est assis sur les marches de la galerie et il était encore là, endormi contre un poteau, quand le Colonel l'a découvert. Mon grand-père l'a installé dans le salon sur un lit de camp qu'il garde pour la chasse. L'Américain y est resté pendant les quelques jours avant l'élection, à l'agacement de Caro Raggio, qui devait maintenant servir une autre assiette et, surtout, écouter Drozin bavarder dans son anglais cassé avec l'Américain.

Le matin des élections, Drozin est debout avant le soleil. Il se rase dans le lavabo posé sur le cabinet, avec l'eau que Caro Raggio a fait chauffer. Le Colonel met une chemise blanche avec des boutons de manchette et son costume du dimanche, noir comme la nuit. Il est debout sur la galerie quand il voit arriver, du chemin de la Coulée Croche, Gabriel Strauss accompagné par une douzaine de cavaliers. Parmi eux sont mon oncle Thomas et l'autre André Boudreaux. Ils sont tous armés. Ceux qui n'ont pas de carabine ni de pistolet portent des couteaux de canne ou des machettes.

Drozin me tend son fusil de chasse, dit la canardière, deux barils qui se plient de la crosse à l'aide d'un loquet. Il me donne deux cartouches jauge .12.

— Ne tire pas hormis que je te l'ordonne, il me dit.

Caro Raggio arrive avec le cabriolet attelé de l'hongre. Le cheval paraît plus noir que d'habitude.

— Caro, dit Drozin, reste là. On n'a pas besoin de toi. Te mêle pas de cette affaire.

— Mon Colonel, il répond, en cas de blessés, il faudra pouvoir évacuer.

Drozin ne répond pas, détournant la tête. Il regarde le ciel. Un volier de carouges surgit et se pose dans le chêne, une centaine d'oiseaux noirs. Ils virevoltent à travers les branches, jacassant. La migration de ces oiseaux est retardée, par quel mystère, on ne le sait, les grandes volées encore sur la prairie. Peut-être qu'ils veulent voir l'élection.

Caro Raggio amène Mansfield, et Drozin monte son cheval, posant sa jambe gauche dans l'étrier couvert d'argent. Il porte ses éperons. Mon père est là, monté à cheval, son fusil posé sur ses genoux. Mes deux frères sont là aussi, à pied, nous regardant avec étonnement. Je monte sur ma Cannelle. Le fusil est lourd et je suis mal à l'aise. Je le tiens de la main droite, mais je finis par poser la crosse sur mon genou, le canon en l'air.

Avec un coup de ses hanches, Drozin met Mansfield en marche et le défilé part sur le chemin du village. Il est huit heures passées et le soleil surplombe la ligne d'arbres derrière la maison. Nos ombres nous précèdent, et on se projette vers elles sans jamais les attraper. On part au trot, le rythme des sabots nous chantant une mélodie hypnotique. Au bout de quelques minutes, je ne l'entends plus, pris par la nuque et bercé dans les mains rudes de la cavale. Personne ne dit mot, tous perdus dans leurs propres songes. Nous sommes une vingtaine, la bande de Créoles de Gabriel Strauss, mon grand-père, mon père, mon oncle, mon cousin, l'autre André Boudreaux, l'Américain Thomas P. Carver et Caro Raggio dans le cabriolet.

À mi-chemin, on voit au loin les Régulateurs, Charlie Jenkins et cinq ou six hommes. Ils nous bloquent la route. Le soleil se reflète sur leurs armes. En les voyant, Gabriel Strauss met la crosse de sa carabine en joue.

Drozin le dissuade d'un geste de la main.

— Laisse faire, dit-il. Cette bande de capons ne savent pas s'ils veulent danser ou chier.

Il sort son pistolet de son étui, et l'arme scintille au soleil. Il tire un coup dans les airs, ce qui fait bondir mon cheval de côté. Plus bas, les Régulateurs entendent le coup et, se regardant, rebroussent chemin. On les soupçonne de se cacher derrière des maisons du village pour nous tirer dessus, bien qu'on imagine mal qu'ils auront le courage d'affronter le Colonel et une bande de Créoles, tous bons tireurs.

À l'entrée du village, Drozin nous fait démonter, moi et l'autre André Boudreaux. Il nous dit de passer à l'arrière des maisons, sur le côté nord. Les arrière-cours des maisons du côté sud sont collées contre la voie ferrée et il n'y a donc pas assez de place pour se cacher. Nous devons faire une reconnaissance des arrière-cours de l'autre côté. Je suis fier de ma mission, mais je vois que Gabriel Strauss nous suit de près, ce qui amoindrit mon orgueil.

— Ne tirez pas, hormis qu'on vous tire dessus, Drozin nous dit.

Soigneusement, on passe dans la basse-cour de Davis Arceneaux, puis derrière la boutique à Martin Begneaud, entre le café et la petite maison de mon oncle Siméon. On se faufile derrière la forge de Pierre Sonnier et autour de la grande maison de Baptiste Perez. Il n'y a aucune trace des Régulateurs. On finit par sortir dans la rue, faisant signe aux cavaliers, qui arrivent au galop. Je remonte sur ma Cannelle.

Le voyage jusqu'à la gare est de courte durée. En traversant le passage à niveau, je vois Alcide Debaillon sur sa galerie. Il nous observe. Il tient un pistolet. Il s'est présenté pour le poste de juge du district sous la bannière démocrate et guette le poste de vote comme une buse affamée. Autour de lui sont agglutinés plusieurs hommes. Je me demande si je ne vois pas Charlie Jenkins parmi eux. Quelques-uns tiennent des fusils ; des Régulateurs.

On entre dans la gare comme un seul homme, rassemblés comme des puces et leur chien. Drozin est à la tête. Dub Domingues nous regarde entrer. Il a l'air plus malheureux que son pauvre poney, les rides qui entourent sa bouche sont creuses comme une fosse. À côté de lui se tient l'observateur, celui qui est censé contrôler le vote. C'est un député du shérif, un homme ventru, mal rasé, des cheveux noirs coupés au ras de sa tête pointue. Il s'appelle Boudreaux, comme nous.

— On est là pour voter, annonce Drozin.

Dub Domingues est mal à l'aise. S'il pouvait entrer sous la bâtisse, il le ferait.

— Vous avez vos cartes ? demande le député.

— Oui, monsieur, répond Drozin.

Il sort sa carte d'électeur de sa poche et la montre au député, qui lui tend un billet de vote. Il y a deux boîtes, chacune avec une fente. Drozin se tourne vers Caro Raggio et lui demande en chuchotant :

— C'est laquelle la Progressive ?

Caro Raggio lui indique laquelle et, avec un geste théâtral digne de Sarah Bernhardt, il dépose son billet.

Ensuite, c'est au tour de mon père puis celui de mon oncle, qui font le même geste. Caro Raggio n'a pas la citoyenneté et Thomas P. Carver n'est pas d'ici, ni l'un ni l'autre ne vont donc voter.

Les affaires se corsent dès que Gabriel Strauss se présente.

— Montre-moi ta carte, lui dit le député.

Gabriel la sort, tout usée et déchirée sur le bord, et la montre. Boudreaux sort un bout de papier, c'est l'horaire des trains.

— Lis-moi ça, dit le député en indiquant le papier.

Drozin est tout près de la table sur laquelle sont posées les deux boîtes.

— C'est quoi que tu fais ? il demande, s'approchant d'un pas.

— Il faut lire pour pouvoir voter, lui répond le député.

La peau de son visage brille, des perles de sueur coulent de son front.

— Depuis quand ?

— Depuis maintenant.

— Monsieur Boudreaux, dit Drozin.

Il tire le pan de sa veste, montrant la poignée en nacre de son Colt .45.

— Je peux vous assurer que tous mes amis savent lire. Vous ne me croyez pas ?

On est derrière lui, une vingtaine d'hommes, chacun avec une arme à la main. Dub Domingues se met à couiner. Je pense qu'il va se pisser dessus.

Finalement, le député se calme. Un par un, les hommes de Gabriel Strauss défilent, carte d'électeur à la main. Ils reçoivent les billets de vote qu'ils glissent dans la boîte marquée « Progressive Party of America ». Ils sont révérencieux, le silence brisé seulement par les grincements de dents de Dub Domingues.

— Ça vous dérange pas, monsieur Boudreaux, demande Drozin au député, si on vous aide à observer ?

Sans attendre une réponse, il s'adresse à moi et à l'autre André Boudreaux.

— Restez là. S'il touche à la boîte, un de vous viendra me chercher. On sera chez Martin.

Ils sortent, me laissant seul avec l'autre André Boudreaux, Dub Domingues, qui se détend enfin, et le député qui s'assoit sur un banc et se met à ronfler. On attend jusqu'à la fermeture du bureau de vote. Au milieu de l'après-midi, Alcide Debaillon arrive entouré d'une douzaine d'hommes, y compris Charlie Jenkins et Bébé Knight. Ils sentent le whisky. Ils vont tous voter. Bien qu'on soit à l'écart, on remarque que tous leurs bulletins sont déposés dans la boîte « Democrat ». Ils entrent et sortent sans nous saluer, comme si on n'était pas là.

À la fermeture du poste, le député met une corde autour de chaque boîte et les apporte à l'extérieur, où un chariot attend, tiré par deux mulets américains. Le député monte à bord et prend la route de Vermillionville, passant par le vieux chemin des Espagnols qui longe le magasin d'Alcide Debaillon. Je le suis sur ma Cannelle pendant que l'autre André Boudreaux part au galop chercher Drozin et les autres. Toute la troupe arrive, une vingtaine d'hommes suivant le député avec sa cargaison de boîtes scellées. On le suit jusqu'à la maison de Cour, où on le voit monter les marches, les deux boîtes l'une sur l'autre. Drozin le suit à l'intérieur et sort quelques minutes plus tard. On reprend la route, arrêtant enfin chez le Colonel. Il nous fait attendre sous le chêne à la brunante, pendant qu'il va chercher une bouteille.

— C'est du cognac de France, il dit.

Il n'y a pas assez de verres pour tout le monde, alors les hommes de Gabriel partagent le même verre. La liqueur ambrée me brûle la gorge, mais j'aime ça. Les deux Français arrivent dans le crépuscule, zigzaguant entre les cavaliers. Ils demandent un verre. Gabriel Strauss et ses hommes prennent la route de la Coulée Croche.

Il y a bal chez Baptiste Perez ce soir. Les Français demandent à emprunter le cabriolet, qui est resté attelé. Caro Raggio résiste, sachant que le poulain hongre a déjà couru toute une journée. Drozin semble incapable de leur refuser quoi que ce soit et s'apprête à donner son accord, mais Caro Raggio insiste. Devant l'intransigeance inhabituelle de son valet, Drozin cède.

— Je vais vous accompagner, dit l'Italien, vous allez rentrer à pied. Ça vous fera du bien.

On part tous les quatre vers le village, le poulain hongre faisant son ultime voyage de la journée.

19

La maison de Baptiste Perez est l'une des deux habitations du village ayant un étage supérieur, l'autre étant la grosse cabane à Debaillon. Celle de Perez a un balcon qui fait face à la rue et qui surplombe la voie ferrée, donnant une belle vue du chemin de fer et de sa gare. Elle est carrée, en forme de boîte de sel, et peinte d'une couleur gris foncé. Elle a besoin d'être repeinte, les écailles laissant voir le bois des voliches[33]. Les volets et les encadrements des châssis, peints en blanc, sont tout aussi écaillés et ont besoin de retouches. La maison a été construite par le Morgan and Louisiana et lui appartenait.

Pour annoncer sa présence sur le territoire et établir l'importance de la compagnie, la maison était la plus imposante du pays jusqu'à ce que Debaillon fasse construire son château blanc aux ornements farfelus, avec ses balcons à l'étage sur tous les bords et ses quatre cheminées en briques rouges. Les briques proviennent de sa maison précédente, sur sa plantation près de Royville, brûlée durant la guerre. On a sauvé les briques des cheminées effondrées et elles ont été nettoyées et traînées à travers la prairie sur un wagon.

Une fois son prestige reconnu, le Morgan and Louisiana Railway a décidé que son chef de gare à Scott n'avait pas besoin d'une résidence aussi imposante et elle a été vendue à

33. Revêtement des murs extérieurs.

Baptiste Perez. Perez reste un mystère pour les habitants du village. On connaît peu de son histoire. On sait qu'il a suivi Debaillon depuis Royville et lui a servi de maître de chantier pour la construction de son château et de son magasin. Par la suite, il a été engagé comme gérant du commerce. Il est aussi directeur du moulin de coton, emploi qui le laisse libre la majorité de l'année.

Un jour, Perez en a eu assez de travailler pour Debaillon et, sans rancune apparente d'aucune part, il l'a quitté pour acheter la maison grise du Morgan and Louisiana et s'y installer avec sa femme, une bassette nommée Alida. C'est une femme au visage plat, ses sourcils, ses yeux et sa bouche tous tirés en ligne droite. Elle n'a pas de front, ses cheveux arrivant quasiment sur ses sourcils. Elle ne parle que très rarement, peut-être parce qu'elle a une voix qui ressemble aux cris des corneilles, ou peut-être parce qu'elle n'a rien à dire. On soupçonne qu'elle est malheureuse, mais ce n'est que des soupçons. À vrai dire, on ne sait rien sur elle ni tellement plus sur son mari. Comme ils ne sont pas du pays, on ne peut pas se fier sur les connaissances et reconnaissances familiales. Leur passé est caché dans le brouillard de l'inconnu. Qu'est-ce que Perez faisait avant son arrivée au village ? Est-ce qu'il était dans l'armée pendant la guerre ? Il est certainement assez âgé. Ou est-ce qu'il faisait partie de ceux qui ont fui la conscription, comme mon oncle Thomas, pour se cacher dans les bois, vivant une vie d'errance ? Personne ne sait. On ne sait pas non plus où il a pris l'argent pour s'acheter la maison du Morgan and Louisiana.

La maison est mal conçue de plusieurs points de vue. D'abord, elle a été construite en pin, plutôt qu'en cyprès rouge. Elle ne tient pas la peinture. On avait décidé qu'il était très important symboliquement de la bâtir avec du bois transporté par voie ferrée. Ce bois vient de Bogalusa, dans les terres à sapins au nord de La Nouvelle-Orléans, et son périple tortueux l'a fait passer par Bâton Rouge et Vermillionville sur les chars du Morgan and Louisiana. Par contre, le cyprès rouge est coupé et moulu dans les scieries qui longent le bassin d'Atchafalaya, d'où les billots sont flottés jusqu'à Henderson et partent en planches de douze pouces dans des grands chariots tirés par des mulets créoles jusqu'à la prairie. Cette opération est plus en harmonie avec les traditions et le bon sens, mais pas suffisamment contemporaine pour satisfaire les exigences de la modernité et du symbolisme promotionnel des propriétaires du chemin de fer.

L'autre particularité de la maison, c'est qu'à l'étage il n'y a qu'une seule grande pièce. La maison mesure quarante pieds sur quarante pieds. Au rez-de-chaussée, on trouve sur un bord la petite cuisine, une salle à manger et un petit salon et, de l'autre, trois chambres à coucher. L'étage est une grande pièce ouverte qui devait servir d'entrepôt, ce qui est assez étrange, car il fallait monter la marchandise à l'étage à l'aide d'un large escalier à l'arrière de la maison. Selon les architectes du Morgan and Louisiana, il était plus important d'avoir une cuisine au rez-de-chaussée qu'un entrepôt facile d'accès. Ce qui fait l'affaire de Baptiste Perez, car une fois la demeure achetée, il a décidé de convertir l'étage en salle de danse. L'escalier y donne accès sans avoir à passer par la maison.

Dans ce pays de danseurs, où le rigodon coule comme une rivière souterraine toujours prête à monter à la surface, le bal de maison fait partie des mœurs. On décide d'avoir un bal et, si on ne joue pas de la musique, on engage des musiciens dont le pays est farci. On envoie ses garçons parcourir les chemins. Ils arrêtent devant chaque habitation et, à l'aide d'un coup de pistolet et d'un drapeau blanc, annoncent qu'un bal aura lieu le lendemain, là où finalement on attachera le drapeau. L'arrivée de la voie ferrée n'a fait qu'amplifier l'amour de la danse en favorisant l'introduction de l'accordéon diatonique, petite bombe à dix boutons, quasiment indestructible et parfaitement adapté à ce pays rude aux gens rustres. Cet instrument a provoqué l'irruption de la musique de danse tel un volcan dont la lave coule dans tous les sens, remplissant tous les recoins et recouvrant tout par sa lumière et sa chaleur.

L'autre nouveauté du pays, qui suit l'arrivée de l'accordéon comme un coq derrière une poule jinga, c'est le bal de Baptiste Perez. Avant lui, il n'y avait jamais eu de salle de danse. On décidait qu'on allait tenir un bal et ça se passait chez l'habitant. Chez Perez, par contre, on n'est pas invité. La porte est grande ouverte à tous, sous condition de payer le prix d'entrée. Alida Perez s'installe en haut de l'escalier derrière une petite table, une boîte à cigare entre ses mains qui contient de l'argent. Elle l'agrippe tel un marlion[34] sa proie, ses yeux féroces se balançant de tous les bords.

Les Perez n'ont pas d'enfants, ce qui intensifie l'énigme qui les entoure. Baptiste Perez et sa femme occupent une case de la petite société qui leur appartient en exclusivité. Leur demeure reste isolée de leur commerce. Ils tiennent un bal tous les samedis soir et les dimanches après-midi, sauf pendant le carême. Malgré leurs réticences à ouvrir les portes de leur domicile à une clientèle aussi instable, ils se sont obligés à donner accès aux mamans avec de jeunes enfants. Plusieurs clients arrivent avec leurs enfants en bas âge. Alida Perez ouvre sa chambre où on va rassembler les nourrissons. Une vieille Créole nommée Anna Belle, la cuisinière du père Fournet, édentée et à la peau noire comme le charbon, s'occupe des bébés, leur chantant des berceuses, assistée par sa petite-fille. De temps à autre, les mamans arrivent de la salle de danse pour s'assurer que tout va bien.

Les Perez augmentent leur revenu avec la vente de boissons alcoolisées ou non. Derrière la petite table où Alida Perez est installée, il y a un bassin avec de la glace qu'on fait venir par le train de quatre heures cinquante-trois en provenance de Vermillionville, chaque samedi après-midi. Mme Perez vend de la boisson : de la bière d'Arnaudville, bien froide, dans des bouteilles brunes consignées qu'elle vend cinq sous, et du fort, de l'alambic de Bébé Knight. Et pour les dames, elle propose de la limonade, quand il y a des limons[35], ou bien du thé glacé au sassafras autrement.

34. Faucon émerillon.

35. Citrons.

Le prix d'entrée est de dix sous pour les messieurs, gratuit pour les dames. Une fois le prix d'entrée payé, Mme Perez épingle un petit ruban rouge au col du monsieur. Baptiste Perez surveille tout, volant autour de sa femme et de sa petite table comme un épervier. Il est armé de trois pistolets, deux .38 à long baril, pendus dans les étuis de sa ceinture en cuir noire, un sur chaque hanche, ainsi qu'une pistolette à deux barils cachée dans le haut de sa botte gauche. À l'arrivée, il réclame à chacun son arme, qu'il garde dans une armoire près de la porte d'entrée. Comme par magie, il réapparaît pour rendre les armes, les pistolets et les couteaux aux messieurs dès qu'ils sortent. Il ne se trompe jamais, sachant d'une façon infaillible quel pistolet et quel couteau appartient à quel monsieur.

Il demande toujours aux hommes d'enlever leurs chapeaux, par politesse. Il y a des bâtons porte-chapeau qui longent le mur. Le soir des élections, déjà soûl depuis tôt le matin, Charlie Jenkins arrive et refuse d'enlever son chapeau.

— Monsieur, lui dit Perez, ici, on se découvre.

Par provocation, Jenkins sort son couteau de poche, le déplie et le plante dans le mur, accrochant son chapeau par-dessus.

Tranquillement, Perez lui rend son chapeau et, pliant le couteau en deux, le donne à Jenkins, qui, l'air stupéfié, bouche bée, ne comprend pas ce qui se passe avant que Perez le prenne par l'arrière du col et le fond de culotte et l'envoie par-dessus la balustrade.

Avant que Jenkins ait frappé la terre, Perez tire ses deux pistolets de leurs étuis. Les poignées sont posées à l'envers, ce qui fait qu'il prend celui de la hanche gauche avec la main droite, et vice versa. Visant Jenkins qui secoue la tête et se lève doucement sur ses quatre pattes, Perez lui crie :

— Reviens et je te tue !

Jenkins se lève, son orgueil blessé mais sans autre mal à part quelques hématomes, et commence à caracoler dans la nuit vers la voie ferrée, où on le trouvera couché sur la levée de terre le lendemain. Ne se souvenant de rien et se réveillant la tête lourde, le soleil déjà bien haut, Jenkins apprendra l'événement de la veille. Se voyant barré de toute la vie sociale du village, lui qui vivait déjà en marge, Jenkins se précipitera chez Perez pour s'excuser. Perez acceptera ses excuses en lui disant que, si ça se produit de nouveau, il ne sera plus aussi doux. Comme il ne se souvient de rien, Jenkins ne gardera aucune rancune et admirera Perez davantage. « Un homme dépareillé », il dira.

Le soir des élections, la cour devant la maison de Baptiste Perez est noire d'embarcations, les cabriolets, les barouches, les chariots et même les wagons de coton alignés comme une grosse corde de bois. Il y a des chevaux collés comme des sardines dans la boîte. Au début de la soirée, on entend leurs hennissements aigus qui roulent comme des vagues. Ils tentent de se mordre et même de se frapper à coups de sabot, mais, par manque de place, ils n'y arrivent guère. Au bout de quelque temps, fatigués de se donner autant de peine pour aucun effet, ils se calment et attendent patiemment que le bal soit terminé.

C'est Dub Domingues qui joue de son accordéon, accompagné par sa femme, Verna Mae, à la guitare et par leur ami créole, Amédée Toussaint, au violon. Je monte les escaliers en compagnie d'Ernest et d'Alexis. On se faufile entre les gens qui sont entassés sur les marches. C'est Ernest qui paie le prix d'entrée pour nous trois et il nous offre à chacun un coup de whisky. On le boit cul sec devant la table où Alida Perez veille, lui rendant les verres une fois vides, qu'elle rince dans un seau à ses pieds. Le liquide ambré me brûle la gorge et me réchauffe l'estomac. Ernest a une fiole dans la poche de sa veste et il m'en offre à plusieurs reprises.

En entrant dans la salle de danse, la chaleur me frappe. L'ambiance est lourde, humide. L'odeur de transpiration est mélangée au parfum des quelques dames qui peuvent s'en payer. On circule autour du plancher, observant les danseurs. Les musiciens sont déjà trempés de sueur, fourrés dans le coin : Dub et sa femme sont assis, Amédée Toussaint, le violoneux noir, debout. C'est un petit homme en costume trop serré et chemise blanche sans col. Son visage est lisse. À l'exception des autres hommes, il porte un chapeau noir qui cache ses yeux, sauf quand il jette sa tête vers l'arrière, le blanc de ses yeux brillant comme la lune au milieu de la nuit.

La salle est bourrée. Les musiciens sont au fond de la pièce et on ne les voit même pas à travers la foule. Le long du mur, à gauche de la porte, les femmes, les mères de famille avec leurs filles sont assises. De l'autre côté du plancher de danse, les garçons et les jeunes hommes se tiennent comme autant de loups égarés, tout en yeux, un voile de confusion collé sur leurs visages, leurs joues rougies par le désir. À côté d'eux est Baptiste Perez. Il est là pour appliquer les règles. Aucun garçon ne doit approcher une fille sans d'abord demander la permission à sa mère. Les regards des garçons se promènent comme des boules de billard fracassées. Par crainte d'une balle perdue, Baptiste Perez est réticent à sortir ses pistolets et se promène avec un bâton de baseball de trois pieds de long, qu'il tient dans sa main droite. Le grand bout est dans la paume de sa main gauche, avec laquelle il flatte le bois comme on flatte un poulain.

Ma sœur Marie est assise dans la rangée des femmes, sa chaise collée contre celle de ma mère, leurs cuisses se touchant. Ma mère agite son éventail. Des gouttes de sueur perlent sur son front. Elle a coiffé ses cheveux en chignon, deux tresses tournées autour de sa tête, sa chevelure grisonnante de la même couleur que sa robe. Les cheveux de Marie tombent sur ses épaules, les boucles ondulant dans un courant voluptueux. Elle porte une robe blanche, sa jolie robe. Marie a seize ans. Les pointes de ses seins poussent contre sa robe dans une courbe qui contient toute la joie et toute la souffrance du monde. Elle est belle. Ses yeux, parfois bleu-gris parfois verts, scintillent avec la sérénité de l'ange de mon rêve.

La nuit dernière, j'ai rêvé d'un ange habillé en noir avec de grands cheveux blonds. Il flottait au-dessus du pied du lit de mes parents, qui dormaient. Les habits et les cheveux de l'ange étaient battus par un vent qui les poussait vers l'arrière. Mon père dormait à gauche et ma mère à droite du lit. Ils avaient la maladie 933. Un rêve de mort est un signe de mariage, mais je ne sais pas ce que signifie un rêve de maladie.

Mes parents sont en bonne santé. À cause du rêve, en prenant mon café ce matin, j'ai prié la Sainte Vierge de nous protéger. Georges, mon jeune frère, est souvent malade avec de la fièvre. Ça dure depuis des années. Nos parents nous ont tous emmenés consulter le Dr Hamilton à Vermillionville. On a peur de la fièvre des rats. Le docteur dit que ce n'est pas ça, mais il ne peut pas dire ce que c'est. Les deux Français ont été pris par la fièvre en arrivant. Ma mère a dit qu'ils seraient morts si ce n'était pas mon oncle Martin. Il était le seul dans le pays à vouloir les soigner. Tous les jours pendant deux semaines, il leur a apporté de la médecine et est passé voir comment ils allaient. Il traversait le village et passait derrière chez Drozin. Ma mère disait que les Français étaient chanceux d'avoir Martin. Il ne savait pas trop ce qu'il faisait en leur donnant des remèdes maison. Ma mère affirmait qu'il aurait très bien pu les laisser mourir plutôt que de les guérir, mais il le faisait de bon cœur et surtout parce que personne d'autre ne s'en occupait, même pas Drozin.

Dub Domingues enchaîne les suites de danse : valse, valse à deux temps, mazurka, polka et pas de deux. La voix cristalline de sa femme traverse la salle telle une étoile filante. On l'entend déjà dehors en approchant de la maison.

On finit par s'entasser avec les autres garçons contre le mur. On observe. Ernest prend un coup de sa fiole, la passant à Alexis puis à moi. À ma grande surprise, Alexis traverse la salle et se présente devant ma mère. Je ne peux entendre la conversation, mais il est évident qu'il demande une danse à Marie. Ma mère est contrariée, son visage crispé. Elle peut très bien refuser, mais par politesse ou par convention, elle le permet. Marie se lève, ses longues boucles jouant autour de ses épaules. C'est une valse. Alexis la prend par la taille et elle pose son bras gauche sur son épaule. Les yeux de ma mère ne quittent pas sa fille durant toute la danse. Une fois la suite finie, Alexis conduit Marie vers sa chaise, la remerciant pour le plaisir et offrant ses compliments à ma mère. Au moins, il est poli. Mais à voir ma mère, elle n'est pas contente. Par contre, Marie est ravie, et on peut voir sur son visage la promesse d'une joie qui bourgeonne.

De voir ma sœur heureuse m'inspire. Je prends mon courage à deux mains et, aidé par le whisky, je réponds à l'appel de mon cœur. Je me paye un dernier coup, le buvant debout devant Alida Perez, et je pars dans la nuit.

À pied, ça va me prendre une bonne heure pour arriver chez nous. Je pars sur la voie ferrée. Le temps est couvert. Il y a des éclairs qui sautillent dans le ciel, leurs reflets s'élancent à travers les gros nuages. De temps en temps, je reçois des gouttes, une pluie fine. Il y a encore de la lumière dans le café de mon oncle. Martin est toujours dans le café, attendant les détritus de chez Perez. C'est là, sur les rives de la voie ferrée, qu'on trouvera le lendemain le pauvre Amédée Toussaint hors de lui, abattu, les yeux fermés et les lèvres enflées, sa belle chemise déchirée et son chapeau de feutre tordu comme une serpillière. Charlie Jenkins lui est tombé dessus parce que le pauvre violoneux a accepté le verre de limonade que lui a offert ma sœur Marie. Voyant sa soif et voulant le soulager, Marie lui a apporté à boire. Qu'un Créole ose accepter un verre de la main d'une Blanche ne passe pas chez Jenkins, qui, excité par l'alcool et la colère de se faire virer du bal, a attendu jusqu'à ce que Amédée Toussaint sorte de la maison de Perez et s'est attaqué au petit maigrichon avec acharnement, avant de retomber dans sa stupeur au bord du chemin de fer.

Une fois rendu chez nous, je vois encore de la lumière, mon père qui veille les petits enfants. Silencieusement, je selle ma Cannelle et je pars sur la route de la Coulée Croche au petit galop, la pluie me piquant le visage. J'arrive et j'attache ma Cannelle au bois de rose loin de la maison. J'arrive devant la fenêtre et je lance un petit caillou pour l'appeler.

20

Marie arrive dans une robe blanche, son doigt sur sa bouche me faisant signe de rester silencieux. Elle me regarde de la galerie puis descend les marches sur la pointe des pieds. Mon cœur bat dans ma poitrine comme les tambours d'un régiment. Je suis faible, mes genoux tremblent. Je me perds dans ses yeux ronds. Elle traverse la cour sans dire mot et me prend par la main pour m'emmener dans la petite cabane, là où se tiennent les jeux de cartes. Elle passe devant, tournant la poignée de la porte très doucement. Elle file dans la petite chambre au fond de la salle, refermant la porte derrière elle. Sortant des allumettes d'un tiroir, elle allume la chandelle sur la table. L'allumette fait un bruit de sifflement de serpent à sonnette. La clarté se reflète sur le visage de Marie et rebondit contre sa silhouette élancée. Elle vient vers moi et, mettant ses bras autour de mes épaules, m'embrasse sur la bouche, sa langue frottant mes lèvres, cherchant la mienne. Ses mains me tirent vers elle. Sa main droite cherche ma ceinture. Elle soulève sa robe, la lumière de la chandelle danse autour de ses hanches. Elle ne porte rien en dessous. On est collés l'un contre l'autre, ses mains caressant mes fesses, nos lèvres nageant dans un baiser mouillé. Ses mains passent devant. Elle me prend, me flattant comme une plume contre ma peau. Elle s'allonge sur le lit et je me glisse à ses côtés.

— C'est doux, elle soupire.

Sa voix est grasse. Sa chair est de la soie, ses bouclettes sont humides. Elle me donne son sein, mes mains agrippées à ses fesses, ses hanches se battant contre moi. Nos bouches se fondent l'une dans l'autre. La pièce est devenue sauvage, une tempête sur l'océan, les vagues se garrochant contre les rochers de la côte déchirée. Je tire en elle comme un fusil, ses fesses frémissantes, son ventre pris de tremblements. Me regardant avec ses grands yeux bruns, elle prend ma bouche pour y enfoncer sa langue.

On reste comme ça des heures, des jours. La chandelle s'éteint dans une mare de cire. Ses doigts flottent sur ma peau comme un radeau sur la rivière.

20 BIS

J'attends au pied de la galerie, mon coup de caillou résonnant dans la nuit d'une réverbération éternelle. Pendant un long moment, je n'entends rien, peut-être une voix à l'intérieur, peut-être rien, un murmure. Soudain, la porte explose et mon oncle Thomas apparaît comme le boulet d'un canon furieux. Tenant son fusil à la main, il le pointe vers moi, les bouches des deux barils jappant dans ma direction comme des chiens enragés.

— André, va-t'en ! il crie. Je veux plus te voir ici, tu comprends ?

Derrière lui, je vois l'autre André Boudreaux, et derrière lui, Marie.

Je saute sur ma Cannelle et je pars au galop, la pluie battante me perçant le visage comme des aiguilles. Les gouttes se mélangent avec mes larmes. Je ne sais pas si je pleure de mon cœur cassé ou de la colère qui hurle dans ma tête, sa voix rauque grattant l'intérieur de moi comme les griffes de tous les chats sauvages de l'univers.

21

La première réaction, dès qu'on perd l'équilibre, est de résister. Ce qui est normal. Mais j'ai appris au fil d'un long et pénible parcours que c'est le contraire qu'il faut faire, si on veut éviter une blessure grave. Dès qu'on sent la chute, il faut lâcher prise et l'accepter sans réticence. Il faut embrasser sa condition. Ce n'est pas une réaction normale, mais c'est la seule façon de passer au travers sans trop de conséquences. Ça m'a pris des années de pratique avant de trouver la façon de faire.

L'élection était le Samedi gras. Il y a eu une participation plus élevée, comme le travail de la semence n'était pas enclenché et que les habitants se trouvaient entre deux saisons. Surtout que ce n'était que la deuxième élection générale depuis que les Républicains sont partis, la première ayant été marquée par des combats armés autour des urnes. Ça prendra plusieurs jours avant que les votes soient comptés, des jours de grâce entre le début de la chute et la rencontre avec la terre.

Il y aura moins de monde au Courir du Mardi gras que d'habitude, le meurtre de Martin ayant jeté un voile de tristesse sur le pays, nous entraînant dans son filet. Les coureurs se rassemblent à l'aube devant la maison de Baptiste Perez, là où va se tenir le bal du Mardi gras. Alida Perez, avec l'aide de son mari et de sa vieille Créole, prépare déjà le feu sur lequel sera cuisiné le gombo communal. Elle traîne le bois de pacanier, construisant une petite pyramide. Le feu sera allumé en avant-midi, le gros chaudron en fonte suspendu aux crochets. Les coureurs seront de retour un peu après midi, après avoir fait le tour du moyeu, une route qui reste la même d'année en année, d'aussi loin qu'on peut se rappeler.

On est une vingtaine de cavaliers, beaucoup moins que les années précédentes. Je cours depuis que j'ai treize ans. J'attends le jour du carnaval avec une impatience qui ne fait qu'augmenter à partir de la fête de l'Épiphanie. La première fois que j'ai monté, c'était sur le dos de ma nouvelle jument, Cannelle, mais la course est trop difficile sur les montures et, depuis cette fois, je la laisse chez nous. D'autant plus que beaucoup de coureurs ne montent pas sur leurs propres chevaux pour mieux dissimuler leur identité. Masqués, parlant en voix de tête[36] et montés sur un cheval inconnu, les coureurs sont méconnaissables et se confondent dans l'anarchie identitaire où tout semble être permis, y compris les règlements de comptes. La plupart des coureurs sont déjà soûls en arrivant chez Baptiste Perez. Ils boivent depuis le bal du samedi, le soir des élections et du meurtre de Martin Begneaud.

Le capitaine des coureurs est Drozin lui-même. Il a été élu chef par les cavaliers lors de la première course et, selon la tradition, c'est pour la vie. Il est debout devant la porte de Baptiste Perez, buvant une tasse de café pendant que les coureurs arrivent. Le brouillard du matin embrasse la terre mouillée et ils apparaissent comme des fantômes surgissant de la grisaille. Drozin sera responsable de la conduite des coureurs et se portera garant auprès des fermiers pour tout dommage causé. Il a été élu parce qu'on le savait assez vaniteux pour troquer son plaisir contre le prestige. En plus de son orgueil, l'autre qualité dont dispose Drozin est son talent de cuisinier. Les coureurs du Mardi gras savent tous qu'à la fin de cette journée de folie, ils vont au moins pouvoir bien manger si Drozin est responsable du gombo. Son pistolet .45 est bien en évidence ce matin, sa cape de capitaine pliée derrière sa poignée en nacre. Il est fier dans cette cape

36. Falsetto.

violette au col doré. L'intérieur est vert, le tout en satin, brillant comme la foi, l'espoir et la charité que symbolisent les couleurs. D'où viennent ces traditions et comment elles ont fait pour aboutir en Louisiane, personne ne le sait, mais tout le monde sait que le Mardi gras est le jour où tout est permis.

Caro Raggio accueille les coureurs. Il les fouille un par un pour s'assurer qu'ils ne portent ni pistolet ni couteau. Le seul homme qui sera armé est le capitaine, Drozin. Tous les ans, Charlie Jenkins essaye de cacher une arme. Malgré son masque, on le reconnaît facilement, monté sur son vieux cheval, un sorrel brûlé avec les côtes qui percent sa peau sèche. Une année, Charlie a même essayé de passer six pistolets, cachés dans ses bottes, autour de sa ceinture et même un .32 à baril rétréci attaché dans son chapeau. Il se disait qu'avec autant d'armes, il aurait plus de chances d'en faire passer au moins une. Cette fois, il n'essaye même pas. Le vieux capitaine est planté devant lui, son énorme cheval, Mansfield, dépassant le pauvre animal de Charlie de cinq mains. Son masque tout croche sur son visage, puant déjà le whisky, Charlie fond comme du beurre en plein soleil de juillet. Fébrilement, il se penche, soulève son pantalon et rend le .38 Smith & Wesson qu'il avait amarré autour de son genou avec une corde à linge.

Caro Raggio court partout, tentant de mettre le cortège en ordre. Nous sommes une vingtaine de cavaliers, en toute manière de désordre, avec à sa tête le Colonel. Derrière nous suit un wagon couvert avec le musicien. Normalement, Dub Domingues serait accompagné de son partenaire, Amédée Toussaint, mais ce dernier ne s'est toujours pas remis de la raclée qu'il a reçue des mains de Charlie Jenkins samedi passé. Comme les femmes ne sont pas admises au Courir, le pauvre Dub doit jouer seul, les notes plaintives de son accordéon roulant sur la prairie, ses yeux bruns regardant l'horizon avec détachement. Derrière le wagon du musicien, le fidèle Caro Raggio suit dans le cabriolet. Il n'est pas masqué et nous accompagne pour servir d'ambulancier dans le cas où il y aurait un blessé, chose qui risque d'arriver, vu l'insouciance des coureurs et la quantité d'alcool qu'ils consomment.

On part sous une pluie fine, la suinte mouillant nos habits et nos esprits. Je suis habillé du même costume que je porte depuis le début de ma carrière de coureur, une chemise décorée de franges de toutes les couleurs et rafistolée avec des bouts de tissu que j'avais réussi à récupérer des résidus des courtepointes que ma mère fabriquait avec ses amies. Mon pantalon est décoré avec les mêmes tissus. Mon masque est fait d'un bout de moustiquaire que j'ai ramassé d'une vieille porte, et mon chapeau mortier est fabriqué avec le fond d'une boîte de patates douces, et est décoré, lui aussi, de franges de toutes les couleurs. Je suis monté sur mon mulet Augustin, sans selle. Les deux Français font partie de la course aussi. On les reconnaît facilement. Ernest porte un masque rouge, deux trous percés pour les yeux avec un voile qui couvre la bouche, acheté chez Debaillon, avec quel argent, on ne sait pas. Alexis n'a même pas de masque, mais seulement un foulard autour du visage, comme un bandit. Ni l'un ni l'autre n'ont de costume, habillés comme à l'ordinaire. Ils sont montés tous les deux sur Hercule, qui n'arrête pas d'attaquer mon Augustin à coups de dents. Sans leurs œillères, les deux mulets se laisseraient aller à un combat meurtrier. On doit les tenir loin l'un de l'autre.

Le défilé part à l'ouest, descendant la rue qui longe le chemin de fer, passant devant le moulin de coton et dans le quartier des Créoles. Il y en a plusieurs qui nous guettent derrière leurs portes entrouvertes, observant cette procession fantastique avec une inquiétude silencieuse. C'est une apparition inouïe qui surgit du brouillard, accompagnée d'une musique plaintive à la mélodie ancienne qui se projette dans la brume à travers des siècles. Les couleurs vives des costumes des coureurs et leur jacasserie donnent un aspect surréel à la vision. À la tête, sur un cheval imposant, le seul homme à visage découvert, se tenant droit sur la selle comme un vieux pin blanc, le regard fixé devant, sa cape violette frémissante, Drozin embrasse son rôle de commandeur.

Il est fier. *Alcide Debaillon ne sera jamais capitaine,* il se dit en lui-même, *il n'est aimé de personne.*

On suit la même route que les années précédentes, coupant vers le sud pour visiter les habitations qui ornent la prairie comme un chapelet. À chaque ferme, le rituel est le même : Drozin s'approche de la maison seul, un drapeau blanc à la main. Au fermier, il demande l'entrée.

— Voulez-vous recevoir ces Mardis gras ? il dit. Je vous fais serment que ce ne sont pas des malfaiteurs, ni des grapieux[37], mais seulement des soûlards.

La demande est rarement refusée. Dans cette petite communauté au bout du monde, tous se connaissent. Drozin choisit bien les fermes que nous allons visiter, et ce sont les mêmes tous les ans. Sur la galerie, sa femme à ses côtés, ses enfants autour, l'habitant offre sa contribution : des œufs, des patates douces et, le plus souvent, pour le plaisir des coureurs, une poule ou même une pintade.

Une fois l'entrée accordée, le Colonel agite son drapeau blanc, signe pour les coureurs, qui attendent dans le chemin, qu'ils peuvent avancer. Dans une clameur précipitée, on arrive au grand galop, poussant des cris de sauvages. Je suis souvent à la queue de la charge, sur mon vieux Augustin, basculant comme un bouchon à la mer. Les deux Français sont à mes côtés, les deux sur le pauvre Hercule, qui n'arrive même pas à trotter. Les mulets ont la tête baissée, les oreilles qui pendent, rêvant à la fin de la journée quand ils vont pouvoir retourner à la savane, libérés de toute cette cacophonie. Le wagon du musicien arrive en dernier ; Dub Domingues se met à jouer la chanson des Mardis gras.

Envoûtés par la mélodie, on danse de la façon la plus obscène, gesticulant comme des possédés, roulant par terre, pour le plaisir du fermier et de sa famille. Plusieurs coureurs montent debout sur leur selle, et parfois ils tombent. D'autres s'approchent de l'habitant à genoux, la main ouverte en signe de soumission et

37. Voleurs.

de quémande. Dub tire sur son accordéon, les notes grinçantes faisant frémir les esprits.

Le fermier arrive avec une poule et, plus rarement, avec une pintade. La semaine qui a précédé la course, Drozin a fait le tour des fermes, d'abord pour assurer les fermiers des bonnes intentions de sa cavalerie et pour s'assurer qu'ils vont pouvoir faire une contribution. Il y a plusieurs habitants qui se souviennent du temps de la guerre, quand des hommes masqués arrivaient avec des desseins néfastes. Drozin veut calmer les plus soucieux des fermiers et s'assurer qu'il y aura assez de volaille pour faire plaisir aux coureurs, car la course à la poule reste la partie la plus amusante du Mardi gras.

Tenant le pauvre volatile sous son bras, le fermier avance dans sa cour, les Mardis gras le suivent. Il la lance dans les airs, puis les coureurs partent à cœur joie à la poursuite de la poule effrayée. À travers la ferme, en dessous des barrières, dans la savane, les coureurs pourchassent la bête jusqu'à ce qu'ils l'attrapent ou bien qu'elle arrive à s'évader, se cachant en dessous de la maison ou ailleurs où les coureurs ne peuvent pas la suivre. Une pintade est le butin préféré, car beaucoup plus agile qu'une poule et donc beaucoup plus difficile à attraper.

De ferme en ferme pendant toute la journée, le rituel se répète, le wagon se remplissant de volaille et d'autres offrandes, des patates douces, des oignons, du riz. Comme tous les ans, vers la fin du Courir, Charlie Jenkins et Bébé Knight se roulent par terre, essayant de se donner des coups de poing sans atteindre leur but tellement ils sont soûls. Le jour du carnaval, libérés de toute retenue, ils laissent sortir le ressentiment qu'ils ont mis un an à emmagasiner, le tournant dans leurs esprits comme une corde de pendu qui finit par céder.

Cette fois, il y a surprise, car un troisième s'ajoute à la mêlée. Je reconnais Ernest Blanc. Il n'est pas aussi soûl que les deux autres et arrive à frapper à quelques reprises au menton Charlie Jenkins, dont le masque décroché laisse paraître au coin de sa bouche une coulée de sang. Drozin fonce sur eux. Il dégage sa cape de sa hanche droite, révélant la poignée de son pistolet. Il les laisse se fatiguer avant d'intervenir.

— C'est assez, il dit enfin.

Comme des pantins sur une corde, les trois se lèvent. C'est fini. Ernest Blanc semble prêt à continuer la bagarre, mais son frère le retient, ses bras autour de sa taille, le tenant serré. Autrement, la journée se passe sans surprise, à part la pluie qui ne cesse de tomber.

Au milieu de l'après-midi, le cortège entre au village, les coureurs assis sur leurs chevaux, couverts de boue, épuisés, plusieurs se tenant à peine sur leurs montures. Le Colonel est à la tête, fier, le seul visage découvert à part ceux de Dub Domingues et de Caro Raggio. On arrête devant la maison de Baptiste Perez, où Alida a déjà préparé le chaudron. Les poules seront déplumées et coupées en morceaux, les oignons, les poivrons et le céleri sont déjà cuits. Drozin commence à cuire son roux, saupoudrant la farine dans le lard chauffé jusqu'à ce que la couleur devienne brune comme le café, le faisant chauffer jusqu'au point de brûler, ce qui donnera son goût au gombo. Les patates douces sont placées dans les cendres du feu. Les coureurs retournent chez eux et vont se préparer pour le bal, revenant au village, mieux habillés et propres, accompagnés par leurs femmes, pour ceux qui en ont, bien que la plupart des coureurs soient célibataires, comme les Français et moi.

Cette année, il y a beaucoup moins de monde au bal, l'élection et le meurtre de Martin Begneaud réduisant l'enthousiasme. Ayant joué toute la journée, le pauvre Dub Domingues doit jouer encore quatre heures, la sueur dégoulinant de son front, ses cheveux noirs plaqués sur sa tête. Au moins, il a pu retourner chez lui et se mettre une chemise propre. Il est heureux que sa femme l'accompagne, mais la tristesse de la soirée est augmentée par l'absence de son camarade. Amédée Toussaint ne retrouvera jamais ses esprits, condamné à finir ses jours dans un état de délire, soigné par sa famille, jacassant comme un perroquet dans une langue que lui seul comprend.

Il y a peu de danseurs qui restent jusqu'à la fin. Charlie Jenkins est tellement soûl que Baptiste Perez doit le traîner dehors. Il reste sur les marches jusqu'aux petites heures du matin. Quand il se réveille, les grelots dans sa tête fracassent son âme. Il se lève doucement, déambulant, cherchant son pauvre cheval chétif qui est resté attaché toute la soirée auprès des lilas qui sont plantés le long du chemin.

À minuit, Drozin sort sur le perron, son pistolet à la main. Il tire cinq coups dans les airs et annonce à ceux qui restent que le bal est fini et que le carême est commencé. Il garde une balle dans le cylindre, au cas où il y aurait des récalcitrants. Dub Domingues range son accordéon, l'enveloppant dans une peau de poulain. Sa femme place sa guitare dans sa caisse. Tous les deux épuisés, ils s'approchent de Baptiste Perez, qui leur donne les deux piastres qui sont leur paie pour la soirée. Dehors, en bas des marches, Alida Perez verse les dernières gouttes du gombo dans plusieurs bols. Il y en a beaucoup qui reste et elle le partage avec sa vieille fidèle Créole et sa petite-fille. Elles vont pouvoir le manger pendant quelques jours, réchauffé.

Dans la nuit, on voit les silhouettes de Dub Domingues et de sa femme, Verna Mae, qui s'éloignent. Ils marchent sous la pluie, têtes baissées, jusqu'à leur petite maison près de l'église. Le Colonel, portant toujours la cape qui tombe lourdement de ses épaules, monte sur son Mansfield. Il prend la route de sa maison, encore une heure de chemin, car il ne fera pas le trot, laissant son étalon marcher tout au long. Derrière lui, Caro Raggio suit dans le cabriolet. La pluie continue et, au loin, on entend des coups de tonnerre.

22

Chadwick Viator, né Charles Viator II, est un homme fiable et sérieux, et une des rares personnes lettrées dans la prairie. Fils unique de Charles Viator, grand éleveur du nord de la paroisse de Vermillion, Chadwick s'est distingué dès un très jeune âge par son intelligence et son acuité. Envoyé au Collège Saint-Charles à quatorze ans, il a vu son parcours scolaire interrompu par la guerre et même sa vie bouleversée. Fuyant l'arrivée des troupes nordistes à la bataille de la prairie de Carencro, la berline dans laquelle il voyageait a été frappée par un obus errant envoyé par les Fédéraux pour annoncer leur arrivée. Le boulet a éclaté à l'avant de l'attelage, tuant les deux chevaux et renversant la voiture. Ils étaient six dans la barouche. Le conducteur a été sérieusement blessé et mourra de ses blessures. Les quatre camarades de classe de Chadwick Viator s'en sont sortis avec des égratignures, mais Chadwick a eu la jambe gauche prise en dessous du carrosse. Heureusement pour lui, deux autres berlines suivaient, et l'une d'entre elles a conduit le pauvre jeune homme à l'hôpital de fortune de l'armée sudiste installé dans une maison du village de Grand Coteau.

Chadwick a eu l'honneur d'être le premier blessé traité à l'hôpital, la bataille n'allant pas commencer encore avant deux jours. Les chirurgiens, voyant la jambe éclatée en forme de tire-bouchon, et avec un enthousiasme qui allait s'estomper au courant des prochains jours, ont décidé à l'unanimité de l'amputer.

Sans anesthésie, à part du whisky de maïs blanc, Chadwick s'est fait couper la jambe gauche en dessous du genou. Sachant que les choses allaient se gâter pendant les prochains jours, les chirurgiens ont décidé, d'une façon aussi hâtive, d'envoyer le pauvre blessé chez ses parents, qui habitaient au sud du village de Carencro, là où le bayou Fusilier rejoint le Vermillion. Le voyage sur le chemin de poste Vermillionville-Opélousas a failli le tuer, mais lui a probablement sauvé la vie, car l'hôpital où il a perdu sa jambe est devenu une scène diabolique et insalubre durant la semaine suivante.

Il a passé deux ans en convalescence, mais a profité de ce temps pour apprendre l'anglais et la comptabilité, ayant compris que l'avenir de la Louisiane allait passer par la langue anglaise et l'argent américain. Son père lui a fait fabriquer une fausse jambe qu'il devait amarrer au-dessous de son genou avec des lanières en cuir.

Après l'arrivée du chemin de fer, on lui a commandé une jambe faite sur mesure à Chicago avec un pied en bois. Le grand inconvénient de celle-ci était que ça l'obligeait à porter toujours le même style de chaussures, car celui de gauche restait le même. Il devait se promener en cabriolet, car il n'était jamais à l'aise à cheval. Par contre, sa maîtrise de l'anglais et des chiffres lui a donné un avantage sur le marché du travail, dont il a très bien su profiter.

Après la guerre, le métayage ayant remplacé l'esclavage, les propriétaires terrestres devaient fournir à leurs métayers, qui étaient aussi souvent leurs anciens esclaves, du grain, des charrues et l'équipement nécessaire pour faire récolte. Les propriétaires, à part quelques nouveaux arrivés américains, ont été ruinés par la guerre et avaient besoin de financement. Les choses se sont envenimées avec la crise de 1873, mais, petit à petit, l'économie du sud de la Louisiane est sortie du gouffre provoqué par la guerre. L'arrivée du chemin de fer a annoncé une nouvelle ère et le prix du coton a remonté, donnant du souffle au pays.

La First National Bank de Vermillionville a été créée en 1881, dans le raz de marée qui a suivi les traces du chemin de fer. Son bâtiment sur la rue Jefferson, en plein centre-ville, exsude stabilité et confiance. Il est fait de brique couleur beige, et sa porte d'entrée est encadrée par quatre colonnes corinthiennes. La corniche et l'architrave symbolisent bien le nouvel ordre, réglé et stable. Le chapiteau, avec ses fleurs et ses feuilles extravagantes, donne un aspect rêveur à l'ensemble, la promesse de beaux jours à venir grâce au pouvoir de l'argent.

Un beau matin de mai 1881, sa boiterie à peine visible, ses nouvelles chaussures brillantes comme le soleil, Chadwick Viator, né Charles Viator, a passé les portes de la First National Bank de Lafayette et a demandé à parler au patron, M. Patrick McCarthy. Avec un anglais dont l'accent trahissait à peine ses origines, Chadwick Viator lui a tendu la main et a demandé un emploi.

— Je m'appelle Chadwick Viator, il a dit avec assurance, regardant l'Américain dans les yeux.

L'idée de changer son nom lui était venue au moment où il mettait le pied dans la banque. Le plancher en marbre, les deux guichets aux grillages en fer forgé, et surtout le coffre-fort aperçu à travers la porte entrouverte derrière les caissiers, la fraîcheur de la pièce et même son odeur donnaient une impression de richesse. Il voulait faire partie de cette mouvance du pouvoir et de l'argent. Le chemin de fer venait d'ouvrir le pays au monde et il voulait s'attacher à la fusée de la modernité. Il aurait pu garder son nom, mais il ne pouvait pas s'assurer qu'on le prononcerait à l'américaine, donc c'était mieux de trancher.

Impressionné par l'air sérieux de cet homme dans la jeune quarantaine, et après qu'il s'est assuré qu'il ne buvait pas et qu'il n'était pas marié, vivant encore chez ses parents, McCarthy l'a engagé comme caissier. En peu de temps, Chadwick Viator, grâce à son travail soigné et à son aisance dans les deux langues, a été promu vice-président du département des prêts. Il traitait tous ses clients avec respect, mais il préférait les Américains, qui sont, selon lui, plus fiables.

Quand Columbus Trahan lui a demandé cinq mille piastres pour agrandir la salle de danse sur son terrain de course, Chadwick Viator a refusé, non pas parce que Trahan n'avait pas de collatéral – il avait suffisamment de bêtes à cornes pour assurer dix fois le montant –, mais parce qu'il persistait à l'appeler Charles.

— Appelez-moi Chadwick, s'il vous plaît.

— Mais pour qui tu te prends ? a répondu Trahan.

Seuls ses parents continuaient à l'appeler Charles sans qu'il se choque.

Son salaire lui a permis de s'acheter une propriété dans le nouveau quartier qui se construit à l'arrière de l'église Saint-Jean, rue Sainte-Cécile. C'est une petite maison blanche avec un toit en zinc, carrée avec une galerie et trois marches, une liane de jasmin plantée dans la cour. Elle est située à moins d'une demi-heure de marche de la banque, promenade que Chadwick Viator fait tous les jours de la semaine à l'aide d'une canne, chose qui lui donne un air encore plus sérieux. Pour éviter toute apparence de favoritisme, l'hypothèque a été négociée directement avec le patron de la banque, qui n'avait aucun doute sur les capacités de Chadwick Viator de payer et qui n'a même pas demandé de collatéral, déduisant le paiement directement de son salaire à la place.

À quarante-quatre ans, c'est un vieux garçon, sa jambe en bois le rendant trop gêné pour aller au bal. Toute sa vie, c'est la First National Bank de Vermillionville.

Un de ses meilleurs clients est l'homme d'affaires de la prairie et vétéran sudiste Alcide Debaillon. Un beau jour, Debaillon a décidé d'engager Chadwick Viator pour répandre les nouvelles du pays en faisant la lecture publique du journal hebdomadaire. Avant la guerre, le journal hebdomadaire de Vermillionville était de langue française. À la suite de la guerre, *Le Bourdon* a cessé de paraître et a été remplacé par un journal de langue anglaise, *The Advertiser*. Le but de Debaillon était de faire de la promotion pour son magasin général en faisant venir Chadwick Viator tous les dimanches pour qu'il lise le journal sur son perron. Le fait que le journal soit publié en anglais ne posait aucun problème, car Viator pouvait traduire sur-le-champ. Même si tout l'auditoire était francophone, Viator insistait pour lire le journal en anglais d'abord pour s'assurer que, si jamais il y avait un Américain, il ne serait ni délaissé ni insulté.

L'idée de Debaillon était de faire lire le journal après la messe de huit heures, quand la prairie entière se trouvait au village. Son magasin n'était pas ouvert le dimanche, mais les habitants pourraient voir à travers les vitres la marchandise merveilleuse qui était à disposition, et qui sait, revenir durant la semaine faire un achat. De toute façon, le fait d'offrir un tel service à la communauté donnait à Debaillon le prestige qu'il convoitait.

Le grand problème avec cette opération était que le magasin de Debaillon était à un quart de mile des portes de l'église. À part quelques curieux qui étaient fidèles à la lecture du dimanche, la plupart des habitants rentraient chez eux sans faire le détour. Plusieurs devaient emprunter le chemin qui passe devant chez Debaillon et, parmi eux, quelques-uns s'arrêtaient, mais la plupart manifestaient peu d'intérêt.

Après quelques mois de piètres résultats, Alcide Debaillon a décidé de suspendre l'opération. Ce n'était pas la piastre qu'il payait à Chadwick Viator, en plus des trente sous pour le train, qui le dérangeait, mais il trouvait que le retour sur son investissement n'était pas suffisant. Surtout, il était dérangé par le manque de succès de cette lecture. Il pensait que les habitants allaient s'agglutiner autour des portes de son magasin général pour obtenir les nouvelles du pays et du monde. Le fait que la plupart des gens semblaient s'en foutre le rendait fou de rage. *Bande d'incultes*, il se disait en lui-même.

Debaillon a annoncé à Chadwick Viator que la lecture serait suspendue jusqu'à nouvel ordre, nouvelle qui lui a causé du chagrin. Ce n'était pas la piastre qu'il gagnait chaque dimanche, argent qu'il s'empressait de mettre dans la boîte de charité à l'église avant son retour. C'était pour lui aussi et surtout une question de prestige. Il était fier de pouvoir offrir ses services à la communauté, tels les crieurs publics au Moyen Âge. Il s'arrangeait bien, assistant à la messe de six heures trente à l'église Saint-Jean, pour partir tout de suite à la gare avec Achille, l'employé de Virginie Mouton, à qui il donnait cinq sous, avec l'approbation de celle-ci. Comme ça, il pouvait arriver à temps à la gare pour le train de sept heures quarante-trois qui l'amenait à Scott. Il n'y avait pas de retour avant le train de seize heures quarante-trois, mais il avait pris l'habitude de passer ses dimanches dans le café de Martin Begneaud, où il trouvait toujours de la compagnie sympathique et un repas chaud à midi. Accoudé au bar, se regardant dans le miroir qui surplombait les diverses bouteilles d'alcool, la table de billard étalée derrière lui comme une savane au printemps, il ne pouvait pas s'empêcher de raconter les nouvelles qu'il venait de lire chez Debaillon. Une fois que ce dernier a appris que Chadwick Viator mangeait chez Martin Begneaud et offrait gratuitement à ceux qui voulaient les entendre les nouvelles du jour que lui, Debaillon, finançait, ce fut la paille qui casse le dos du chameau et le dernier clou dans le cercueil de la lecture hebdomadaire, du moins la fin de la participation de Debaillon dans le projet, car Chadwick Viator continue à venir faire la lecture, mais à ses propres frais.

Les résultats de l'élection ont été publiés le lundi 21 février, mais dans la folie du carnaval, ils n'ont pas fait le tour. *The Advertiser* publie une édition spéciale le lendemain du Mardi gras. Passant au bureau, Chadwick Viator obtient un exemplaire dès que le journal sort des presses qui se trouvent rue Jefferson, de l'autre côté de la banque. Avec son exemplaire dont l'encre est à peine sèche, il se pointe à la gare, toujours accompagné par Achille dans le cabriolet de Virginie Mouton. Rendu à Scott à huit heures quinze, il convainc Dub Domingues d'emprunter le cheval de Pierre Sonnier et de l'emmener à l'église. Assis sur la croupe de la vieille jument, les mains autour de la taille de Dub, l'exemplaire du journal plié soigneusement dans la poche de sa veste, Chadwick Viator arrive sur les marches de l'église au moment où les habitants commencent à sortir.

Il prend un moment pour s'organiser, passant ses doigts dans ses cheveux, la raie en plein milieu, frottant sa tête avec ses deux mains. Il éponge la sueur de son front avec le mouchoir blanc qu'il replie et replace dans la poche arrière de son pantalon. Avec ce geste, il essuie par inadvertance les cendres qu'il a reçues à la messe de six heures trente à Saint-Jean. Il ajuste sa cravate. Son costume est d'un beige clair, la même couleur que les briques de la banque, sa cravate, d'un brun foncé. Il ne porte pas de chapeau, car il n'est pas souvent au soleil. Les gens se pressent autour de lui. Tous ont les cendres en forme de croix sur le front, ce qui a plutôt l'air d'une tache ronde sur le front de Chadwick Viator.

Il attend que les gens se calment. Déjà, il fait chaud. Le ciel est bourré de nuages, un défilé en gris et blanc. Le vent est du sud-ouest. Chadwick Viator est sur le perron, entouré des paroissiens. Je suis à côté de mon grand-père, alors que ma mère, mon père et Marie sont de l'autre côté de Drozin.

Chadwick Viator se racle la gorge. Il sort lentement le journal de sa poche, prenant le temps de le déplier.

Sur le haut de la page, à gauche, il y a le grand titre sur le meurtre de Martin Begneaud. Le journal est publié le mercredi et, donc, le meurtre de samedi passé est à la tête. Pensant que ce n'est pas la peine de lire cette nouvelle, qui est certainement connue de tous et qui pourrait même choquer les sensibilités de plusieurs, dont la famille et les proches, il tourne son attention vers l'autre grande nouvelle, les résultats des élections. Pensant, néanmoins, qu'il serait mieux de garder cette nouvelle pour la fin, il descend la page et lit de sa voix monotone :

— *The celebrated circus impresario P.T. Barnum has recently acquired a massive elephant. Called Jumbo, he measures 10 and ½ feet tall at the shoulder…*

L'impresario P. T. Barnum vient d'ajouter un éléphant à sa ménagerie. Appelé Jumbo, il mesure dix pieds et demi à l'épaule. L'éléphant a été transporté de Londres et a fait sa première apparition américaine en défilant sur l'avenue Broadway. Il pèse plus de six tonnes et est âgé de vingt et un ans. Autre nouvelle :

John L. Sullivan devient champion de boxe dans la catégorie poids lourds, éliminant Paddy Ryan par K.O. au troisième round. Lors d'un match dont l'assistance était de plus de sept mille personnes, à Biloxi, Mississippi, le « Boston Boy » attaque avec brio, terrassant son adversaire sous une avalanche de coups.

Une fois finie la lecture de ces deux articles, Chadwick Viator se racle la gorge de nouveau, conscient du pouvoir qu'il exerce sur la foule qui se presse autour de lui, tous les regards fixés sur ce petit monsieur à l'aspect de dandy. Il tourne sur sa jambe en bois et manque de trébucher. Il se reprend et continue la lecture.

— Les résultats des élections du 18 février passé ont été vérifiés et certifiés par le greffier du tribunal. La liste démocrate passe avec 2745 voix contre 43 pour le Progressive Party of America. Le shérif Ike Broussard gardera ses fonctions et s'annonce satisfait du résultat. Le candidat Alcide Debaillon est confirmé juge du 27e district.

Chadwick Viator continue la lecture, mais la plupart des gens se détachent, marchant vers leurs embarcations pour reprendre le chemin des habitations. Drozin reste figé sur place. Sa mâchoire se serre, ses yeux fixés sur Viator comme les griffes d'une buse sur sa proie. Il ne comprend pas les résultats. Quarante-trois voix seulement pour le Progressive Party. Il en a apporté presque la moitié à lui tout seul. À moins que les votes des Créoles n'aient pas été comptés. Pourtant, il a accompagné les deux boîtes jusqu'à la maison de Cour lui-même. Le comble, c'est que Debaillon est maintenant juge à la Cour de l'État. Tout différend, tout plaidoyer, toute poursuite passeront devant lui au tribunal. Drozin est désemparé. Il pensait bien que Will Campbell n'avait que peu de chance contre Isaac Broussard, mais de voir l'ampleur de la victoire de ses adversaires le laisse perplexe. Il se rappelle la lettre du général Beauregard et se demande s'il aurait dû écouter ses conseils. Mais il n'a pas l'habitude de se questionner ainsi, ce qui l'accable davantage.

Il prend le chemin du retour dans la barouche tirée par les deux poulains hongres. On est cinq : Drozin, Caro à l'avant et moi et les deux Français à l'arrière. Normalement, mon grand-père aurait pris son étalon, mais avec la fatigue de la veille et la tournée du Mardi gras, Mansfield est épuisé. Pour cette occasion, le vieux Colonel a fait sortir l'embarcation à deux sièges, confiant que son standing aurait été augmenté par le succès du Progressive Party of America et qu'il aurait pu faire une tournée triomphale avec toute son équipe. Il n'avait pas d'illusion sur l'ultime résultat, mais il n'imaginait jamais que la défaite aurait été si cuisante. Le vieux Colonel est fatigué aussi. Il est perdu dans ses pensées, se demandant ce que deviendra le pays, maintenant dirigé par ses adversaires, et il n'entend pas Ernest Blanc qui l'informe que son frère et lui vont repartir vers La Nouvelle-Orléans.

— Colonel Boudreaux, il commence. Nous avons reçu une invitation de la part d'un ami à La Nouvelle-Orléans. Un ami français qui est en visite aux États-Unis et qui souhaite nous voir. Nous espérons, Alexis et moi, le visiter très prochainement et séjourner là-bas quelques semaines. C'est un ancien ami de Paris et on l'aime bien.

Le Colonel ne lui prête pas attention, ses idées portées par un vent de malaise comme celui qui siffle du sud-ouest, faisant lever de petits nuages de poussière dans le chemin.

Caro Raggio arrête devant chez nous, et je débarque de la barouche, marchant les derniers pas, me sentant seul et en chute. Je sens que le monde et sa réalité glissent entre mes doigts. Je ne dis rien en arrivant chez nous, ma mère est à la cuisine, mon père est assis à la table, tous les deux avec le front couvert de cendres. Ils ne parlent guère.

— Les deux Français vont partir en ville, j'annonce, soupçonnant trop bien comment cette nouvelle va être reçue.

On aurait dit qu'une barre de fer venait de pénétrer dans le corps de ma mère, faisant d'elle un seul trait rigide. Dans ses yeux, il y a le même regard qu'ont les chevaux quand ils rencontrent un serpent counja, le museau poussé vers l'arrière, la frayeur dans les yeux. Ma mère a la même position de tête. Son regard me fixe comme la mire d'une carabine.

— André, elle dit, va atteler le wagon.

Mon père la regarde, sachant qu'il n'y a rien à dire, rien à faire.

— Minouche... il dit de sa voix douce, sa voix de charmeur.

— Tais-toi Alexandre, je veux pas en entendre parler.

J'ai de la misère à attraper Augustin, récemment mis en liberté. Je dois lui offrir un carré de sucre du sac qu'on garde dans la grange pour vaincre sa réticence bien connue. Hercule essaye de le mordre une fois que le vieux mulet est rentré dans la grange. Ça me prend beaucoup de temps pour les atteler, les deux sont récalcitrants après la course qu'ils viennent de faire.

Pendant ce temps, ma mère est à la porte, les bras croisés, brûlant de son impatience.

— Dépêche-toi, André, elle dit, dépêche-toi.

Enfin montés sur le wagon, on quitte la cour.

— Fais-les courir, André, ordonne ma mère.

Les pousser au trot est un exploit. Déjà de les faire marcher ensemble est une victoire sur la nature, comme ils essayent de se mordre constamment. Sans les œillères, le wagon n'aurait jamais avancé. Les faire trotter ensemble relève du miracle. Ils tirent chacun de leur bord, essayant de donner un coup de dents ou mieux encore un coup de sabot à l'autre. Constatant le désarroi de l'opération, ma mère abdique et on finit le chemin vers chez Drozin au pas.

Arrivée devant la maison, Philomène saute du banc comme un éclair et grimpe les marches de la galerie d'un trait. Elle ne cogne pas, mais entre dans la maison. Furtivement, j'attache le wagon au magnolia et je monte sur la galerie, d'où j'entends tout.

— Drozin, commence ma mère, tu peux pas laisser partir ces hommes, ces meurtriers.

Le Colonel ne comprend pas trop ce qui se passe. Il est toujours perplexe par rapport à la défaite électorale et n'a même pas compris que les Français voulaient partir pour La Nouvelle-Orléans.

Mon grand-père prend ses décisions selon un raisonnement qui lui est propre. Il décide en fonction de son orgueil et de comment sa décision sera perçue, plutôt qu'en réfléchissant au bien ou au mal qu'elle entraînera comme conséquence. Pour lui, le fait que Philomène accuse les Français du meurtre de Martin Begneaud n'entre pas en considération. Ce qui est important pour lui, c'est la perception que le monde aura de lui s'il cède aux exigences de sa bru. En plus, il est convaincu qu'elle est devenue folle à la suite de la mort de son frère, chose qu'il peut bien comprendre, mais qu'il ne doit pas prendre en considération.

— Tu peux pas laisser ces assassins partir. Ils reviendront jamais.

Drozin écoute avec patience, attendant que l'ouragan passe. Il n'a rien à dire, et en plus, il ne veut rien dire. Il n'a pas à se justifier auprès de sa belle-fille. Les décisions en ce qui concerne ses employés, sa terre, ses bêtes à cornes, ses métayers, son valet, ses intérêts dans le chemin de fer ne regardent personne, sauf lui, et certainement pas Philomène.

— Promets-moi, Drozin, que tu les laisseras pas partir.

Ma mère est au bord des sanglots, mais elle refuse de jouer la faible. Elle sait que si Drozin sera sensible à quelque chose, ça sera à sa faiblesse. Comme ça, il pourra la protéger, protéger une femme de son clan. Mais ce n'est pas ce qui se passe. Philomène n'est pas en danger. C'est Drozin lui-même qui est en danger, en danger de perdre le contrôle sur ce monde qu'il a soigneusement fabriqué depuis des années maintenant, pendant toute sa vie. Peut-être qu'à un autre moment il aurait été plus sensible au plaidoyer de Philomène, mais là, piqué au vif par la défaite cuisante des élections, son orgueil trébuchant, il doit se défendre. Sa propre identité est en jeu. Ce n'est même pas une question de la véracité ou non des accusations. C'est une question de contrôle.

— Minouche, commence enfin le Colonel, ils ont reçu l'invitation d'un ami français qui est de passage en ville. Ils ne seront pas partis longtemps.

— C'est des mensonges, Drozin. Tu le sais bien.

Ils sont comme deux boxeurs dans le ring, ensanglantés, refusant de lâcher prise. Finalement, épuisée par cette intransigeance enracinée comme un chêne vert centenaire, Philomène abandonne.

– Drozin, elle dit, tu mourras jamais d'une crise de cœur parce que t'as pas de cœur.

Elle sort de la maison les yeux fixés sur l'horizon. Je lui donne ma main pour l'aider à monter à bord du chariot. Elle la repousse. Elle ne dit mot jusqu'à ce qu'on arrive à notre manche[38]. En tournant vers la maison, elle lâche un cri qui semble venir du fond de la nuit du désespoir. Le même cri qu'elle a poussé sur la galerie le jour où elle a appris la mort de Martin.

J'entends à peine la phrase qu'elle chuchote entre ses dents. Je ne suis pas certain de ce qu'elle dit, mais il me semble que c'est :

– Drozin Boudreaux, tu brûleras en enfer.

38. Chemin privé conduisant du chemin public à l'habitation.

23

J'entends ma mère s'obstiner avec son frère.

— Minouche, comment tu penses qu'on peut faire sans pouvoir vendre de la boisson ?

— Siméon, elle répond, tu peux très bien survivre avec la boutique. Tu manques pas de clients.

— Mais voyons, Minouche, t'as perdu l'esprit.

— Siméon, tu fais le travail du diable.

— Voyons, Philomène, ceux qui se soûlent vont le faire si je leur vends la boisson ou pas. Mieux vaut qu'ils restent là où on peut les surveiller et, si jamais ils deviennent dangereux, on peut les conduire jusqu'à chez eux. Laissés tout seuls, Dieu sait ce qui se passera.

Siméon est gêné. Son défunt frère, l'aîné de la famille, a toujours parlé pour les deux, et il n'a pas l'habitude ni d'agir ni de s'exprimer sans lui. Durant toute leur vie ensemble, le cadet s'effaçait devant l'aîné. Martin gardait les rênes du commerce et gérait le café. C'était son idée de faire venir la table de billard à la suite d'un voyage à La Nouvelle-Orléans. Maintenant, Siméon se sent menacé par la Société de tempérance, ces dames affolées dont fait partie sa sœur, ma mère, et sans balises devant les intempéries que cette menace représente.

Depuis plusieurs semaines, la relation entre frère et sœur devient de plus en plus tendue. Et depuis plusieurs semaines, la manifestation devant l'église grossit. À l'origine, elles n'étaient que trois : Virginie Mouton, Philomène et sa sœur Sophie, qui ne peut rien refuser à ma mère. Après la messe, un dimanche, elles se sont plantées devant le perron de l'église. Dès que la foule est sortie, Virginie Mouton a commencé à déclamer :

— Mesdames du pays, écoutez-moi pour l'amour de vos familles et le bien-être de votre communauté. Il y a un fléau qui vous accable, le démon de l'alcool. Il attaque vos foyers et entraîne vos hommes dans une vie dissoute et sans espoir. Rejoignez-nous pour sauver vos familles et sortir vos hommes des griffes du diable. Devenez membre de la Société de tempérance et aidez-nous.

La première fois que Virginie Mouton est arrivée, toujours dans son cabriolet conduit par son fidèle Achille en veste blanche, il y avait une fine couche de poussière qui couvrait ses épaules et les rebords de son chapeau de paille. C'était le début du carême. Virginie est arrivée tranquillement du chemin menant à Vermillionville, soulevant un petit nuage qui se posait doucement. Il n'y avait pas beaucoup de vent.

Ma mère était là pour l'accueillir. Depuis qu'elle s'est fait refuser la communion, ma mère n'assiste plus à la messe. Mais elle nous oblige, Marie et moi, à y aller. Elle attend patiemment dans le wagon, à l'ombre du chêne, jusqu'à ce que nous sortions de l'église pour reprendre le chemin de la maison. Ce dimanche-là, elle attendait l'arrivée de Virginie Mouton.

Les deux dames se sont placées en face du perron. En sortant de l'église, les croyants ont été obligés de les rencontrer. Dès que ma tante Sophie est sortie de l'église, ma mère est allée la chercher pour la traîner auprès d'elle. Sophie avait l'air abattu, la tête baissée. Elle avait honte et a regardé par terre tout le temps qu'a duré la scène.

Avec une confiance née de son standing et de son expérience, Virginie Mouton a déclamé. Sa voix portait bien. Sa tête était haute sous le grand chapeau qui était posé sur sa tête. Ma mère était tête nue, regardant Virginie Mouton avec une admiration évidente.

La première fois, les habitants se sont agglutinés autour des dames, attirés par une curiosité née de l'ennui. Mais une fois qu'ils ont compris ce qui se passait, les maris ont tiré leurs femmes qui, elles, ont dévissé leurs têtes pour observer un moment de plus. En se retirant, traînées par leurs maris, toutes ont regardé vers l'arrière, des regards furtifs. La scène s'est répétée chaque dimanche de carême, mais au troisième dimanche, on a senti que le vent commençait à virer de bord. Les dames restaient plus longtemps et leurs maris n'arrivaient pas à les traîner aussi facilement. Les hommes, frustrés, s'éloignaient vers leurs embarcations, impuissants. Pendant le retour à la maison, personne n'en parlait, mais dans le secret des lits matrimoniaux, à l'abri de l'écoute des enfants, les couples discutaient. La discussion était semblable chaque fois.

— Ne te mêle pas aux affaires de cette profiteuse, disaient les maris.

— Elle veut que le bien de tous, elles répondaient.

— Mais elle n'a rien à voir ici. C'est juste une grande dame de la ville qui vient pour foutre le tracas dans le village.

— Tu peux pas prétendre que l'alcool et ses ravages sont un bien.

— Non, mais on peut régler nos affaires nous-mêmes.

— Oui, mais elle veut que le bien de la communauté.

— Tu l'as vue, avec ses grands habits et son Créole en veste blanche ?

— Tais-toi, puis dors.

Rendu le mardi, on n'en parlait plus, mais dès le dimanche suivant, la roue recommençait à tourner. C'était comme un moulin à vent : les palettes prenaient le vent et tournaient, puis il y avait une accalmie, mais dès que le vent soufflait de nouveau, ça recommençait.

C'est au quatrième dimanche de carême qu'on a senti que le barrage était sur le point de s'effondrer. Mme Mouton était toujours là avec son aisance et sa facilité à s'exprimer, épaulée par ma mère avec les yeux plissés et un regard dur comme le fer et, juste derrière elle, comme une souris perdue, ma pauvre tante Sophie. Ce dimanche-là, plutôt que trois dames, elles étaient une douzaine. Les recrues, en sortant de l'église, se sont écartées de leurs maris, parfois avec un geste assez déterminé. Elles se sont rassemblées derrière Virginie Mouton, se regardant les unes les autres avec un regard qui ne peut se confondre. Elles étaient fières.

Ce dimanche a été remarquable aussi parce que c'était la première fois qu'apparaissait la bannière. Elle était traînée dans le cabriolet de Virginie Mouton depuis la deuxième semaine, ses deux bâtons dépassant à l'arrière, mais faute de suffisamment de cohortes, on ne pouvait pas la déployer. Mais ce dimanche, le quatrième dimanche de carême, deux dames tenaient les bâtons pour que la bannière flotte au-dessus de la troupe, ajoutant un aspect sérieux au projet. C'était écrit en gros : « Société de tempérance » et, en plus petit, « des Attakapas ».

Curieusement, il n'a pas plu pendant aucun des dimanches, le plus grand inconvénient étant le suroît qui poussait parfois la bannière, nécessitant plusieurs dames pour la tenir.

Dans les chambres à coucher, les discussions entre maris et femmes devenaient plus animées et débordaient jusqu'aux cuisines et salles à manger. Il n'y avait plus de retenue et les conversations se faisaient même devant les enfants.

— Il faut que tu arrêtes ces couillonneries. Je te défends de rejoindre cette bande de folles.

— Commence pas à me dire quoi faire. Tu es pour la boisson ? Tu es pour la soûlerie. Tu veux que tes enfants soient confrontés à l'ivresse.

— Mais c'est pas ça du tout…

— Oh oui, c'est exactement ça.

Rendu au cinquième dimanche de carême, le barrage s'est écroulé et le pays a été inondé d'une colère soutenue qui bourdonnait comme des guêpes prêtes à piquer. Les femmes ont trouvé les bouteilles de fort que leurs maris avaient cachées dans les granges ou sous les arbres qui longent les clôtures. Elles ont vidé le contenu et cassé les flacons. Les maris se sont fâchés, mais n'ont pas osé s'élever contre ce raz de marée qui rase tout devant lui et menace de les emporter. Ils ne savent plus comment faire et râlent contre la grande dame de Vermillionville et ses grandes idées.

La situation est rendue si critique que le père Fournet se sent obligé de s'impliquer. C'est le dimanche des rameaux et il se prépare à livrer bataille. Sur les marches de l'église, il doit bénir les feuilles de latanier que chacun emportera à la maison pour attacher à l'intérieur, au-dessus de la porte d'entrée, jusqu'à l'année prochaine. En sortant de l'église, il vise son adversaire et passe par-dessus la pile de rameaux qui l'attend. Il se plante devant Virginie Mouton, la fixant dans les yeux. Il pose ses mains, pliées en poings, sur ses hanches. Silence. Il a bien préparé son discours et attend que la petite foule se calme pour avoir le plus d'effet possible. Les gens sont serrés autour de lui, l'haleine retenue.

— Madame Mouton, commence le prêtre. Vous savez que vous êtes la bienvenue dans notre paroisse. Mais je suis dans l'obligation de vous dire que votre présence trouble la paix de notre petit village et je dois vous demander, donc, de nous quitter et de ne plus revenir si vous venez dans l'idée de briser la tranquillité.

— Mon père, elle commence.

Elle pèse ses mots, respirant lentement, consciente du pouvoir que son silence exerce sur les gens ainsi que sur son adversaire.

— Je suis ici, citoyenne libre dans un pays de liberté, pour exercer mon droit de rassemblement, selon la Constitution des États-Unis. J'occupe, telles mes camarades, l'espace public, et vous n'avez pas le droit de me faire une telle demande. Je suis en plein exercice de mes droits sur la voie publique.

Le prêtre est confondu. Il n'a pas de réponse prévue, ayant pensé que Virginie Mouton, face à la justesse de son propos et le poids de son statut, aurait tout simplement plié bagage. Mais il n'a pas tout pris en considération. Devant le désarroi du prêtre, Virginie Mouton attaque.

— Mon père, avec tout le respect qui est dû à votre position louable, je dois vous dire que je suis surprise que vous ne soyez pas avec nous. Vous ne pouvez pas contester la justesse de notre cause. Vous ne pouvez pas soutenir l'ivresse et la débauche. Rejoignez-nous, mon père. Aidez-nous à combattre ce fléau qui fait tant de ravages.

Le prêtre, sentant que la bataille est perdue, ne sachant plus quoi faire, fait le signe de la croix et bénit l'assemblée des femmes, souhaitant ainsi apprivoiser cette ardeur qu'il ne sait pas comment contrôler. Il vire de bord, retourne vers les portes de l'église et commence à bénir les palmes de latanier. Ce ne sont que les hommes qui se présentent pour les recueillir, toutes les femmes ou presque s'étant rangées derrière la bannière de la Société de tempérance. Elles se mettent à chanter avec une ironie qui n'échappe à personne. Elles chantent les hymnes de l'église, *Près de vous, mon Seigneur*, *Le sang de l'Agneau* et *Je traverse la vallée sombre*. Avant qu'elles aient fini de chanter, le prêtre retourne dans l'église et la petite foule se disperse en silence. Personne ne parle. Les femmes rejoignent leurs maris. On n'entend que les grincements des harnais et les hennissements des chevaux, et le craquement des guides contre leurs croupes pour les faire démarrer. Même les enfants, habituellement bruyants et agités à la sortie de l'église, se tiennent tranquilles.

Le dimanche de Pâques arrive. Le temps est couvert, les gros nuages du golfe poussés par un courant inquiet. Lundi dernier, le père Fournet s'est présenté à la maison de Drozin.

— Monsieur Boudreaux, il a commencé, debout sur la galerie.

Il a refusé d'entrer, trop excité par la situation pour rester en place.

— Monsieur Boudreaux, je vous demande d'intervenir auprès de votre bru et d'essayer de calmer les choses. Nous ne pouvons pas continuer dans ce vacarme. La tranquillité du village est en jeu, et le prestige de l'église mis à l'épreuve.

— Mon père, je vais faire ce que je peux.

Drozin est résigné à la défaite, l'ancien combattant qu'il est sait que la bataille est perdue d'avance, mais il sait aussi qu'il ne peut pas l'éviter, car son propre prestige est remis en question. S'il ne peut pas maintenir le contrôle sur sa famille, comment, pense-t-il, pourra-t-il le maintenir sur qui que ce soit ? C'est pour lui une question qui dépasse la vie et la mort. Comment pourra-t-il se présenter en société, mené par le bout du nez par sa belle-fille ?

Ma mère sait aussi que la confrontation est imminente. Pendant toute la semaine, on n'a plus entendu parler ni de la Société de tempérance, qui a été un sujet vif pendant les semaines précédentes, ni de Virginie Mouton et de ses grands airs. Au moins, ma mère n'a pas à vider la fiole cachée de mon père comme il n'en a pas. Elle ne soupçonne pas que j'en ai une, cachée dans la salle à harnais, parmi les secrets de ma vie privée et les couvertures de selle.

Le dimanche de Pâques est semblable aux précédents, venteux, les chevaux aussi nerveux que les gens. On sait bien qu'on va assister à un combat notoire et l'église est pleine à craquer, même pour un dimanche de Pâques.

Les gens sont nerveux et ils ont tous hâte que la messe soit terminée pour pouvoir assister au divertissement promis.

Drozin occupe son banc habituel, prenant la place de ma mère, qui n'assiste toujours pas à la messe. Mon père est au bout avec tous les enfants entre les deux. Drozin prend son temps pour sortir. Le prêtre se réfugie dans la sacristie. Une fois que tout le monde est sorti de l'église, il sort et va se placer à la porte qu'il garde entrouverte, observant la scène sans être vu.

Les gens sont agglomérés autour de la bannière de la Société de tempérance. Une surprise : Marie Agélas et plusieurs Créoles font partie du groupe de femmes, qui réunit maintenant quasiment toutes celles du village. La plupart ont leurs enfants à leurs côtés, plusieurs avec des nourrissons dans leurs bras.

Les hommes d'un côté, les femmes de l'autre, Drozin s'avance lentement. Le vent est suffisamment fort pour qu'il prenne son chapeau entre ses mains, de peur que le vent l'arrache, ce qui lui donnera un air ridicule, ses longs cheveux blancs qui seront balancés dans tous les sens et son crâne dégarni qui sera mis en évidence. La foule lui cède la place comme à Moïse devant la mer Rouge. Il marche lentement et parle avec douceur, comme il le ferait à un poulain qu'il dresse. Il parle tellement doucement qu'on a de la difficulté à l'entendre. D'abord, il s'adresse à Virginie Mouton.

— Madame Mouton, il dit, bienvenue dans notre village. Nous sommes très heureux de vous accueillir. Mon seul regret est que ce ne soit pas sous des auspices plus heureux.

Se tournant vers ma mère, il fait une pause, la regardant avec son air de séducteur, comme pour dire « Je suis ton beau-père, tu sais que je t'aime ».

— Minouche, il commence, ça suffit, on a compris. Ça ne sert plus à rien de continuer comme ça. Pour l'amour de tes enfants, je t'en prie, laisse faire et reviens avec nous.

Ma mère ne dit mot, le regardant avec une tendresse surprenante. Et soudainement, on voit une vague surgir de sa poitrine. La vague passe par sa gorge et finit par éclater de sa bouche.

— Drozin, elle dit, ses yeux en feu. Parle-moi pas de l'amour de mes enfants. Tu t'en fous de ta famille et de tes enfants. Tu t'en fous que tes Français aient tué mon frère. Tout ce que tu veux, c'est de garder tes jardiniers pour faire croire que tu es le plus considérable du pays. Et faire croire que tu n'es pas coupable de traîner ces vipères chez nous. Tout ce que tu veux, c'est de faire ton grand et te pavaner devant le monde comme un paon et faire croire que tu es le plus influent du pays, plus grand que Debaillon, plus important que n'importe qui. Tu préfères protéger tes Français meurtriers que de servir la justice et de venger la mort de mon frère. Tu préfères nous sacrifier tous pour ton amour-propre. Tu nous aimes pas, Drozin, le seul que tu aimes, c'est toi-même, et tout le reste, c'est du faire semblant. Je vais t'obéir et je vais retourner comme tu me le demandes, mais un jour tu seras obligé de rester debout devant ton Seigneur et de lui rendre des comptes. Un jour, Drozin, t'auras à payer le prix de ton manque d'amour.

Pendant qu'elle parle, des larmes coulent de ses yeux. Quand elle finit, elle éclate en sanglots. Regardant dans les yeux de Virginie Mouton, elle dit :

— Merci, madame, pour tout ce que vous avez fait pour nous, je ne l'oublierai jamais.

Se tournant vers sa sœur, elle ajoute :

— Sophie, je suis désolée de t'avoir entraînée là-dedans. Je t'aime.

Elle serre sa sœur à bras-le-corps et part vers notre wagon. Elle monte sur le banc à l'avant en essuyant ses yeux.

Drozin la regarde partir. Lui aussi, il a des larmes aux yeux. Mais ce sont des larmes de colère. *Le pire,* il pense, *c'est qu'elle dit vrai.*

Dans une ambiance lourde, les habitants rejoignent leurs embarcations et reprennent la route de leurs maisons. Le vent souffle de plus en plus fort, les gros nuages arrivant de côté frénétiquement, emportés par la tourmente.

24

— André, me dit ma mère, il me faut un objet appartenant aux Français. La meilleure chose serait un bout de leurs cheveux ou un ongle, mais n'importe quel objet va suffire.

Je ne comprends pas ce qu'elle me demande, ni pourquoi, mais je vais chez Drozin dans la cabane des Français. C'est dans l'ancien quartier des esclaves. C'est la seule maison qui reste, quatre murs de planches déboutes, avec une petite cheminée en brique. Les autres ont été démolies par les Fédéraux pendant la guerre pour faire du bois de chauffage ou démontées par Gabriel Strauss et traînées à la Coulée Croche. La seule cabane qui est restée sert à ranger les outils et c'est dans cette cabane que les Français se sont installés : deux lits, avec des matelas remplis d'épis de maïs, et deux couvertures en laine. Je connais bien l'endroit, c'était ma maison dans le temps que Flying Evangeline courait.

Les Français sont partis depuis quelques semaines, laissant derrière eux peu de traces de leur passage. La cabane est vide, à part les lits et les matelas, et une lampe au kérosène, posée sur une table avec deux chaises. Ça sent le moisi. Je fouille partout, cherchant un vestige du passage des deux frères, mais tout semble parti comme s'ils n'avaient jamais mis pied ici. Je cherche sous les lits, dans les recoins de la petite pièce, mais je ne trouve rien, il ne reste rien. La seule chose que je trouve avec laquelle ils pourraient avoir eu un contact sont les taies d'oreiller sales, posées sur les matelas nus. Je les enlève, les plie et les mets dans ma chemise. Je repars sans que personne me voie. Je ne comprends pas ce que je fais ni pourquoi, les instructions de ma mère restant assez mystérieuses. Elle est partie dans un autre monde. Elle tient son chapelet constamment, sauf quand elle a besoin de ses deux mains. Dans ce temps-là, elle le range dans la poche de son tablier. Elle prie sans arrêt, ses lèvres remuant comme deux mulets tirant une charrue sur une terre sèche. Ses yeux regardent ailleurs.

Trois jours après que je suis revenu avec les taies d'oreiller, Philomène me demande de la rejoindre dans la grange après le souper, et de ne le dire à personne. Je n'ai jamais vu ma mère se comporter comme ça et je ne comprends rien. On est liés dans un complot dont j'ignore la nature. Je suis intrigué et étonné par son calme. On part tous les deux pour un voyage qu'on est les seuls à connaître. Je n'ai pas la moindre idée de ce qui se passe, mais ça me plaît. Ma mère est transportée par un esprit, peut-être celui de son défunt frère, et je sens en elle une force prête à bondir, comme un cheval juste avant qu'il lance un coup de patte, les oreilles couchées sur sa tête et poussées vers l'arrière. Ma mère peut me faire confiance.

Après souper, je retourne à la grange où je me suis réfugié de nouveau. Je n'attends pas longtemps avant qu'elle arrive, mais ce n'est plus ma mère, c'est une femme métamorphosée qui apparaît. Dans la prairie, il y a des gens qui peuvent se transformer en animal sauvage, le plus souvent en loup, et rôder la nuit, cherchant à satisfaire leurs désirs les plus puissants. Je n'en ai jamais connu, mais je sais que c'est vrai. Ma mère est devenue un loup-garou. Elle est habillée en pantalon, une paire appartenant à mon frère, avec une corde autour de la taille. Elle porte une chemise à manches longues carreautée, les coudes usés, et un grand chapeau de paille de la taille du fond d'un baril de farine, enfoncé jusqu'aux oreilles. Elle tient sous son bras un sac en guinée[39] rempli de je ne sais quoi.

39. Tissu de coton fabriqué en Inde qu'on trouvait partout au monde à la fin du XIXe siècle, typiquement bleu, blanc, rayé bleu et blanc ou carreauté.

— André, elle me chuchote, selle ton cheval.

Pendant que j'attrape ma Cannelle et que j'attache la courroie, Philomène attend dans l'ombre. La lune est croissante et presque pleine, et on voit dehors comme à la clarté du jour.

Une fois que mon cheval est prêt, Philomène me dit de monter.

— Donne-moi ton bras, elle ordonne, me tendant le sac.

J'entends glousser la poule. Je tire ma mère et elle s'installe derrière moi sur la croupe, ses deux bras entourant ma taille. Elle tient la poule posée sur mes cuisses.

— On va à la Coulée Croche, elle murmure. Fais attention en sortant. Pas de bruit.

On sort de la grange, traversant la cour. Je tiens les rênes serrées, la tête de ma Cannelle tirée vers l'arrière, l'obligeant à marcher au pas. Une fois qu'on trouve le chemin, je lui donne sa tête et on part au petit galop, ma mère me tenant serré comme puce sur chien. Le chemin est bien éclairé par la lune des fraises. C'est le mois de juin, mais les nuits sont encore fraîches, gardant précieusement ces brins de douceur avant que la canicule arrive. Ma mère est calme et je sens sa tête quand elle la pose sur mes épaules. Le voyage se fait facilement, ma Cannelle étant heureuse de sortir la nuit et de pouvoir courir les poumons remplis de fraîcheur. En approchant de l'habitation, je vois qu'il y a un événement. Plusieurs personnes se promènent. J'aperçois bien les formes et je les entends, quelques paroles s'évadant sous la lumière cristalline.

— Va vers la forge, ordonne ma mère.

Je ne comprends pas comment elle sait qu'il y a une forge et encore moins où elle se trouve. Je ne sais pas à quelle occasion Philomène aurait visité la Coulée Croche. Mais ce n'est qu'un autre détail invraisemblable dans cette nuit qui est brûlée dans mon souvenir.

On arrive devant la forge et ma mère glisse du cheval, tenant le sac avec la poule entre ses deux mains. Marie Agélas vient la rejoindre. Je suis étonné par sa tenue. Elle est habillée en blanc, chemise blanche, jupe blanche et tignon blanc enveloppant sa tête. Tous les gens qui l'accompagnent sont vêtus en blanc. Il y a une douzaine de personnes, hommes et femmes, habillés des pieds à la tête en blanc. Les femmes portent toutes un tignon. Tous sont pieds nus.

Marie Agélas prend le sac de ma mère et repart vers la forge. Le creuset est allumé, la braise jetant des ombres sur le mur. Gabriel Strauss, les mains enfoncées dans ses énormes gants, frappe l'enclume avec son marteau. À ses côtés sont ses voisins, Hamp et Balin, tanguant derrière lui. Habillé en blanc, son tablier noir sur le ventre, il chante doucement « Tchango, Thango ». À ses pieds sont trois tambours ronds, de tailles différentes. Les têtes des tambours sont pointées vers le creuset, les peaux prenant de la chaleur. On passe derrière lui, et il ne semble pas nous voir, le tintement de son marteau sur l'enclume remplissant la forge avec sa sonnerie éthérée. « Tchango, Thango », il répète dans un rythme lancinant.

On accède à l'arrière-cour. Il y a une clairière et un feu qui brûle au milieu. Tranquillement, les gens s'approchent, l'entourant de tous les bords. Je suis mal à l'aise. L'odeur est forte, une odeur de sueur mélangée à des herbes, de la menthe, de l'origan. Gabriel Strauss, Hamp et Balin sortent de la forge, chacun portant un tambour. Ils se placent autour du feu, sur trois tabourets, les tambours entre les genoux.

Le silence est cassé par les cigales qui chantent à la lumière de la lune, un son éblouissant, comme si les arbres se frottaient entre eux. Marie Agélas arrive, le sac dans une main et, dans l'autre, une bouteille remplie d'alcool. Elle prend une gorgée et crache dans le feu, l'alcool faisant sauter la flamme. Les gens sont autour, les femmes à l'avant. C'est à ce moment que je la vois. Mon cœur se fend, et les morceaux tombent à mes pieds comme des feuilles de chêne dans un ouragan. Je ne peux pas détacher mes yeux d'elle, sa silhouette fine, ses hanches amples qui ondulent en dessous de sa jupe comme dans une rivière de désir. Ses bras nus reflètent la lumière. Ses yeux en amande pétillent. Elle m'ignore comme si je n'existais pas.

— On appelle la mère Erzulie, commence Marie Agélas.

Elle crache de nouveau, et les flammes crépitent.

— On appelle la Vierge Farouche.

Encore elle crache.

— On appelle sainte Jeanne d'Arc.

Elle crache une quatrième fois.

— Venez les esprits, venez loas[40], venez nous offrir protection et sauvegarde, et on va danser pour vous.

Soudain, Gabriel Strauss, Hamp et Balin commencent à taper sur les tambours, et les gens se mettent à gesticuler. Doucement, d'abord les épaules, ensuite les hanches et finalement les pieds, se contorsionnant dans des mouvements à la fois élégants et sauvages.

Le rythme des tambours s'intensifie. Ma mère et moi restons au bord du cercle, fascinés par cette danse endiablée. Ma mère me prend par la main. Elle tremble. Les tambours sonnent de plus en plus fort et la danse devient de plus en plus frénétique, les pieds, les genoux, les mains, les bras, les coudes possédés par le rythme. Tout se passe dans un vortex d'extase. Je ne peux pas enlever mes yeux de cette femme qui a arraché mon cœur et qui, maintenant, m'ignore, comme si j'étais la plus basse des bêtes de la Terre.

Marie Agélas sort la poule, la tenant par les pattes. Dans sa main droite, elle tient un couteau de canne. Avec un mouvement rapide et brutal, elle tranche la tête. Le sang gicle partout. Marie Agélas tient toujours la poule par les pattes, aspergeant le feu du sang, la secouant jusqu'à ce que le corps cesse de frémir. Les tambours battent férocement et les danseurs gesticulent dans un maelstrom de furie. Ils sautent dans les airs, poussant des cris, et plusieurs se roulent à terre, possédés par je ne sais quel esprit. Ma mère me colle, son bras autour de ma taille. Je sens ses tremblements.

---

40. Esprits.

Je n'ai su ce qui s'est passé ensuite que bien après, quand la danse s'est calmée, que le feu s'est éteint et que j'ai retrouvé mes esprits. Je pensais qu'on m'avait frappé avec un bâton tellement le coup était fort, mais apparemment, ce n'était que son poing. L'autre André Boudreaux est venu par-derrière comme le lâche qu'il est pour me frapper sur la tête. En tombant, j'ai senti qu'il me rouait de coups. J'ai entendu ma mère crier. Mon oncle Thomas a retenu son fils, le poussant, lui donnant des coups de pied. Autrement, je pense qu'il m'aurait tué. À travers ma vision floue, j'ai vu Thomas serrer l'autre André Boudreaux autour des épaules et le tirer au loin, vers la forge.

Je ne sais pas combien de temps je suis resté à terre. Je suis revenu de loin, ma mère et Marie Agélas penchées sur moi. Elles me frottent le front avec un linge mouillé. Il est frais et sent la menthe. Finalement, je me lève. Le feu n'est que cendres. Les danseurs, les tambours, tous ont disparu. Dans ma confusion, je me demande ce qui s'est passé et si tout n'est pas qu'un rêve. Ma belle Créole a disparu dans la boucane.

La seule preuve qui reste de la soirée est la bouteille que tient ma mère, dans laquelle se trouvent les deux pattes de la poule et un bout de tissu de la taie d'oreiller des frères Blanc. L'habitation est tranquille. Tout le monde s'est évanoui dans la nuit, la lumière de la lune rendant la tranquillité encore plus étrange.

Je retrouve mes jambes, et ma mère et moi montons sur ma Cannelle. Je la garde au pas tout au long. Ma tête me fait trop mal pour que je la laisse courir. Quand on arrive devant chez Drozin, c'est le milieu de la nuit. Ma mère me fait arrêter.

— André, va chercher une pelle, elle me dit.

Elle reste avec ma Cannelle, lui frottant le museau pour la garder tranquille. Faisant bien attention de ne faire aucun bruit, je vais dans la cabane des Français, où sont stockés les outils. Ensuite, devant la maison, ma mère m'ordonne de creuser un trou en dessous des branches du chêne vert. Je creuse un petit trou. Philomène me dit quand il faut arrêter. Elle place la bouteille contenant les pattes de poule et le bout de tissu à l'envers dans le trou, le bouchon pointé vers le bas. Avec ses mains, elle remplit le trou, tâtant la terre pour qu'il ne soit plus visible.

— Au nom de la Vierge Farouche, elle dit, revenez-y.

Elle fait le signe de la croix et se lève, frottant ses mains contre ses cuisses pour les nettoyer. Je vais ranger la pelle dans la cabane et on part sur le dernier mile de ce trajet. Quand on arrive chez nous, les premiers rayons du soleil éclaircissent l'horizon.

— Merci André, me dit ma mère.

Elle m'embrasse sur la joue.

— Je sais que tu seras toujours là pour moi.

Je l'observe s'éloigner. On dirait un garçon. Elle entre par la porte de la cuisine et la ferme doucement. Mon père l'attend. Je les entends parler, mais je ne sais pas ce qu'ils disent. Je me lave le visage dans le bac après avoir dessellé ma Cannelle. Je suis trop fatigué pour la brosser, mais je lui donne une poignée d'avoine. Augustin est dans sa stalle et nous regarde avec ses grands yeux. Je me couche et je dors jusqu'à midi.

Cinquième partie

25

Ernest Blanc, printemps 1883

L'aspect fondamental de la vie est la vérité, ou plutôt la perception de la vérité. La plupart des gens mentent constamment et la plupart se mentent à eux-mêmes. Depuis un très jeune âge, j'ai choisi de ne pas mentir, à personne et surtout pas à moi-même. Ce qui suit est la relation de ma vie ainsi que celle de mon frère depuis notre jeunesse jusqu'à la veille de notre démise imminente.

Nous eûmes un début de vie assez mouvementé. Élevés à Belleville au 59, rue des Couronnes, par une mère dévouée mais dépassée par une vie à éduquer seule deux mômes sans mari, notre quotidien était assez rude. Je suis né en 1858 et mon frère Alexis, l'année suivante. Je n'ai pas de souvenir précis de ces premières années, à part qu'il faisait souvent froid et que nous ne mangions pas chaque jour à notre faim. Mais il y avait toujours de la soupe et un bout de pain, bien que la soupe fût souvent assez claire et le pain parfois rassis. Cependant, la vie était plutôt agréable. Les chagrins nous sont tombés dessus un peu plus tard.

Nous habitions un immeuble modeste au cinquième étage. Ma mère disparaissait très tôt le matin, nous laissant tranquilles pendant la journée. J'ignore où elle partait et encore plus ce qu'elle faisait, mais elle était de retour en fin d'après-midi et apportait toujours quelque chose pour le souper.

Pendant la journée, mon frère est moi nous promenions dans le quartier, surtout dans le parc. Nous nous amusions à choquer les dames prudes que nous trouvions sur notre chemin et parfois à quémander. Je faisais jouer mon frère à l'imbécile ou à l'estropié, ce qui marchait toujours. Avec les quelques ronds que nous ramassions, nous achetions un bout de jambon blanc chez le boucher, et à l'occasion même un croissant au chocolat chez le boulanger. Nous apportions les fruits de notre labeur à notre domicile, rue des Couronnes. Ma mère ne nous demanda jamais où nous avions trouvé les petits trucs que nous apportions. Elle était trop contente de pouvoir améliorer nos repas modestes. Elle nous serrait dans ses bras très fort en nous appelant ses « hommes braves ». Nous couchions tous les trois sur un matelas posé à même le sol. Sinon, il n'y avait qu'une petite table avec trois chaises, dont une était complètement bancale, et une vieille armoire en bois foncé dans laquelle se trouvaient nos vêtements. Il y avait un bassin pour se laver et un pot à eau qu'il fallait remplir à la fontaine au bord du parc. À partir d'un certain âge, la responsabilité d'aller chercher de l'eau nous a été attribuée. Malgré notre situation assez humble, nous étions heureux tous les trois. Tout cela changea un jour de février. Il faisait un froid glacial sous un ciel gris de plomb. Je vais toujours m'en souvenir, car ce jour-là, nous fûmes plongés, Alexis et moi, dans un tourbillon de malheurs, qui a fini par nous conduire derrière les barreaux de cette prison pourrie, en attendant l'ultime rendez-vous sur la potence, entourés de rustres imbéciles qui n'ont aucune idée de qui nous sommes et encore moins d'où nous venons.

Notre mère était à l'extérieur quand on vint frapper à la porte. Alexis et moi étions à l'appartement. Effrayés par l'arrivée d'un inconnu, nous nous tûmes. Nous n'avions jamais eu de visiteur chez nous auparavant, ni pendant que ma mère était présente, ni pendant ses absences. On persistait à cogner et, pensant qu'il s'agissait d'un émissaire de notre mère, ou qu'on apportait de ses nouvelles, nous ouvrîmes. Devant nous se tenaient trois personnes, deux messieurs et une dame. Les messieurs étaient de noir vêtus, âgés, un portait une barbe blanche et un chapeau melon, et l'autre, je ne me souviens plus. La dame était habillée en bonne sœur, avec une longue robe grise et, sur la tête, une coiffe blanche avec des ailes.

Avec une voix d'outre-tombe, le monsieur avec la barbe nous demanda :

— Ernest et Alexis Blanc ?

Nous restâmes figés, sans pouvoir répondre.

— Prenez vos affaires et suivez-nous.

La bonne sœur entra dans notre logement et commença à fouiller dans nos affaires. Elle prit plusieurs de nos habits, qu'elle entassa pêle-mêle dans un sac. Ainsi commença notre calvaire. Les messieurs nous prirent par les mains et, avec la bonne sœur à la traîne, nous descendîmes l'escalier de notre immeuble pour la dernière fois. Dans la rue, un cabriolet nous attendait et, une fois montés à bord, nous traversâmes Paris, empruntant l'avenue des Champs-Élysées. Nous arrivâmes à Neuilly dans l'heure suivante, devant les portes d'un orphelinat dit de la Miséricorde. Mon frère et moi fûmes installés dans un dortoir où se trouvaient une douzaine de jeunes garçons, tous de notre âge. J'avais onze ans et mon frère en avait dix. Nous fûmes les plus malheureux de la Terre, nous ennuyant épouvantablement de notre chère mère que nous ne reverrions jamais. Pauvre mère, qu'elle a dû souffrir. Nous étions désormais seuls au monde, orphelins, sans un seul parent pour nous recueillir.

Nous restâmes à la Miséricorde pendant six mois. Les journées étaient d'une tourmente déchirante. On venait nous chercher à cinq heures du matin et nous commencions une toilette hâtive, car il n'y avait pas de bassins pour tout le monde. Nous devions nous préparer pour assister à la messe. Les religieuses, qui, je l'ai appris plus tard, étaient des sœurs grises, découvrirent que mon frère et moi n'avions pas fait notre première communion. Commencèrent alors des leçons de catéchisme qui nous accablaient. Nous dûmes tout apprendre sur le Père et le Fils et le Saint-Esprit.

Après la messe, on nous servait le petit déjeuner, un bol de lait et un bout de pain. Par la suite, nous assistions à des cours de français, de mathématiques et encore de religion. La seule bonne chose qui est ressortie de notre séjour à la Miséricorde est le fait qu'Alexis et moi avons appris à lire et à écrire, chose qui nous a servi durant notre courte vie. Après quelques heures de cours, nous étions emmenés dans la cour extérieure pour une période de récréation. La cour était entourée de quatre murs de pierre grise et ressemblait à une prison plus qu'à autre chose. Ensuite, à midi, on nous servait le repas, avant de retourner en classe.

La journée se terminait à dix-sept heures, quand nous étions conduits à la cantine pour le repas du soir, composé le plus souvent d'une soupe sans saveur. Nous ne mangions pas mieux que chez nous, à Belleville, d'autant plus que nous étions séparés de notre chère maman. Vers dix-huit heures, nous retournions à la chapelle où les bonnes sœurs chantaient les vêpres. Alexis et moi devions aller en classe pendant une heure encore, pour rattraper notre retard d'enseignement religieux, après quoi il nous était permis de rejoindre le dortoir.

Tous les jours se déroulaient comme ça, sauf le dimanche. Nous fîmes notre première communion un mois après notre arrivée à la Miséricorde. Pendant la messe dominicale, on nous donna deux énormes chandelles que nous dûmes tenir dans la main droite. La mère supérieure nous mit à chacun un chapelet blanc autour du cou, et nous fûmes les premiers à recevoir la communion. Je me souviens surtout de l'assiette en argent que tenait l'enfant de chœur par précaution, au cas où l'hostie serait tombée. Je ne ressentis aucune émotion particulière et ma première communion se passa sans révélation.

Six mois après notre arrivée à la Miséricorde, nous fûmes convoqués dans la cour de récréation. Nous étions tous rassemblés, une vingtaine de garçons, chétifs, les têtes rasées, tels des bagnards. Nous dûmes nous tenir en ligne. La mère supérieure, qui s'appelait sœur Marie Marguerite, nous incita à sourire et à avoir l'air joyeux, chose impossible dans mon cas. Par la porte du bureau du couvent arrivèrent plusieurs personnes, la plupart en couple, des hommes et des femmes assez bien habillés. Ils s'arrêtèrent devant nous et commencèrent à nous parler, nous demandant nos noms, nos sujets préférés, etc. C'étaient des gens venus pour l'adoption en perspective, et nous étions, les pauvres garçons, étalés comme du bétail. Contre toute attente, Alexis et moi fûmes convoqués au bureau de la mère supérieure une semaine plus tard. La petite pièce aux murs clairs était dégarnie de tout objet, mis à part le bureau derrière lequel la religieuse était assise et un crucifix fixé au mur au-dessus de sa tête.

Il y avait un couple, qui devait avoir pris part à la rencontre récente, mais dont je n'avais pas le souvenir. La mère supérieure, qui avait le visage tel celui d'un rapace, avec son nez pointu et une verrue sur le menton d'où poussait un long poil, nous les présenta :

— Ernest, Alexis...

Elle fit une pause pour l'effet.

— Je vous présente M. et Mme de la Condrière. Ce sont vos nouveaux parents.

Alexis et moi fûmes tous deux estomaqués. Ils avaient l'air gentils, mais nous ne comprenions guère ce qui était en train de nous arriver. Le monsieur était bien habillé, en costume gris. Son visage était caché dans une forêt de barbe, de grands favoris se terminant comme une cascade en moustache, son menton dégarni. La dame était vêtue d'une robe beige avec des plis autour des hanches et des perles entrelacées dans le tissu à la poitrine, et d'un grand chapeau d'où sortaient plusieurs plumes. Ils nous accompagnèrent au dortoir pour chercher nos affaires, la dame tentant de nous aider. Tout se déroula en silence. La mère supérieure nous attendit à la porte du couvent. Elle nous serra la main.

— Que Dieu vous bénisse, elle dit.

Nous montâmes dans le cabriolet avec nos nouveaux parents. Le couvent n'était pas très loin de la rue de la Pompe et le voyage vers notre nouvelle demeure ne prit guère de temps. Nous commençâmes notre nouvelle vie dans un hôtel particulier, tout près du bois de Boulogne, une grande maison blanche avec un portail de colonnes grecques et un jardin.

Je me suis toujours demandé si nos nouveaux parents, M. et Mme de la Condrière, souhaitaient des enfants ou plutôt des serviteurs ou même des animaux de compagnie. Alexis et moi fûmes bien traités, mais le régime de la maison était assez sévère. Notre nouveau père avait une discipline militaire. Il était banquier et gérait la vie comme un livre de comptes, maintenu avec rigueur. Alexis et moi devions accomplir plusieurs tâches ménagères.

M. de la Condrière croyait beaucoup à l'exercice physique. Tous les matins, avec une régularité qui faisait concurrence à l'horloge de parquet qui veillait à l'entrée de la maison, notre père nous réveillait promptement à six heures pour commencer nos exercices. L'horloge en question était ornée d'une face en laiton, encadrée de bois de cerisier, son reflet brillant sur le plancher de marbre blanc, qui était nettoyé à la serpillière tous les jours. Il y avait deux domestiques, Pierre et Marie. Celle-ci s'occupait du ménage de la maison, ce qui était une grande tâche étant donné les deux étages. Son mari servait à la fois de jardinier et de cocher. Ils étaient logés au-dessus de l'étable avec ses deux stalles et les deux chevaux noirs.

M. de la Condrière nous demanda de l'appeler « monsieur », et non « papa ». Ce qui nous arrangeait, car nous n'avions aucun amour pour lui, ni pour sa femme. À précisément six heures du soir, le dîner était servi par Micheline, une charmante jeune femme bretonne, qui habitait ailleurs mais qui se présentait chaque matin pour préparer les repas et aider Marie pour le ménage, comme nous d'ailleurs. Tous les matins, notre père nous fournissait une liste de tâches à accomplir, et gare à nous si elles n'étaient pas terminées à temps. Nos après-midi étaient passés en compagnie d'un tuteur privé qui nous enseignait les bases de l'écriture et de la mathématique, le maître Savoy.

C'était un petit homme maigre et effacé, qui arrivait après le déjeuner avec plusieurs livres sous le bras, un chapeau haut de forme usé sur le bord, un costume brun, toujours le même, une cravate, soit rouge soit bleue, et un col amidonné taché de jaune autour du cou. Il s'emmerdait avec nous, car il était évident qu'il était là pour veiller sur nous et non pas pour nous éduquer, pour que nos parents puissent prétendre qu'ils s'occupaient de l'éducation de leurs fils. Ce que M. de la Condrière imaginait de notre avenir restera un mystère. Il ne nous en a jamais parlé. Il nous voyait comptables ou caissiers de banque, probablement.

M. de la Condrière était partisan de la punition corporelle. Alexis et moi goûtâmes la piqûre de sa ceinture sur nos fesses d'une façon assez systématique. Nous devions nous présenter au dîner exactement à l'heure prévue. Un retard était sujet à une punition, l'importance du retard déterminant le nombre de coups. Le châtiment le plus sévère était réservé à l'échec des tâches prescrites, ce qui pouvait s'élever à plus d'une dizaine de coups. La punition était administrée dans le petit bureau de M. de la Condrière, qui se trouvait à côté de la cuisine. Nous devions le suivre dans la pièce, synonyme pour nous de torture. Il fermait la porte en enlevant sa ceinture, un serpent de cuir noir avec sa boucle en argent sur laquelle était sculptée une corne d'abondance. Je la vis suffisamment de fois pour pouvoir la dessiner avec exactitude.

Il nous expliquait, d'une voix faussement calme, la raison de la fessée et finissait en disant : « Ceci me fait autant de mal qu'à vous » ou une connerie de ce genre. Il s'appliquait avec assez de vigueur. Alexis et moi, les deux, nous retenions nos larmes pour ne jamais donner à ce vieux sadique le plaisir de penser qu'il nous faisait vraiment mal, ce qui l'enrageait davantage et nous valait des coups supplémentaires.

Une fois la sanction infligée, il ouvrait la porte et nous retournions tous à la salle à manger. Il y avait toujours une nappe fraîche sur la table et un bouquet de fleurs de saison. La lumière des deux chandeliers, chacun à sept branches, se reflétait dans l'argenterie. Souvent, des invités étaient déjà installés à table quand nous revenions. Les de la Condrière aimaient beaucoup recevoir. Les invités les plus fréquents étaient Louis Veuillot et sa femme. C'était une espèce de pompeux, les cheveux grisonnants soigneusement coiffés, avec des moustaches blanches et une barbichette. Il râlait contre le gallicisme et la France républicaine, mais le plus gros de son vitriol était réservé aux caricaturistes qui osaient se moquer de l'impératrice Eugénie et du pape Pie IX. « Un sacrilège, ce ne sont que des prostitués, et une atteinte à la morale publique. Ils doivent subir les châtiments les plus sévères pour avoir ridiculisé le pape », déclarait Veuillot. À ce dernier, il vouait une fidélité qui allait jusqu'à la dernière goutte de son sang.

Nous étions obligés d'écouter ce vieux sac de vent vomir toutes ses conneries avec sa femme à ses côtés, une espèce de souris nantie d'une petite bouche qui mâchait tel un rongeur. Elle portait des robes décolletées qui ne révélaient rien, mis à part sa laideur. Veuillot était un client important de M. de la Condrière, et donc il avait tout intérêt à lui lécher les bottines, mais le pire était qu'il croyait à tout ce qu'il disait. M. et Mme de la Condrière montraient leur approbation avec des grognements et des coups de tête. Alexis et moi devions prétendre que cette conversation de catholiques pourris nous intéressait passionnément, le plus souvent avec les fesses qui nous brûlaient encore.

Au fil des années, Alexis et moi trouvâmes plus de liberté. Nous finançâmes nos excursions en dérobant de l'argenterie du coffre qui se trouvait sur le vaisselier de la cuisine. Il y en avait tellement que jamais on n'allait remarquer l'absence de quelques cuillères à soupe. Si Marie ou Micheline s'en étaient rendu compte, elles n'auraient jamais osé en parler, de peur d'être accusées du vol elles-mêmes. Nous trouvâmes un prêteur sur gages près de la gare de Boulainvilliers où les fils des riches du 16e venaient pour financer leurs escapades secrètes ou l'achat de drogues. Ce qui nous permit de nous offrir quelques friandises.

Un beau jour, en nous promenant dans le bois de Boulogne, nous tombâmes sur un spectacle donné dans un grand chapiteau dressé en plein milieu du parc, qui allait changer notre vie.

C'était le Wild West Show de Buffalo Bill Cody, le plus célèbre des cowboys américains. Nous y allâmes pour la première fois avec nos parents pour la prestation du samedi.

Assis sous cet énorme chapiteau, où il faisait une chaleur dégoulinante, nous fûmes propulsés dans un monde de rêve. Le spectacle commença avec une bande de sauvages, torses nus, qui firent leur entrée avec des cris de guerre, tirant leurs armes en l'air. Mon sang bouillit dès la première seconde. Les Indiens se retirèrent, laissant derrière eux un public bouleversé par l'émotion. Aussitôt qu'ils furent partis, le grand chef pénétra sous le chapiteau, Buffalo Bill Cody lui-même. Resplendissant sur son cheval blanc, tout de blanc vêtu, le feu des lampes scintillant sur les perles de sa chemise, portant des gants de cuir brodés avec de grandes franges, il enleva son chapeau, découvrant ainsi ses longs cheveux bouclés. Avec un cri de joie, il partit au galop, faisant le tour de l'anneau à toute vitesse, le dynamisme et l'aventure de la frontière américaine dans chaque geste. Il sortit ses deux pistolets et tira sur une cible posée à l'entrée, la fracassant à coup sûr à chaque tir. La foule était en délire, les gens debout applaudissant, hurlant d'extase. Buffalo Bill se posta au milieu du chapiteau et tira sa révérence, son cheval s'agenouillant pendant qu'il saluait la foule avec un geste théâtral, chapeau à la main. Le spectacle continua avec de plus en plus d'exploits : un cowboy faisant des merveilles au lasso, des tirs sur cible par une dame, Annie Oakley, visant par l'arrière, grâce à un miroir qu'elle tenait à la main. Il y eut une course de chariots couverts, chacun avec un attelage de quatre chevaux blancs, tournant autour de l'anneau à toute pompe, les conducteurs debout, fouettant la croupe des chevaux avec les guidons, poussant des cris sauvages. Des cowboys jetèrent à terre des bœufs en pleine course, se projetant sur leurs têtes au galop, poussant les bêtes à terre en les attrapant par leurs grandes cornes.

La finale était un simulacre de bataille entre les Indiens, torses nus et coiffés de plumes leur descendant jusqu'aux fesses, et les soldats américains tous habillés de bleu. Les Indiens tombèrent un par un, mais une fois le silence revenu sur la scène, soudainement ils sautèrent dans les airs et se mirent à chasser les soldats du chapiteau. L'ovation dura de longues minutes pendant que les comédiens reparaissaient pour un dernier salut. Les Indiens, les soldats, les cowboys, Annie Oakley et, enfin, Buffalo Bill Cody lui-même au milieu de sa troupe, sur son magnifique cheval blanc. Il fit un dernier tour de l'anneau, chapeau à la main, ses grands cheveux flottant au vent, un sourire radieux sur son visage. Ils partirent tous ensemble, poussant un grand cri. Le chapiteau était sous le choc, les gens stupéfiés, émerveillés.

— Pas mal, dit enfin M. de la Condrière.

— Je ne crois pas qu'une dame devrait faire partie de toute cette sauvagerie, répondit sa femme.

Alexis et moi étions secoués par ce spectacle incroyable. Nous retrouvâmes Pierre, qui nous attendait dans le cabriolet, et nous reprîmes le chemin de la maison. Tellement il y avait de voitures, il nous fallut un temps infini avant d'arriver rue de la Pompe. Je ne dormis pas de la nuit, trop agité par ce que je venais de voir. À six heures du matin, M. de la Condrière ouvrit la porte pour les exercices.

À la suite de cette soirée mémorable, Alexis et moi fûmes envoûtés par le Wild West Show et nous ne rêvions que d'y retourner. Nous conçûmes un plan que nous mîmes en place rapidement. Pensant qu'il serait d'accord pour participer à notre complot contre une somme d'argent suffisante, nous proposâmes à notre tuteur, maître Savoy, cinq francs pour dissimuler notre évasion. Il devait arriver comme d'habitude après le déjeuner et s'installer dans le salon. À ce moment, Alexis et moi pourrions nous esquiver. Maître Savoy devait faire la leçon comme si nous étions toujours présents. Si Marie, Micheline ou, par malchance, Mme de la Condrière entrait et avait la curiosité de demander où nous étions passés, Savoy devait expliquer que nous étions aux toilettes. Ce n'est jamais arrivé, et notre complot fonctionna sans heurt.

Alexis et moi avions donc trois heures de liberté, le temps que M. de la Condrière revienne de la banque. Nous en profitâmes très largement. Heureusement, l'emplacement du Wild West Show n'était pas loin, et avec un bon pas et parfois en courant, nous arrivions en une demi-heure, ce qui nous laissait deux heures à flâner sur place.

La première fois que nous y allâmes, nous pénétrâmes à l'intérieur du chapiteau vide. Ça donnait une tout autre impression, les bancs inoccupés, l'espace abandonné. Ça paraissait beaucoup plus grand sans la foule. Nous avançâmes vers l'ouverture d'où entraient les figurants et sortîmes de l'autre côté du chapiteau. Nous fûmes projetés dans un autre monde. Il y avait toutes sortes d'activités. Quelques cowboys s'occupaient des chevaux, mais plusieurs flânaient, certains jouaient aux cartes sur des bottes de foin. L'ambiance était détendue. Sans leurs costumes, il était impossible de distinguer les Indiens des cowboys. Alexis et moi marchâmes d'un pas lent, enchantés par tout ce que l'on voyait. Soudain, on s'adressa à nous.

— Vous cherchez du travail ? on nous demanda.

Nous nous tournâmes en direction de notre interlocuteur. C'était un petit homme barbu. Il portait un chapeau rond poussé vers l'arrière et une veste en cuir avec des franges. Ne sachant pas quoi répondre, Alexis et moi restâmes figés. Il nous regardait avec de grands yeux noirs, d'un regard perçant. Il était bâti comme un tonneau, avec un foulard autour du cou qui donnait l'impression que sa tête était posée directement sur ses épaules.

— Si vous cherchez du travail, il nous faut quelqu'un pour aider avec les chevaux, il nous dit.

— Oui, absolument, nous répondîmes.

C'est comme ça que nous fûmes engagés aux soins de l'écurie. Il s'agissait parfois de brosser les chevaux, de cirer les harnais et, la plupart du temps, de pelleter les crottes.

Chaque jour de la semaine, nous nous échappions de la rue de la Pompe et nous nous précipitions à travers le bois au chapiteau, nous faufilant jusqu'à l'écurie pour retrouver notre ami et suivre ses instructions. Il s'appelait Gabriel Dumont, et c'était le chef de l'équipe des Indiens, qui, nous l'apprîmes, n'étaient pas tous des Indiens, mais des métis comme lui.

Nous y passâmes un mois, soit tout le séjour du Wild West Show à Paris, travaillant à l'écurie avec les chevaux, séduits par cette troupe joyeuse qui semblait ne pas avoir un souci au monde. Un jour, nous rencontrâmes Buffalo Bill lui-même. Il marchait près de nous et Gabriel Dumont nous présenta. Buffalo Bill était gigantesque, et Alexis et moi arrivions à peine à la hauteur de ses épaules. Il nous sourit, nous parla en anglais, nous serra la main et s'en alla. Gabriel Dumont s'exprimait en français avec nous, un français cassé avec un accent pointu, mais nous parvenions à le comprendre.

Il nous raconta qu'il venait du Canada, d'un endroit appelé la Saskatchewan. Il nous parla de son chef, un dénommé Louis Riel, qui avait tenté de fonder une république mais qui avait fini pendu pour sa peine. Gabriel Dumont parlait durement des Canadiens, qu'il appelait les Orangistes. Nous ne comprenions que très peu de ce qu'il racontait, mais seulement l'entendre parler nous faisait rêver à l'Amérique. Miraculeusement, nos escapades ne furent jamais découvertes, c'est dire à quel point M. et Mme de la Condrière se préoccupaient peu de nous. Ce qui ne nous faisait ni chaud ni froid.

Quant à maître Savoy, il joua son rôle avec aplomb. Il prenait soin de fermer la porte du salon et faisait semblant de nous enseigner pendant trois heures. Si quelqu'un était passé dans le couloir, il aurait entendu maître Savoy nous instruire sur les nuances de la conjugaison du subjonctif, la philosophie de Protagoras ou l'utilisation de la racine carrée. Mais personne ne prit la peine de vérifier si nous étions avec lui. À l'heure prévue, il se levait et ouvrait la porte du salon. Silencieusement, il marchait vers le vestibule, passant devant l'horloge, ses talons claquant sur le marbre glissant. Prenant son haut-de-forme, ses livres sous le bras, il tournait la poignée de la porte en bois massif percée de vitres. Il la refermait derrière lui et descendait les marches. Une ou deux fois, nous l'avons croisé devant la porte grillagée donnant sur la rue, mais la plupart du temps, nous étions de retour avant qu'il soit parti tellement nous étions terrorisés à l'idée de nous faire attraper et de subir le châtiment de M. de la Condrière.

Un jour, nous arrivâmes au parc du bois de Boulogne pour constater avec beaucoup de peine qu'on démontait le chapiteau. Il y avait énormément d'activité. On chargeait les chevaux et les bœufs à l'intérieur de longues caravanes. Les roulottes qui servaient de logements à la troupe étaient attachées aux attelages. La scène était tel un essaim d'abeilles, avec du va-et-vient constant. Nous finîmes par retrouver Gabriel Dumont.

— Voilà, mes amis, dit-il, sa voix étonnamment aiguë pour un homme aussi fort. C'est le temps des adieux. Un jour, vous allez nous visiter en Amérique. Venez me retrouver. Moi, je m'en vas à Batoche, en Saskatchewan. Mégueche[41].

Il nous prit à bras-le-corps et nous offrit un cadeau. C'était un petit livre à couverture jaune, la traduction française de l'histoire de Jesse James et de ses frères. L'ouvrage s'intitulait *Les James Boys*. Le Wild West Show partit vers Londres. La troupe et sa caravane de plusieurs douzaines de chariots couverts contenant chapiteau, bagages, chevaux, bœufs, coiffes à plumes, vestes en cuir, lassos, carabines et tout l'attirail quittèrent nos vies, laissant un vide. Nous fîmes le vœu de les retrouver pendant qu'ils serpentaient dans les rues de Neuilly, en route vers de nouveaux cieux.

La vie avait perdu beaucoup de son éclat après le départ de Gabriel Dumont et de la troupe. Tout était ennuyant : les tâches ménagères que nous devions accomplir pour éviter la fessée, les cours de maître Savoy dont nous nous souvenions peu et, surtout, la messe du dimanche. M. et Mme de la Condrière avaient leur banc à l'église Notre-Dame d'Auteuil, où nous passions nos dimanches dans un ennui accablant, avant de rentrer, rue de la Pompe, pour le déjeuner tout aussi ennuyant.

41. « Merci » en langue métisse de la prairie.

L'automne suivant, nos vies devinrent bien plus percutantes. Les Boches étaient aux portes de Paris. Nous ne sentions pas trop la pénurie, mais plus le siège durait et plus ça devenait pénible. Maître Savoy arrêta de venir et nos après-midi furent consacrés dorénavant à des tâches supplémentaires. Pour les fêtes de Noël, nous manquions de viande et un des chevaux de l'écurie y passa. Ainsi nous pûmes célébrer sans trop de privations. En janvier, par contre, les choses se gâtèrent. Pendant des semaines, les Boches bombardèrent la ville. Nuit et jour, on entendit les boulets exploser. Rien ne tomba trop près de chez nous, mais il y avait une drôle d'ambiance. M. de la Condrière cessa de travailler et resta à la maison toute la journée, nous rendant la vie encore plus difficile.

On souffrait plus de sa présence que de celle des Boches. Finalement, en mars, Paris capitula et les Allemands entrèrent dans la ville, défilant le long des Champs-Élysées. À partir de là, au moins, on trouva plus facilement à manger, mais cela ne dura pas longtemps. La situation était de plus en plus instable. Dans la maison de la rue de la Pompe, l'inquiétude était à son comble. Pierre et Marie disparurent un beau jour et la maison commença à perdre de son lustre. Mme de la Condrière, n'ayant jamais cuisiné de sa vie, était très mal préparée pour assumer la responsabilité de nous nourrir. Quant au ménage, la poussière et la crasse s'accumulèrent, le plancher en marbre de l'entrée devenant une patinoire à cause de la graisse. Alexis et moi, nous nous débrouillions et, finalement, nous prîmes les rênes. Il y avait de plus en plus d'inquiétude, car la Garde nationale, qui contrôlait Paris, était anticatholique, du moins, c'était ce que rapportaient nos parents.

Ils devinrent las, les yeux cernés, et on ne les voyait plus, excepté le matin pour le petit déjeuner, après lequel ils montaient dans leur chambre. L'angoisse était insupportable en mai quand ils apprirent l'assassinat de l'archevêque de Paris et de plusieurs prêtres. Le lendemain matin, à la suite de cette nouvelle, nos parents nous informèrent que nous devions faire nos bagages pour quitter Paris. Ce soir-là, à la tombée de la nuit, les mains tremblantes, nos parents descendirent l'escalier avec chacun une petite valise. Alexis et moi avions préparé quelques affaires, mais nous avions aussi élaboré un plan. M. de la Condrière nous obligea à l'aider à atteler le cabriolet. Il était distrait et ses mains tremblaient de plus en plus. N'ayant qu'un seul cheval à notre disposition, on dut prendre le cabriolet plutôt que la berline. Une fois que tout fut prêt, madame monta à bord. Il n'y avait que deux places, mais de toute façon, Alexis et moi étions déterminés à mettre notre plan à exécution. À la demande de M. de la Condrière, j'ouvris la grande porte donnant accès à la rue. À ce moment, Alexis et moi partîmes à courir. Nous prîmes la direction du bois de Boulogne. Jetant un œil par-dessus mon épaule, j'aperçus mes parents, tous deux bouche bée. Ce fut la dernière fois que nous les vîmes.

26

Paris était dans la tourmente, et partout on observait les évidences de cette mutilation de la ville et de ses habitants. Depuis des jours, on voyait la fumée des incendies. Montmartre brûlait, ainsi que les Tuileries, et depuis la veille, l'hôtel de ville. Alexis et moi courûmes vers le bois, mais saisis par une curiosité malsaine, nous tournâmes de bord et nous nous dirigeâmes vers le fleuve. On entendait au loin des coups de canon et les tirs répétés de mousquets. Étonnamment, il y avait peu de monde dans les rues. Longeant la rue du Ranelagh, nous traversâmes la Seine jusqu'à la rive gauche. Nous passâmes derrière l'École militaire, où nous entendîmes les premières escarmouches. Plongés au milieu du chaudron, nous nous sentions fébriles, nous collant l'un contre l'autre, nos pas mesurés. Il y avait de la casse partout. Ici et là, des personnes couraient. Derrière les portes, nous pouvions apercevoir des gens, leurs visages figés par l'effroi.

Plus nous avancions, plus l'ambiance devenait hostile. Nous longeâmes la rue de Babylone. C'est sur le boulevard Raspail que nous vîmes nos premières barricades. En plein milieu de la chaussée, il y avait une butte naufragée comme du bois flotté faite de pavés, de meubles, de poutres, de charrues, de roues et de toutes sortes de détritus. C'est là aussi que nous aperçûmes nos premiers cadavres, tordus par la mort, leurs membres contorsionnés dans les positions les plus bizarres, leurs bouches ouvertes poussant des cris silencieux. Il y avait une odeur étouffante de pourriture et de fumée mélangées. Tout à coup, un raz de marée humain, suscité par la frayeur, nous happa. Les communards firent une percée depuis l'île de la Cité et repoussèrent les soldats de l'armée, créant une vague de monde qui nous emporta. Alexis et moi courûmes parmi ce tourbillon, tentant de ne pas tomber, de peur de se faire piétiner. On dépassa l'église Saint-Sulpice, toujours poussés par cette foule en délire. Derrière nous, des coups de carabine retentirent. Je pensais que j'allais mourir. La mort ne me faisait pas peur, mais j'espérais ne pas mourir au milieu de tous ces gens sales et hors d'eux. Nous tentâmes d'emprunter les petites voies, la rue Palatine, la rue Garancière, mais elles étaient bourrées de gens entassés comme des bœufs à l'abattoir. Finalement, nous arrivâmes sur la place de l'Odéon, où enfin il y avait plus de calme. Nous nous y promenâmes, sans but précis. Il y avait beaucoup de va-et-vient autour du théâtre de l'Odéon.

Un monsieur en uniforme, ses manches déchirées, sans casque, sans arme, l'air exténué, nous parla.

— On sert à manger au théâtre si vous avez faim, il nous dit.

Effectivement, nous n'avions rien mangé depuis que nous avions quitté la rue de la Pompe, ayant traversé Paris au milieu de l'Armageddon. Nous allâmes en direction du théâtre, montant les marches pour franchir les portes qui étaient grandes ouvertes. La scène à l'intérieur était délirante. Il y avait des blessés partout, couchés pêle-mêle par terre.

La première fois que nous la vîmes, elle traversait le foyer du théâtre. Elle portait un tablier blanc, avec, au milieu de la poitrine, une croix rouge. Le tablier était taché de sang. Derrière elle, comme un troupeau de canetons, suivaient une douzaine de femmes, toutes avec le même tablier taché de la même façon. Il y avait autour d'elle une luminosité, une aura que seuls les êtres d'une grande force spirituelle peuvent dégager. Elle marchait dans cette lumière, détachée, une membrane la séparant du monde ordinaire. Une odeur de putréfaction et de merde mélangée de sang empestait les lieux. Nous entendions les grognements des blessés et des cris aigus, et, au loin, les hurlements de ceux qui se faisaient amputer, la scène du théâtre convertie en bloc opératoire pour nourrir les dieux de la guerre, leurs sacrifices empilés dans une colline de jambes et de bras dans la ruelle donnant sur le jardin du Luxembourg, qui deviendrait le repaire de tous les rongeurs de la rive gauche.

Parmi ce délire digne de l'enfer de Dante, Sarah Bernhardt se déplaçait avec une aisance surnaturelle. Elle jouait son plus grand rôle, où la tragédie n'était pas à recréer mais tout simplement à être vécue. Dans cette fissure où le quotidien était possédé par l'essence spirituelle, la tragédie remontait à la surface avec une pureté sans convention. En la voyant cette première fois, je sus instinctivement que je voulais, moi aussi, me comporter avec cette aisance et cette dignité qui obligent quiconque à reconnaître la suprématie de soi. Non simplement de me comporter de cette façon, mais surtout d'avoir le pouvoir irréfutable qui sert de fondation.

Elle s'arrêta devant nous, me fixant dans les yeux, ses cheveux bouclés tombant échevelés autour de son visage. Sur son front, des gouttes de sueur perlaient.

— Que faites-vous là ? elle demanda. Qu'est-ce que vous cherchez ?

De tous ses charmes, c'était sa voix qui était la plus séduisante. Une voix à la fois suave et violente. Une voix douce mais imprégnée d'une vigueur meurtrière. Cette voix était une rapière, jolie, fine, élégante mais tout aussi mortelle.

— On a besoin de vous sur la scène, elle commanda, et, se tournant vers une des femmes qui la suivaient, elle dit : Mathilde, allez les conduire aux chirurgiens.

Et comme une arrière-pensée, elle demanda :

— Quels sont vos noms ?

Nous nous présentâmes.

— Eh bien, Ernest et Alexis Blanc, suivez Mathilde.

Puis elle s'en alla, accompagnée par sa coterie. Le passage du groupe remua l'air, faisant remonter les odeurs méphitiques qui stagnaient autour de nous. Mathilde nous emmena sur la scène, où se déroulaient des choses atroces, le son des scies qui coupaient les membres des agonisants noyé par leurs cris. Nous passâmes l'après-midi à aider les chirurgiens : tenir les blessés pendant leur calvaire, pesant de toutes nos forces sur la table glissante de sang, appliquer des linges imbibés d'alcool sur la bouche des blessés, traîner les membres amputés de l'autre côté de la ruelle pour les jeter dans le parc, et toutes sortes de tâches dégoûtantes.

Personne ne nous a jamais offert à manger, et nous avions tous deux une faim terrible. Je faillis m'évanouir à plusieurs reprises. Je regardais Alexis. Il était blême, son visage couvert d'un voile de fatigue. Mais il tenait bon. Finalement, après des heures de cette besogne affreuse, nous fûmes libérés du service. C'était le changement d'équipe. De nouveaux chirurgiens arrivèrent, leur tablier d'un blanc éclatant. Les nôtres, dont je ne saurais jamais les noms, partirent, les épaules et les têtes alourdies par ce travail anémiant.

Alexis et moi suivîmes nos camarades vers les loges où se trouvaient des bassins d'eau, du savon, et, comme par miracle, des serviettes propres. Enfin, on nous donna à manger : une baguette et une tranche de jambon blanc. Nous nous jetâmes, Alexis et moi, comme des loups sur cette nourriture plutôt chétive.

Ça dura trois jours comme ça, les nuits et les jours mélangés dans un marasme sans issue. Nous ne savions jamais quelle heure il était. Nous prenions nos repas après des heures passées sur le bloc opératoire. Les seuls moments où nous avions la notion du temps étaient ceux où nous traversions la ruelle avec notre cargaison macabre pour la déposer sur le tas qui augmentait sans cesse. Il y avait de plus en plus de bêtes, de chats, de chiens et de rats, qui étaient de moins en moins peureux et qui devenaient quasiment menaçants. On nous demanda de creuser un trou pour enterrer les membres amputés. Mais nous n'avons jamais trouvé de pelle. L'odeur était de plus en plus nauséabonde. Des vautours finirent par se jeter sur ce qui était pour eux certainement un festin. Ils étaient perchés sur l'amoncellement, s'empiffrant, attaquant avec leurs becs dégoulinants toute autre créature qui osait s'approcher. Je ne sais pas ce qui s'est passé avec ce dépôt horrible, car la Commune fut écrasée le 28 mai, quelques jours seulement après l'assassinat de l'archevêque Darboy ayant provoqué la fuite de M. et Mme de la Condrière et nous donnant, à mon frère et moi, notre liberté.

Pendant ces trois jours à l'Odéon, nous ne sortîmes pas à l'extérieur, hormis pour accomplir notre besogne dégoûtante. Le reste du temps, nous assistions les chirurgiens ou nous dormions par terre dans le couloir des loges dans le sous-sol, une serviette nouée autour de la tête, ce qui était suffisamment efficace pour masquer la clarté, mais pas le bruit. Nous finîmes par occuper l'espace devant la loge de Sarah Bernhardt, et, parfois, elle nous adressait la parole. C'est ainsi qu'elle fit notre connaissance. Nous lui racontâmes un peu de notre histoire, mais seulement un peu. Elle apprit que nous étions orphelins, et, à partir de ce moment-là, elle devint tout autre avec nous, nous traitant avec une considération qui me rappelait notre chère maman.

Avec la tombée de la Commune et la prise du pouvoir par l'armée, nous fûmes enfin capables de sortir dehors. Les opérations cessèrent et les chirurgiens disparurent comme s'ils n'avaient jamais existé. Il restait à nettoyer le théâtre, et Alexis et moi fûmes engagés pour cette tâche. Pour l'instant, nous couchions dans la loge de Sarah Bernhardt, car elle avait disparu en même temps que les chirurgiens. Nous étions une équipe de plusieurs personnes, chargées de mettre un peu d'ordre et, surtout, d'essuyer la crasse du plancher, tâche qui se révéla impossible à accomplir. Finalement, les planches furent enlevées et remplacées par de nouvelles. Les portes restaient grandes ouvertes, permettant à la brise de pénétrer, donnant une sensation agréable de fraîcheur.

C'était le printemps à Paris. Pendant nos pauses, Alexis et moi marchions au jardin du Luxembourg, prenant soin d'éviter l'entrée qui menait à la charogne. Nous étions toujours logés au théâtre, et, une fois par jour, on arrivait avec une grande chaudière de soupe chaude, ce qui nous réconfortait considérablement. Cela ne faisait qu'une semaine que nous avions quitté M. et Mme de la Condrière et cette vie de tristesse. Nous étions bouleversés devant l'image de ce Paris délabré, avec les barricades encore dans les rues et les vestiges des combats meurtriers bien en évidence. Mais le soleil printanier brillait et les fleurs du jardin jetaient de la couleur vive pour alléger tout ce chagrin. Enfin, on entendait le chant des mésanges maintenant que les canons avaient cessé leurs hurlements. Alexis et moi étions heureux. Ne sachant pas ce que la vie nous réservait, nous avions la satisfaction que, quoi qu'il advînt, nous étions dans une meilleure situation que la semaine précédente. C'est à ce moment qu'apparut, soudainement, Sarah Bernhardt, en début de soirée. Elle était accompagnée par une dame que nous ne connaissions pas.

La comédienne était habillée en blanc, une robe à la mode, avec des fanfreluches qui pendaient de partout. Elle était sans chapeau, ses cheveux bouclés rassemblés en chignon. On aurait dit un ange.

— Avez-vous une place où rester ? elle demanda, sa voix ayant pris un caractère moins strident que d'habitude.

Alexis et moi ne répondîmes pas.

— Bien, vous allez venir avec moi. Prenez vos affaires.

Comprenant que nous n'avions pas d'effets personnels, elle éclata de rire.

À l'avant du théâtre, sur la place, une berline attendait. Nous montâmes et partîmes à travers Paris, gagnant la rive droite. J'étais mal à l'aise, car nous nous rapprochions de notre ancien quartier. Heureusement, nous prîmes le chemin vers le 17e, évitant ainsi de retourner près de la rue de la Pompe. En traversant la Seine, l'odeur de cendres était partout et on voyait clairement les décombres. Paris était encore en ruine, mais on se rendit compte de la progression du nettoyage, des équipes de soldats en train de démonter les barricades, rangeant les pavés de côté. Il y avait plusieurs feux au milieu des rues, leur fumée âcre montant comme des serpents de charbon dans le crépuscule.

Le trajet se passa en silence. Après plusieurs détours pour contourner les voies encore impraticables, on arriva enfin rue de Rome, où Alexis et moi allions commencer une nouvelle vie.

La vie sur la rue de Rome ressemblait beaucoup à celle que nous avions connue chez les de la Condrière, mais en plus exotique. Nous étions au service de la patronne. Mis à part le fait que nous étions de confession catholique, il y avait peu de choses qui nous unissaient à la Divine. Nous faisions partie du décor, comme le cercueil qui trônait en plein milieu du salon et dans lequel elle dormait uniquement pour les journalistes. Entre le léopard et les perroquets, Alexis et moi comptions parmi la ménagerie, sauf que nous n'avions pas le droit de chier sur le tapis oriental. Au contraire, nous devions nettoyer les crottes laissées par ces animaux mal domestiqués. En plus, nos tâches étaient aussi d'une nature plus intime. Entre ses nombreux amants, durant les creux de vague, selon une expression favorisée par la maison, Alexis et moi étions invités à la réchauffer. Un derrière et l'autre devant. Nous formions un ménage à trois qui devait perturber le sommeil des voisins tellement elle hurlait. On pouvait mieux comprendre ses affinités pour les animaux sauvages, car il y avait en elle une sauvagesse indomptée et indomptable. Cela se passait selon son gré et selon les fréquentations du moment.

Le seul inconvénient fut son fils, qui nous traitait comme des esclaves. Mais dans l'ensemble, ce fut un séjour assez agréable. Nous étions entretenus, habillés, bien traités et, surtout, logés d'une façon convenable et parfois jouissive. Nous faisions partie de la troupe et nous partîmes avec elle dans ses multiples tournées, portant les valises de la comédienne et lui servant son thé et, parfois, lors d'un creux, remplissant ses nuits avec de la chaleur humaine.

Elle était exigeante et intransigeante avec son entourage, mais avec une rigueur qu'elle appliquait aussi à elle-même. Alexis et moi avions travaillé comme des forcenés chez les de la Condrière, mais nous travaillâmes deux fois plus encore chez Sarah Bernhardt. Cependant, il y avait tellement de choses incroyables qui nous arrivaient, depuis l'épisode de la Commune, que nous n'eûmes jamais l'occasion de nous plaindre.

Tous les soirs, dès qu'elle posait le pied sur la scène, le soleil de son âme s'élevait et brillait d'une luminosité éblouissante. Malgré la fatigue des longs voyages et les douleurs dans les jambes qui l'affligeaient de plus en plus, une fois baignée dans le feu des éclairages, elle devenait autre, elle était transportée, habitée par un génie irrésistible et avec celui-ci elle envoûtait le monde, y compris Alexis et moi.

27

André Boudreaux, février 1883
Maison de Cour, paroisse de Vermillion

La lumière jaillissant des vastes fenêtres fait danser les grains de poussière dans un ballet éphémère. Il y a six grandes baies vitrées et la clarté tombe en six carrés, coupant la foule comme au couteau, laissant certaines personnes dans l'obscurité et d'autres dans un bain de lumière aveuglante. Il y a vingt-quatre bancs, comme à l'église, séparés en deux par l'allée du milieu, douze de chaque bord et une quarantaine de chaises, placées dans les allées. Toutes les places sont occupées depuis tôt ce matin. Les journalistes de La Nouvelle-Orléans sont assis dans le premier banc derrière la barrière, étant arrivés avant l'ouverture de l'audience pour s'assurer d'avoir une place. La salle est bourrée. Les gens sont entassés comme du bois cordé et ils sont plusieurs à se tenir debout le long des murs, cachant les lambris. L'encadrement des fenêtres est en acajou, donnant un aspect solennel à la pièce.

Sur son banc surélevé, Alcide Debaillon trône comme un pacha. Il semble perdu dans sa robe noire. Derrière son bureau, il flotte au-dessus du procès comme sur un nuage, avec sa petite tête entourée de cheveux blancs, ses lunettes pince-nez reflétant la lumière qui débaroule des fenêtres comme les chutes d'une rivière de montagne. La foule est bruyante, les gens placotent, le plafond du même bois d'acajou que les lambris et les encadrements réverbérant le son. Aux quatre coins du plafond, encastrés dans le moulage, quatre aigles américains surveillent.

Prenant son marteau en bois à la tête ronde, Debaillon frappe trois fois.

— Silence, il commande.

Les gens sont lents à obéir, et il doit frapper un autre coup, et un autre.

— Silence.

Exaspéré, il annonce :

— Si vous ne vous taisez pas, je vais ordonner au sergent de vider la salle.

Il continue à frapper et doucement, comme un poney ralentissant son pas après le galop, la salle se calme, et les gens se tournent enfin vers le juge.

— Monsieur l'avocat de l'État, dit Debaillon, avez-vous un témoin ?

— Oui, monsieur le juge, l'État appelle Camillio Raggio au banc des témoins.

Le valet de mon grand-père est au milieu du public. Il se lève lentement. Il semble plus petit que d'habitude. Habillé d'un complet gris rayé en laine, sa tête ronde perchée au-dessus de sa poitrine et de son ventre rond, il traverse la foule, les gens lui faisant de la place, et il marche dans l'allée. La porte de la barrière lui est ouverte par le sergent, Aristide Breaux, un grand homme mal rasé, ses gros bras pliés.

Caro Raggio s'approche timidement du banc des témoins. Il regarde le juge d'un œil inquiet en se plaçant à la barre.

Le greffier se présente devant lui, une bible en main. Il la tient devant Caro Raggio, qui place sa main gauche par-dessus, et lui fait signe de lever l'autre.

— Levez la main droite et répétez après moi, entonne le greffier. *I solemnly swear to tell the truth, the whole truth and nothing but the truth, so help me God.*

Voyant l'incompréhension dans les yeux noirs de l'Italien, il traduit.

— Je jure de dire la vérité, toute la vérité et rien que la vérité, et ainsi Dieu me vienne en aide.

Le greffier, un petit homme maigre avec des grandes moustaches cirées en pointe fine, semble se dire en lui-même : *Quand est-ce que ces ignorants vont apprendre l'anglais ?*

Le juge Debaillon se penche vers Caro Raggio.

— Vous pouvez vous asseoir, il lui dit.

L'avocat de l'État, M. Jacques Prudhomme, traverse le parquet. Sa table est posée devant la barre des témoins, séparée par un espace de dix pieds qui est éclairé par le soleil. La barre est dans l'ombre.

Jacques Prudhomme s'avance d'un air arrogant, ses pouces crochus dans les poches de son gilet. Il prend son temps. Il a peu d'expérience dans ce genre de procès. Personne n'en a dans les alentours, mais il fait semblant de détenir une grande expertise, croyant que les apparences comptent pour la moitié de la victoire, sinon plus.

Avant de commencer son interrogatoire, il scrute les membres du jury. Ils sont douze, des habitants à voir leurs visages basanés, brûlés par le soleil, leurs fronts blancs comme la neige. On a eu la plus grande misère à trouver douze hommes pour composer le jury. Le shérif Isaac Broussard a dû parcourir le pays d'un bout à l'autre pour les trouver. Pour s'assurer de leur présence, il a dû les emprisonner pendant plusieurs jours, car autrement, on n'aurait jamais pu tenir le procès. La nouvelle s'est vite répandue. À l'approche du shérif, la plupart des habitants se réfugiaient dans leur grange ou même dans le bois.

Pour un procès de cette envergure, soit une accusation de meurtre au premier degré, on aurait normalement dû interroger les candidats pour s'assurer qu'ils n'avaient ni préjugé ni connaissance du crime. Mais comme personne dans le pays n'est ignorant du meurtre de Martin Begneaud, le juge Debaillon a pris les choses en main.

À huis clos, dans l'intimité de son bureau situé derrière le tribunal, une petite pièce toute en acajou avec une bibliothèque sur un mur et deux fenêtres qui ne donnent pas suffisamment de clarté pour enlever l'impression de noirceur, il a convoqué les deux avocats.

L'avocat de la défense est un jeune homme, Georges Thériot, récemment admis au barreau. Il ne souhaitait pas commencer sa carrière avec un procès de cette ampleur, mais s'est lancé avec cœur dans son travail. Il n'a pas trouvé d'arguments assez convaincants pour dissuader le juge de réunir un jury sans les conditions habituelles. Rien ne semble habituel dans cette affaire.

— Si on a besoin de trouver douze hommes sans connaissance du crime et sans opinion là-dessus, a dit Debaillon, on sera ici jusqu'à la fin des temps.

Déterminé à garder ce procès devant son tribunal, Debaillon a insisté pour qu'on procède dès qu'on aurait trouvé douze hommes pour composer le jury. Finalement, Thériot s'est rangé à son avis, se disant qu'il devait jouer le jeu qu'on lui avait donné.

Prudhomme commence son interrogatoire.

— Votre nom ? il demande.

— Camillio Raggio, mais tout le monde m'appelle Caro.

— Que faites-vous dans la vie, monsieur Raggio ?

— Je suis l'aide de camp du Colonel Drozin Boudreaux.

— Aide de camp, répond Prudhomme d'un ton moqueur, qu'est-ce que vous faites exactement ?

— Je suis son assistant, je l'aide dans tout.

— Et depuis combien de temps vous êtes au service du Colonel Boudreaux ?

— Depuis deux ans.

— Connaissez-vous les accusés ?

— Oui, bien sûr.

Prudhomme indique les deux frères Blanc. Ils sont assis au banc des accusés, leurs visages ne trahissant aucun sentiment. Ils regardent Caro Raggio fixement, leur avocat Thériot assis à leurs côtés.

— Vous les connaissez depuis combien de temps ?

— Je les connais depuis leur arrivée chez le Colonel Boudreaux, mais je les ai rencontrés il y a bien des années.

Ernest Blanc dévisage l'Italien. *Qu'est-ce qu'il raconte ?* semble-t-il se dire.

— Je les ai rencontrés à Paris en 1871.

Un silence profond submerge la salle. Le juge Debaillon se penche pour mieux entendre.

— J'ai accompagné Amilcare Cipriani à la Commune de Paris. Je suis son cousin, originaire, comme lui, d'Anzio. Nous avons le même âge. Ma mère était la sœur de son père. Je l'ai rejoint à Solférino en 1860 et je suis devenu son aide de camp. C'est comme ça que j'ai appris le métier. J'ai été avec Amilcare à la bataille d'Aspromonte quand Garibaldi a été blessé et capturé. Je l'ai suivi en Grèce et nous nous sommes battus dans la révolution contre le roi Otto. Comme lui, je faisais partie de la Première Internationale pour la défense des droits des ouvriers, et je suis fier de m'être toujours battu pour les idéaux socialistes. Quand nous avons appris la création de la Commune de Paris, nous sommes partis pour la France et c'est là que j'ai rencontré les accusés.

L'auditoire est envoûté par le petit Italien. Ses yeux noirs pétillent, la passion de son récit captive tous les spectateurs comme autant de bœufs encerclés, et même Debaillon n'ose pas l'interrompre.

Caro regarde le juge.

— Puis-je vous demander un verre d'eau, votre honneur ?

— Monsieur le greffier, apportez à boire au témoin, s'il vous plaît.

Caro Raggio prend le verre qui lui est tendu, avalant de grandes gorgées. Il regarde par les fenêtres et ses yeux prennent un aspect rêveur.

— Vous savez, il continue, la vie nous réserve des surprises. J'ai suivi mon cousin, convaincu qu'on faisait la chose juste, qu'on allait sauver l'humanité. Et que notre cause était la bonne. Mais tout peut s'effondrer en un instant. La vie peut, d'un seul coup, changer son allure. À travers l'Italie et la Grèce, j'ai suivi Amilcare, j'ai suivi Garibaldi, parce que j'étais convaincu que c'était la chose que je devais faire. Je ne croyais pas en Dieu, en tout cas pas dans le Dieu que vous connaissez. Je couchais à la belle étoile à même le sol, passant des semaines et des semaines dans les conditions les plus extrêmes. Je devais le faire. Je voulais le faire.

Il arrête et prend une autre gorgée d'eau, le verre toujours à la main.

— Quand on s'est battus contre le roi Otto, on était convaincus que le monde allait être meilleur et que tous nos sacrifices allaient servir à améliorer le sort des gens comme moi, des gens simples et sincères. Maintenant, je ne sais plus.

« On est allés à Paris parce que la Commune avait besoin de nous. De notre sueur, de nos bras, de notre sang. Mais quand je vois ce qui s'est passé et comment ça s'est passé, je ne sais pas si ç'a servi à quelque chose. C'est facile de partir en quête de la gloire, avec des grandes idées dans la tête. C'est facile mais une fois le pouvoir en place abattu, un autre pouvoir s'installe, et il n'y a rien qui assure que ça sera mieux, que les hommes et les femmes simples auront de meilleures vies.

Prudhomme, comme tout l'auditoire, est fasciné par le récit. Comme un conteur autour du feu de la vieille grotte de l'humanité, tenant la vérité entre ses mains, un pied dans le réel et l'autre dans le surnaturel, Caro Raggio poursuit son récit.

— J'avais trente-trois ans, l'âge du Christ quand il est tombé. Nous sommes arrivés à Paris, passant à travers les emplacements abandonnés par les Allemands, et nous sommes entrés par la porte d'Orléans, où les Parisiens avaient tant attendu l'arrivée de Gambetta, avant de voir tous leurs espoirs déçus. Dans la ville, le chaos régnait. On s'est infiltrés au cœur de la cité et nous avons été accueillis par les communards comme des amis. Amilcare et moi à ses côtés avons été reçus à l'hôtel de ville par Delescluze, commandeur de la Commune, lui-même, qui a sabré une bouteille de champagne en notre honneur. On était convaincus de la justesse de la cause, mais en un clin d'œil, tout peut changer.

« L'armée régulière est entrée dans Paris le 21 mai. Les fortifications de la ville ont été abandonnées au Point-du-Jour, et, aux petites heures du matin, soixante mille hommes sous le commandement de McMahon passent par la porte de Saint-Cloud et la porte de Versailles, arrivant de l'ouest. Et la bataille a commencé. Nous, les Italiens, étions stationnés autour de l'hôtel de ville en attendant les ordres, ordres qui ne sont jamais venus. En fait, nous étions libres de nos mouvements et, excepté un accueil enthousiaste, Amilcare n'a pas reçu d'ordres de la part des dirigeants. Ça, je le sais parce que j'ai toujours été à ses côtés.

« Ça a duré plusieurs jours, puis on a entendu l'armée approcher comme une grande bête féroce assoiffée de sang. Le matin du 22 mai, Delescluze a publié son appel aux citoyens, mais ce n'était pas suffisant. Pour chaque communard, on trouvait en face cinq soldats de l'armée, bien équipés et, surtout, bien dirigés.

« Aux petites heures du matin du 24 mai, on était toujours à l'hôtel de ville. Les blessés étaient couchés dans les couloirs. Beaucoup de communards, des gardes nationaux, ont abandonné leurs uniformes, se sont rasé la barbe et sont disparus dans la nuit. Mais nous, les hommes d'Amilcare Cipriani, sommes restés fidèles à la cause et résolus. Delescluze a ordonné le retrait de l'hôtel de ville et il a été mis à feu.

« À la levée du jour, on a vu les plumes de fumée qui saisissaient la ville comme autant de doigts diaboliques. La Garde nationale s'est effritée, les soldats abandonnant leurs armes et leurs uniformes. Nous avons traversé la Seine et on s'est installés dans le jardin du Luxembourg. Ça faisait trois nuits qu'on n'avait pas dormi. On était toujours là quand les soldats de l'armée sont arrivés en formation régulière et, malgré nos efforts, on a été obligés de battre en retraite.

« À la porte du jardin, au sud, donnant sur le boulevard Saint-Michel, le destin est intervenu. Soudain, j'ai senti une douleur cinglante à l'épaule gauche. J'ai reçu une balle. Je ne m'en suis pas rendu compte sur le coup et j'ai continué à retourner feu. Ma chemise était couverte de sang et je me suis effondré. La balle qui a passé à travers mon corps m'a sauvé la vie. C'est la dernière fois que j'ai vu mon cousin Amilcare. Il a été capturé et condamné à mort, mais il a été gracié puis envoyé en Nouvelle-Calédonie.

Moi, par contre, je me suis réveillé sur la table du bloc opératoire du théâtre de l'Odéon. On voulait m'amputer le bras, mais comme la balle n'a pas causé trop de dégâts, on m'a nettoyé la blessure et on m'a couché dans un couloir. C'est là que j'ai rencontré les deux accusés. Ils s'occupaient des blessés aux côtés de Sarah Bernhardt.

L'auditoire est stupéfait. Personne ne bouge. On n'entend rien, sauf une mouche qui vole autour de la tête du juge.

Finalement, Prudhomme continue son interrogatoire, curieux d'en apprendre plus sur l'histoire du petit Italien avant d'enchaîner avec les accusés. Caro Raggio essuie les perles de sueur qui décorent sa tête ronde, pliant son mouchoir. Ses yeux surveillent la foule, dont tous les regards se fixent sur lui.

— Comment êtes-vous arrivé chez le Colonel Boudreaux ? demande Prudhomme.

— Après que je suis sorti de l'Odéon, j'ai pu traverser Paris sans trop de souci. J'ai appris par la suite qu'il y avait des exécutions sommaires de communards, mais je me suis faufilé dans les rues, restant assez discret. Je portais une veste ordinaire, et j'arrivais à me confondre avec la foule des citoyens qui rôdaient dans tout Paris, perdus sous le choc de ce qui se passait. J'ai traversé la Seine. Il y avait un grand campement de l'armée au Champ-de-Mars, mais j'ai pu y passer sans attirer l'attention. Ne voulant pas rester à Paris, je me suis dirigé vers la porte de Versailles, où l'armée était toujours installée. J'ai évité les campements. Plus je m'éloignais de Paris, mieux je me sentais. Je voyais encore la fumée des feux qui brûlaient, mais plus je m'enfonçais dans la campagne, plus les bruits de la ville s'estompaient.

« Vers la fin de la journée, je suis arrivé à Versailles. La ville était encore délabrée, et le château montrait les signes de l'occupation des Allemands. J'ai marché toute la nuit, pensant que ce serait moins risqué. Je me souviens d'une petite pluie qui tombait, plutôt un brouillard. Je me sentais seul, et la solitude m'affligeait. Ça faisait des années que je vivais en compagnie de mes camarades, et de me trouver seul me bouleversait profondément. Je pensais que j'aurais été plus chanceux d'être tombé dans la bataille. Mais l'instinct de survie est fort et mon errance a été protégée par une main divine. Depuis que j'avais rejoint Amilcare, je ne pratiquais plus la religion de ma famille. Nous, les socialistes, on maudissait les prêtres et leur fanatisme. Nous, on croyait dans l'homme et dans le pouvoir communiste. Les communards ont été grandement motivés par un sentiment anticatholique dont j'étais solidaire. Mais sur la route, cette nuit-là, saint Antoine m'est apparu et il a guidé mes pas. Depuis cette nuit-là, je suis croyant, car sans la main de Dieu, je n'aurais jamais pu me retrouver.

« Dès que le soleil a lancé ses premiers rayons, je me suis caché dans un boisé et, malgré cette pluie fine qui continuait à tomber sur ce monde triste, j'ai dormi du sommeil des morts. Quand je me suis réveillé, il faisait déjà nuit. J'ai repris ma route sans trop savoir où j'allais, et au matin, je me suis trouvé en banlieue, à Rambouillet. Je suis entré dans la ville par l'avenue de Paris. Il y avait des gens dans la rue. Ils avaient l'air aussi confus que moi et j'ai évité leur regard, traversant l'avenue pour ne pas les croiser. J'ai rôdé dans la ville comme un loup égaré. Finalement, j'ai trouvé une petite église dans la rue de la Duchesse-d'Uzès. La porte ne tenait plus sur les charnières et l'intérieur semblait avoir été mis à sac. L'autel en marbre avait reçu des coups et le crucifix penchait, la tête du Christ disparue. Je me suis couché sur un banc et je me suis endormi.

« Je ne sais pas combien de temps j'ai dormi, mais le soleil était tombé quand on m'a réveillé, me secouant par l'épaule. L'homme qui m'a réveillé était le prêtre de l'église, mais on n'aurait pas pu le savoir. Il ne portait pas la soutane, mais un vieux costume noir. C'était un petit homme maigrichon, les quelques cheveux qui lui restaient posés sur les bords de sa tête osseuse, d'une façon hirsute. Il m'a invité à me joindre à lui pour partager un repas fait d'une soupe claire et de pain rassis. On a réchauffé la soupe sur un poêle ravitaillé au bois avec des pieds de chaise. Je ne sais pas depuis combien de jours je n'avais mangé et je me suis régalé, malgré mon appétit insatiable et le repas chétif. Mon sauveur s'appelait Paul, et on mangeait dans le presbytère lui aussi mis à sac, les fenêtres brisées, de la vitre cassée et des dégâts partout. L'église était dédiée à saint Antoine. En voyant ce pauvre homme, réduit à une condition abominable, partageant le peu qu'il avait à manger avec moi, j'ai été envahi par une lumière brillante et je me suis mis à trembler. J'ai entendu une voix divine, la voix de ma sainte mère, qui me disait d'accueillir l'amour de la Sainte Vierge Marie et de son fils, mort pour nous sauver. Je me suis effondré en larmes, transpercé par l'amour de la Vierge Marie, et depuis ce moment je dédie ma vie à l'Eucharistie et à mon protecteur saint Antoine de Padoue, qui m'a sauvé de mon errance.

Caro Raggio fait une pause, une larme au coin des yeux. Il est secoué d'émotion et l'audience le sent comme un seul cœur. Il regarde le plafond, prend une grande inspiration et continue.

— Moi et le père Paul avons mangé en silence, aucun n'étant avide d'en connaître trop sur l'histoire de l'autre. En échange de la nourriture, Paul m'a demandé de l'aider à reconstruire sa demeure, une cabane de fortune derrière l'église, dans ce qui était un rangement d'outils. Il avait peur de se loger dans le presbytère, bien qu'il y eût un lit à baldaquin et un matelas en plume d'oie, par crainte que les brigands soient de retour. J'ai traîné le matelas dans le cabanon, et cette nuit-là, nous avons couché tous deux dessus. J'ai été plongé dans un sommeil profond, malgré les ronflements du prêtre.

« Je suis resté avec Paul quelques jours, travaillant dans le cabanon et rangeant dans le presbytère, apportant un peu d'ordre dans le foutoir. De temps à autre, une personne, la plupart du temps une vieille dame, lui apportait de la nourriture, quelques légumes défraîchis surtout. Les gens arrivaient en cachette et ne restaient pas, déposant leurs offrandes avec des regards furtifs, disant peu ou rien. Un jour, on a reçu une vieille poule, ou plutôt un coq à voir la consistance de la chair. On s'est régalés comme des gamins. Paul a sorti une bouteille de vin. Quel plaisir ! Inspirés par le vin, on se racontait un peu. À cette époque, mon français était assez douteux, mais je réussissais à me faire comprendre. J'ai dit au prêtre tout simplement que je me trouvais à Paris lors de la Commune. Je ne voulais pas lui avouer que j'avais été un socialiste venu prêter main-forte aux communards. Je pense que ç'aurait mis une fin abrupte à mon séjour. Ce qui n'a pas duré plus longtemps de toute façon. Après une semaine où j'ai réussi à réparer le cabanon et à ranger un peu le presbytère, Paul m'a annoncé qu'il ne pouvait plus m'abriter. Ce qui était compréhensible. On manquait de nourriture et de la séparer en deux était courtiser la disette. Avec beaucoup de regret, je suis parti, faisant mes adieux au vieux prêtre avec qui je partageais une amitié sincère. Il m'a conseillé de me joindre à un groupe de gitans qui campait au bord de la voie ferrée, au bout de la rue Madame-de-Maintenon. J'ai trouvé le campement, mais je n'y ai passé qu'une nuit. C'était un campement de malfamés qui rôdaient jour et nuit, en quête d'occasions pour voler. Ils volaient n'importe quoi : de la nourriture autant que des habits et, si la chance leur souriait, des objets de valeur.

« Après ma première et seule nuit avec cette auguste compagnie, je me suis éloigné pour ne plus jamais y retourner, par crainte qu'on m'égorge dans la nuit.

« J'ai erré pendant des semaines, survivant comme je pouvais. Et Dieu dans sa miséricorde m'a envoyé ma sauvegarde.

« Je suis arrivé à Angers, où j'ai vécu un autre miracle. Durant cette période tumultueuse, malgré la turbulence qui rôdaillait à travers le pays, on inaugurait le Grand Théâtre d'Anger, temple de la culture et bastion de l'opéra. J'ai eu la grande fortune de me faire engager comme concierge et j'ai passé parmi les plus belles années de ma vie dans ce théâtre. J'ai vu *Daphnis et Chloé* d'Offenbach, *Deux hommes et une femme* de Gaetano Donizetti, *Alfred* d'Antonín Dvořák, et tant de pièces magnifiques. Je vibrais à chaque représentation. J'assistais à toutes les répétitions comme un enfant gâté, rempli de bonheur. Mais mon souvenir le plus frappant est le passage de Sarah Bernhardt. Elle jouait la reine Maria dans *Ruy Blas* de Victor Hugo. Quelle joie.

« Après le spectacle, je suis allé dans sa loge, tout simplement pour la remercier de m'avoir sauvé la vie pendant la Commune. Je l'ai trouvée entourée de sa troupe et je n'ai jamais pu l'approcher pour lui exprimer ma gratitude. C'est là que j'ai rencontré les deux frères pour la deuxième fois – et il indique les frères Blanc avec un signe de la tête. Je trouvais qu'ils se comportaient d'une façon bien trop familière en présence d'une si grande comédienne. Dès que je me suis présenté dans la loge, les deux ont foncé sur moi, me prenant par le bras, et m'ont poussé à l'extérieur de la pièce, claquant la porte derrière eux.

« Je suis resté à Angers deux ans. Mon français s'est amélioré considérablement et je me suis fiancé. J'avais rencontré une splendide femme, Mélina. Elle était costumière au théâtre, couturière aussi. Je suis tombé amoureux d'elle dès la première fois que je l'ai vue. C'était une artiste créative, et ses costumes étaient des chefs-d'œuvre. Après des mois de tourmente, j'ai finalement trouvé le courage de l'inviter. Ainsi ont commencé les plus beaux jours de ma vie. Nous étions amoureux tous les deux et l'avenir me semblait rempli de promesses.

« Mais la vie est éphémère et, soudain, tout mon bonheur s'est évaporé. En sortant du théâtre un soir de brume, Mélina a glissé sur les marches de l'entrée des artistes et est tombée sur la tête, frappant de plein fouet son visage. Effrayé, je l'ai emmenée à l'hôpital où nous avons passé une nuit d'horreur. Finalement, un chirurgien s'est présenté le lendemain matin. Le nez de Mélina avait été fracturé et on l'a arrangé aussi mal que bien. Une année horrible a suivi. Mélina était accablée par sa blessure et son si beau visage était changé pour toujours. Je suis resté auprès d'elle, me consacrant à sa convalescence, mais après une année de soins, elle m'a repoussé. Un jour, elle m'a dit que c'était fini entre nous et que je devais l'oublier.

« Vous qui avez connu la peine d'amour, le cœur cassé, vous pouvez comprendre mon désarroi. J'ai essayé de la revoir, lui apportant cadeaux après cadeaux, des fleurs, de la nourriture. Sa sœur est venue habiter avec elle et elle, Anna, me barrait la porte. Après des mois de torture, sachant que j'avais perdu ma seule raison de vivre, j'ai décidé de partir d'Angers. Y rester était devenu impossible. Un beau jour, avec le peu d'argent que j'avais économisé, j'ai quitté mon petit appartement et j'ai pris le train vers Nantes. J'ai trouvé du travail dans le port comme débardeur et comme ça j'ai été embauché comme cuisinier sur le navire *Henri de Navarre* et je suis parti en direction de New York, fuyant ma peine.

Caro Raggio s'arrête, regardant autour de lui, et boit une autre gorgée d'eau. Il vide le verre et le tend à Prudhomme, qui le prend pour le donner au greffier. La salle est silencieuse. On n'entend que les pas du greffier qui glissent sur le plancher et la mouche qui tourne toujours autour du juge.

L'avocat regarde les membres du jury, se gratte le nez et demande au témoin de continuer.

— J'ai travaillé quelques mois au port de New York, comme journalier. Je trouvais la vie difficile. J'habitais un logement sinistre près du port, sur la rue Cherry, pas loin du quai 35, fréquenté par des gens, comme moi, de passage. Tous les jours, ou le plus souvent possible, avant d'errer dans les rues en cherchant du travail, j'assistais à la messe à l'église de sainte Teresa, priant saint Antoine de me sauver. Grâce à Dieu, je suis un jour tombé sur un paquebot qui devait partir le lendemain vers La Nouvelle-Orléans, le *Queen Dixie*. Il transportait du coton, les cales remplies de balles pour le trajet vers New York, puis s'en retournait avec des marchandises manufacturées. Je voulais me faire embaucher à la cuisine, mais j'ai accepté une place de matelot, heureux de quitter enfin cet enfer.

« J'avais le cœur joyeux, même si j'avais un travail laborieux. J'ai été assigné à la salle des machines, et je devais pelleter le charbon dans les énormes fourneaux, un travail rude dans une chaleur épouvantable. Mais la nourriture était bonne et j'avais droit à la douche tous les trois jours. Je ne parlais à personne, allongé dans ma couchette la nuit, dormant avec mon oreiller autour de ma tête pour ne pas entendre les ronflements de mes voisins. Je ne pense pas que j'ai dit deux mots pendant tout le voyage.

« Un beau jour, on est arrivés dans le port de La Nouvelle-Orléans. On avait été conduits depuis la balise par des remorqueurs qui nous guidaient à travers les courants traîtres jusqu'au pied de la ville. Je me souviendrai toujours de la vision de cette ville aux couleurs vives qui surgissait de la jungle. On était en février, mais la végétation était luxuriante, le temps humide, le ciel lourd de nuages. Une fois qu'on a contourné le dernier méandre, La Nouvelle-Orléans est apparue devant nous à tribord. Je me sentais bien. Déjà, la chaleur de cette température tropicale me serrait dans ses bras suintants. Depuis que j'avais quitté l'Italie, je n'avais pas éprouvé un sentiment aussi agréable.

« En descendant du bateau, je me suis dirigé vers la cathédrale Saint-Louis qui se trouve sur la place Jackson, avec en plein milieu la statue équestre de celui qu'on appelle le sauveur de la ville. J'ai remercié saint Antoine et la Sainte Vierge de m'avoir conduit à bon port et, avec l'argent américain de ma paie, j'ai payé un cierge à un cent et j'ai repayé la dette que je devais depuis la France. Je traînais dans la ville, envoûté par ses couleurs et le vacarme qui tourbillonnait autour de moi. Il y avait beaucoup de Noirs, et j'ai été fasciné par leur dégaine, leurs mouvements agiles et sinueux. Les femmes étaient magnifiques, avec des grandes jupes et des rubans noués autour de leurs têtes. Pour combler mon bonheur, j'ai trouvé un restaurant italien sur la rue Saint-Charles, pas loin de la rue Canal. Je me suis régalé avec un plat de pâtes carbonara arrosé d'un bon vin. Et j'ai pu parler ma langue natale avec le propriétaire, le signor Casamento, originaire de la Sicile.

Caro Raggio fait une pause. Tous les yeux de la salle d'audience sont fixés sur lui. La mouche qui volait autour de la tête blanche du juge a disparu.

Il se racle la gorge et continue.

— On m'a offert une place de garçon de table que j'ai acceptée avec plaisir. Je portais un grand tablier noir et j'avais beaucoup de fierté à servir les clients. Mon seul problème, c'était de comprendre les clients qui me parlaient en anglais, mais autrement, c'était un travail agréable. On me nourrissait et on me logeait dans l'entrepôt qui se trouvait derrière la cuisine. J'avais passé quelques nuits sur la batture parmi les vagabonds qui s'y trouvaient, mais la compagnie des hommes rudes, avec ses engueulades et ses bagarres nocturnes, me fatiguait terriblement. C'est avec beaucoup de reconnaissance que j'ai accepté la proposition du signor Casamento, faite pour me dépanner plutôt que par besoin. La femme de Casamento, Emma, régnait aux fourneaux, une petite femme toute en rondeur et toujours habillée de noir, un torchon blanc autour de la tête et le sourire aux lèvres.

« J'aurais pu y rester longtemps, toute ma vie en fait, tellement je me sentais bien parmi ces gens sympathiques, mais le destin voulait que je poursuive ma route. Un jour, un des clients m'a informé que le Morgan and Louisiana Railway cherchait des ouvriers pour la construction de la voie ferrée vers l'ouest. Animé par le goût de l'aventure et la possibilité de m'enrichir, j'ai décidé de tenter ma chance. On parlait des prairies de la Louisiane qui s'étendent à l'horizon sous un grand ciel vide, offrant pâturage pour les bêtes à cornes et fortune à ceux qui savent les élever. J'ai postulé et j'ai été accepté. Ainsi ont commencé des années de peine que je ne pouvais imaginer. Après avoir traversé la France et l'Atlantique, et après avoir connu des situations difficiles depuis la Grèce jusqu'à New York, je peux vous assurer que de traverser les marécages du sud de la Louisiane reste pour moi le souvenir le plus pénible de ma vie. La seule chose positive était que les souffrances physiques m'ont permis d'oublier, ou presque, mon cœur brisé. Mais souvent la nuit, couché sur une terre mouillée, avec la peur de me réveiller avec un serpent sur le visage, je pensais à elle et la peine d'amour m'envahissait, pénétrant jusqu'au fond de mon âme. On dit que la peine d'amour s'efface avec le temps, mais dans mon cas, le temps s'est arrêté.

Caro Raggio lève les yeux au plafond et soupire, un regard de tristesse collé comme un voile sur ses yeux.

— On a traversé le fleuve pour rejoindre Westwego. Nous étions une centaine d'hommes, de toutes les nations, de toutes les tailles, autant de Noirs que de Blancs, sous les ordres de plusieurs contremaîtres tous aussi méchants les uns que les autres. J'étais payé deux dollars par mois, nourri et logé, si on peut appeler logement un chapiteau avec le toit qui coule et où on dort à côté d'hommes mi-sauvages aux odeurs nauséabondes. La voie ferrée était déjà construite jusqu'à Boutté, ce qui était la partie la plus facile. À partir de Paradis, la vraie nature du travail s'est révélée dans toute sa vilenie. S'il y a un endroit au monde mal nommé, c'est bien Paradis, Louisiana.

« Il fallait d'abord couper une trace à travers la jungle. Les arpenteurs cherchaient les coteaux pour se poser sur une terre haute, mais terre haute il n'y avait pas. On exécutait d'abord un travail de bûcheron, en abattant des arbres gigantesques, les cyprès millénaires. J'ai vu une douzaine d'hommes se tenir debout sur une souche tellement elle était large. Parfois, un seul arbre prenait une bonne semaine à couper, le travail rendu périlleux parce qu'on travaillait souvent dans la boue. Une fois l'arbre abattu, il fallait le scier en morceaux. Une scierie a été construite au village. Des Allemands chez qui l'on apportait le bois, traîné par un attelage de mulets. La progression se mesurait en pouces. Il pleuvait un jour sur deux, été comme hiver. Le seul répit pour nous était ces quelques semaines en avril qui marquaient le retour du printemps, mais aussi celui des serpents et des alligators.

« Une fois une trace coupée, on devait charrier de la terre et des cailloux pour bâtir le lit sur lequel les rails allaient reposer. Ça se faisait à l'aide de traîneaux de bois avec un attelage de quatre mulets. Ce sont les Noirs qui s'occupaient de cette besogne. Ils sifflaient et criaient, claquant leurs fouets au rythme de leurs chansons primitives. Le labeur était dur sur les bêtes et il y en a plusieurs qui crevaient par semaine, épuisées par la chaleur et le désespoir.

« Pouce par pouce, pied par pied, jour après jour, dans les orages et la chaleur brûlante, on avançait. À partir du printemps, il y avait une morsure de serpent venimeux par semaine. La plupart des victimes survivaient, souffrant de délire et de gonflement. Mais un des cuisiniers s'est fait mordre par un mocassin caché dans un chaudron, et lui, il n'a pas survécu.

« J'ai annoncé au contremaître que j'étais chef cuisinier, ce qui n'était qu'un mensonge blanc. Je suis italien, après tout. Et comme ça, je suis devenu un des cuisiniers pour le campement. Ma vie s'est améliorée considérablement, même si je me trouvais toujours au milieu de la jungle entouré de barbares. Heureusement, il n'y avait pas d'alcool, même si un bon verre de vin m'aurait soulagé. Seuls les contremaîtres avaient le droit d'en avoir et ils gardaient leurs bouteilles cachées. Le manque d'alcool et le travail tellement épuisant faisaient que la bagarre était plutôt rare.

« C'était un travail abrutissant qui enlevait toute trace de civilisation. On survivait dans une lutte acharnée contre la nature féroce qui menaçait de nous submerger avec ses lianes et ses insectes. Les moustiques étaient tellement mauvais qu'on a fini par abandonner toute tentative d'échapper à leurs piqûres. Ils sont même parvenus à tuer plusieurs mulets. Les pauvres bêtes se jetaient à l'eau pour leur échapper, ne laissant dépasser que les museaux. Le nuage de moustiques était si dense qu'ils finissaient par boucher les narines des mulets, les faisant suffoquer.

« Ça nous a pris cinq ans de travail pénible pour arriver jusqu'à la rivière Atchafalaya et le début de la prairie. Dans la boue, sous la pluie, on avançait comme une chenille gargantuesque et endormie. Été comme hiver, tout moisissait, une couche de mousse verdâtre recouvrant les outils, les habits, la toile des tentes et même nos cheveux. Les chasseurs nous approvisionnaient en gibier, ce qui faisait qu'on ne manquait pas de viande fraîche, mais souvent la pluie les empêchait de sortir et on était alors réduits à manger de la viande séchée et des biscuits soda.

« Une fois la butte construite, on empilait les pierres et, finalement, comme le glaçage d'un gâteau de mariage, on plaçait soigneusement les rails bleus sur les poutres en créosote, rangées comme les marches qui mènent en enfer. Pendant plusieurs mois, on a dû attendre que les ingénieurs construisent des ponts sur les cours d'eau : bayou Gauche, bayou des Allemands, bayou Lafourche, bayou Terrebonne. Les gros piliers de bois étaient enfoncés dans la vase par l'énorme marteau à vapeur traîné sur les rails et manipulé par des hommes arrogants qui ne nous parlaient pas. Ils ne daignaient même pas manger avec nous, ayant amené leur propre cuisinier avec un assortiment de victuailles qui nous rendait fous de jalousie.

« Ça a été cinq ans de misère. Ma seule consolation était les deux piastres américaines que je recevais par mois. Je les cachais soigneusement dans une ceinture que je portais en dessous de ma chemise pendant tout le trajet. Toutes les deux semaines, le petit train de livraison arrivait avec une citerne. On devait faire la queue pour se laver, chacun de nous, y compris les contremaîtres, à qui on accordait un baquet d'eau fraîche. Même en ce moment délicieux, je gardais ma ceinture à la main, tenue au-dessus de ma tête pour ne pas la faire mouiller.

« Après tant de souffrances, on est finalement arrivés à Brashear, où un magnifique pont construit sur la rivière Atchafalaya nous attendait. On n'avait qu'à s'attacher aux rails qui nous attendaient comme une jeune fille promise devant l'autel. À Brashear, dont le nom serait bientôt changé pour Morgan City en l'honneur de M. Thadeus Morgan du Morgan and Louisiana Railway, il y avait un bar, et même plusieurs. Et des filles. La moitié de l'équipe a disparu pendant la première nuit et la plupart ne sont jamais revenus, préférant se cacher dans les marécages et vivre n'importe comment plutôt que de suivre la trace lente et pénible de la voie ferrée. Moi, en revanche, j'étais heureux de continuer. On m'a augmenté à trois dollars par mois, et je me sentais bien, maintenant sorti de cette forêt abominable avec ses amphibiens mortels et ses insectes maléfiques. Dans la prairie des Attakapas, le ciel était ouvert, non plus caché derrière les cimes des arbres ténébreux aux lamentations anciennes. L'air ne stagnait pas, bercé comme il l'était par les brises. On respirait mieux. Je me sentais libre et, pour la première fois depuis que Mélina m'avait cassé le cœur, une lueur d'espoir s'est allumée en moi.

« La construction de la voie ferrée était beaucoup plus facile, ayant quitté les marécages de Lafourche et de Terrebonne. Maintenant, plus d'abattage, plus de platins d'eau stagnante, plus d'alligators, plus de serpents. En plus, il y avait des rails déjà en place à plusieurs endroits, liant les champs de canne à sucre aux moulins qui peuplaient le bayou Teche comme les piquets d'une armée rouillée. Le chemin de fer était en mauvais état, abandonné depuis la guerre, mais il s'agissait de réparation plutôt que de construction. On a quitté Morgan City en février sous un ciel maussade, mais avec le cœur joyeux, sachant que le pire était derrière nous. Franklin, Jeanerette, La Nouvelle-Ibérie, on enfilait les villages comme les perles d'un chapelet. On n'était jamais loin du bayou, son parcours sinueux décoré de chênes verts centenaires, leurs feuilles lisses scintillant encore en cette saison.

« On a engagé plusieurs muletiers, des Noirs aux épaules larges et aux rires faciles, et on a acheté beaucoup de mulets américains. Ceux qui avaient traversé les marécages étaient épuisés et ont été vendus ou abandonnés dans les pâturages. Notre périple nous a emmenés à travers les champs de canne à sucre, l'éteule[42] brillait sous le soleil d'hiver. Dès l'aube, on entendait le chant des muletiers et le claquement de leurs fouets. Les fossés ont été creusés à la main, un travail difficile, mais rien comparé à ce qu'on avait connu dans les marécages. Une pelletée à la fois, on remplissait les traîneaux qui transportaient la terre noire sur la butte, qui deviendrait le chemin sur lequel la modernité arriverait dans ce pays du bout du monde. Notre progression était régulièrement interrompue par la pluie. Pendant des journées entières, on était arrêtés, forcés de rester au campement où les jeux de cartes et la sieste régnaient au royaume de la paresse. Mais le

42. Bout de canne à sucre qui reste après la coupe.

plus souvent, on réparait l'équipement usé par ce travail rude. Depuis Morgan City, le petit train de construction nous suivait, un engin moins imposant que les locomotives. Il nous apportait les pierres et les clous, les poutres de créosote et les rails d'acier. On avalait la prairie comme une bête affamée. Après un an, on était rendus à La Nouvelle-Ibérie, ville charmante aux rues ombragées de chênes. Déchue par la guerre, elle reprenait vie. Par chance pour la compagnie, on y a séjourné quelque temps seulement, car séduits par son charme, on risquait tous d'abandonner le chantier.

« Ça nous a pris encore un an avant d'arriver à Vermillionville, perchée sur les rives du bayou Vermillion, passant par le joli village de Saint-Martin. L'église était simple mais belle, et j'ai profité de notre séjour pour remercier saint Antoine et brûler un cierge pour ma mère et mon père, et pour Mélina aussi, dont l'épine était toujours plantée dans mon cœur.

« À Vermillionville, la gare était déjà construite et nous attendait les bras ouverts. Le village était rude après l'élégance de La Nouvelle-Ibérie. Il était peuplé de vachers et de nouveaux riches, des gens qui se pensaient plus raffinés qu'ils l'étaient.

Caro Raggio s'arrête brusquement, réalisant ce qu'il vient de dire. Si l'auditoire est choqué, ça ne paraît pas. Il regarde Prudhomme, implorant encore de l'eau, que l'avocat s'empresse d'aller lui chercher. Caro Raggo finit son récit.

— Nous avons eu un congé d'une semaine, le temps d'organiser la prochaine étape : la traversée de la prairie des Attakapas, en direction du Texas. Les ouvriers ont passé leur temps dans les bars, et la frustration des années de travail brut a débordé dans les rues, inondant le village de cris sauvages et de coups de poing. Il n'y a pas eu d'ouvriers morts ni gravement blessés, comme le port d'arme à feu nous était défendu. Il y a eu des mâchoires cassées et de l'orgueil mutilé, mais rien de plus.

« C'est au printemps de 1880, au mois d'avril, que le travail a recommencé. Les arpenteurs ont placé leurs piquets, les grands bâtons surmontés de rubans rouges flambants. On a commencé à pelleter, remplissant les traîneaux. Le silence de la prairie était brisé par les cris, les claquements de fouets et les hennissements sournois des mulets.

« J'avais décidé que j'allais quitter la compagnie. Depuis des mois, voire des années, j'en avais marre de cette existence ingrate, parmi des hommes rustres et sans culture. La vie m'avait entraîné à travers tant de difficultés et, grâce à Dieu et à saint Antoine, j'ai réussi à survivre, mais je ne voulais plus de cette vie de campement et d'inconfort autant spirituel que physique. Je rêvais de m'établir et de trouver une femme pour adoucir mes nuits. Mais à la place d'une femme, j'ai trouvé le Colonel Boudreaux.

La petite foule éclate de rire et même le juge Debaillon n'arrive pas à s'en empêcher. Il prend cependant son marteau pour rétablir le silence. Les gens se calment et, de nouveau, les yeux sont fixés sur Caro Raggio.

— Quand j'ai rencontré le Colonel Boudreaux, j'ai été frappé par la foudre. Il venait observer notre travail tous les jours. Il a même loué sa grange à la compagnie, jusqu'à ce que deux Irlandais soûls y mettent le feu. J'ai été frappé, car il ressemble comme deux gouttes d'eau à Giuseppe Garibaldi. Merde, j'ai dit. Oh, pardonnez-moi !

Et la foule se met encore à rire. Caro Raggio ne peut pas lui non plus s'en empêcher, son rire faisant plisser la peau de chaque côté de ses yeux et formant des nids de rides.

— Je voyais Giuseppe Garibaldi. Même tête noble, même regard lointain. Même poitrine, même ventre ample.

On rit de nouveau, et le juge frappe de son marteau.

— En le voyant, je me suis dit : *Voilà mon sauveur, voilà le Giuseppe Garibaldi de la Louisiane.* Sans hésitation, je me suis approché de lui et je me suis présenté. « Excusez, monsieur, je cherche du travail. Je suis expert cuisinier et j'ai la fierté d'avoir servi comme aide de camp à Amilcare Cipriani pendant la guerre d'indépendance italienne. » Le Colonel m'a engagé sur-le-champ. Je suis retourné au campement et j'ai pris mes quelques affaires, et, ce soir-là, j'ai emménagé chez lui, où je suis à son service depuis.

Étant arrivé au bout de son récit, Caro Raggio regarde l'avocat de l'État et tourne la tête vers le juge.

Après une pause calculée à laisser retomber la poussière de cette histoire incroyable, Prudhomme s'adresse enfin au témoin. La mouche est revenue et bourdonne autour de la tête du juge, qui s'impatiente et tente de l'attraper.

— Depuis combien de temps connaissez-vous les accusés ? demande Prudhomme.

— Comme je vous ai dit, répond Caro Raggio, je les ai vus pour la première fois dans le théâtre de l'Odéon, pendant la Commune de Paris. Ensuite, dans le Grand Théâtre d'Angers quelques années plus tard et, bien sûr, chez le Colonel Boudreaux depuis leur arrivée.

— Vous les connaissez bien ?

— Je ne peux pas dire que je les connais bien. Je les côtoie sur la ferme. Je leur prépare à manger comme je le fais pour le Colonel.

— Est-ce qu'ils travaillent bien ?

Abruptement, Georges Thériot se lève.

— Objection ! il crie.

Le juge Debaillon tourne son regard, observant silencieusement ce jeune avocat plein d'ardeur.

— Sur quelle base faites-vous objection ? demande le juge.

— Ce n'est qu'un point de vue subjectif et il ne peut pas être corroboré.

Le juge le scrute.

— Objection retenue, il dit enfin.

Prudhomme continue son interrogatoire.

— Monsieur Raggio, vous êtes un homme qui a connu beaucoup de ce monde. Votre histoire est fabuleuse. Vous avez vécu toutes sortes de situations et fréquenté toute qualité d'homme. Pensez-vous que les accusés sont capables de commettre le crime dont ils sont accusés ?

— Objection ! crie de nouveau Thériot.

Le juge frappe de son marteau et prend l'air d'un parent qui réprimande un enfant mal élevé.

— Monsieur l'avocat de l'État. Vous savez bien que vous allez trop loin. Ce n'est pas à M. Raggio, même avec toute son expérience du monde, de se prononcer sur la capacité des accusés à commettre le crime pour lequel ils sont jugés devant ce tribunal.

Il se tourne vers le jury :

— Vous allez ignorer cette question. Accordée !

Et il frappe encore de son marteau.

— Je n'ai plus de questions, votre honneur, dit Prudhomme, et il retourne à sa table.

Il est heureux, car il sait que la question qu'il vient de poser tourne maintenant dans la tête des membres du jury : est-ce qu'Ernest et Alexis Blanc sont capables d'un tel crime haineux ?

28

Il tombe une pluie verglaçante, des stalactites de glace s'attachant aux crinières des chevaux. Ils ont la tête baissée contre les bourrasques qui fouettent. Le petit cortège quitte la maison de Cour. Il est trois heures du matin. Il y a six députés, ainsi que le shérif Ike Broussard lui-même, la force armée du Sheriff's Department au grand complet montée à cheval. Ils sont habillés de grands manteaux de toile, coupés en deux à l'arrière jusqu'aux fesses, les pans tombant par-dessus leurs jambes jusqu'aux éperons. Sur le banc de la diligence qui sert à transporter les prisonniers, barreaux sur les fenêtres et poignées de porte uniquement à l'extérieur, les deux conducteurs noirs ont la tête baissée aussi, leur chapeau enfoncé par-dessus leurs oreilles. Sans manteau, ils gèlent, soufflant dans leurs mains, les frottant ensemble.

Donnant le signal du départ, le shérif Ike Broussard conduit le défilé vers le bord de la ville puis se dirige vers la prairie en direction ouest. Ils suivent l'ancienne piste des Espagnols, en parallèle à moins d'un mile de la voie ferrée. Le progrès est lent et pénible. Le vent envoie de la pluie froide. Il siffle du nord-ouest, frappant les hommes et les chevaux en pleine face. Il est cinq heures du matin avant qu'ils arrivent devant la maison d'Alexandre à Drozin Boudreaux. La demeure est sombre. Mon père n'est pas encore levé et les braises de la cheminée sont éteintes.

Le shérif monte sur la galerie accompagné de tous les députés et frappe violemment sur l'encadrement de la porte. Ça résonne comme un coup de revolver et toute la maisonnée, mes parents, mes frères Horace et Michel, ma sœur Mathilde, Marie, le bébé et moi-même sommes tirés du sommeil, épouvantés. Il fait trop froid pour coucher dans la grange et, depuis un certain temps, je suis retourné dans la chambre des garçons. Le bébé se met à pleurer. Le shérif cogne encore, avec autant de force. Mon père se lève, sort de sa chambre, pieds nus, en caleçon long, son pistolet à la main. Je ne vois que très rarement mon père porter son arme, un .38 Smith & Wesson qu'il garde dans la table de chevet. Avec sa main gauche, il lisse ses cheveux puis frotte son visage pour enlever le sommeil. Ma mère le suit, son châle de laine autour de ses épaules. On suit tous mon père vers la porte quand le shérif cogne encore, et un frisson passe à travers nous comme un coup de machette à canne, nous coupant jusqu'à la moelle. Mathilde apparaît à la porte de la chambre qu'elle partage avec Marie et le bébé, et elle s'agrippe à ma mère, qui soulève son bras gauche pour la couvrir.

On entend le plancher qui craque. Mon père ouvre timidement. Je vois que sa main tremble, mais je ne sais pas si c'est à cause de la frayeur ou à cause du froid.

– Monsieur Boudreaux, c'est le shérif Ike Broussard, il déclare.

Par la porte entrouverte, je le vois, un grand homme habillé comme un épouvantail, son chapeau stetson cachant ses yeux. Derrière lui, il y a plusieurs hommes, tous vêtus de la même façon, et derrière eux, la pluie tombe comme un rideau du toit.

– Mais, nom de Dieu, shérif, qu'est-ce que vous faites ici ? Mais qu'est-ce qu'il y a ?

– Monsieur Boudreaux, j'ai une citation à comparaître de la cour du 27e District pour réclamer le témoignage de Marie Boudreaux, et je suis venu pour l'accompagner.

Mon père reste muet, sa main tremble davantage. Il ne semble pas avoir compris. Le shérif reprend.

— Gautche, il dit, faudra que Marie vienne avec moi.

Il sort la citation et la présente à mon père, qui la regarde sans la prendre. Le shérif reste avec le papier tendu. Finalement, voyant que mon père ne va pas le saisir, il baisse son bras et replie le papier, l'enfonçant dans sa poche.

Dans la maison, on entend le bébé qui continue à pleurer et Marie qui chuchote pour le calmer.

Enfin, mon père retrouve ses esprits.

— Tu dis que tu veux prendre Marie avec toi.

— Oui.

— Pour l'emmener témoigner au procès.

— Oui.

— Mais qu'est-ce que Marie vient faire dans ça ?

— Gautche, répond le shérif, c'est pas moi qui fais la loi, je suis venu sous les ordres de la Cour du 27e District et je dois accompagner Marie Boudreaux au tribunal. Je vous assure que dès que son témoignage sera terminé, je vais la raccompagner immédiatement. Elle sera de retour pour souper, je peux vous le promettre.

En refermant la porte, mon père remarque les carabines que plusieurs députés tiennent dans le creux des bras. Il reste la main posée sur la poignée, comme s'il ne pouvait pas la lâcher.

Soudainement, ma mère se met à pleurer et à crier en même temps, ses mots entrecoupés de sanglots.

— Tu vas pas laisser ces vauriens prendre ta fille ?

Mon père reste accroché à la porte et y pose sa tête. Il aime ma mère avec la sérénité de plus de dix-sept ans de mariage. Il connaît ses manières douces autant que ses colères. Il sait que, maintenant, il arrive dans la tempête, mais comme une chute imprévue, il n'est aucunement capable de l'éviter. La vie lui fait un coup dur, coup qu'il n'aurait jamais pu imaginer. Maintenant qu'il y est, il n'y a rien à faire, à part tenir bon et prier pour ne pas tomber.

— Philomène, ils sont une dizaine, armés jusqu'aux dents. Ils ont un papier.

– Je m'en *goddamn* de leur maudit papier, Gautche, tu vas pas les laisser prendre Marie.

Se tournant vers moi, mon père me dit :

– André, emmène ta mère dans la cuisine et va moudre du café.

– *Goddamn,* Gautche, je te jure que si tu les laisses partir avec ta fille, je vais te laisser seul dans ta merde.

Mon père n'a pas la force de caractère de son père à lui. Drozin se serait agité comme un pantin dans un ouragan, même s'il s'agissait de faire croire qu'il faisait quelque chose, plutôt que de le faire. Mon père, par contre, est souvent accablé dans les situations difficiles. Il attend que Drozin arrive pour lui dire quoi faire. Mais Drozin n'est pas là.

Quand on chute, il se passe quelque chose de particulier. Tout se déroule au ralenti, la réalité de ce qui se produit disparaît sous une couverture de déni. Chaque fois que je suis tombé d'une selle, le temps entre la glissade et le moment de frapper la terre n'existait pas. Le Dieu de l'univers arrête le temps et, avec son couteau bien aiguisé, enlève un bout. Je ne sais pas combien de temps est enlevé, quelques secondes, ou plus, je ne sais pas, mais, chose certaine, il manquera des bouts à la suite de cette chirurgie. À partir du moment où ma mère s'est arrêtée de crier, Dieu a sorti son couteau et a commencé à découper.

La prochaine chose que je vois est la porte de la diligence qui se ferme derrière Marie. Tout ce qui s'est passé entre la fin des cris de ma mère et le départ de Marie est enlevé et a disparu. Mathilde tient le bébé dans ses bras. On est sur la galerie sous la pluie battante, regardant le shérif et ses hommes s'éloigner, la petite tête de Marie emmitouflée sous une couverture en laine, aperçue entre les barreaux.

On a demandé à l'accompagner, mais le shérif a refusé, laissant ma sœur seule sur le banc, l'effroi dans ses yeux bruns. Elle ne pleure pas, acceptant sa situation avec plus de noblesse que mes parents qui s'engueulent devant nous. Finalement, on me demande d'atteler le wagon. Mes vieux camarades Augustin et l'intraitable Hercule, attristés d'avoir à sortir sous un ciel aussi sauvage, me donnent du tracas.

Mes parents partent sur les traces du cortège du shérif dans le wagon. Ils ne se parlent pas du voyage, le seul bruit étant le vent qui siffle dans leurs cœurs. Ils arrivent bien après le shérif, laissant le wagon dans l'écurie d'Alain Babineaux, qui se trouve à quelques pas de la maison de Cour. Ils cherchent Marie, mais sans succès. Elle a été emmenée dans le bureau du juge Debaillon, bien au chaud, et va y rester jusqu'à sa comparution. Le procès débute à neuf heures et mes parents attendent jusqu'à l'ouverture des portes du tribunal. Mon père a toujours son pistolet dans sa poche, mais il doit le confier au député du shérif qui surveille à l'entrée.

Pendant ce temps-là, je parcours la prairie sous les ordres de mon père. Je passe d'abord chez Drozin. Il est à table en train de déjeuner quand j'ouvre brusquement la porte.

— Ils ont enlevé Marie, j'annonce.

Mon grand-père fige, la fourchette avec une bouchée d'œuf frit tenue en l'air. Caro Raggio est aux fourneaux, spatule à la main. Les deux ont l'air incrédule.

— Quoi ? demande Drozin.

— Le shérif Ike Broussard est passé chez nous et il a pris Marie pour l'amener à la maison de Cour.

Mon grand-père se lève doucement, la serviette toujours autour de son cou.

— André, il dit, va à la Coulée Croche et trouve Gabriel. Dis-lui d'emmener ses hommes et de me rejoindre immédiatement. Dis-lui que c'est une question de vie et de mort.

Mon parcours de chez Drozin à la Coulée Croche fait partie de la tranche enlevée par le couteau de Dieu. Le trajet n'existe pas. Je fais courir ma Cannelle sans pitié. Elle est couverte de crasse et l'écume coule du mors. En arrivant, le soleil sort, le front froid tirant le rideau de nuages, révélant un ciel de pureté couleur bleu royal. Je trouve Gabriel à sa forge, ses gants enfoncés jusqu'aux coudes, son marteau dans sa main droite et les pinces qui tiennent un fer à cheval chauffé au rouge. En me voyant, il plonge le fer dans le bassin d'eau à ses pieds ; l'homme est submergé de vapeur qui siffle comme un régiment de serpents.

— André, mais qu'est-ce qu'il y a ? il demande.

Je suis essoufflé et ça prend un peu de temps avant de pouvoir lui répondre.

— Drozin dit de venir et d'emmener tes hommes. C'est de la vie ou la mort.

Il me regarde, ses yeux pétillant au reflet du creuset. Tranquillement, il pose ses outils et enlève ses gants.

— Selle mon cheval, il dit. Je reviens.

Il sort de la forge et fait sonner la cloche. C'est celle de chez Drozin. Elle était utilisée sur la plantation pour appeler les esclaves, mais comme il n'y en a plus, elle est plus utile à la Coulée Croche pour donner l'alerte dans le cas d'une visite malheureuse.

Dieu a dû ranger son couteau et le trajet de retour se déroule en temps normal. Ils sont six : Gabriel et son fils, Cléopha, mon oncle Thomas et l'autre André Boudreaux, et deux voisins de Gabriel, Hamp et Balin, tous deux noirs comme le fond d'un puits. Tous sont armés, carabines sur l'épaule et pistolet à la hanche. On a le vent dans le dos et on fait le trajet sans heurts. Drozin nous attend sur sa galerie, ses éperons attachés et la ceinture avec son pistolet argenté autour de la taille. Mon frère Michel est avec lui. Michel conduit le cabriolet derrière le poulain hongre. Caro Raggio, qui a témoigné la veille, est à ses côtés sur le banc. Drozin monte sur son énorme Mansfield et nous partons au petit galop.

Les rues de Vermillionville sont désertes. C'est un mardi. Les boutiques et tous les commerces sont ouverts, mais il ne semble y avoir personne en ville. On arrive devant la maison de Cour un peu après dix heures du matin. Autour du bâtiment, il y a quantité d'embarcations, et des chevaux amarrés aux barreaux plantés le long de la rue et aux arbres comme des grappes de soco.

— Semble y avoir un bal, lance Gabriel, et il rit de sa blague.

— Michel, dit mon grand-père, prends un fusil et donnes-en un à André.

C'est un deux canons .13 jauge. Il me paraît lourd. Michel en tient un pareil.

On est huit à monter les deux escaliers qui nous mènent sous le portique. Le bâtiment est de forme carrée, avec quatre colonnes posées sur la galerie et quatre grandes fenêtres à chacun des deux étages. On ouvre la porte et on entre dans le foyer. On ne voit personne. Devant nous, il y a l'escalier en acajou qui monte à l'étage où se trouve le tribunal. Les bureaux du shérif et du greffier sont situés au rez-de-chaussée, le tribunal et le cabinet du juge, à l'étage.

En montant, l'autre André Boudreaux est à côté de moi.

— Touche ma sœur et je te tue, il chuchote.

Je le regarde, incrédule. Il y a des gens qui, une fois agressés, deviennent méchants. Moi, c'est le contraire. Quand je suis meurtri, je me réfugie en mon for intérieur et, comme un animal blessé, je me cache. J'ai envie de le frapper, mais ce n'est pas le moment.

— Pense pas que parce que t'es blanc, t'es mieux que moi, il me dit, ses yeux bleus me faisant une drôle d'impression.

Je n'ai pas le temps de répondre, parce que Drozin nous arrête. On est au milieu de l'escalier et le plancher de l'étage n'est pas encore visible.

— Ne tirez pas hormis que je donne le signal, il dit. Vous comprenez ? André, Michel ? il demande.

Je ne sais pas à quel André il s'adresse.

— Ne tirez pas tant que je n'ai pas donné le signal et visez que les députés, il ajoute. On ne veut pas de carnage.

Il se retourne et monte les dernières marches. Alpha Dugas, un député shérif, est assis à la table devant la porte du tribunal, qui est fermée. Alpha doit fouiller les gens avant de les laisser entrer. L'affaire est chaude et on ne veut pas de tuerie dans le tribunal. C'est un homme gras, au teint basané. Il est mal rasé et il sue, s'essuyant de temps à autre avec son mouchoir. Devant lui, il y a une douzaine de pistolets confisqués, chacun avec le nom du propriétaire écrit sur un bout de carton et attaché autour de la gâchette. Il a un jeu de cartes et joue au solitaire. Quand il entend nos pas, il est trop tard pour réagir. En soulevant sa tête, il trouve le baril du .45 du Colonel qui le fixe.

— Alpha, dit le Colonel, fais pas le fou. On te veut pas de mal.

Alpha pose ses cartes et avale sa salive. Il est nerveux et on voit ses mains trembler.

Dans le tribunal, Marie s'installe à la barre des témoins.

On l'a gardée dans le cabinet du juge depuis son arrivée ce matin, lui apportant même du café au lait et des beignets. Une des secrétaires du greffier, Mme Théophile LeBlanc, s'est occupée d'elle, lui accordant toute attention et toute considération. *Pauvre fille,* elle se disait. Marie n'a pas mangé, mais a bu un peu de café, sirotant la tasse. Elle a passé le temps à regarder par la fenêtre. Elle nous a vus arriver et se demande ce qui se passe. Mes parents sont assis dans la première rangée, derrière la barrière. Devant eux se trouve la table où est installé Me Prudhomme, l'avocat de l'État.

Ma mère pousse un petit cri quand elle voit sa fille à la barre des témoins. Marie est blême, ses yeux sont rouges. Elle a la tête baissée. Elle sent la présence des accusés, mais ne les regarde pas. Mme LeBlanc l'aide à s'asseoir.

— Prends courage, elle chuchote à l'oreille de Marie, lui serrant la main.

Le greffier demande :

— Marie Boudreaux, vous jurez de dire la vérité, toute la vérité et rien que la vérité ?

— Oui, répond Marie, plaçant sa main gauche sur la bible que lui tend le greffier.

On l'entend à peine. Mes deux parents sont angoissés, se tenant par la main, les larmes aux yeux.

— Mademoiselle Boudreaux, commence Prudhomme.

Il regarde le jury. Il sait que ça ne paiera pas d'être méchant avec cette fille et il prend sa voix la plus complaisante.

— Mademoiselle Boudreaux, répète Prudhomme.

Il s'exprime comme s'il parlait à un enfant.

— Connaissez-vous les accusés ?

— Oui, dit Marie.

Elle baisse la tête de nouveau et regarde ses mains dans lesquelles elle tient un mouchoir brodé.

— Avez-vous une relation particulière avec les accusés ?

Georges Thériot bondit de sa chaise.

— Objection ! il crie.

— Sur quelle base ? demande le juge.

— La relation entre cette demoiselle et les accusés n'est pas pertinente.

Le juge Debaillon réfléchit avant de se prononcer :

— Rejetée, il dit en frappant avec son marteau.

Il se tourne vers Marie et lui dit :

— Répondez à la question, s'il vous plaît.

Marie tord son mouchoir avant de répondre.

— Ils travaillaient pour mon grand-père.

Elle fait une pause.

— Je les ai rencontrés chez lui et, des fois, ils venaient chez nous.

— Vous savez, mademoiselle Boudreaux, que votre oncle, le regretté Martin Begneaud, avait un coffre-fort où il gardait certains biens pour certaines personnes.

— Oui, répond Marie, les gens lui faisaient confiance avec leur argent. Il gardait des sacs avec des pièces ou des billets, chacun avec le nom de son propriétaire. Tout le monde savait que n'oncle Martin était un homme sans reproche et honnête.

— Vous savez que les meurtriers sont partis avec le contenu du coffre-fort, plus de trois mille dollars selon les livres de votre oncle, chiffre fourni par son frère, Siméon, lors de l'enquête. Aviez-vous de l'argent dans le coffre de votre oncle ?

— Oui. Mon frère André m'a donné de l'argent comme cadeau de ses recettes des courses à cheval. Je gardais cet argent pour me commencer un ménage une fois que je serais mariée.

Prudhomme marque une pause, se tournant vers le jury, fixant chacun des jurés dans les yeux.

— Pouvez-vous nous dire, mademoiselle Boudreaux, comment ça se fait que de tous les dépôts, tous les sacs d'argent, un seul est resté… le vôtre ?

— Objection ! s'écrie Thériot.

Comme un coup de foudre qui frappe, la porte du tribunal explose. Tout le monde se retourne pour voir le pauvre Alpha Dugas à la tête de notre défilé. Drozin est derrière lui, le poussant vers l'avant.

— Personne ne grouille, et y aura pas de tracas, il dit.

Le shérif Ike Broussard est assis à côté du banc du jury.

— Broussard ! crie Drozin. Mets-toi debout et place tes mains sur ta tête.

Broussard regarde Drozin, incrédule, mais il se met debout et lève les mains.

— André, va chercher son arme, ordonne Drozin.

Moi et l'autre André Boudreaux, on se précipite.

— Vas-y, toi, l'autre André Boudreaux me dit.

Pendant un instant, le calme descend comme un ange du ciel. C'est la fissure entre les mondes. On est dans le sillon de la chute. Je me sens à l'aise. J'ai l'habitude.

— Marie, viens-t'en, dit mon grand-père.

Elle se lève et quitte la barre des témoins, traversant la salle d'audience. Prudhomme la regarde, ses deux mains grattant ses tempes.

Elle ouvre la barrière, la porte battante grinçant sur ses charnières.

Marie s'arrête, regardant Alexis. Elle sanglote.

— Je t'aurais tout donné. T'avais pas besoin de tout prendre comme un voleur. Je t'aurais tout donné.

Ma mère se précipite vers Marie, la serrant dans ses bras. Les deux sortent de la salle, ne faisant qu'un seul être.

Drozin laisse tomber sa main, tenant toujours son pistolet. Il pousse Alpha Dugas de côté.

— Debaillon, il dit. La prochaine fois que tu veux t'en prendre à ma famille, tu viendras me voir d'abord.

Il tourne de bord et sort de la salle. Nous le suivons en reculant, nos armes toujours prêtes.

Quand on arrive à la porte, Alexis Blanc se lève de sa chaise en gesticulant.

— On l'a fait ! il crie. On l'a fait. On l'a tué. On est coupables !

Son frère le regarde, toujours assis.

— Imbécile, il dit, mais qu'est-ce que tu fais là ?

— Tais-toi, Ernest, répond Alexis. Je fais ce que je veux.

29

Dans son cabinet, Alcide Debaillon est furieux. Il fait les cent pas pendant que le shérif Broussard se tient devant le bureau, immobile comme une pierre.

— Je veux la tête de ce vieux couillon ! il s'exclame. Pour atteinte à la paix publique et menace aux officiers de la Cour.

Il s'arrête pour essuyer la salive qui coule du coin de sa bouche.

— Écoute-moi bien, Broussard. Tu vas te rendre chez lui et le ramener, menotté, cet après-midi. Je veux ce vieux couillon en prison cette nuit.

Ike Broussard réfléchit. Il a trop d'expérience du commerce des hommes pour se lancer dans une dispute avec le juge. Il attend que la rage de Debaillon se dissipe et qu'il devienne plus raisonnable.

— Monsieur le juge, commence Broussard sur un ton calme. Écoutez-moi bien. On ne peut pas arrêter Boudreaux et je vous explique pourquoi. Oui, il a fait tout ce dont vous l'accusez, mais la question est plus complexe.

Il marque une pause.

— J'ai fait le serment de préserver la paix dans la paroisse de Vermillion.

Il soupire et continue.

— Arrêter Boudreaux risque d'avoir des conséquences assez périlleuses. Vous avez vu les hommes derrière lui… La plupart étaient des nègres.

— Et puis ? demande Debaillon.

— Et puis, si on arrête Boudreaux, on risque de provoquer la guerre. Rappelez-vous les escarmouches aux élections en 78. On ne veut pas un autre Opélousas ici. S'il s'agissait de nègres seulement, les chevaliers du Camélia blanc pourraient s'en occuper. On en lyncherait deux ou trois, et ce serait fini. Mais là, vous avez un homme blanc à la tête de tout ça. Ses Bougalis[43] et tous les Bougalis du pays ne seraient pas gênés de venir en ville brûler votre belle maison de Cour pour se venger s'il y a un Blanc à la tête de tout ça.

— Mais ce vieux couillon est un traître à sa race !

— Mais non, monsieur le juge. Il n'aime pas les nègres plus que vous et moi. Tout ce qu'il aime, c'est lui-même. La seule raison qu'il supporte Gabriel Strauss, c'est parce que Strauss est le meilleur entraîneur du pays. Et qu'il peut lui faire faire la piastre. Tout ce qui l'intéresse, Boudreaux, c'est de faire son grand.

— Mais il fera son paon partout pour dire qu'il est entré dans le tribunal, pistolet à la main, comme un bandit. On ne peut pas laisser passer ce geste en toute impunité.

Debaillon sent que les choses ne vont pas se résoudre en sa faveur. Ike Broussard est un officier de justice de la paroisse, et lui, Debaillon, le juge du 27e District de la Cour de Louisiane. Donc, il n'a pas de pouvoir sur le shérif. Il le sait, et Broussard le sait.

— À mon avis, il faut laisser passer la tempête. Dans quelques mois, ça sera tout oublié.

Se rendant à l'évidence, son orgueil blessé, Debaillon s'assoit à son bureau.

— Vous voudrez pas les retransférer en ville ? demande Broussard. Ils seront plus en sécurité là-bas.

Debaillon regarde dans le vide.

— Non, il répond, je veux les garder ici.

— Dans ce cas-là, il me faudra du renfort. Est-ce que vous êtes prêt à engager une dizaine de députés ?

---

43. Terme péjoratif pour « Noir », dérivé de « bougre à lui ».

— Je vais pétitionner le gouverneur pour que l'exécution soit expédiée, répond le juge, évitant le regard de Broussard. C'est tout, il dit, merci, monsieur le shérif.

Broussard se dirige vers la porte et la referme doucement derrière lui. Il se demande comment il fera pour trouver ces députés, mais il a confiance qu'il y arrivera. Ike Broussard ne permettra pas le lynchage dans la paroisse Vermillion, du moins pas de ces deux-là.

30

Marie Boudreaux

L'amour est un voleur. Je n'ai pas de rancœur, mais le sentiment d'impuissance me fait mal. Où est Dieu dans mon histoire ? Nulle part. Il n'y a pas de justice dans ce qui m'est arrivé. Mais est-ce qu'il y a vraiment de la justice en ce bas monde ? La vengeance, oui, la vengeance, il y en a plein : œil pour œil, dent pour dent. Mais comment peut-on restituer ce qui nous a été enlevé quand il est disparu pour toujours ? Je ne me pense pas victime. J'ai fait ma part dans le déroulement de mon malheur. Je pense que nous faisons tous notre part dans le déroulement de notre malheur. L'erreur que j'ai faite, c'est d'avoir donné mon cœur trop facilement et de m'être laissé aveugler par l'amour.

Je suis tombée amoureuse la première fois que je l'ai vu, gêné, les mains dans les poches, regardant ses pieds qui poussaient la poussière d'une planche à l'autre. Ses yeux de biche, couleur du ciel, dans lesquels il y avait toujours de la tristesse, cette mélancolie qu'il portait dans l'âme à cause de tout le chagrin que la vie lui a apporté. Je me demande s'il a jamais pu imaginer la vie sans chagrin.

Il ne parlait pas beaucoup. Son frère parlait pour les deux. Je l'aimais et je l'aime encore, Alexis. Je déteste son frère. Ernest n'a jamais ouvert la bouche autrement que pour mentir, et ses yeux noirs ne cessent de se balancer, révélant le fond malheureux de son âme. Peut-être qu'il ne peut pas s'en empêcher. Peut-être que personne ne peut s'empêcher de tisser son destin, même le plus tragique. Et que toutes les confessions et les prières de l'univers ne changeront rien. Ils n'auraient pas pu être plus différents et je me demande toujours s'ils sont vraiment des frères. Caïn et Abel. Un ange et un diable.

Peut-être que je ne vois pas les vraies choses. C'est difficile de savoir la vérité quand son cœur est tordu comme les branches d'un chêne vert, et que la souffrance de son cœur cassé ne cesse pas, sauf quand on dort.

J'aime beaucoup les chênes. J'aime l'ombrage généreux qu'ils donnent. J'aime la fraîcheur qu'on y trouve, même en plein été. J'aime leur force qui résiste même aux ouragans. La première fois qu'on s'est embrassés, c'est sous les branches du chêne, devant chez mon grand-père. J'étais assise sur la grande racine, pour échapper à la fête de Noël qui battait son plein. Il s'est assis tout près de moi. Je ne l'ai pas fui. Il s'est penché et m'a embrassée sur la bouche. Ça goûtait la figue.

Le sang de tout mon corps est monté dans mon cœur. Il a explosé, éclaté, les bouts jetés à travers le firmament. Je n'ai jamais pu le reconstruire. Je ne pense pas que je vais jamais y arriver. J'ai su tout de suite que je voulais passer ma vie avec cet homme et partir avec lui vers des lointains pays, n'importe où, sauf ce petit trou au bout du monde. André me disait qu'à La Nouvelle-Orléans il y a des lampadaires qui éclairent la nuit comme le jour. Ici, la seule clarté qu'on peut voir la nuit sont les flambeaux des malfaiteurs.

Je voulais ce que toute femme veut. Un homme avec qui partager joies et souffrances. Je pense que lui aussi voulait la même chose. Du moins, c'est ce qu'il m'a promis. Mais comment savoir la vérité quand la vie nous tourne autour comme autant d'animaux sauvages endiablés ? Et que les personnes qui doivent nous protéger nous blessent ? Finalement, on est tous laissés seuls à se débrouiller. On peut bien trouver de l'aide sur le chemin, mais chacun porte sa croix.

Je n'ai pas à me plaindre. Ç'aurait pu être bien pire. J'aurais pu perdre mon bébé, comme le souhaitait mon grand-père avec son amour-propre, son orgueil et cette notion des conventions contre laquelle je vais me battre jusqu'au bout de mon souffle. Peut-être que j'aurais dû partir au couvent comme le voulait Drozin, loin des yeux méchants et des langues médisantes. Mais je ne pouvais pas quitter ma mère, qui a été pour moi une ancre. Mais même Philomène ne pouvait pas calmer la tourmente de ce qui tournait dans mon ventre comme une épée. Ça m'arrive encore, mais moins souvent, de me réveiller la nuit, mes draps mouillés et mon cœur déchiré battant la chamade, mon sang se jetant contre mes tempes. Le pire de la peine d'amour, c'est le sentiment de trahison. De comprendre, même si on ne voudrait jamais le croire, que celui qu'on aime ne nous aime pas. La souffrance est tellement grande qu'on ne parvient pas à comprendre comment on peut continuer à vivre. Le sentiment que la vie ne nous promet rien et que tous nos rêves sont devenus autant de grains de poussière, comme les ailes séchées de papillons morts.

Heureusement qu'il y a mon bébé. Qui m'a sauvé la vie. D'avoir cet amour et cette tendresse pressés contre mon sein est le baume qui m'a sauvée de la haine provoquée par cette trahison et cette souffrance plus grandes que tout. Si Dieu existe, comment peut-il permettre une telle souffrance ? Toutes les prières et toutes les messes et tous les chapelets du monde ne peuvent rien contre cette souffrance qui est plongée tellement creux à l'intérieur de soi qu'on n'arrive jamais à trouver le bout, jamais à trouver la paix. Il n'y a pas de fin. Une fois que le cœur est brisé, on ne peut pas le soulager. On n'est vierge qu'une fois et après, c'est fini.

Ça ne faisait que quelques années que j'avais mes règles, alors quand elles se sont arrêtées abruptement, je ne comprenais pas ce qui m'arrivait. Mais après quelques mois, la bosse qui enflait en moi est devenue trop visible pour ne pas la remarquer. Je suis fine de taille et la vie qui poussait se déclarait avec une évidence rendue impossible à nier.

J'avais peur. Je priais le chapelet toutes les nuits pour que mon ventre reprenne sa forme. Je demandais à la Sainte

Vierge, celle qui n'a jamais connu d'homme, de faire disparaître ce chagrin. J'ai commencé à porter un tablier dans la maison, un vieux tablier noir que j'amarrais lâchement. Quand je sortais, je mettais un châle autour de ma taille, ce qui paraissait d'autant plus étrange que nous étions au début de l'été.

J'ai continué à prier et j'espérais avec toute mon ardeur qu'un jour je me réveillerais pour découvrir que ce n'était qu'un rêve, un mauvais rêve. Finalement, maman m'a parlé.

— Chère Marie, elle a dit, quoi c'est qui t'arrive ?

Je me suis effondrée dans ses bras, pleurant les larmes qui s'étaient ramassées derrière le barrage de mon déni. Nous sommes devenues, mère et fille, les alliées d'une guerre contre tous, y compris contre notre propre famille.

Le premier dimanche de mai a lieu la procession de la Sainte Vierge et, depuis toujours, ma sœur et moi avons fait partie de ce défilé d'enfants tout de blanc vêtus, apportant sur un oreiller bleu royal la couronne qu'on allait placer sur la tête de la statue de la Vierge. Cette année, il n'allait pas y avoir de procession, l'histoire de la Société de tempérance ayant creusé un fossé dans la communauté qui allait prendre des années à disparaître. J'étais devenue trop vieille pour la procession de toute façon, mais ça tombait bien, car je ne devais plus sortir, la réalité de ma situation étant trop évidente.

Dès que ma mère a compris ce qui se passait, elle a fait venir Marie Agélas. Elle est arrivée précipitamment à la maison dans son embarcation, son pauvre cheval maigre attaché au lilas. Elle portait toujours les habits les plus extravagants. Ce jour-là, elle était habillée en rouge de la tête aux pieds, son tignon tourné autour de son front laissant dépasser seulement quelques cheveux gris.

— Marie, elle m'a dit.

Sa voix était douce, ce qui a eu pour effet de me calmer.

On était toutes les trois dans la cuisine, assises autour de la table. La porte était fermée.

— Marie, j'ai des herbes à te donner. Je te ferai une infusion. Tu seras malade pour quelques jours, mais une fois guérie, tu ne seras plus en famille.

J'ai regardé ma mère. J'avais peur. Je voulais parler, mais les mots ne sortaient pas. Philomène s'est approchée et m'a prise dans ses bras.

— Marie, a ajouté Marie Agélas, j'ai donné cette infusion à beaucoup de femmes du quartier. Ce n'est pas sans risque, mais tu es forte et jeune. Tu seras malade, mais ce n'est pas mortel. Et ça ne t'empêchera pas d'avoir des enfants plus tard.

J'ai de nouveau regardé ma mère, ma vision troublée par mes larmes.

— Marie, m'a dit Philomène, c'est ta décision. Sache que je serai avec toi quoi qui se passe. N'aie pas peur. Fais ce que te dit ton cœur.

J'ai écouté mon cœur pour entendre ce qu'il me disait, mais je n'ai rien entendu.

— Non, j'ai répondu.

Et je ne saurai jamais pourquoi. Avec tout ce qui s'est passé depuis, malgré les tourments et la honte que ma famille a dû subir, je ferais pareil. Sans doute la Sainte Vierge me parlait-elle sans que j'aie pu le savoir.

Marie Agélas s'est levée, emportant avec elle le sac noir, et est partie.

— Prends courage, elle m'a dit, tout va bien aller.

Dès qu'elle est sortie de la maison, je me suis effondrée dans les bras de ma mère. J'étais anéantie.

Mon grand-père est venu quelques jours plus tard, pour une nouvelle discussion dans la cuisine. Cette fois-là, ça ne s'est pas passé de la même façon.

Il est arrivé à l'improviste, ou bien ça me semblait le cas. Mon père était là aussi, ce qui m'a fait croire que tout était arrangé à l'avance. On était dans la cuisine : ma mère, mon père, mon grand-père et moi. La porte était fermée.

— Marie, dis-moi qui c'est qui t'a mise en famille.

Drozin était assis à table en face de moi, ses genoux écartés. Les miens, serrés ensemble, se trouvaient entre les siens. Ma mère était assise à ma droite, les coudes sur la table. Mon père était debout derrière le Colonel.

— Drozin, laisse-la tranquille avec ça, a dit Philomène.

Sa voix était menaçante. On la sentait prête à bondir, comme un chaouis[44] pris en chasse par une meute de chiens. Depuis l'histoire de la Société de tempérance, mon grand-père et ma mère ne se parlaient pas. C'était bien la première fois que mon grand-père venait chez nous depuis Pâques.

— Écoute, Marie, il a dit avec sa voix de sirop. J'ai trouvé, grâce au père Fournet, un couvent près de La Nouvelle-Orléans, à Covington. C'est un endroit tranquille dans un grand bois.

Il a fait une pause, regardant mon père derrière lui. Ils en avaient déjà discuté.

— C'est les carmélites…

Il s'est arrêté et a regardé ma mère, essayant de jauger son humeur et de préparer son coup. Mais il était confus et il ne savait plus par quel bout l'attraper.

— Tu seras bien traitée et tu pourras te reposer le temps de…

Il s'est arrêté de nouveau, ses gros doigts flottant dans ses longs cheveux blancs. Il était fatigué, fatigué de voir son univers se dissoudre devant ses yeux.

— Tu pourras rester le temps nécessaire et une fois que…

Il a cherché ses mots.

— Une fois le bébé né, il sera adopté par une bonne famille. C'est la meilleure chose pour toi et pour ta famille.

Je ne sais pas d'où est venu le sentiment, mais ç'a été comme la lave d'un volcan qui éclate. Ç'a remonté du fond de mon ventre, surgissant dans mon estomac, puis passant par ma gorge comme un boulet de feu.

— NON ! j'ai crié.

44. Raton laveur.

Ils ont tous été surpris de la violence de ma réponse. Ça m'a surprise aussi. Je ne sais pas d'où est venu ce « Non ». Était-ce le bébé qui parlait à travers moi ? Était-ce Dieu qui avait un plan pour moi ? Je ne le saurai jamais.

J'aime beaucoup mon grand-père. Je me souviendrai toujours des fois où j'ai été bercée sur ses genoux, petite fille. Je suis certaine que je suis sa préférée, mais il doit aimer Mathilde aussi. Il disait qu'il avait deux genoux, un pour chacune de ses petites-filles. Je me rappellerai toujours son rire qui faisait trembler son gros ventre et les cadeaux qu'il nous apportait : du ruban de soie, des petites boîtes chinoises, des pinces pour nos cheveux. Il les achetait en ville, beaucoup trop fier pour se rendre dans la boutique de son ennemi de toujours, Debaillon.

Je visite souvent le petit cimetière où sont enterrées ma grand-mère, que je n'ai jamais connue, et ses filles, mes tantes, que je n'ai jamais connues non plus. J'ai souvent pensé à cet homme, mon grand-père, qui a perdu sa femme pendant qu'il faisait la guerre. Et qui a vu ses filles mourir les unes après les autres sans pouvoir les empêcher de subir le sort qui leur était réservé. Je prie pour mon grand-père tous les jours, car il a tout perdu et plusieurs fois. Ce n'est pas étonnant qu'il se réfugie dans les choses qu'il peut contrôler plus facilement que les femmes de sa famille.

Il était planté devant moi, une larme au coin de son œil. Il pensait qu'encore une fois il était en train de perdre une de ses filles.

— Marie, je t'en prie, c'est la meilleure chose pour toi, pour ta famille et pour le bébé. Il sera bien élevé et ne va pas passer sa vie à se faire pointer du doigt.

— Drozin, a dit ma mère.

Elle se retenait, comme un serpent counja prêt à frapper.

— Elle a dit non. Ça suffit.

— Marie, a continué mon grand-père. Pense à ce que tu fais et comment ça va toucher ta famille.

— Drozin, a répété ma mère.

Elle avait de la misère à se retenir.

— Tu veux dire que c'est la meilleure chose pour toi. Marie a dit non. On va s'arranger. Si tu veux nous répudier, Marie et moi, on va aller ailleurs, mais elle a fait son idée et si tu l'aimes, tu vas l'aider plutôt que de la cacher des yeux de tous ces maudits habitants qui n'ont rien à faire, à part de faire rouler les potins et de médire sur leurs voisins.

Il aurait pu continuer à argumenter avec moi. J'avais seize ans. J'avais peur. Je ne savais pas ce qui m'arrivait. Mais Drozin avait appris que ce n'est pas la peine de se prendre le bec avec sa bru. Elle était perdue, elle aussi. Elle était devenue plus qu'une femme; c'était maintenant une suffragette. Au moins, avec les Créoles, on pouvait raisonner, et si la raison ne fonctionnait pas, on pouvait toujours avoir recours à des correctifs plus vigoureux. Tandis qu'avec les suffragettes, il n'y avait rien à faire, se disait Drozin.

Le monde était à l'envers. Les certitudes sur lesquelles il comptait semblaient être devenues aussi fragiles que les feuilles de pacaniers dans les rafales du carême.

Drozin s'est levé. Il a regardé mon père comme pour dire « J'ai fait ce que j'ai pu » et il a pris son chapeau. On a entendu ses pas traverser la salle à manger et le salon, et la porte-moustiquaire se refermer derrière lui.

Ma mère s'est levée à son tour. Je voyais dans ses yeux le poids de ce qui venait de se passer. Ce n'était pas le choix qu'elle aurait fait. C'était plutôt celui que le destin lui infligeait.

— Marie, elle m'a dit, aide-moi à préparer le souper. Gautche, tu dois avoir quelque chose à faire, à part nous regarder.

Pendant qu'on cuisinait, ma mère m'a parlé. C'est grâce à ses paroles que j'ai pu traverser cette épreuve. Avec une voix pleine d'amour, elle m'a dit:

— Marie, ne t'inquiète pas. Tu as le courage et la force pour passer à travers. Tu peux faire ce que tu veux et je serai toujours là pour toi. Quoi qu'il se passe, je serai là pour toi.

Ses paroles étaient un baume sur mon cœur blessé. Je me suis mise à pleurer, des larmes chaudes qui coulaient sur mes joues, puis sur mon tablier.

— On sera toujours là pour toi, Marie, ne t'inquiète pas. Je serai là et ton père aussi, bien qu'il semble être insensible à ton chagrin. Et même Drozin, avec sa tête de bourrique, il sera là pour toi quand tu auras besoin. Asteur, c'est un jour à la fois. Tu vas te reposer, et rappelle-toi que vous êtes maintenant deux dans ton corps.

À partir de ce jour, en écoutant les paroles de ma mère, je n'ai jamais douté de moi. C'était difficile, cachée dans la chambre comme un animal dans une cage. Mais la foi en des meilleurs jours à venir ne m'a jamais quittée.

C'est difficile de passer à travers la trahison, de voir ses rêves réduits en miettes, jetées au vent. Il n'y a rien dans la vie s'il n'y a pas de l'amour. Une fois qu'on donne son cœur, la vie prend tout son sens. Mais quand l'amour est trahi, il ne reste rien. On devient un zombie, vivant comme un somnambule. On ne goûte rien, on ne sent rien, le plaisir du quotidien n'existe plus et si l'on survit, ce n'est que dans l'espoir de retrouver cette partie de nous, cette partie du cœur qui a disparu avec l'amant.

Il y avait mon bébé, mon beau et cher enfant. Chaque fois que je le nourrissais, je jouissais de son amour. Il me passait par l'intérieur un frisson qui me livrait à l'extase et qui me faisait oublier, pour quelques secondes, la souffrance qui était devenue mon sort.

Je voulais qu'il soit baptisé à l'église. Je n'ai jamais eu honte de lui, du fait qu'il soit né sans père, hors mariage, sans toutes les apparences sur lesquelles on construit son identité. Mon père, mon grand-père, eux, ont eu honte, honte de ce fils de Dieu né en cachette. Mais eux aussi ont été obligés de reconnaître le bonheur de l'innocence de son sourire et de la pureté de l'étincelle qui allumait ses yeux. On ne naît pas mauvais, on naît pur. Le malheur est un apprentissage, car le bonheur est l'état de grâce naturel.

Au début, on m'a dit que le baptême à l'église était impossible. Le prêtre s'opposait formellement à ce que mon bébé soit reconnu devant Dieu. Quand on m'a annoncé cette triste nouvelle, j'ai pleuré pendant une semaine. Petit à petit, je me suis résignée à l'idée qui pesait sur moi comme le désastre, comme tout le poids de l'univers. Mais un jour, ma mère m'a annoncé :

— Marie, le père Fournet accepte qu'André-Alexandre soit baptisé à l'église.

Mon cœur a sauté de joie comme une colombe s'élançant vers le ciel. J'étais tout excitée de voir mon rêve se réaliser. Il fallait s'occuper de la fête et, grâce à ma mère et à la Sainte Vierge, ce jour est arrivé.

Philomène a cousu une belle robe blanche pour le vêtir. Toute la famille nous est venue en aide. On m'a laissé le choix du parrain et de la marraine. Ma mère me faisait confiance et même Drozin, qui mettait sa patte partout, m'a donné carte blanche.

— C'est ton choix, il m'a dit, c'est ton bébé, et tu devras prendre cette décision bien au sérieux pour que, dans le cas que quelque chose t'arrive, que quelque chose nous arrive, ton bébé soit bien élevé.

Par après et pendant des années, on a analysé mon choix, parce que j'avais choisi deux personnes reconnues comme étant les adversaires de mon grand-père. Mais ça ne m'a jamais traversé l'esprit. J'ai choisi des gens que je pensais être en mesure de s'occuper d'André-Alexandre. C'est tout. Je savais que si quelque chose m'arrivait, ma mère, mes tantes et Drozin lui-même allaient prendre soin de mon bébé. Mes choix ont été basés sur un calcul d'affaires, tout simplement. Pour une fois, je voulais prendre une décision comme l'aurait fait mon grand-père. Par intérêt et non pas par sentiment.

Après avoir tourné ça dans tous les sens, j'ai choisi les deux personnes les plus influentes que je connaissais. Je pensais bien que Drozin n'allait pas être heureux de mes choix. Mais, comme il le disait lui-même, la décision était la mienne.

J'ai donc choisi Virginie Mouton pour marraine et Alcide Debaillon pour parrain.

Mme Mouton était heureuse de dire oui. Elle était devenue une grande amie de ma mère. Grâce à Virginie, ma mère avait appris à lire et à écrire et m'avait enseigné à son tour. La proposition a été envoyée dans une lettre écrite par ma mère et apportée par mon frère André. La réponse a été livrée chez nous quelques jours plus tard, sous un ciel bleu magnifique, par Achille, le vieux servant de Mme Mouton. Il est arrivé, mal habillé contre le froid, tremblant dans sa veste blanche. Avec son air sérieux, il est monté sur la galerie et a cogné à la porte. Ma mère a ouvert.

— Une missive de Mme Mouton, il a annoncé, présentant une enveloppe grise en papier satiné.

Ma mère l'a prise.

— Achille, voulez-vous une tasse de café, quelque chose pour vous réchauffer ?

— Je vous remercie, madame, mais je ne dois pas tarder.

Et avec ça, il s'est retourné et a descendu les marches, se frottant les bras vigoureusement.

Il est monté dans le cabriolet toujours aussi luisant et est reparti.

Ma mère m'a appelée et a ouvert la lettre. Elle était capable de la lire.

— « Chère madame Boudreaux, chère Philomène, c'est avec un cœur joyeux que j'accepte de devenir la marraine de votre petit-fils, André-Alexandre. Dans l'espoir que je n'aurai jamais à assumer la responsabilité de sa protection et de son bien-être en cas de malheur, je vous assure, cependant, que vous pouvez compter sur moi. Si jamais le destin le prive de la présence de sa mère et de ses proches, je vais prendre soin de lui comme s'il s'agissait de ma propre progéniture. Avec mes sentiments les plus chaleureux. »

Ma mère a dû lire la lettre trois fois pour être certaine d'avoir bien compris. Le mot « progéniture » nous échappait, mais on a deviné ce que ça voulait dire. Après la troisième lecture, ma mère m'a regardée, les larmes aux yeux.

— Marie, elle m'a dit, il y a du monde qui t'aime et qui t'aimeront toujours. Il y a du bon monde.

Le choix d'Alcide Debaillon a été plus difficile. Je ne pouvais confier la tâche à personne. C'est pendant la messe de Noël que je l'ai accosté. Il a été surpris quand je lui ai demandé si je pouvais venir le voir. Confus, il a répondu :

— Bien sûr.

Et il s'est éloigné rapidement. C'est le 8 janvier, un lundi, qu'André m'a accompagnée chez Alcide Debaillon. Je l'ai trouvé dans son magasin avec Baptiste Perez. Ils faisaient l'inventaire du début de l'année.

Alcide Debaillon vit seul dans la plus grande maison du village. Sa femme est morte pendant qu'il était à la guerre, encore un point commun qu'il partage avec Drozin. Tous les deux sont orgueilleux, susceptibles et riches. Drozin vit seul avec son valet italien. Debaillon vit seul avec sa femme de ménage créole, une de ses anciennes esclaves qu'il a traînée depuis Royville, et son mari qui lui sert de jardinier et d'homme à tout faire. Son fils à Debaillon est déménagé à Vermillionville et travaille à la gare. Sa fille s'est mariée avec un Américain et est partie vivre à Houston. Il ne voit ses deux enfants que rarement.

La demeure est comme son propriétaire, prétentieuse, une maison blanche à deux étages pourvue chacun d'une galerie face au nord, surplombant le chemin de fer. Dans le style fantastique américain, le coin nord-est de la maison est dominé par une tour ronde surmontée d'une toiture en pointe et d'une girouette en forme de coq. Au soleil couchant de la maison se trouvent la gare et, plus loin, le moulin de coton et, au soleil levant, il y a le magasin, un énorme bâtiment en voliches avec un toit en étain de la même couleur argentée que le moulin. La porte d'entrée donne sur la rue principale du village et c'est par celle-ci que je suis entrée.

L'intérieur est immense, une caverne dans laquelle se trouvent toute qualité d'outils, même des charrues, ainsi qu'un *sulky* noir aux roues laquées noires dont le moyeu est rouge flambant, ses barres d'attelage posées par terre en attendant d'être attachées aux flancs des animaux. Sur les deux côtés, il y a un balcon en encorbellement bordé de sculptures en arabesques. Celui de droite, pour les hommes, contient habits, fusils et rasoirs, et celui de gauche, pour les dames, chapeaux de plumes, robes, poêles en fonte et autres articles de cuisine. Le magasin est plus grand que l'église. Ça sent le neuf.

Alcide Debaillon, un homme de taille moyenne, les cheveux gris coupés court à la mode des Américains, était sur le plancher devant moi, papier et crayon à la main. Devant lui, Baptiste Perez était penché par terre, comptant les articles à l'intérieur d'une armoire. Debaillon a posé sa feuille et s'est approché de moi. Mes yeux ne s'étaient pas ajustés à la noirceur, et je ne le distinguais pas très bien.

— Bonjour, mamzelle, il m'a dit.

— Bonjour, monsieur Debaillon.

— Que puis-je faire pour vous ?

Il devait se demander ce que je lui voulais. Il était évident que je n'allais pas acheter de sa marchandise. D'ailleurs, qui pouvait se payer ses articles de luxe ? Je ne pense pas qu'il a beaucoup de clients, son magasin servant son orgueil plutôt que sa poche.

— J'ai un service à vous demander.

— Avec plaisir si je le peux, il a répondu.

Il a le charme de sa génération et le verbe séducteur de l'ancienne chevalerie.

— Je vais baptiser mon enfant prochainement et je serais honorée si vous acceptiez de devenir son parrain.

Il a été très surpris par ma demande et j'ai vu que ça tournait dans sa tête, ses pensées traversant son visage comme une volée d'oies dans le ciel d'automne. Il a pris un grand moment avant de répondre, lâchant un soupir.

— Mais pourquoi moi, mamzelle ? On se connaît à peine.

Il a fait une pause et m'a fixée.

— Vous êtes la fille de Gautche et de Minouche Boudreaux ?

— Oui.

— Mais vous avez bien de la parenté, et plusieurs membres de votre famille qui sont plus proches de vous. Pourquoi pas un de vos oncles, ou même votre frère ?

J'ai réfléchi, prenant mon temps pour répondre.

— Le rôle d'un parrain est de s'occuper de l'enfant si jamais les parents disparaissent. Et dans tout le pays, vous êtes le mieux placé pour pouvoir élever mon garçon si jamais quelque chose m'arrive.

Il a scruté mon visage, ses bras croisés sur sa poitrine. La lumière de la porte était derrière moi et m'encadrait comme un voile. Finalement, il a répondu.

— Ce n'est pas votre grand-père qui vous a encouragée à me demander ça ?

— Non, Drozin n'est pas au courant.

— Dans ce cas, Marie... Vous vous appelez Marie, n'est-ce pas ? J'accepte. Dites-moi comment je peux vous aider.

J'étais certaine qu'il avait accepté surtout pour faire enrager Drozin. Mais je m'en foutais. L'important pour moi, c'était qu'André-Alexandre aurait du soutien si jamais il m'arrivait un malheur. En plus de ma famille, qui serait toujours là pour lui et moi, André-Alexandre aurait comme parrain l'homme le plus influent du quartier.

Je suis sortie du magasin comme portée par des anges. J'avais le cœur qui chantait. Je ne serais plus la femme répudiée, celle dont on avait honte, celle qu'on cachait. Maintenant, mon enfant et moi pourrions enfin sortir de l'ombre et trouver notre place au soleil.

31

André Boudreaux

Depuis la naissance d'André-Alexandre, ma mère est retournée à l'église. Malgré le fait que le père Fournet lui refuse toujours la communion, elle assiste à la messe comme s'il n'y avait rien eu. Elle ne sait pas si le prêtre va lui refuser, mais elle ne prend pas de risque, restant assise sur le banc, André-Alexandre dans ses bras, pendant que mon frère et moi nous agenouillons à la balustrade.

André-Alexandre n'est pas un enfant sage, et il hurle de tous ses poumons dès qu'on entre dans l'église. Le prêtre semble bien agacé par ses cris, et ça joue certainement dans son refus de le baptiser.

Le lundi après l'Épiphanie, mon grand-père lui a rendu visite. C'était à l'heure du midi. Le père Fournet était à table, mangeant un bol de gombo d'herbes, quand il a entendu cogner à sa porte. En ouvrant, il a trouvé mon grand-père. Caro Raggio était assis dans le cabriolet et attendait. Le vent soufflait du nord-ouest. Drozin se tenait debout sur la petite galerie du presbytère orientée au sud, à l'abri.

Le prêtre ne l'a pas invité à entrer, les deux hommes se regardaient comme deux coqs à travers la porte-moustiquaire.

— Monsieur Boudreaux, à quoi je dois l'honneur de votre visite ? a dit le prêtre.

Sa voix était froide comme le vent qui sifflait entre l'église et le presbytère. Il était agacé, tout comme il l'était quand

André-Alexandre se mettait à hurler pendant la messe. Il pensait à son bol de gombo en train de refroidir sur la table et il espérait se débarrasser de son visiteur malvenu au plus vite.

— Mon père, a répondu Drozin, l'intensité de son regard perçant la moustiquaire de la porte. Je désire faire un arrangement pour le baptême de mon arrière-petit-garçon.

— Vous avez un arrière-petit-garçon ? a demandé le prêtre.

Drozin a eu envie de lui répondre « Ne joue pas à l'innocent », mais il s'est retenu.

— C'est le garçon de ma petite-fille Marie.

— Et qui est le père ?

Il avait envie d'arracher la tête du prêtre. Lui, Drozin Boudreaux, le marguillier le plus généreux de la paroisse, l'allié le plus fidèle du prêtre et de toutes ses manigances. Il n'a pas répondu.

— Monsieur Boudreaux, je ne peux pas, selon les règles de l'Église catholique, baptiser un bâtard né en dehors du sacrement du mariage.

— Mon père, vous savez, comme tout le pays, que Marie a été violée. Elle n'a aucune culpabilité. Vous ne pouvez pas le lui refuser. L'enfant doit être baptisé à l'église.

— Comment savez-vous qu'elle a été violée ?

Le prêtre a marqué une pause, serein dans la conviction de son arrogance. Puis il a continué.

— Vous savez, monsieur Boudreaux, que dans ces cas, la femme ou la fille n'est pas innocente. Il se peut fort bien que, par une attitude coquette et une séduction débridée, elle ait tout simplement provoqué ce qui lui est arrivé. Vous pouvez le baptiser vous-même. Il s'agit de lui asperger la tête tout simplement en disant : « Je vous baptise au nom du Père, du Fils et du Saint-Esprit. » Cela aura autant de valeur aux yeux du bon Dieu.

Drozin n'en pouvait plus. Il a poussé la porte, saisissant le prêtre par la chemise. Il l'a tiré vers lui, leurs deux visages collés ensemble, leurs nez à moins d'un pouce l'un de l'autre. Le prêtre était hypnotisé par les yeux de Drozin, dans lesquels brûlait une ardeur violente. Le père Fournet était sur la pointe des pieds, ses épaules tirées vers le haut, ses mains impuissantes à ses côtés.

La voix de Drozin a résonné comme un bout de soie déchiré par du fil barbelé. Le prêtre a senti l'odeur du whisky.

— Écoute-moi, mon petit crapaud de Canadien...

Il tenait toujours la chemise du prêtre dans ses grosses pattes, ses doigts devenus blancs.

— Je n'ai tué personne depuis la guerre, mais je sais toujours comment faire. Tu vas baptiser cet enfant dans l'église, devant Dieu et tout le monde, et tu le feras de bon cœur.

Drozin a marqué une pause, tirant le prêtre encore plus près. Si près qu'il aurait pu l'embrasser sur la bouche.

— La cérémonie aura lieu le samedi 13 janvier. Si tu refuses, je brûle ton église et Charlie Jenkins se fera un plaisir de te goudronner aux plumes de canard et de te foutre sur le prochain train vers l'ouest.

Les mains du prêtre tremblaient, son sang était glacé. Il a avalé sa salive, la bouche sèche. Drozin a lâché prise, les chaussures noires égratignées du prêtre ont rejoint le plancher.

— On viendra faire les arrangements dans la semaine.

Drozin a rajusté sa veste, secouant ses épaules. Il a sorti un petit sac de sa poche et l'a placé dans la main du prêtre.

— Tiens, il a dit.

Puis il a tourné les talons et est monté à bord du cabriolet.

Une fois assis, il a ajouté :

— Et tu donneras la communion à ma belle-fille à partir de dimanche prochain.

Caro Raggio a donné un bon coup de fouet sur la croupe du poulain hongre avec les guides. Ils sont partis dans un éclat de poussière.

Le prêtre est rentré dans la maison, tenant le petit sac. Il était en velours violet, amarré avec un fil doré. Ses mains tremblaient encore. En l'ouvrant, il a trouvé cent dollars américains en pièces d'or. Retournant à sa table, il a placé le sac à côté du bol et a recommencé à manger. Le gombo était froid.

32

Ernest Blanc, 3 mars 1883

Aujourd'hui, pendant que j'écris ces quelques lignes, je suis en prison, d'où j'aperçois un coin de terre entre les barreaux de la fenêtre.

Il fait un temps magnifique, le soleil éclaire la ville de ses rayons dorés, qui, hélas, ne parviennent pas jusqu'à moi, enfermé dans mon cachot noir. Mais pourquoi suis-je, ou plutôt pourquoi sommes-nous ici, mon frère et moi, tristes et sans espérance, ayant pour toute perspective la potence ? C'est parce que nous avons commis un crime et qu'il faut que nous payions de notre vie.

Nous avions été embauchés dans la troupe de la Divine Sarah Bernhardt comme assistants, portant ses valises, lui servant son thé, satisfaisant ses besoins, petits et grands. Mais après des années de cette vie devenue ennuyeuse par certains côtés, nous avions envie d'évasion et nous nous rappelâmes les histoires fabuleuses que nous avions lues dans le roman que nous avait offert Gabriel Dumont, à Paris. Durant la tournée américaine de la Divine, Alexis et moi parlions de plus en plus de quitter le groupe et de partir à l'aventure comme les James Boys de l'Ouest.

Pendant notre séjour aux États-Unis, nous rencontrâmes le Colonel Drozin Boudreaux, éleveur et planteur du sud de la Louisiane. Nous lui proposâmes nos services de jardiniers, ignorant à peu près tout de ce métier, mais sachant suffisamment de choses pour le convaincre de nos capacités. Nous fûmes engagés au salaire de vingt-cinq dollars par an, logés et nourris.

C'est de cette façon que nous arrivâmes chez le vieux Colonel Boudreaux, où nous avons travaillé dans les champs, apprenant le métier de fermier.

C'était une vie tranquille, douce et honnête et qu'aujourd'hui je regrette d'avoir quittée pour suivre la mauvaise voie de l'ambition ; celle de la fortune, de la fièvre de l'or que le démon nous avait suggéré en lisant un livre intitulé *Les James Boys*. C'est dans ce livre que nous puisâmes l'idée du vol. Pourquoi travailler aux champs ? Pourquoi suer la journée entière derrière une charrue et se retrouver, à la fin de l'année, sans avoir un habit à se mettre sur le dos ?

Prendre l'or des autres en une seule nuit nous parut plus facile. La perspective de passer une autre année dans ce trou au bout du monde, entourés de rustres incultes, accomplissant un travail épuisant et sale, sans rémunération, mis à part un logement minable et quelques dollars, nous paraissait très peu attrayante. Nous décidâmes donc de mettre notre plan à exécution. Pour ce faire, nous achetâmes deux revolvers au magasin d'Alcide Debaillon pour ne pas éveiller les soupçons de notre employeur, et nous fabriquâmes deux poignards avec des vieilles limes. Une fois bien armés, nous décidâmes de voler Martin Begneaud et, huit jours après, nous étions prêts à exécuter notre projet. Deux jours de suite, nous reculâmes, mais le troisième, soit le jour des élections, le 18 février 1882, nous fonçâmes.

Ce soir-là, nous arrivâmes à Scott pour assister au bal qui se tenait chez Baptiste Perez. Nous partîmes parmi les derniers. Le village était redevenu tranquille et s'endormait, à l'exception du café de Martin Begneaud. Il était trop tôt pour commencer l'attaque, en conséquence, nous nous réfugiâmes dans les herbes le long de la voie du chemin de fer, guettant tous les mouvements des gens qui se trouvaient dans le café. Enfin, au bout d'une heure ou deux d'attente, les rares clients qui restaient encore là s'éloignèrent rapidement, chacun s'en allant chez lui.

C'est alors que nous aperçûmes Martin Begneaud, resté seul. C'était le moment ou jamais d'agir ; aussi, sortant de notre cachette, nous nous précipitâmes en direction du café, mais malgré notre vitesse, nous arrivâmes trop tard : la porte était fermée à clef et le café était bien clos.

Nous frappâmes à la porte, et Martin vint ouvrir en demandant qui était là.

— C'est nous, avons-nous répondu.

Et, entrant dans le café, nous lui achetâmes un paquet de tabac en lui disant que, comme nous travaillions dur toute la journée, nous n'avions pas eu le temps de venir plus tôt. Ensuite, nous lui causâmes de choses et d'autres pendant assez longtemps, sans pouvoir trouver la chance de l'attaquer avec avantage, car il était derrière son comptoir. Nous allions partir quand l'idée nous vint de lui demander de nous faire voir les trappes à rats, ce qui l'obligea à sortir de derrière son comptoir, nous donnant l'occasion que nous attendions depuis longtemps. Il nous montra les pièges et, après nous avoir expliqué leur fonctionnement, en se tournant vers nous, il découvrit la présence du poignard et du revolver d'Alexis. Sa surprise fut telle qu'il fit un bond en avant, essayant de s'emparer des armes braquées sur lui.

— Ne bougez pas ou vous êtes mort, lui dis-je alors, mon revolver dirigé vers sa tête.

Paralysé sans doute par l'idée qu'il pouvait tomber sous une de nos balles ou être transpercé par un coup de poignard, il se tint tranquille. C'est alors qu'Alexis alla fermer la porte qui était demeurée ouverte depuis notre arrivée. Ensuite, nous lui dîmes :

— Maintenant, nous pouvons causer librement, sans que personne nous dérange. Martin, tout ce que nous voulons, c'est que vous ouvriez votre coffre-fort, afin que ces bons billets passent de votre coffre dans nos poches.

Sans prononcer un mot, il marcha tout droit vers le petit meuble en fer dont le contenu avait déjà enflammé plus d'un cerveau humain.

Cinq minutes plus tard, le coffre-fort était ouvert; ce ne fut pas sans difficulté pour Begneaud, car il tremblait beaucoup en tentant de se rappeler la combinaison. C'est alors que, sans nous préoccuper de l'argent, nous commençâmes à lui attacher les mains et, ensuite, à lui entourer le corps avec du calicot pour plus de sûreté. Puis, le conduisant à sa chambre, nous lui attachâmes les pieds et le fîmes asseoir sur le lit, Martin présentant l'aspect d'un saucisson bien ficelé. Je restai auprès du lit, le pistolet à la main, guettant les moindres mouvements de l'infortuné prisonnier, pendant qu'Alexis fouillait dans le coffre-fort aussi froidement qu'un banquier aurait fouillé dans le sien. C'est alors que Martin me demanda - car malgré son bâillon, il parlait distinctement - pourquoi nous ne lui avions pas demandé l'argent, qu'il nous aurait donné sans qu'on ait besoin de le traiter de la sorte. Je lui répondis qu'il parlait ainsi parce qu'il était pris.

Sur ce, Alexis lui dit qu'il ferait mieux de nous indiquer où se trouvaient les clefs de deux petits tiroirs fermés.

— Les clefs sont dans un tiroir qui est ouvert, répondit-il. Il n'y a que des documents d'affaires dans l'un et de l'or dans l'autre.

Alexis retourna au coffre et ne dénicha qu'une seule clef, qui ouvrait justement le tiroir contenant de l'or; il chercha l'autre clef, mais ne la trouvant pas et croyant la parole de Martin, il ne s'en inquiéta pas davantage, satisfait, du reste, de la quantité d'or, d'argent et de billets sur laquelle il avait mis la main.

Cela nous avait pris un quart d'heure, et moi, m'impatientant dans la chambre, j'allai retrouver mon frère pour savoir s'il avait terminé son petit travail de banquier. En effet, j'aperçus sur le plancher, devant le coffre, deux sacs d'argent qui pesaient un bon poids, et les poches d'Alexis gonflées de billets. Nous étions sur le point de nous consulter sur la façon dont nous allions attacher Martin pour qu'il ne puisse pas nous nuire jusqu'au lendemain matin, lorsque nous l'entendîmes nous dire:

— Ne détruisez pas mes livres de comptes, ni mes papiers d'affaires, sans lesquels je ne pourrai pas vivre.

Dans le silence de la nuit, cette voix sonore nous parut probablement plus forte qu'elle ne l'était en réalité. Cela nous causa une impression impossible à exprimer, et me précipitant, affolé, dans la chambre, je poignardai Martin assis sur son lit. Combien de coups lui ai-je donnés, je ne m'en souviens pas, ni ne l'ai jamais su. Tout ce dont je me souviens, c'est le cri étouffé qu'il a poussé au premier coup de poignard, sûrement mortel. Cette scène s'est passée en bien moins de temps qu'il n'en faut pour la décrire. Sans perdre une seconde, nous prîmes les sacs et nous nous enfuîmes dans la campagne sous la pluie, vers notre cabane.

Sitôt rentrés chez Drozin, nous enterrâmes l'argent, puis, dissimulant nos armes et nos billets de banque, nous brûlâmes tout ce qui pouvait nous incriminer. Le lendemain matin, lorsque la nouvelle du meurtre commença à circuler, nous étions en compagnie du Colonel Boudreaux dans son verger, en train de tailler les néfliers. Le vieux Colonel fut bouleversé en apprenant la mort de Martin. Naturellement, nous fîmes de même, affichant une mine affligée et causant avec tout le monde aussi librement que si nous avions eu la conscience nette.

Quelques heures après, nous apprîmes que le shérif devait se rendre sur le lieu du crime avec des chiens limiers pour se mettre sur la piste du ou des meurtriers.

Nous n'avions jamais songé aux chiens auparavant, aussi cette nouvelle nous fit-elle réfléchir sur l'issue de la partie que nous jouions. En conséquence, nous demeurâmes dans notre cabane toute la journée. Vers quatre heures de l'après-midi, les chiens, après avoir tourné et erré quelque peu autour du café, se lancèrent sur une piste qu'ils suivirent sur la voie du chemin de fer jusqu'à l'endroit où, la veille, nous l'avions quittée. Puis ils s'éloignèrent et ne parvinrent pas à retrouver la bonne piste. Ce fut un soulagement pour nous, et désormais, nous fûmes sûrs de pouvoir nous échapper.

Après avoir passé une semaine sans que le moindre soupçon nous ait atteints, et faisant croire que nous avions reçu l'invitation d'un ami français en visite, nous partîmes pour La Nouvelle-Orléans par le train de midi quarante, en emportant tout l'argent que nous avions mis dans nos ceintures.

Nous arrivâmes en ville le soir, après avoir supporté pendant sept heures ces ceintures pleines d'or et d'argent, qui nous mâchaient le corps. La première chose que nous fîmes en arrivant fut d'acheter des valises et de prendre une chambre d'hôtel afin de nous décharger de nos fardeaux. Le lendemain matin, frais et reposés, nous prîmes le train pour Atlanta puis New York, où nous demeurâmes quelques jours, en attendant le départ d'un paquebot pour l'Europe. Après six jours de traversée, nous débarquâmes à Southampton, en Angleterre, et le lendemain, notre bateau accosta en France, dans la ville du Havre. Là, nous restâmes quelques jours, nous habillant de neuf et goûtant du bon vin et de la bonne cuisine française. C'est alors que vêtus comme des princes et les poches pleines d'or, nous fîmes notre entrée triomphale à Paris, où nous vécûmes pendant un mois et demi en menant une vie de millionnaires, montant à cheval, visitant tous les théâtres et continuant de goûter le bon vin et les belles femmes. Bientôt las de cette vie de débauche, l'amour des voyages reprit le dessus.

Laissant la capitale derrière nous, nous commençâmes à voyager à travers la Belgique et l'Angleterre. L'idée nous vint de retourner aux États-Unis. Je me souvins de nouveau de mes lectures qui avaient frappé mon esprit impressionnable. Le désert, avec toutes ses grandeurs, tous ses charmes, ses paysages fabuleux, m'attirait comme l'aimant attire le fer. Rien ne me semblait plus beau que de vivre continuellement avec la nature, libre comme l'air, chassant, pêchant pour subsister, loin de tous les bruits du monde civilisé. Oh ! quelle belle vie : toujours l'imprévu, toujours du nouveau, jamais l'uniformité du travail des villes, toujours la nature verdoyante, de grands bois touffus à l'ombre desquels se reposent des troupeaux d'antilopes aux mouvements gracieux, toujours de grandes plaines parsemées de fleurs odoriférantes et couvertes de bisons. Pour moi, c'était l'idéal.

C'est avec toutes ces idées en tête que, mon frère et moi, nous revînmes en Amérique, au mois de septembre 1882. New York est une assez belle ville, mais elle ne me captiva pas bien longtemps, car aussitôt arrivé, je m'empressai d'aller acheter deux billets pour Omaha City, Nebraska, d'où je pensais m'élancer avec mon frère dans les prairies.

Donc, quelques jours après, nous montâmes à bord du train, armés chacun d'une bonne carabine, d'un revolver et d'un couteau de chasse, des munitions suffisamment pour quelque temps et d'un peu d'argent dans les poches. Je jouissais d'avance à l'idée d'exécuter ce projet de vie d'aventure. Mais, hélas ! Dieu ne voulut sans doute pas qu'il s'exécutât. À Saint-Louis, nous fûmes obligés de rester une journée entière ; en conséquence, nous prîmes une voiture pour nous conduire à l'hôtel. Je m'étais arrangé avec le cocher pour qu'il nous ramenât à l'heure du départ du train, mais notre homme ne vint pas. Notre déception fut accablante. Nos billets ne valaient plus rien, et nous ne pouvions plus continuer notre voyage. À la rigueur, nous aurions pu le faire, mais il aurait fallu dépenser beaucoup d'argent et nos moyens ne nous le permettaient plus. J'eus cependant grande peine à envisager l'idée de rester à Saint-Louis. Qu'allions-nous y faire ? Comment trouver du travail dans un pays étranger où l'on ne connaît personne, dont on ne parle pas la langue ? Cette perspective n'était pas pour me rassurer sur l'avenir et, cependant, je ne pouvais pas faire autrement que d'y penser.

Quelle vie de misère ai-je passée depuis cette première déception ; quelles privations n'avons-nous pas endurées une fois notre dernière piastre dépensée. Ce fut une terrible chose pour moi qui avais quand même goûté au bon côté de la vie. Je demandais du travail partout, dans toute la ville et dans toutes les campagnes environnantes, mais jamais je ne pus en trouver. Alors, le désespoir s'empara de moi. Je perdis courage et, pendant un mois entier, je suis resté, avec Alexis, dans une cabane abandonnée, aux environs de Saint-Louis, couchant à même le sol et mangeant quelques grains de maïs rôtis. Peu à peu, les forces me manquèrent et j'avais de la difficulté à me mettre debout. Bientôt, je ne pus même plus me lever, j'étais trop faible. Mais heureusement, la providence veillait sur nous. Un jour, des jeunes gens qui faisaient paître des chevaux dans la brousse nous croisèrent et, touchés par l'ampleur de notre misère, nous firent manger, en nous disant que le lendemain, ils nous trouveraient de l'ouvrage. En effet, ils firent comme ils l'avaient dit. C'était un camp de bohémiens. On nous y reçut très bien, et ces bonnes gens, comprenant que nous étions affaiblis, ne nous confièrent d'autre occupation que de donner à manger aux chevaux et de les faire boire.

Il faut croire que je n'avais pas de chance car, aussitôt monté sur un des chevaux en les menant à l'abreuvoir, je tombai et je me foulai le pied droit. Alexis chuta aussi, de sorte que nous étions tous les deux estropiés, incapables de travailler pour ces gens qui nous avaient recueillis. Notre seule ressource était d'aller à l'hôpital pour nous faire soigner, mais nous craignions qu'étant étrangers l'on nous en refusât l'accès. Heureusement, nos bienfaiteurs s'en occupèrent activement et quelques jours après notre accident, nous y étions admis. Ce qu'il nous fallait plus qu'autre chose, c'était du repos. Au bout d'un mois de bonne nourriture et de soins, nous sortîmes de l'hôpital, mais à regret. Nous étions guéris et bien portants de nouveau, donc nous ne pouvions pas y rester plus longtemps. Je recommençai à ratisser la campagne et, quelques jours après, je parvins à trouver de l'ouvrage pour mon frère et moi dans une ferme, où nous devions travailler en échange de nourriture et de vêtements. Je sais bien que ces sortes d'emploi, sans être payées, ne plaisent pas à tout le monde, mais pour moi, c'était le paradis. Nous allions enfin avoir une maison où nous pourrions coucher le soir et nous reposer de la fatigue du jour. Jamais homme ne fut plus content que moi à cette belle perspective, car nous n'avions d'autre ambition que de vivre tranquillement. Tout l'hiver, nous demeurâmes à cet endroit, nourrissant les animaux, trayant les vaches, remontant les barrières, accomplissant enfin toutes les tâches de la ferme.

Après quelque temps, je demandai à notre patron qu'il nous paie et, à son refus, je décidai de m'en aller avec mon frère. Il me sembla que d'émigrer dans le Sud, à La Nouvelle-Orléans, où l'on parlait notre langue, était le meilleur plan pour nous. Nous pensions que les Français ou les Créoles ne feraient pas de difficultés pour nous employer. Sûrs de cette chose, nous partîmes sur la voie du chemin de fer, n'ayant que quelques dollars pour toute fortune, mais le cœur plein d'espérance en l'avenir. Nos projets de chasse dans les déserts du Nouveau Monde n'étaient plus envisageables. Nous avions d'autres idées en tête, excepté celle de souffrir pendant le voyage que nous entreprenions. Je ne savais pas encore ce que voyager sous la pluie et la neige signifiait. Je l'appris à mes dépens. Un beau jour, avec dix dollars chacun dans nos poches, nous prîmes le Frisco Line à pied, descendant à travers le Missouri, l'Arkansas, le territoire indien et le Texas, où, prenant le Texas Pacific, nous fîmes notre chemin jusqu'au Mexique, où nous séjournâmes quelques jours. Nous endurâmes les mêmes privations que nous avions déjà endurées avant d'être admis à l'hôpital de Saint-Louis. Ce ne fut qu'au bout d'un mois que nous décidâmes de repartir en direction de La Nouvelle-Orléans. N'y trouvant rien à faire, nous retournâmes à Scott par le Morgan and Louisiana Railway.

Tout au long de notre périple, nous cherchâmes de l'ouvrage, mais nous ne pûmes jamais en trouver nulle part, pas plus au Mexique qu'aux États-Unis. C'est pour cette raison que nous arrivâmes à Vermillionville, le 13 janvier 1883, car nous pensions y trouver du travail, parce que beaucoup de monde nous y connaissait.

Nous savions parfaitement que nous risquions notre peau, mais nous étions si malheureux que nous n'y songions pas vraiment. Surtout que nous pensions que l'histoire aurait été oubliée.

En arrivant à la gare de Scott, nous prîmes la direction de notre ancienne demeure chez le Colonel Boudreaux, marchant sur la voie ferrée. Passant devant la maison d'Alexandre Boudreaux et voyant qu'il se tenait une fête, nous décidâmes de nous y arrêter. Dès notre entrée dans la maison, Mme Boudreaux nous fonça dessus, criant comme une harpie. Pris de peur, nous nous précipitâmes chez le Colonel où il nous trouva, cachés dans notre cabane. Il nous arrêta et nous conduisit en prison.

Nous fûmes envoyés à La Nouvelle-Orléans quelques jours plus tard.

Nous restâmes en ville un mois, ayant reçu la visite de nombreux curieux, et le 10 février 1883, nous fûmes ramenés à Vermillionville pour être jugés.

Le jour de notre jugement, d'abord fixé au 17 février, fut reporté au 25 février. Le procès dura deux jours et une demi-nuit et nous fûmes condamnés, malgré un éloquent plaidoyer de notre avocat, parce que mon frère, submergé par l'émotion de voir cette pute de Marie Boudreaux larmoyante, a tout avoué. Il est bien triste de constater les folies que l'amour, ou plutôt le désir, peut provoquer. Nous sommes condamnés pour un crime haineux et nous allons payer le prix de notre péché, mais cela n'aurait jamais eu lieu si mon frère avait pu se retenir. Je l'aime, mais je lui en veux de nous avoir conduits à la potence pour une bêtasse de fille.

Et maintenant, nous attendons, tout en pensant qu'il est bien triste de mourir si jeunes, mais que la volonté de Dieu doit s'accomplir.

33

Lorsque l'homme arrive à un certain âge dans la vie, où ses plus chères espérances ont été déçues, son seul bonheur est de regarder en arrière, de découvrir dans le passé le moindre épisode de sa jeunesse et de l'époque où il était heureux.

Que de regrets aujourd'hui affluent dans mon cœur, moi, pauvre misérable, condamné, dont la vie n'est qu'une question de jours. Que de fois je pense et j'ai pensé à cette vie de bonheur et de joie entrevue dans mes songes. Car je suis jeune. J'ai vingt-cinq ans. Vingt-cinq ans et je vais mourir d'une mort violente en pleine santé et dans toute ma force. Quelquefois, j'oublie la triste réalité pour laisser errer mon esprit dans les nuages de la rêverie. C'est là que je savoure les joies innocentes de mon enfance trop vite écoulée. C'est là aussi que, revenant au présent, je vois la mort en face et plus rien que d'amers souvenirs qui me font regretter mes fautes, la cause de ma vie perdue. Mais hélas ! Il est trop tard aujourd'hui pour se récriminer; si je suis dans la position où je me trouve, c'est ma faute et non pas celle des autres. Ma seule espérance est que, si les hommes m'ont condamné sans pitié pour ma jeunesse, Dieu, le Père de tous les hommes, me pardonnera, car, si j'ai commis un crime, ma mort sera l'expiation. Dieu est si bon qu'il ouvre ses bras à tous ceux qui, égarés comme je l'étais, reviennent à Lui en demandant pardon de leur égarement. J'espère en Lui, en sa bonté miséricordieuse, et je le sens bien : il me pardonnera.

Je me souviens aujourd'hui du temps heureux où ma pauvre mère était encore là pour veiller sur moi comme un bon ange gardien. Les mères, oh ! jeunes gens, vous qui avez encore la vôtre, vous qui êtes encore sous son aile protectrice, vous ne savez pas, vous ne pouvez pas savoir ce qu'est une mère. Vous en avez toujours eu une, et vous ne savez pas quel chagrin cela vous causerait si elle vous manquait. Votre bonne mère a toujours veillé sur vous, vous a toujours conseillé, et lorsque vous vous écartiez du droit chemin, elle vous y ramenait en vous reprochant votre faute avec tant de douceur et de bonté qu'il eût fallu avoir un cœur en pierre pour y résister.

Mais hélas ! ma pauvre mère a disparu de nos vies quand nous étions bien jeunes encore ; onze ans, je n'avais que onze ans. Ce fut une grande douleur pour moi, car je l'aimais. Ah ! si j'avais seulement pensé plus souvent à elle, je ne serais certainement pas tombé au fond du précipice dans lequel je me trouve ; son souvenir aurait chassé de mon esprit les mauvaises idées que le démon y mettait.

J'étais un égaré, mais jamais je n'y avais songé auparavant ; ce n'est qu'aujourd'hui, alors que les choses ont changé, que mon esprit se plaît dans l'évocation des années passées heureuses sous la protection de ma mère. Lorsque j'allais en classe à l'orphelinat, quand le professeur me disait : « Mon enfant, vous avez bien travaillé et je suis satisfait de vous », quel bonheur ! Mais je souffrais de ne pas pouvoir rapporter la nouvelle à ma mère, qui me récompensait toujours. Et puis, le dimanche et le jeudi, les jours de congé, nous allions à la campagne, dans les environs de Paris, et nous rentrions le soir, fatigués mais contents, joyeux, frais et dispos pour recommencer à étudier le lendemain. Les jours, les mois et les années passaient, mais j'ai été affligé par l'absence de cet être chéri ; c'était une vie avec l'espérance d'une position sociale quelconque, acquise par le travail et la persévérance, les valeurs qui nous ont été transmises par notre père adoptif, même si je le détestais et le détesterai toujours. Malgré notre situation difficile, j'apercevais l'avenir dans un lointain horizon doré. Mon imagination me peignait, pour plus tard, les joies d'un amour partagé et le bonheur de la famille, que, sans doute, Dieu m'enverrait. Et enfin, toute la vie, quand je serais vieux, père, grand-père, je voyais tout cela si bien que j'étais sûr que cela arriverait un jour.

Tous ces beaux rêves s'envolèrent hélas en fumée. J'étais seul avec mon frère, lancé dans la vie, n'ayant d'autre conseil, d'autre volonté que la mienne. Dans mes quelques heures de récréation, au sein de la famille de la Condrière, j'ai beaucoup lu, surtout ces romans d'aventures lointaines dans des pays inconnus comme l'Océanie et l'Afrique. J'ai aussi lu beaucoup Gustave Aimard et ses romans sur les États-Unis et le Mexique, qui parlent des guerres d'embuscades indiennes, des chasseurs et trappeurs de l'Arkansas, enfin d'autres aventures plus invraisemblables les unes que les autres.

Toutes ces lectures restaient en veilleuse, enfoncées dans les recoins de ma vie mouvementée, mais, finalement, elles frappèrent mon esprit impressionnable à un tel point que, rien ne me retenant plus, je résolus de quitter la troupe de Sarah Bernhardt et de nous retirer, avec mon frère, dans le Far West.

J'ai parcouru une grande partie de l'Europe et tous les États-Unis, mais jamais je ne me suis trouvé bien nulle part. Les plus beaux pays, qui m'attiraient au premier abord, me fatiguaient bien vite. Je ne pouvais tenir en place et c'est en voyageant ainsi, d'un pays à un autre, que nous revînmes, mon frère et moi, à l'endroit où nous avions commis le crime, sans trop savoir ce que nous faisions. C'était une force invisible qui, peu à peu, nous attirait à Scott. C'était aussi Dieu, qui veut que le crime ait toujours son châtiment, car, de l'avis de tout le monde, il fallait être fou pour revenir se jeter dans la gueule du loup. Mais nous étions convaincus que les pauvres Charlie Jenkins et Bébé Knight auraient payé le prix ultime de notre malfaisance.

Aujourd'hui, nous sommes pris et bien pris, après avoir été jugés et condamnés à être pendus par la Cour. Cependant, nous n'avons pas à nous plaindre de notre sort, car si mon frère n'avait pas avoué, nous aurions sûrement été relâchés. Mais il est trop tard maintenant, ce qui est fait est fait. Et puis, une grande consolation pour nous, c'est que nous sommes traités comme des gentlemen par le geôlier de la Parish Prison de Vermillionville, Thomas Mouton. Tout ce que nous lui demandons, il nous le donne de bon cœur, en nous disant qu'il voudrait faire davantage pour nous. Tout ce qu'il peut, il le fait. C'est un homme bon comme l'on n'en rencontre pas souvent de nos jours. Beaucoup de personnes sont venues nous voir en prison, mais bien peu d'entre elles se sont montrées aussi délicates que lui. Jamais il ne nous a posé une question sur notre affaire, de crainte de nous ennuyer. Il va même jusqu'à refuser l'entrée de la prison à ses meilleurs amis, pour nous épargner la peine de causer sur des sujets désagréables pour nous. Aussi, c'est à sa demande que j'ai écrit ces quelques lignes relativement à ma vie passée.

C'est avec beaucoup de plaisir, monsieur Thomas Mouton, que nous vous remercions, mon frère et moi, de toute la bonté, de toutes les attentions que vous avez pour nous. Soyez persuadé que je voudrais pouvoir vous montrer ma reconnaissance en d'autres termes, mais que peut un condamné à mort enfermé dans un cachot, sans autre ami que vous ? Pas grand-chose, n'est-ce pas ? Cependant, j'espère que ces quelques lignes vous feront plaisir car, croyez-le bien, c'est uniquement pour vous que je les ai écrites.

34

André Boudreaux, 13 janvier 1883

Si j'ai compris quelque chose pendant mes multiples culbutes, c'est qu'il faut toujours croire que ça finira bien, malgré les apparences. Ça ne veut pas dire que ça finira bien. Ça veut dire qu'il faut y croire parce que, sinon, on n'a aucune chance. La seule fois que je suis tombé avec le pied attaché à l'étrier, le cheval m'a traîné pendant ce qui semblait être plusieurs éternités. On apprivoisait des chevaux sauvages à la Coulée Croche, une bande d'animaux libres qui se promenaient dans les basses terres, sans marques, sans restriction, à part leur bon vouloir et la quantité d'herbe.

Gabriel Strauss et ses camarades avaient réussi à les conduire dans son enclos, ce qui était déjà un exploit. Et ils s'amusaient à les monter ou plutôt à essayer. Je devais avoir douze ou treize ans. C'était avant que Drozin me donne ma Cannelle. Nous sommes descendus, moi et mon grand-père, pour le plaisir, Drozin ayant appris qu'un troupeau de chevaux sauvages avait été attrapé et qu'on essayait de les monter. Avec l'insouciance de mon jeune âge, j'ai accepté la proposition et, plein de bravoure et d'arrogance, j'ai mis mon pied gauche dans l'étrier avec l'aide de Gabriel, qui tenait ma jambe droite pour me pousser en selle. Grande erreur.

Avant que je puisse envoyer ma jambe de l'autre côté de la selle, le cheval, avec son poil rugueux et ses yeux rouge sang, a déguerpi comme la flèche de Lucifer. Je ne peux pas dire que j'ai chuté, car je n'étais même pas installé. Avec mon pied gauche pris dans l'étrier, le mustang est parti au galop. La bride traînait par terre et me frappait au visage. La porte de l'enclos était ouverte et on a pris la savane, traversant le chemin de terre sèche. C'était en plein été et, curieusement pour la saison, il n'avait pas plu depuis plusieurs semaines, laissant la terre croûtée et dure comme de la pierre. On a traversé le chemin, ses sillons formés par le passage des wagons en montagnes et en vallées, et ma tête a reçu plusieurs coups, exposée comme saint Ignace aux bêtes farouches.

La seule chose qui m'a sauvé est le fait de ne pas douter que ça allait finir. Dans mon cœur, le Dieu du Colonel Drozin Boudreaux avait planté la conviction que ce n'était pas une question de si mais de quand. La relation de Drozin avec son Dieu était une négociation. En échange de se vanter d'être son élu, Drozin acceptait sans autre condition de le devenir. La certitude que Drozin portait comme un chapeau s'est transmise dans mon esprit avec le résultat qu'en traversant la savane, le pied coincé dans l'étrier d'un cheval endiablé, je me laissais faire. Ça n'a pas pris trop de temps avant que le cheval s'arrête, fatigué de me traîner. J'entendais les hommes qui accouraient vers moi puis j'ai senti avec soulagement, mais sans surprise, leurs mains autour de ma jambe qui me détachaient. Je n'ai pas compris sur le coup ce qui venait de se passer. Il m'a fallu des années avant que je puisse mettre tout ça en perspective, mais la graine plantée ce jour-là a fleuri en ce que ma mère appelle la foi, ce qui n'est que la confiance, confiance en soi ou en Dieu, peu importe.

La veille du baptême, le vendredi, Drozin est arrivé avant l'aube. Il avait fait apporter les cochons, attachés à notre wagon et traînés depuis la Coulée Croche par Gabriel Strauss, une expédition qui a pris toute la journée. Ils étaient trois, de belles grosses bêtes. Aux petites heures du matin, j'ai entendu les trois coups, espacés de quelques minutes, suivis de couinements mélancoliques. Quand je suis sorti de la salle à harnais, Drozin et Gabriel Strauss avaient ouvert les trois carcasses et ils étaient en train de les nettoyer.

Ensuite, les entrailles ont été mises de côté dans un bassin en étain, et les carcasses pendues dans le lilas. Quand j'arrive, Drozin m'envoie à la maison prendre mon déjeuner, du café et du pain de maïs froid. Je lui rapporte une tasse. Philomène est dans la cuisine, l'air distraite. À mon retour, Drozin me tend un couteau et je me mets à gratter les poils de la peau. Mes frères et mes sœurs arrivent et se mettent aussi au travail. Tous sauf Marie.

Avant dix heures, la cour est pleine de monde, mes oncles, mes tantes, mes cousins, Gabriel Strauss, et même Marie Agélas, tous venus donner un coup de main à la boucherie. Ça se passe dans la bonne humeur, les plaisanteries et les rires égayant la matinée maussade. Une petite pluie tombe, mais elle n'étouffe pas l'esprit de jovialité. Une grande table est préparée dehors et on mange debout à midi. On est une trentaine à se servir du repas froid, pain de maïs et saucisses boucanées. Il y a des pichets de limonade, une caisse de limons ayant été livrée hier, cadeau d'Alcide Debaillon.

On avait déjà placé les fourches par-dessus les trois feux, sur lesquelles les cochons allaient être posés. Le charbon est soigneusement rangé dans la grange, au sec. Durant toute la matinée, ma mère s'occupe du débris. Les tripes sont nettoyées et bouillies pendant quelques heures, les abats sont bouillis à part. Commence la préparation du boudin, du chaudin et du fromage de tête. On verse de l'eau bouillante sur les peaux, grattant encore les quelques poils qui restent. Elles seront nettoyées aux flambeaux, la flamme ouverte brûlant ainsi les derniers poils, cautérisant la couenne et répandant une odeur désagréable. Avec une assurance reposant sur des années de pratique, Drozin enlève la peau, faisant attention de garder la couche de graisse. Elle est coupée en dés qui sont plongés dans le grand chaudron noir et frits.

Le travail continue une partie de l'après-midi, les invités s'en vont, petit à petit, comme les feuilles d'un pacanier à l'automne. Nous ne sommes que la petite famille quand Drozin fait préparer le charbon, qu'il place soigneusement au milieu des bouts de bois de pacanier. Par chance, la pluie a cessé, les derniers nuages chassés par le front froid qui arrive du nord-ouest. Les feux sont allumés et les carcasses, enveloppées dans des feuilles de latanier, sont placées sur les broches, et les broches sur les fourches. Drozin va surveiller toute la nuit, accompagné par Gabriel Strauss et mon père. Je ne sais pas ce qu'ils vont se raconter ou même s'ils vont se parler, les trois chaises plantées devant les fourches, se passant une pinte de whisky entre eux. Ils tournent les carcasses au fur et à mesure, les aspergeant avec la sauce spéciale de Drozin composée de whisky, de miel et de piments de Cayenne concassés. Ils ajoutent du bois de pacanier au besoin sur les braises. Les trois vont y passer la nuit, tournant les bêtes sur les broches, se passant la fiole entre eux. La cuisson continue jusqu'aux petites heures. Ils sont silencieux, la corvée se déroulant sous le signe de la solidarité plutôt que de l'amitié. De toute façon, les trois n'ont pas beaucoup à se raconter, chacun habitant une partie de l'univers séparée par des lieux de vie qui les gardent isolés et très peu sensibles aux sentiments des autres. Caro Raggio arrive au milieu de la nuit pour les aider, s'assurant qu'ils ne manquent de rien, ajoutant un peu de gaieté à cette compagnie autrement ennuyante. Le temps est frais et le ciel est dégagé. Il y a un petit croissant de lune qui cède le firmament aux constellations. Orion est dans la voûte, les trois étoiles de sa ceinture attachées aux trois hommes, les traînant à travers la nuit.

À l'aube, Drozin vient chercher mes frères Michel et Horace et leur confie la surveillance des trois cochons sur les broches. On leur donne à chacun un bâton de baseball, et Michel se voit confier un pistolet à baril retroussé, un .32 Remington à la poignée couleur de café. On ne veut pas que les chaouis ou les coyotes viennent profiter de ce labeur et de tout cet amour. Une fois les instructions bien communiquées et bien comprises, Drozin rentre chez lui, conduit dans son cabriolet par Caro Raggio, qui a passé la nuit à veiller sur la galerie de la maison.

Ils reviendront tous deux après s'être lavés et habillés dans leurs plus beaux costumes, vers sept heures et demie. Drozin est monté sur Mansfield, son nouveau chapeau gris penché sur sa tête dans un angle insolent, ses cheveux blancs soumis au peigne tombant sur ses épaules. Caro Raggio porte un col et une cravate aux couleurs du drapeau italien, rouge, vert et blanc.

On les attend sur la galerie et, dès qu'ils arrivent, on grimpe dans le wagon avec sérieux. On est tous vêtus de nos plus beaux habits, ceux de Mathilde étant hérités de sa sœur. Marie est habillée d'une robe blanche avec une broderie de fleurs faisant le tour du col et de la taille. La robe, un cadeau d'Alcide Debaillon, est magnifique. Elle est trop légère pour la saison et Marie doit porter un manteau en laine de ma mère, couleur gris et usé par le temps, pour se protéger du froid, ce qui diminue l'effet de sa belle robe. Mais son sourire est resplendissant, tout comme le soleil d'hiver qui monte dans un ciel de bleu infini. On l'aura dans le dos pour nous réchauffer. Marie tient dans ses bras, emmitouflé dans une couverture de coton brun, André-Alexandre, vêtu de la petite robe blanche cousue par sa grand-mère.

Le père Fournet nous attend sur le perron de l'église. Il est neuf heures. À ses côtés, il y a mes tantes Sophie et Quinée ainsi que mes oncles et quelques-uns de mes cousins. Virginie Mouton attend dans son embarcation, sous un parapluie tenu par son fidèle Achille. Elle est, comme à son habitude, très élégante dans sa robe noire, un grand chapeau noir sur sa tête, sa bordure plissée. Alcide Debaillon attend dans l'église, près du baptistère. Il se sent mal à l'aise, mais s'encourage à l'idée que Drozin Boudreaux sera encore plus mal à l'aise de le voir là.

On entre dans l'église et on approche du baptistère. Le prêtre est habillé en chasuble couleur de blé avec, autour du cou, une étole dorée. Il est impatient et c'est évident qu'il aimerait en finir avec la cérémonie le plus rapidement possible.

Marie s'avance avec André-Alexandre dans les bras. Elle est ravissante, ses longs cheveux tombant en cascade sur ses épaules, la belle robe blanche ajoutant à sa beauté. Elle s'approche des fonts baptismaux.

— Où sont la marraine et le parrain ? demande le prêtre.

— Nous sommes là, annonce Debaillon.

Il s'approche de la cuve à côté de Virginie. Le bébé dort.

— Chers amis, commence le prêtre, nous sommes venus ici pour accueillir au sein de notre foi catholique et universelle une nouvelle âme. Je demande aux parents s'il sera élevé dans la foi et selon les enseignements de la Sainte Église.

Personne ne répond. Marie est trop gênée. Finalement, Drozin prend la parole, sa voix se répercutant dans toute l'église.

— Il le sera.

— Dieu dans sa miséricorde ouvre grand les portes de son paradis à...

Il marque une pause et regarde ce qu'il a écrit.

— ... André-Alexandre Boudreaux, que j'oins à l'huile sacrée.

Le prêtre fait le signe de la croix sur le front et sur le cœur du bébé. Prenant une petite soucoupe en argent, il verse de l'eau sur son front.

— Je te baptise au nom du Père, du Fils et du Saint-Esprit. Amen.

C'est fini. Les gens se détendent et tous s'approchent de Marie pour la féliciter et l'embrasser.

Le prêtre s'éloigne, s'arrêtant à la petite table qui se trouve à l'entrée, et il fait signe à Drozin, Debaillon et Virginie Mouton. Il tient un document. Il inscrit le nom du bébé. Dans la case indiquée « mère », il écrit : Marie Boudreaux. Le parrain signe. La marraine signe. Il se tourne vers Drozin et lui demande :

— Je marque quoi au nom du père ?

— Tu marques rien.

— Je marque « inconnu » ?

— Non, tu marques rien.

Drozin tend une pièce en or de cinq dollars au père Fournet, qui la prend et la place dans sa poche en soulevant sa chasuble.

Il prend le document, la soucoupe en argent et repart à travers l'église.

Notre petit groupe retourne à l'extérieur et, sous un beau ciel dégagé, on part en direction de la maison le cœur léger.

En arrivant chez nous, il y a déjà une foule de monde. Attirés par le barbecue de Drozin, les visiteurs arrivent en grand nombre. En plus de la famille et des proches, il y a des gens que je n'ai jamais vus chez nous. Davis Arceneaux est là avec toute sa marmaille, ne voulant pas manquer la chance de nourrir ses quatorze enfants, surtout avec la cuisine du Colonel. Une très longue table de fortune est installée dans la cour, des planches posées sur des tréteaux. Sur la table trônent les trois cochons, croustillants sous la dent grâce à la sauce spéciale caramélisée de Drozin. Il y a du boudin, du chaudin. Il y a de la choucroute, une salade de chou cru ainsi qu'une énorme salade de pommes de terre assaisonnées de cornichons, de moutarde et de mayonnaise aux œufs frais. Quasiment tous les invités ont apporté un plat, des desserts pour la plupart, des pralines, des tartes aux pacanes, des tartes à la pâte douce. Il y a encore des plaquemines[45], les derniers de la saison, la chair dégoulinante, sucrés comme le miel. Ma tante Sophie a apporté des camélias roses de son jardin, posant les bouquets de fleurs ici et là sur la table.

Drozin a engagé Dub Domingues, qui arrive avec son accordéon dans un sac, ayant laissé sa femme en charge de la gare. Il arrive sur son pauvre poney et s'installe sur la galerie, les notes joyeuses se répandant dans une effusion d'allégresse. Même Debaillon est obligé de reconnaître l'hospitalité de son adversaire. Comme invité d'honneur, il a droit à une place à la table de la cuisine, entre ma mère et mon père, avec Virginie Mouton. La conversation ne dépasse pas la plaisanterie, et bien que ma mère soit gênée, tout se passe dans la gaieté.

Ne voulant pas manquer l'occasion d'un repas aussi somptueux, le père Fournet arrive. Sa dernière visite dans cette maison

45. Kakis.

remonte à la veillée funèbre de mon oncle Martin. Il n'attend pas qu'on l'accueille, mais entre dans la maison directement, comme si c'était la chose la plus naturelle. En pénétrant dans la pièce, il bénit le repas et la compagnie, puis s'installe à la place que mon père lui offre, ses scrupules d'assister à la fête du baptême d'un bâtard n'étant pas suffisants pour l'empêcher de se goinfrer.

Drozin est dehors près de la table, couteau à la main, distribuant d'énormes morceaux de porc à ses invités, quand Marie arrive auprès de lui. Elle tient par la main son oncle Thomas, à qui Drozin n'a pas adressé la parole depuis quinze ans. Elle est habillée de sa vieille robe brune, ayant enlevé la belle robe blanche par crainte de la salir. Drozin est occupé à servir ses invités, un fou rire pendu au coin de sa bouche, lorsque Marie le tire par le bras de sa chemise. Il se retourne, couteau à la main, un grand sourire lui fendant la gueule. Le sourire passe comme une éloize[46] et son regard est soudainement noirci comme la prairie sous l'orage.

Devant lui, son fils Thomas. Les deux hommes se regardent fixement. Le menton de Drozin se met à trembloter, et des petites larmes surgissent au coin de ses yeux.

— Mon oncle Thomas voulait te dire bonjour, annonce Marie.

Les deux hommes restent muets, s'examinant à travers un brouillard de sentiments dénébulé. Après ce qui semble être un siècle, Drozin tend la main à son fils. Thomas le regarde et, doucement, prend la main de son père.

— Je suis content de te voir, dit Drozin.

— Je suis fier de vous rendre visite, répond Thomas.

Il se retourne et tire vers lui sa femme.

— Je vous présente ma femme, Clémentine.

Elle s'approche et offre sa main à Drozin, qui la saisit. C'est une femme de taille moyenne, habillée d'une robe bleue, ses cheveux bouclés noués en deux tresses.

46. Éclair de chaleur.

— Et mes enfants. Mon garçon, André, ma fille, Marie, et ma fille cadette, Eugénie.

Les filles approchent de leur grand-père pour la première fois de leur vie.

— Soyez les bienvenus, dit Drozin. Avez-vous mangé ?

Sans attendre la réponse, il se détourne en s'essuyant l'œil.

Soudainement, on entend hurler, un cri qui glace le sang. Ça vient de la maison. Drozin, moi, mon père et Thomas, on se précipite, sautant les marches deux par deux. Dub Domingues, installé au bord de la porte, arrête de jouer, le souffle de l'accordéon retenu. Les danseurs qui l'entourent sont figés, les bras entrelacés, les regards tournés vers la porte.

J'arrive en premier, mon grand-père, mon oncle et mon père sur mes talons. Dans le salon, Alexis Blanc tient le bébé au-dessus de sa tête dans un geste frivole.

— Tu es gras comme un petit cochon, il dit au bébé.

Son frère Ernest est à ses côtés, ses yeux naviguant d'une personne à l'autre. Il scrute les gens avec des yeux d'aigle.

C'est ma sœur Mathilde qui a hurlé, un cri venant du fin fond des ténèbres. Ma mère arrive de la cuisine. Elle se précipite et arrache le bébé des mains d'Alexis.

— Et toi, tu es gras comme un assassin, elle lui dit. Quittez cette maison.

Ses yeux sont plissés et elle tourne le dos au Français, tenant le bébé serré. Elle le donne à Mathilde et se tourne vers les deux frères, les regardant avec un sang-froid menaçant.

Alexis a toujours les mains en l'air. Il est devenu blême. Les deux frères restent figés comme des pierres jusqu'à ce que Drozin prenne Alexis par le bras et le conduise vers la porte. C'est le même geste qu'il utilise pour calmer un poulain énervé.

— Retournez chez moi, je viendrai vous chercher, il dit.

Alexis et Ernest descendent les marches et prennent la direction de chez Drozin. Les deux Français sont arrivés par le train de sept heures quarante-trois et ont marché depuis la gare, suivant les rails, évitant ainsi qu'on les croise sur le chemin. Il y a presque un an qu'ils sont partis, prétendument pour visiter un ami à La Nouvelle-Orléans. Après plus d'un mois, Drozin a envoyé un collègue pour prendre de leurs nouvelles à l'adresse qu'ils avaient laissée. L'adresse n'existait pas.

Depuis presque un an, le meurtre de Martin Begneaud reste un mystère. Quelques jours après le drame, le shérif Ike Broussard est allé trouver Charlie Jenkins et Will Knight, dit Bébé. Ils étaient les plus aptes à commettre le crime, des soûlards violents avec un passé de délit et une raison de s'en prendre aux frères Begneaud, après que Siméon avait chassé Charlie Jenkins du café, l'ayant frappé d'un coup de bâton de baseball. Ike est allé chez eux et a vu que Charlie portait une chemise couverte de sang séché. Il disait que c'était du sang de poules abattues. Mais étant donné leur réputation et la pression que sentait le shérif pour trouver un ou des coupables, c'était suffisant pour les arrêter. Pendant trois mois, Ike Broussard les a gardés en prison, les torturant de temps en temps. Il mettait leurs doigts dans l'ouverture d'un tiroir, le fermant violemment, ce qui leur a cassé plusieurs phalanges. Il les mettait debout sur une chaise, une corde de pendu autour du cou et les mains amarrées dans le dos, les laissant ainsi toute la nuit. Mais malgré les mauvais traitements et les menaces, ils n'ont jamais confessé. Faute de preuves et las de les supporter et de les nourrir aux frais de la paroisse, Ike Broussard a fini par les relâcher. Depuis ce temps, l'enquête tourne en rond comme les chiens limiers qui perdent la trace de l'effluve une fois qu'elle est devenue froide.

Comme ça fait presque un an depuis le crime, les frères Blanc se sont dit que soit l'histoire était oubliée, soit on avait trouvé un coupable. Dans les deux cas, leur retour à Scott ne posait que peu de risque. En plus, ils n'avaient plus d'argent et leur retour s'est fait dans une arrogance nourrie par le besoin.

Après avoir quitté notre maison, ils ont marché jusque chez Drozin et l'attendaient devant la petite cabane qui leur a servi de logement pendant leur séjour. Mon grand-père va les chercher dans son cabriolet, accompagné par Caro Raggio, qui l'attend.

Quand il arrive devant eux, ils sont défaits, doux comme des chatons, n'opposant aucune résistance.

— Allons, dit Drozin.

Les deux Français se lèvent et le suivent, prenant place sur le banc arrière. C'est le seul mot qui a été prononcé durant tout le trajet.

En arrivant à Vermillionville, Caro Raggio conduit le cabriolet jusqu'à la maison de Cour, arrêtant devant les portes de la prison en face. En silence, Drozin sort du véhicule et entre dans la prison. Les deux Français le suivent.

Le geôlier est Alpha Dugas. Dès qu'il voit Drozin, il est pris de panique.

— Tracasse-toi pas, Dugas, le rassure Drozin. Ouvre donc une cellule, je vous amène des nouveaux clients.

Il fait une pause, regardant Dugas, qui a l'air perdu, ne sachant pas quoi faire.

— Et va dire à Broussard que je lui ai trouvé les assassins.

35

Ernest Blanc, 9 mars 1883

De toutes les épreuves vécues dans ma courte vie, la plus grande est de faire face à mes regrets, et d'avoir à accepter que tous mes beaux projets s'effritent comme autant de grains de poussière emportés par un vent de malheur. À un très jeune âge, j'ai été propulsé vers un destin impitoyable. Ce qui ne veut pas dire que je n'ai pas commis ma part d'erreurs. C'est certain que j'ai fait des choix que je regrette, mais les circonstances ont fait de moi un ange dont les ailes sont brûlées, faute d'avoir trop approché les flammes.

Depuis tout jeune, j'ai dû m'occuper de mon frère, ma seule famille, et assumer la responsabilité de son bien-être autant que du mien. Un fardeau que j'ai accepté, mais une tâche pour laquelle je n'ai jamais reçu aucune aide. Pour ce qui est de mon frère, il n'a jamais pris aucune décision. Il n'en est pas capable. Moi, par contre, j'ai dû toujours penser à lui et m'assurer qu'il était bien nourri, et le protéger de tout. Je n'ai jamais pensé à ce que la vie aurait été sans mon frère, sans cet être qui s'attachait à moi comme une sangsue. Je ne lui en veux pas. C'est comme ça, c'est tout. Je n'ai rien à reprocher à Alexis, il n'est pas responsable de mon malheur, ni du sien. C'était mon sort.

Il y a des rencontres qui m'ont poussé vers cette fin peu attrayante. Quand je songe aux de la Condrière, je n'éprouve aucun sentiment, mis à part le mépris. Monsieur était un sadique qui se réfugiait dans la religion et se pardonnait tous les péchés.

Quant à madame, c'était une imbécile qui suivait son mari comme un chien dressé, répétant ses conneries comme un perroquet. La rencontre avec Gabriel Dumont a été pour nous capitale et, en quelque sorte, la source de toutes nos calamités. Sans ces fantasmes d'aventure qu'il nous a mis dans la tête et sans ce roman qu'il nous a mis entre les mains et qui est entré dans notre esprit comme le chant de la flûte d'un charmeur de serpent, nous aurions eu une vie certainement fort différente.

Toutes nos rencontres n'ont pas été malheureuses, pourtant. Celle avec la Divine a été bénéfique. Elle nous a donné plusieurs années d'excitation et nous a montré comment baiser. Il n'y a pas eu que des traîtres et des malfaiteurs sur notre chemin, mais le plus souvent oui. Ce pauvre vieux connard de Colonel Boudreaux, avec toute sa prétention et son orgueil démesuré, nous a traînés dans ce pays foutu qui représente la fin de notre voyage. Quant à sa petite-fille, cette vipère, sans elle et sa tentation, nous aurions bien pu avoir une fin de vie plus agréable.

Enfin, ce qui est fait est fait : on ne peut revenir dessus. De sorte que nous attendons patiemment, moi et mon frère, le jour que monsieur le gouverneur fixe la date de la vilaine opération qui terminera nos souffrances.

Je ne sais pas combien de temps j'attendrai comme cela ; mais pour le moment, la prison n'est pas bien agréable, quoique je sois bien nourri et bien traité par le shérif et le geôlier, M. Thomas Mouton. Souvent, je m'abîme dans de profondes réflexions : oubliant le présent, je me vois encore heureux dans l'avenir. J'esquisse de beaux projets qui, hélas, j'en ai bien peur, n'aboutiront jamais. Cependant, bien qu'il n'existe plus, il y avait un moyen de réaliser tous ces beaux rêves. Alexis et moi avions conçu le projet de nous évader, sortir de prison, reprendre notre liberté. C'est tout ce à quoi nous songions et, bientôt, notre plan était prêt. Le shérif nous avait annoncé qu'il viendrait pour nous conduire en ville.

C'était notre chance. Le shérif serait tout seul pour nous mettre les menottes. C'est là qu'il faudrait agir. Donc, voici notre plan : s'emparer de M. Broussard et menacer le geôlier de tuer le shérif s'il n'ouvre pas la porte du corridor en posant ses armes à terre. C'est clair comme le jour. M. Thomas, qui aime le shérif et qui a un grand cœur, ouvrira certainement lorsqu'il verra que la vie de M. Broussard est en danger.

D'abord, nous avons défait le fer de la cheminée avec lequel nous avons fabriqué une espèce de couperet, puis nous avons attendu. Un jour, deux, trois jours se sont passés dans l'impatience d'arriver enfin au moment attendu. Le troisième jour, le soir, le shérif est monté dans la prison et nous a dit :

— Mes garçons, préparez-vous. On part à deux heures cette nuit.

Avant de nous coucher, nous nous sommes préparés. Mais l'esprit travaillait trop, car, quant à moi, je ne pouvais pas dormir. Je rêvais que j'étais dehors, que je me sauvais à toutes jambes en aspirant à pleins poumons l'air frais et pur de la nuit.

Le temps a filé et bientôt l'heure de partir est arrivée. Le shérif est entré, nous a donné d'abord des habits, puis il a sorti les menottes. C'était le moment.

Alexis a sauté sur lui, l'a entouré de ses bras et l'a traîné au bout du corridor. Moi, je me suis précipité dans le coin où on avait laissé le morceau de fer, mais je n'ai pas pu le retrouver. Deux, trois fois, j'ai passé les mains dans tous les sens. Mais, hélas ! J'ai été incapable de le repérer, car il faisait noir, la bougie étant tombée par terre. Naturellement, tous ceux qui se trouvaient là ont commencé à crier après mon frère, qui a lâché le shérif, lequel nous a mis les menottes. Adieu l'escapade, adieu la liberté, adieu la vie. Nous avons été conduits jusqu'au train en direction de La Nouvelle-Orléans, où, après avoir été séparés quelques jours, nous avons été de nouveau réunis. Seuls dans notre cellule, mais contents de pouvoir causer librement.

18 mars 1883

Aujourd'hui, le temps est vilain, le soleil est caché et de gros nuages roulent dans le ciel avec une rapidité qui annonce de la pluie. Je vois à peine clair dans ma cellule, je suis obligé de m'approcher des grilles pour pouvoir écrire. La tristesse de la nature me remplit d'amertume ; mon esprit s'envole dans le domaine de la rêverie, toute ma vie repasse devant mes yeux, et ce passé où j'étais heureux est comme un adoucissement, un baume à ma situation présente. Le temps passe sans que je m'en aperçoive, je rêve tout éveillé, mais malheureusement, mes rêves ne me font que regretter plus amèrement les joies de mon enfance, l'époque où je ne connaissais que les roses sans en voir les épines cachées derrière les feuilles.

Je me souviens, j'étais alors en France, et bien jeune encore, quand pour la première fois j'ai remarqué une fille qui pouvait avoir une douzaine d'années. C'était aux environs de Paris, par une magnifique journée de printemps ; les arbres étaient couverts de feuillage et de fleurs, la campagne parsemée de coquelicots aux couleurs vives, les bois remplis de fraîcheur, d'où émanaient tous les parfums de la nature, et le chemin tortueux brillant sous le soleil, comme un serpent de satin au milieu des prés verdoyants.

Oh, mon Dieu ! Je revois aujourd'hui cette journée comme si c'était hier. Je revois Amélie sautant, gambadant, faisant la folle, parmi toutes ces beautés de la nature, dont elle-même était. Ce n'était pas une fille ordinaire, elle n'était point comme ses camarades ; elle s'amusait toujours toute seule, par elle-même, ou bien de temps en temps avec sa mère, une personne qui pouvait avoir trente ans, et avec ça, un air de douceur et de bonté qui faisait plaisir à voir. Oh ! Qu'elle devait être gâtée par cette bonne mère qui, toujours, lui souriait, même en la grondant. Mais aussi quelle charmante créature était cette Amélie.

Grande, plus grande et mieux formée que ne le sont ordinairement les filles de son âge, elle affichait un air sérieux et grave qui lui donnait l'allure d'une jeune femme déjà accomplie. Sa jolie figure fraîche et rosée était charmante, encadrée de beaux cheveux blonds un peu ébouriffés sur le sommet de la tête ; ses yeux étaient de la couleur du beau ciel bleu de cette magnifique journée. Son grand front éclatant de blancheur et son petit nez, érigé au milieu de ses deux joues rosées, ne contribuaient pas pour peu à son charme attrayant.

J'étais bien jeune, comme je vous l'ai dit, et ce n'est ordinairement pas à cet âge-là que l'on songe aux choses de l'amour. Amour, ce n'est pas le mot, car c'était plutôt de l'affection qui ce jour-là m'avait remué le cœur.

Aussitôt que je l'ai aperçue, je suis resté sur place, la regardant sans pouvoir détacher mes yeux de sa gracieuse petite personne ; j'étais tout interdit, je ne voyais plus rien autour de moi, sauf cette créature, toujours elle, je me sentais attiré de son côté de manière irrésistible.

Il faut vous dire qu'heureusement on ne me voyait pas, j'étais masqué par un buisson de lilas qui s'étendait depuis l'endroit où je me trouvais jusqu'à peu près un arpent. Derrière ce rempart fleuri, je pouvais contempler à mon aise l'objet de mon attraction, et c'est ce que j'ai fait.

Puis je suis sorti de ma cachette et me suis mis à les suivre tranquillement pendant que mille et une idées me traversaient la tête. Je me disais en moi-même : *J'aurais dû me montrer, leur causer sous un prétexte ou sous un autre et peut-être, qui sait, j'en aurais appris beaucoup sur leur compte.*

Il faut peu de choses pour rendre un être heureux : un coup d'œil, un simple regard, un sourire d'une personne aimée et chérie, c'est assez pour le transporter dans les nuées bienheureuses du paradis. Lorsque j'étais seul, je pensais toujours à elle, toujours à ma petite Amélie que je trouvais de plus en plus charmante. J'étais résolu à lui parler la prochaine fois que je la verrais, à lui dire combien je l'aimais, que je ferais tout pour elle, que je serais son esclave. Que de beaux projets avais-je pu échafauder : je nous voyais déjà heureux tous les deux, voyageant dans des contrées lointaines, enfin des choses plus impossibles les unes que les autres. Mais aussitôt que j'apercevais sa silhouette, toute ma bravoure et tous mes projets s'en allaient au vent, à un tel point que j'étais rendu trop timide pour oser lui parler.

Plus d'une fois je me suis approchée d'elle dans l'intention bien marquée de lier conversation, mais un je-ne-sais-quoi dans son maintien, dans son attitude, m'en empêchait et me fermait la bouche.

Vous ne me croirez pas, cependant c'est la vérité, ce manège-là a duré pendant presque deux années, et jamais je n'ai pu trouver l'audace ni le courage d'adresser la parole à l'élue de mon cœur. Je grandissais et Amélie embellissait. C'étaient de bien tristes amours. Cependant, j'étais heureux. Je commençais à comprendre mieux la vie, et j'espérais pour l'avenir lorsque, malheur irréparable, ma mère est morte.

Cela m'a fait beaucoup de peine, je pleurais beaucoup. Il ne me restait personne sur la terre que mon frère.

Mes projets pour l'avenir, ma petite Amélie, j'ai tout oublié, et mon frère et moi avons été projetés dans un courant de malheur.

Combien de fois, depuis que je suis ici, enfermé, ai-je regretté d'avoir mis les pieds dans cette contrée ; combien de fois ai-je pensé à ma pauvre Amélie, qui n'a sans doute jamais su qu'un cœur battait pour elle dans ma poitrine ? Combien de fois ai-je souhaité être auprès d'elle et vivre heureux ?

Hélas ! Ce sont les rêves d'un insensé. Le bonheur qui m'attend, la vie future qui me sourit aujourd'hui, c'est la corde, la potence. Quelle triste fin. Quelle dure perspective. Enfin, il faut y passer. Il faut mourir, nous tâcherons de le faire bravement.

J'ai perdu la partie, je vais payer ma dette, tout en espérant la miséricorde de Dieu.

Heureusement, le temps a changé, le soleil du printemps éclaire de tout l'éclat de ses rayons dorés. Cette vue me fait du bien au cœur, elle réconforte mon âme attristée. J'entends la porte s'ouvrir, c'est une visite sans doute ; oui, en effet, je ne me trompais pas, c'est ce bon M. Thomas Mouton et un de ses cousins.

Vraiment, j'éprouve un grand plaisir à le revoir. Il est si bon, si affectueux avec mon frère et moi. Il était accablé d'ouvrage, sans doute, à Vermillionville, mais il est venu nous voir quand même, comme il me l'avait promis. Il est toujours le même avec nous, pas de questions, ni de commentaires sur des choses qui peuvent être désagréables pour nous, il le sait, toujours délicat et bon.

C'est surtout cette délicatesse que j'aime et que j'admire en lui. Beaucoup de personnes sont venues me visiter et m'ont été très sympathiques, mais jamais autant que M. Thomas Mouton.

Je l'en remercie, de la part de mon frère et de moi-même, du plus profond de mon cœur. Je voudrais pouvoir lui exprimer ma reconnaissance mieux que je ne le fais, mais je ne suis pas un écrivain, et les mots me manquent.

Mais, soyez convaincu, monsieur Thomas, que vous tenez une grande place dans mon cœur, ainsi que toute votre famille, dont un illustre membre, Georges Thériot, nous a si chaleureusement défendus tout au long de notre procès.

Je suis fatigué, je cesse d'écrire et je me couche. Je n'ai plus envie de rien, ni de dormir, ni d'écrire, ni de manger. Je suis fatigué de tout, et si j'ai écrit ces quelques pages, monsieur Thomas, c'est pour vous et parce que je vous l'avais promis.

Ma tête n'est pas là, mes idées s'entrechoquent dans ma cervelle, et je ne pense plus à rien, rien qu'au néant. Les quelques lignes que j'ai écrites m'ont trop rappelé un temps que je voudrais oublier, car je le regrette. Je souffre quand je me souviens du passé, et aujourd'hui je n'ai plus de rêves pour l'avenir. Lorsque j'espérais encore, je ne souffrais pas, mais maintenant je n'espère plus et je souffre.

Donc, ces dernières lignes, monsieur Thomas, je les finis à la lumière de ma bougie, et pardonnez-moi si je n'en écris pas plus, car je suis harassé de fatigue pour être resté toute une journée assis. Que Dieu vous récompense, monsieur Thomas, pour les bontés que vous avez eues pour nous, car moi, pauvre condamné, je ne peux que vous remercier.

36

André Boudreaux, 26 mars 1883

J'entends ma mère et mon grand-père se disputer. Ça fait pourtant longtemps que leurs orages se sont calmés, et que les grondements de leurs caractères, comme deux bulldogs tenus en laisse, se sont apaisés. On ne parle jamais de leur confrontation légendaire devant l'église ce dimanche de Pâques, la bannière de la Société de tempérance claquant dans la brise. Ni en cachette et surtout pas ouvertement. C'est mort et enterré. Ça a laissé des plaies sur le cœur de tous, des vieilles cicatrices qui ne vont jamais complètement guérir. Mon grand-père, blessé dans son orgueil, avec sa capacité d'ignorer ce qui le dérange, fait semblant que rien ne s'est passé. Il a attendu le temps nécessaire pour assouvir sa soif d'amour-propre, avant de revenir nous rendre visite comme s'il n'y avait rien eu. Pour ma mère, avec son habileté à toujours raccommoder les bouts des sentiments effrangés de ceux qu'elle aime, l'histoire est derrière elle. Elle a dit ce qui lui pesait sur le cœur depuis toujours, mais c'est dit et oublié. Maintenant, elle a des soucis bien plus importants que ce que son beau-père peut penser d'elle.

On est encore dans les rangs, mon père et mes deux frères, Michel et Horace. On a déjà planté le coton la semaine passée, les petites plantes, leurs tiges soulevées vers le soleil du printemps dans une accolade fébrile. Mais est survenu un gel, le dernier coup d'un hiver trop long, et toutes les plantes sont mortes, leurs têtes fanées, brunies par le froid, couchées à terre, au désespoir. Il faut replanter. On est donc en train de bêcher quand mon grand-père m'appelle. Je vois sa barouche avec les deux hongres et son vieil aide de camp, Caro Raggio, encore assis sur le banc. En approchant, je remarque que le harnais est luisant. Caro Raggio a dû le cirer récemment. Et j'entends mon grand-père et sa belle-fille, leurs voix, grinçantes comme une charnière rouillée, roulant vers moi comme un tas de ferraille transporté par le suroît.

— Drozin, dit ma mère, sa voix stridente, André n'a pas d'affaire là-bas.

— Philomène, il répond – il n'appelait plus ma mère « Minouche » depuis leur escarmouche –, il est assez vieux pour décider par lui-même.

Dès que je m'approche de la maison, dépassant la voiture, Drozin descend des marches et vient à ma rencontre.

— André, il demande, tu sais quel jour qu'il est ? Moi, je m'en vas à Vermillionville. Veux-tu nous accompagner ?

Je sais bien de quoi il s'agit. Le pays entier sait qu'aujourd'hui, les frères Blanc, Ernest et Alexis, vont être pendus devant l'église. Je n'ai même pas pensé à assister à la scène. L'exécution des deux assassins de mon oncle Martin, même si je sais que c'est aujourd'hui, est cachée dans un tiroir au fond de mon cœur, un tiroir que je n'ose pas ouvrir. Devant mon grand-père qui s'élève comme un ours sur ses pattes arrière, je réponds « Oui » sans réfléchir, sans savoir pourquoi je le dis.

Je regarde sur la galerie. Ma mère tient son tablier entre ses deux mains crispées comme les racines d'un chêne vert.

— Viens-t'en, dit mon grand-père.

Et ma mère :

— André, va t'habiller si tu veux aller en ville.

Elle baisse les bras. Elle n'a plus le courage de se disputer, surtout que Drozin a habilement transféré le poids du choix sur mes épaules.

— Philomène, dit mon grand-père, sa voix tranquille, on n'a pas le temps.

— Mais, au moins, lave ta face, et je vais aller te chercher une chemise propre. Tu vas pas aller en ville en ressemblant à un hobo[47].

Je vais à l'arrière de la maison et je me nettoie le visage, enlevant ma chemise pour m'asperger le corps. L'eau de la pompe est froide et me rafraîchit. Ma mère arrive avec une chemise propre et mon capot, celui que je portais à la messe, et comme ça on part pour Vermillionville, mon pantalon toujours sale et mes bottes couvertes de terre.

On a choisi un lundi pour l'exécution, en pensant probablement qu'il y aurait moins de curieux. Mais le choix du jour semble n'avoir aucune importance. Les rues sont noires de monde. En arrivant au croisement de la Trace des Espagnols et de la rue Jefferson, il y a déjà une concentration d'embarcations et des gens à pied, tous marchant dans la même direction comme des bouts d'étain devant l'aimant.

Normalement, ça nous aurait pris quinze minutes pour arriver au centre-ville. Ce jour-là, ça nous prend deux heures, en bousculant les piétons qui nous pressent sur tous les bords comme un raz de marée. En arrivant sur la rue Saint-Jean, on n'avance plus. On voit le grand chêne centenaire et, plus loin, les tours de l'église, mais on est coincés comme les orteils d'un habitant dans une chaussure neuve. Il y a plusieurs députés du shérif qui détournent la circulation, repoussant les passants et les cavaliers. Drozin reconnaît le pauvre Alpha Dugas, suant comme un cochon égorgé, sa chemise brune trempée.

Drozin se met debout.

— Alpha, laissez-nous passer. On est attendus chez Martin.

Derrière les députés, un cordon de madriers empêche d'aller plus loin. Le grand chêne de l'église est à notre droite, une mer de monde sur tous les côtés. Avec beaucoup de difficulté et autant de réticence, Alpha fait signe aux autres députés, qui ouvrent le cordon, nous permettant de passer. Nos chevaux sont nerveux, ruant

47. Clochard, minable.

dans le harnais. Caro Raggio les maîtrise bien, les faisant avancer au pas, tirant fermement sur les guidons, leur parlant doucement. De l'autre côté du cordon, on avance bien, la rue est plus dégagée.

La maison de Marin Martin se trouve au coin de Saint-Jean et de Vermillion, sur la rue des Fondateurs, face au chêne de Jean Mouton, planté en 1765. En face, il y a la maison de Garazin Bernard et, plus loin dans cette rue qui lie la cathédrale à la maison de Cour, celles de Virginie Mouton, d'Émile Mouton, de Mills Bendel et d'Eastin Bailey, toutes de grosses cabanes de style américain, les coupoles et les fantaisies abondantes. Toutes ces résidences ont été construites avant la guerre, au fleurissement du coton, quand l'Angleterre et la France enrichissaient les planteurs pour faire tourner les usines de textile, sans se demander à qui appartenaient la sueur et le sang.

On est attendus. Un des domestiques de Marin Martin, un vieux Noir en veste blanche, surveille l'entrée de la cour. Il reconnaît Drozin et nous laisse passer. Derrière lui, on aperçoit déjà quantité de chevaux et d'embarcations. La porte de la maison est grande ouverte et il y a un va-et-vient constant, le bruit des conversations se déroulant comme un tapis de murmures interrompus par des éclats de rire qui fusent comme des coups de feu.

Je me suis souvent demandé comment ça se faisait que mon grand-père, un homme illettré, inculte, aux manières assez rustres, bien que riche en terres, côtoyait les hommes les plus influents du pays, les Marin Martin, les Basile Crow, les Émile Mouton. Ce n'est pas parce qu'il est cuisinier de barbecue. Un jour, j'ai appris de la bouche de Caro Raggio que c'était parce que Drozin faisait partie des comités de vigilance d'avant-guerre et que, grâce à ça, il avait soudé des rapports étroits avec les plus riches. Avant que la guerre éclate, le sud de la Louisiane était déchiré par le brigandage, des voleurs se promenant sans retenue. Pour les contrer, des comités de vigilance ont été formés. Estimant que la loi officielle ne suffisait pas pour maintenir l'ordre et protéger la société, et voulant, par le même biais, se débarrasser d'éléments indésirables, on s'organisait en patrouilles.

Parfois, plus d'une cinquantaine d'hommes parcouraient le pays, armés jusqu'aux dents, appliquant leur version de la justice. Gare à ceux qui se trouvaient dans leur mire. Les hommes de couleur libres et les marginaux se voyaient harcelés, et pire encore. La guerre a mis fin à ces opérations, remplaçant ce mal par un plus grand, mais les liens entre les hommes comme Drozin Boudreaux et Marin Martin ont résisté au passage du temps.

Je me suis aussi demandé comment ça se faisait que Drozin restait au courant des nouvelles d'une façon aussi précise. Il recevait l'hebdomadaire *The Daily Advertiser* que j'allais chercher les vendredis à la gare. Analphabète, il ne comprenait rien et, du fait que c'était écrit en anglais, même Dub Domingues ne pouvait pas le traduire. Drozin gardait les journaux, les empilant près de son lit pour allumer le feu de sa cheminée en hiver. Le mystère a été résolu le jour où j'ai vu Aldo Napolitano passer. Aldo est un marchand ambulant de fruits et de légumes. Tous les jours, sauf le dimanche, il attend le dernier train en provenance de La Nouvelle-Orléans. Il charge sa charrette de produits et rentre chez lui. Le lendemain matin à l'aube, il part sur le chemin, passant dans toutes les rues et les ruelles, sa charrette peinte en blanc, les roues aux moyeux rouges avec sur les bords : « Napolitano et fils, fruits et légumes ». En fait, il n'a pas de fils, vieux garçon immigré de la Sicile, mais il pense que ça fait plus sérieux. La plupart du temps, il vend toute sa marchandise rapidement, mais au moins une fois par semaine il fait le voyage jusque chez Drozin, non pas pour vendre des bananes, mais pour visiter son ami, Caro Raggio, et pour parler dans leur langue natale. Aldo Napolitano est au courant de tout. Non seulement des nouvelles d'ici et d'ailleurs, mais également de tous les ragots. Qui couche avec qui et qui a trompé qui et tous les potins de cette petite ville de province au bout du monde. C'est Aldo qui a appris à Caro Raggio que l'exécution aurait lieu à trois heures de l'après-midi, le lundi 26 mars.

Drozin est venu me chercher vers dix heures. À une heure, nous sommes installés confortablement chez Marin Martin, mais nous n'avons pas encore mangé. Dans la rue Saint-Jean se trouvent plusieurs stands, des petits comptoirs, chacun avec une braise ardente, l'odeur de la viande grillée flottant au-dessus de la foule. Il y a une atmosphère de carnaval, comme sur les champs de course, des gens de toutes les sortes, des hommes de toutes les couleurs, habillés de toutes les façons. Dans cet océan d'humanité, pourtant, on ne voit aucune femme, les mères et les filles et même les dames de la nuit sont gardées à l'écart. Drozin m'envoie chercher à manger. Je plonge dans la foule compacte, rasant les coudes et les épaules, me taillant un chemin, guidé par le parfum du barbecue. Je trouve un stand devant la maison de Garazin Bernard, en face de la potence. J'achète trois saucisses grillées, chacune dans une baguette et couverte de moutarde. Je retourne chez Marin Martin, mon butin tenu soigneusement dans mes bras.

On a érigé une clôture en planches brutes de douze pieds de haut, derrière laquelle une plateforme suspendue flotte quasiment au niveau du haut de la barrière. Deux structures surplombent la plateforme comme des grues macabres, des colonnes massives tenant des cordes au bout. On a fait venir des charpentiers de La Nouvelle-Orléans. Personne à Vermillionville n'avait l'expertise nécessaire. On dit que le bourreau vient du Texas, là où il trouve de l'emploi. Le shérif aurait bien aimé que la plateforme soit cachée par la clôture, pour la protéger de la vue générale, mais il faut suffisamment d'espace pour que la trappe fonctionne. Ce qui fait que les condamnés vont être visibles sur la plateforme à partir de la foule mais, en tombant de la trappe, on n'allait quand même pas pouvoir observer leur dernière agonie.

Nous sommes installés sur la galerie, à l'étage de la maison de Marin Martin. Je dois me frayer un chemin entre les gens qui s'agglutinent autour pour pénétrer dans la demeure, pour ensuite grimper l'escalier qui mène à l'étage. La maison est somptueuse, me rappelant celle du général Beauregard à La Nouvelle-Orléans. Le plancher en pin rouge brille. À gauche en entrant, je vois la salle à manger avec sa grande table en acajou, douze chaises aux coussins tapissés et un grand miroir accroché au mur reflétant le bol de brûlot placé sur l'armoire sur une nappe de dentelle.

Je suis impressionné par ce faste et le fait que mon grand-père soit invité par ces gens. La maison de Drozin paraît rustique à côté, mais il nage dans ce monde comme un choupique[48] dans le bayou. Les gens le traitent avec déférence : « Colonel Boudreaux par-ci, Colonel Boudreaux par-là. » Il m'a présenté à plusieurs personnes, à toutes en fait, mais je n'ai aucun souvenir. Je voltige sur le courant de maniérisme sans faire attention.

Je trouve mon grand-père sur la galerie de l'étage et nous mangeons les saucisses comme des loups affamés. Il grogne de plaisir, se léchant les doigts, avant de les essuyer sur son gilet. Il trône dans une grande chaise en rotin comme un pacha, son fidèle Caro Raggio à ses côtés pour répondre à tous ses besoins. Il y a des gens entassés jusqu'au toit et d'autres sur le toit même. On les voit sur le haut de la maison de Garazin Bernard. On dit qu'il a vendu des places à vingt-cinq sous l'unité et qu'il a été obligé d'en refuser. Il se peut que ce ne soit qu'une histoire fabriquée comme tant d'autres qui allaient circuler sur ce jour-là, mais chose certaine, le toit de la maison d'en face est couvert de monde. Et la rue est bondée. J'aurais pu marcher de l'église à la sortie de la ville sur la tête des gens sans mettre le pied par terre, la seule difficulté étant de ne pas trop écraser les chapeaux. Le ciel est variable, le soleil jouant à cache-cache.

Au milieu de l'après-midi, un bruit sourd se lève, un grondement indistinct, plutôt une sensation, un tremblement plus qu'un son. Je ne sais pas d'où c'est parti, mais ça arrive sur la maison de Marin Martin comme une vague, se jetant contre les murs avant de repartir à l'assaut de la foule. Les gens arrivent dans la cour, la petite barrière de piquets blancs écrasée par les passants qui marchent sans gêne et se mettent même sur la galerie à l'avant. Il y a maintenant un domestique, le vieux Noir, plus le jardinier et même la cuisinière créole, armés avec une carabine devant chaque porte, tous aux aguets, prêts à tirer au cas où cette cohue, ivre de curiosité indécente et d'alcool, oserait tenter d'entrer.

---

48. Esturgeon de Louisiane.

D'où on est installés, on a vue sur toute la rue. On pourrait cracher sur l'église et la potence, qui reste sans signe de vie, comme un naufrage désolé d'un océan de chagrin. Il y a une porte à l'arrière de la clôture, face à l'église, et je la vois s'ouvrir. Timidement, Alpha Dugas entre, regardant derrière lui, suivi du shérif Ike Broussard. Derrière lui et entourés par plusieurs députés, les deux Français apparaissent. Ils sont habillés en chemises et pantalons en denim, les mains menottées et des fers aux chevilles. Ils boitent, leurs dégaines dérangées par les chaînes. Les députés les collent comme un essaim de guêpes. Je vois tout, sauf les yeux des Français. Ils portent tous deux un chapeau gris, le rebord plié à l'avant. Je suis saisi par la tristesse, une chute de laquelle je sais déjà que je ne me remettrai pas. Le monde a disparu. Je n'entends plus la foule. Drozin, Caro Raggio et tous les gens sur cette galerie n'existent plus. Je me trouve dans un tunnel où seuls les Français et moi demeurons. Je vois une porte au ciel, mais bien que je cherche à l'ouvrir, je ne trouve pas la poignée. C'est un ouragan, mais un ouragan sans vent, sans tonnerre, sans pluie, sans rumeur. Un trou dans l'univers, un vide dans lequel tout a disparu. Pas de bruissement, pas de froissement, pas de frôlement, pas de chuchotement. Rien. La foule est devenue visqueuse, une seule bête gluante et nébuleuse, figée dans une atmosphère poisseuse. Ça dure jusqu'à ce que j'entende l'éclatement de la trappe.

Il y a un prêtre qui accompagne les Français. C'est le père Fournet. Il a visité les condamnés pendant leur incarcération, apportant un réconfort et parfois un bol de gombo cuit par sa vieille cuisinière. Il ne veut pas être là, mais son devoir de chrétien le tenait par la nuque et l'a traîné jusqu'ici. Il ne souhaite qu'une chose : repartir vers son petit presbytère et se coucher, la couverture par-dessus la tête.

Doucement, le shérif monte les marches de l'échafaud. On pousse les Français à le suivre mais, avec les chaînes aux pieds, ils n'y arrivent pas. On leur enlève, mais ils gardent les menottes. Sur la plateforme, il y a le shérif, les deux condamnés, le prêtre et le député Thomas Mouton. Les Français ont demandé qu'il les accompagne jusqu'à la fin.

Le bourreau arrive, son visage caché par une cagoule noire, avec deux grands trous pour les yeux. Il demande aux condamnés s'ils veulent un masque. Ernest dit oui. Alexis, non. Avant qu'on place le masque, le père Fournet s'approche et parle à voix basse aux deux hommes. Il fait le signe de la croix. « Que Dieu ait pitié de vos âmes. » Et il repart, descendant les marches d'un pas lourd.

Thomas Mouton met un sac noir sur la tête d'Ernest, après avoir enlevé son chapeau. Il prend celui d'Alexis. Il serre les deux condamnés à bras-le-corps, leur chuchotant quelque chose, et descend les marches à son tour. « Dieu vous aime, il leur dit, abandonnez-vous à sa miséricorde. » Avant d'arriver en bas, il s'effondre en larmes.

Le bourreau place les Français au centre, sur la trappe, passant les cordes par-dessous leurs têtes. Le nœud ressemble à un serpent ratier[49] tordu sur lui-même. Le shérif fait monter le greffier de la cour, qui sort un papier de sa poche et le déplie. Une fois la feuille dépliée et tenue de sa main gauche, il sort ses lunettes de la poche intérieure de sa veste. Ses mains tremblent et une goutte de sueur dégouline de son front. Le shérif s'approche de lui, chuchotant à son oreille : « *Dammit*, dépêche-toi. »

— « Par ordre de l'honorable Samuel Douglas McKenery, gouverneur de la Louisiane, Ernest Blanc et Alexis Blanc, jugés coupables de meurtre au premier degré, sont condamnés à être pendus par le cou jusqu'à ce que mort s'ensuive. Que Dieu ait pitié de vos âmes. »

Il s'apprête à lire le texte en anglais, mais le shérif le tasse.

— Ça suffit.

Alexis, les yeux découverts, regardant le ciel, crie à tue-tête :

— Marie, je t'aime !

Il a à peine fini sa phrase que la trappe s'ouvre, la traverse en équerre de la potence secouée par le poids des condamnés. Alexis

---

49. *Elaphe obsoleta lindheimeri*, grand serpent qui a la particularité d'étouffer ses proies.

semble parti aussitôt, le choc de la chute ayant cassé son cou. Ernest vit encore. Il se débat, ses jambes prises dans la danse de saint Vitus. Ses mains, toujours tenues par les menottes, restent collées à son corps, mais ses jambes se lancent dans tous les sens. Ça dure et ça dure de longues minutes. On entend ses cris étouffés. J'ai envie de vomir. Je ne peux plus regarder et je tourne de bord, claquant la porte-moustiquaire pour rentrer dans la maison.

— C'est difficile de tuer un homme, dit Drozin à Caro Raggio.

— Oui, et c'est dur aussi, lui répond Caro.

Les corps sont attrapés par les députés, le bourreau coupe les cordes. Il descend les marches, ouvre la porte de l'enclos, prend l'enveloppe que lui tend le shérif avec sa paie et part à l'église où il va enlever sa cagoule et changer ses habits. Il retrouve son cheval, un rouan gris, et se dirige vers l'hôtel Évangéline, où il passera la nuit avant de repartir au Texas. Personne, pas même le shérif, n'a vu son visage à découvert.

Avant même que les corps soient descendus, la foule commence à pousser contre la clôture. Les corps sont placés dans des sacs en coton pour les conduire vers l'église, les députés travaillant hâtivement. Ils sont énervés. Ils ont peur. Avant qu'ils soient sortis de l'enclos, la foule casse les planches qui tombent avec fracas. Le shérif et ses hommes font face à la meute qui se précipite vers l'échafaud. Ike Broussard tient deux fusils, un 12 jauge double baril dans sa main droite et un .410 à gauche. Il tire le 12 en l'air, gardant une cartouche chargée dans le deuxième canon, et pointe les deux armes, leurs crosses serrées en dessous de ses gros bras, vers la foule.

— Avancez et vous êtes finis ! il crie.

Les députés du shérif sont armés avec des bâtons et ils se précipitent sur la foule, les malheureux à l'avant recevant une ruée de coups. Les matraques tombent comme une averse de juillet, les gens tentant de se protéger, leurs mains devant leur visage. Ceux qui sont face aux députés sont impuissants à s'arrêter, poussés par ceux à l'arrière. C'est le carnage.

Toujours les fusils braqués sur la foule, Ike Broussard dirige le cortège tragique vers l'église. La foule ne le poursuit pas, s'arrêtant à la potence, montant les marches. Plusieurs dansent, ivres de l'odeur funeste de la mort. Le shérif s'enferme dans l'église, des députés armés à chacune des trois portes. Ils vont y rester une grande partie de la nuit avant d'enterrer les corps à la lumière de flambeaux. Trois fosses sont creusées pour confondre les malfaiteurs qui souhaiteraient déterrer les Français pour les traîner à travers les rues de la ville. Les trois sont remplies de terre dans la nuit, et les officiers de justice les veillent jusqu'à l'aube, accompagnés de taillaux[50] pour décourager les curieux.

Les Français sont enterrés dans une fosse anonyme. Il y en a qui disent qu'ils ont été enterrés sans cercueil, la paroisse ayant dépensé suffisamment d'argent pour les nourrir puis pour les pendre. D'autres disent que l'humanité et le christianisme n'auraient pas permis un traitement aussi barbare. Ceux qui le savent ne le diront jamais. Je crois qu'effectivement ils ont été enterrés sans cercueil et que les microbes de leurs corps se sont évaporés dans le sol et ont été absorbés par la rivière souterraine de la prairie des Attakapas, et que l'esprit des Français surgit tout autour de nous constamment et sans avertissement. Depuis ce jour, je les rencontre, Alexis avec sa mine défaite et Ernest avec son sourire moqueur. Soudain, ils apparaissent devant moi, leurs yeux ténébreux, leurs regards mystérieux. Ce n'est pas forcément dans les endroits qu'ils ont fréquentés, autour de la maison de Drozin ou dans la cabane, mais n'importe où. Tout à coup, ils sont là devant moi. Ne disant rien, mais me regardant avec leurs yeux pleins de questions. Pourquoi ?

On passe la nuit chez Marin Martin. Il nous semblait impossible de rentrer. Les rues étaient toutes bouchées et les gens en délire. Ça allait durer toute la nuit. Il y a eu de la casse. On a défoncé les vitres de plusieurs commerces de la rue Jefferson, y

50. Chiens de garde.

compris celles de la boutique d'Abdallah, dérobant une grande partie de ses stocks. Son commerce ruiné et sa boutique en lambeaux, sa santé s'est dégradée et il est mort quelque temps après. Un hôpital de fortune a été monté devant la prison face à la maison de Cour, et le vieux Dr Hamilton, assisté par le coroner Abraham Saloom, a traité les blessures du shérif et les accidentés de l'émeute une grande partie de la nuit.

On a couché dans le salon chez Marin Martin, mon grand-père ronflant sur le canapé et Caro Raggio et moi sur le tapis. On entendait les gens qui criaient au loin et les chiens du shérif qui aboyaient sans cesse, une complainte mélancolique qui a duré des heures Ça m'a donné des frissons.

Je n'ai pas fermé l'œil de la nuit. Au matin, Drozin s'est étiré, mettant les pieds par terre. Caro Raggio était déjà là avec une tasse de café. Les chaussettes blanches de mon grand-père avaient des trous sur le bout des gros orteils, qui, aussi blancs que ses chaussettes, s'élançaient comme des taupes cherchant un peu de clarté. La cuisinière, une vieille Créole dénommée Jenny, nous a préparé un déjeuner de pain perdu et de lard. Il était encore tôt quand on a pris le chemin du retour. Les rues étaient vides. Tout était en désordre. La barrière de piquets blancs de la cour de Marin Martin avait disparu, quelques planches cassées comme le résultat d'une tempête malfaisante. Les rues étaient remplies de déchets de toutes sortes. Déjà, on était en train de démonter l'échafaud, les charpentiers détachant les pièces pour les entasser dans plusieurs wagons. Le bois allait être vendu à l'encan quelques semaines plus tard, les malchanceux qui ont fini par l'acheter traînant l'infortune avec eux. On aurait mieux fait de tout brûler.

Sur la route du retour, le suroît chassant les nuages, mon grand-père ne m'a pas adressé la parole, sauf en arrivant.

— C'est pas la peine de dire à Marie ce que le Français a crié à la fin.

Il m'a regardé avec des yeux fatigués.

— Garde ça pour toi.

37

André Boudreaux, 6 avril 1890, Pâques

Dans le sillage de la chute, il y a une porte qui ressemble à un trou dans le ciel. Cette porte s'appelle le temps. Quand on tombe, on cherche la clef pour l'ouvrir, pour arrêter la descente et voler à la place. Mais la seule façon d'y arriver est de mourir.

Drozin est né en 1817. Il est mort soixante-treize ans plus tard, un Vendredi saint, le 4 avril 1890. Malgré son âge et son rhumatisme, il avait insisté pour courir le Mardi gras. Il devait sentir que c'était sa dernière chance de faire le paon. Il faisait un temps de canard et mon grand-père a attrapé froid, ce qui allait le clouer au lit pendant le carême entier. Il toussait comme une batterie d'artillerie, les quintes durant de longues minutes qui ressemblaient chacune à l'éternité. Deux semaines après qu'il s'est mis au lit, ma mère a tassé Caro Raggio et a pris en main les soins de son beau-père. Elle a emménagé chez lui, couchant dans le salon sur un lit de camp, malgré l'offre de Caro Raggio de prendre sa chambre. Elle veillait sur mon grand-père, nuit et jour, jusqu'au milieu de l'après-midi du Vendredi saint, quand il s'est assis dans le lit, ses cheveux blancs plaqués comme une couronne mouillée, ses yeux rouges comme de la braise. « *Giddy up*, Mansfield, il a dit, allons, allons, *let's go git em* », et il est tombé vers l'arrière, raide comme une planche de chêne.

La veille, on m'avait envoyé chercher le prêtre pour donner les derniers sacrements à mon grand-père. C'était le milieu de l'après-midi. La messe du Jeudi saint avait été dite ; le prêtre avait lavé les pieds des douze croyants, des hommes qu'il avait choisis en pensant qu'ils ne puaient pas trop. Il avait placé le saint-sacrement dans son ciboire, sur le petit autel devant la statue de la Sainte Vierge. Quand je suis arrivé, j'ai cogné et recogné à la porte du presbytère, sans réponse, puis je suis entré dans l'église par la porte arrière, avant de pénétrer dans la sacristie. J'ai été frappé par la noirceur. Je ne voyais rien, la petite pièce noyée dans l'obscurité. Ça sentait fort l'odeur des cierges. J'ai avancé timidement, guidé par le peu de clarté qui filtrait par la porte donnant sur l'autel. J'ai failli marcher sur le prêtre. Il était agenouillé sur son prie-Dieu, invisible dans la pénombre.

— Puis-je vous aider ? il a demandé.

Il parlait comme s'il était endormi, ou soûl. Surpris, j'ai sursauté. Ça m'a pris un peu de temps avant de retrouver mes esprits.

— On m'a envoyé pour vous chercher. Mon grand-père a besoin des derniers sacrements.

Le prêtre s'est levé doucement du prie-Dieu, toujours habillé en chasuble. Je voyais la lumière se refléter sur son crâne, une petite étincelle qui dansait comme un feu follet dans les ténèbres. On s'est regardés un grand moment, figés tous deux comme la femme de Loth. J'entendais sa respiration lourde. Finalement, il a parlé.

— Qu'est-ce qui vous dit que votre grand-père est en train de mourir ?

Je ne trouvais pas de réponse, restant muet.

— C'est le Jeudi saint, il a dit enfin, il aurait pu trouver un moment plus convenable.

Il s'est tourné vers moi, détachant les cordes de sa chasuble.

— Va atteler mon cabriolet, il a dit.

Je ne pense pas qu'il aurait refusé, bien qu'il y ait sûrement pensé. Depuis un certain temps, l'orage de la Société de tempérance ne troublait plus la sérénité du village. Et les angles aigus de l'histoire du baptême d'André-Alexandre, même s'ils n'étaient pas oubliés, s'étaient arrondis. La vie du village est devenue comme une planche de sapin. On voyait bien dans le grain des petits courants, chacun avec son caractère et son passé, et parfois un gros nœud noir. Mais aux deux bords du nœud, le grain retrouvait sa tranquillité et, une fois la planche bien poncée, on ne sentait rien sous les pieds.

Le père Fournet avait peur de Drozin. Si jamais il ne mourait pas, lui, le prêtre du village, risquait de passer un quart d'heure désagréable aux mains de mon grand-père.

J'ai accompagné le prêtre sous un ciel gris, le temps maussade, le vent du nord, pour qu'il donne les derniers sacrements à Drozin. Cette nuit-là, le froid était de retour, traîné par des nuages noirs qui grognaient comme les dieux des Grecs, les coups de foudre secouant l'encadrement des portes, criblant la toiture des maisons avec des gouttes de pluie longues comme des clous.

Le lendemain, mon grand-père est mort. Je me demande s'il attendait de voir le prêtre pour le faire chier une dernière fois. Drozin a vu tous ses enfants et petits-enfants durant les semaines où il était resté alité, une procession constante pendant toute la maladie. Même Thomas et sa concubine sont passés à plusieurs reprises. Même l'autre André Boudreaux, traîné par son père, et l'autre Marie Boudreaux, bien qu'une seule fois. Quand elle est venue, je me suis caché derrière la maison, mon cœur sautant dans ma poitrine comme un poulain la première fois qu'on lui pose la selle. Je ne pouvais pas supporter de la voir. Je ne me demande pas pourquoi, trop douloureux probablement. L'histoire d'une chute qu'on n'a pas envie de refaire.

Ça a pris huit hommes pour sortir Drozin de son lit et l'installer dans le salon : moi, mon père, Caro Raggio, mes frères Michel et Horace, plus Gabriel Strauss et ses deux voisins, Hamp et Balin. On a installé le corps sur des planches de douze pouces placées sur des madriers. On devait attendre le mardi de Pâques pour l'enterrer, tout le monde étant occupé avec la fête. Il a fallu plusieurs jours pour trouver du bois pour le cercueil. Caro Raggio insistait pour le faire en cyprès. On est allé le chercher dans une scierie à Henderson, ce qui a pris toute la journée du lundi. Par chance, les magnolias étaient en pleine floraison. On n'arrêtait pas d'apporter des fleurs en grande quantité, les déposant sur le défunt. Les longs cheveux de mon grand-père étaient soigneusement peignés par ma mère, lui donnant un air apaisé, et ses grandes moustaches étaient arrangées comme pour le dimanche. On aurait dit qu'il souriait.

Toute la journée de lundi, les gens arrivaient, un défilé incessant qui aurait fait bien plaisir à mon grand-père. Ils étaient nombreux à offrir leurs condoléances, plusieurs arrivant de Vermillionville même. Parmi les plus notables figuraient le shérif Ike Broussard et son député, Alpha Dugas, qui, certainement, ne portaient pas mon grand-père dans leur cœur, mais qui se sentaient obligés de lui rendre hommage quand même. Charlie Jenkins et Bébé Knight sont venus tard en après-midi, entrant timidement dans le salon comme des chiens battus, leur chapeau tenu dans leurs mains. Après avoir offert leurs condoléances à mes parents, ils se sont arrêtés quelques secondes devant la dépouille, contemplant le corps ventru. Faisant le signe de la croix hâtivement, ils sont sortis, chacun tête baissée, descendant les marches de la galerie, sautant sur la selle de leur cheval maigre pour partir au galop et disparaître comme les derniers rayons du soleil enfouis dans les nuages.

Le nombre des visiteurs augmentait et baissait comme par cycle. Le petit salon de mon grand-père était assez souvent rempli à craquer, avec un surplus de gens debout sur la galerie ou même dans la cour. On riait, on racontait des histoires de Drozin, la plupart embellies aux fins de l'intrigue. Le temps restait frais, mais l'eau qui couvrait les savanes et remplissait les fossés depuis les orages de la semaine passée était bien descendue. Mes parents s'installaient dans le salon à partir de tôt le matin jusqu'à tard le soir. Mon père avait l'air perdu, ce qu'il était certainement, celui qui lui servait de boussole et de prédicateur étant maintenant parti pour toujours. Pour ma mère, la mort de Drozin lui a fait un drôle d'effet. Malgré leurs différends, qui ont été multiples, et la colère que son beau-père a provoquée en elle, malgré son arrogance et ses prétentions, devant sa disparition, Philomène se trouvait en manque. En manque de la certitude et de la confiance que sa présence assurait. Drozin Boudreaux était un homme plein de lui-même et prêt à tout sacrifier, y compris le bonheur de sa famille, à cause de son amour-propre, mais c'était un roc que peu de choses parvenaient à ébranler. Devant son corps, étalé dans ce petit salon où l'on avait enlevé tous les meubles, à part les deux chaises sur lesquelles étaient assis mes parents, Philomène sentait que l'héritage de Drozin reposait maintenant sur ses épaules. Et ça la rendait humble et reconnaissante.

Pendant tout ce temps, Caro Raggio faisait du café sans cesse et pestait contre ces gens qui s'agglutinaient dans la cuisine pour le boire et pour manger les gâteaux qui étaient rangés sur la table comme un régiment. Le pays entier semblait avoir apporté des gâteaux. Le petit Italien se plaignait à qui voulait l'entendre de tout le travail de rangement et de nettoyage qu'engendrait la veillée de celui à qui il s'était dévoué toutes ces années. Heureusement qu'il était occupé. Une fois l'enterrement terminé, de retour dans cette maison vide où maintenant le silence criait comme les démons de l'enfer, il allait s'effondrer, ses hurlements se répercutant contre les murs. On l'entendait de chez nous.

Les funérailles ont eu lieu le mardi matin. Gabriel Strauss et mon père ont construit le cercueil dans la nuit de lundi. Les mêmes huit hommes qui avaient mis Drozin dans le salon l'ont placé dedans. La courtepointe de Philomène, celle avec le message secret cousu dans la doublure, a été mise à l'intérieur sur le corps de mon grand-père. C'était un homme fort et ça a pris toutes nos forces pour le soulever, et, malgré nos soins les plus attentionnés, on a fini par le faire tomber. Mais heureusement, y compris une jambe enraidie, il a fini dans la boîte. Mon frère Michel a réussi à atteler nos mulets, je ne sais pas comment, la nature exceptionnelle de la journée faisant des miracles, afin de transporter la dépouille de notre grand-père à l'église. Les deux mulets, assez vieux maintenant, se comportaient avec retenue. Ce n'était pas leur âge avancé qui les avait rendus sages, c'était l'événement même qui les obligeait à se comporter avec dignité. Je le voyais dans les yeux d'Augustin.

C'était assez remarquable de voir l'assurance avec laquelle tout le monde s'est comporté ce jour-là. On trouvait, je ne sais où, la force qui nous a permis de faire ce qu'il fallait et sans hésitation. On a conduit le cercueil à l'église. Une fois que la messe serait terminée, on le rapporterait chez Drozin pour l'enterrer dans le petit cimetière. L'enclos étant trop exigu pour permettre de creuser une autre fosse, il a fallu l'enterrer à l'extérieur, entre la grille et la fosse de Flying Evangeline. Ce qui me semblait assez normal étant donné que mon grand-père avait aimé ce cheval probablement plus qu'il avait aimé sa femme.

Gabriel Strauss s'est plaint du voyage aller-retour, disant tout simplement que ce n'était pas nécessaire de traîner mon grand-père à l'église pour ensuite le ramener à sa maison, surtout que Drozin se foutait de l'église, mais ça s'est fait quand même, malgré ses plaintes. Le vieux Noir, né en même temps que Drozin, ses cheveux blancs coupés ras et ses joues maintenant creusées de rides, est parti à l'église dans le wagon avec le cercueil et deux chaises pliantes. En arrivant, après que la dépouille a été descendue, il a apporté les chaises à l'intérieur. Marchant vers l'avant, là où aucun Créole n'avait jamais mis les pieds, il les a installées devant l'autel de la Sainte Vierge et s'est assis. La deuxième chaise était libre et a été prise par la femme de mon oncle Thomas, Clémentine. Derrière eux, sur le premier banc, celui de Drozin, il y avait moi, mon père et ma mère, mes frères, Horace et Michel, le petit Georges et mes sœurs, Mathilde et Marie, celle-ci avec André-Alexandre sur ses genoux. À six ans et demi, il est trop grand pour être encore sur les genoux de sa mère, mais elle l'a gardé sur elle comme un bouclier pour la protéger contre le mauvais œil et les mauvaises langues. Sur le banc derrière nous, mon oncle Thomas était assis avec ses filles, Marie et Eugénie. Cette Marie Boudreaux tenait un nourrisson dans ses bras. L'autre André Boudreaux n'était pas présent, du moins il n'était pas visible. Pendant la veillée, mon oncle Thomas est resté la plupart du temps le samedi, le dimanche et le lundi.

Quand le moment de la communion est arrivé, ma mère a été la première à se diriger vers la balustrade, s'agenouillant à la vue de tout le monde. Nous l'avons suivie, un troupeau rendu intrépide par l'esprit du défunt. Si le prêtre avait une réticence quelconque à nous donner la communion, ça ne paraissait pas. Depuis le baptême d'André-Alexandre, il y a quelques années maintenant, ma mère la recevait. Le père Fournet, usé par le combat, écoutait sa confession sans y prêter attention, choisissant toujours les mêmes trois prières comme pénitence, quels que soient les péchés. Même si tout n'a pas été pardonné ni oublié, les exigences de la bonne entente obligeaient le prêtre à faire semblant.

On n'aurait jamais pu imaginer que Gabriel Strauss, un Noir, et sa fille, la concubine de mon oncle Thomas, ainsi que leurs enfants de sang-mêlé oseraient s'approcher de la clôture de l'autel de l'église des Blancs. Mais ce n'était pas un jour normal. C'était les funérailles de celui qui, malgré lui, avait épaulé une transformation dans ce pays. Le prêtre se sentait impuissant à résister à cette vague de mutation qui se jetait aux pieds de ses principes ébranlés, secouant les falaises de sa certitude. Il tenait l'hostie devant Gabriel Strauss.

— Le corps du Christ, a dit le prêtre.

— Amen, a répondu Gabriel.

Autre chose jamais vue, Charlie Jenkins et Bébé Knight se sont approchés de la balustrade de l'autel, les mines défaites, marchant sur la pointe des pieds comme des chats échaudés. J'aurais été surpris d'apprendre que l'un ou l'autre avait accompli son devoir de catholique en allant se confesser. Le prêtre n'a même pas ralenti son rythme.

— Le corps du Christ.

— Amen.

Une fois la messe terminée, le prêtre a fait sortir l'encensoir. L'enfant de chœur est un autre garçon de Davis Arceneaux, le plus jeune. Son frère aîné était parti au séminaire, laissant la place à son jeune frère, tout aussi maigrichon. Sa soutane, héritée de son aîné, est jaunie par le temps, les manches effilochées. Il a tendu une petite boîte au prêtre, qui a versé quelques grains d'encens sur la pastille ardente, faisant monter un nuage noir, son parfum envahissant l'atmosphère de la petite église. L'odeur m'a soûlé.

Le prêtre a fait le tour du cercueil et a redonné l'encensoir à l'enfant de chœur, prenant de l'autre main l'eau bénite avec laquelle il a aspergé le cercueil. Puis il a posé le pot près de la balustrade et a pris son livre, que l'enfant tenait ouvert devant lui. Les bras en croix et les mains ouvertes au ciel, le père Fournet a chanté la liturgie des morts.

— Mesdames et messieurs, il a entonné, nous sommes ici en ce jour triste pour faire nos adieux à un de nos grands. Un ardent défenseur de sa communauté et de sa famille, un homme dont la noblesse est légendaire, il nous manquera pour toujours.

Il a marqué une pause.

— La meilleure façon de lui rendre hommage est de s'inspirer de sa générosité et de son courage, et de nous conduire de la même façon bienveillante.

Il s'est arrêté à nouveau.

— À sa famille et à ses nombreux amis, j'offre mes condoléances les plus sincères.

C'est à peu près les mêmes rituels qu'il suivra la semaine suivante, aux funérailles d'Alcide Debaillon. Je n'ai pas su que Debaillon était malade jusqu'à ce que j'apprenne sa mort, apparemment après un long supplice, un cancer de la gorge causé par son amour pour les cigares qu'il faisait venir de Cuba par La Nouvelle-Orléans et qu'il fumait tous les soirs, assis sur sa galerie à l'étage, contemplant son empire, un verre de cognac à la main. Les deux adversaires ont quitté ce monde à une semaine d'intervalle, se lançant un dernier combat : à savoir qui aurait les funérailles les plus impressionnantes. À première vue, c'était l'égalité. Pour chaque cérémonie, l'église était remplie à éclater, le plancher courbant sous le poids de tant de fidèles. Il faut dire que Drozin avait plus de Noirs à son enterrement, les derniers bancs ainsi que le perron remplis par les habitants du quartier créole, avec Marie Agélas, resplendissante dans une jupe violette flamboyante et un tignon de Madras. Par contre, Alcide Debaillon avait plus de gros chiens pour sa cérémonie, y compris Pierre Gustave Toutant Beauregard lui-même, assis au premier banc, entouré des hommes les plus riches du pays. Il semble que le vieux général n'ait jamais pardonné à Drozin d'avoir délaissé le Parti démocrate pour le Progressive Party of America. Le shérif Isaac Broussard, dit Ike, a assisté aux deux funérailles, bien qu'il n'ait porté ni l'un ni l'autre des défunts dans son cœur.

Je suis allé aux funérailles de Debaillon pour accompagner ma sœur Marie. Il était le parrain d'André-Alexandre, après tout. Ma mère est venue aussi, mais aucun autre membre de la famille. Philomène a pris le deuil dès que Drozin est mort. Elle avait rangé sa robe noire cinq ans après l'assassinat de son frère Martin. Elle venait de l'enlever il y a peu de temps pour maintenant la remettre. Elle n'allait porter que du noir pour le reste de sa vie.

Debaillon a été enterré à l'arrière de l'église, dans le petit cimetière dont la population s'était mise à grandir. En prévision de sa mort, il avait fait construire un enclos semblable à celui de Drozin avec des piquets en fer forgé et, en plus, avec une fleur de lys à chacune des têtes. À l'intérieur de l'enclos seront enterrés les prêtres de la paroisse ainsi que Debaillon lui-même. Sa femme, morte pendant la guerre, est enterrée sur leurs terres à Royville, et ses enfants, arrivés de leurs demeures lointaines pour le service, seront enterrés loin de la Louisiane. Le tombeau de Debaillon est soulevé pour le protéger des inondations. Il est fait en briques couvertes de stuc et peint en blanc. À un bout, il y a un monument, un ange sculpté, ses ailes déployées, son regard fixant le tombeau comme pour surveiller le mort. Sur le piédestal est écrit: Alcide Aurélien Debaillon, CSA[51], bâtisseur

51. Confederate States of America, la confédération des États sudistes ayant fait sécession.

du pays. 1821-1890. Inspiré par cette inscription, Caro Raggio fera installer un monument pour la fosse de Drozin, une pierre tombale sur laquelle est écrit : « Drozin Zéphirin Boudreaux, CSA, mari, père, ami, 1817-1890. Toujours dans nos cœurs. »

38

Mon légume préféré, c'est le radis. J'aime beaucoup sa couleur rouge vif et son goût piquant. Plus c'est piquant et plus j'aime ça. Et ça pousse facilement. On sème les graines et, quelques semaines plus tard, on en récolte les fruits. Et ça résiste au froid. Cette année, on a semé tôt. Le Mardi gras était tard et on avait profité d'un temps clément pour planter et semer dans le potager. Deux semaines plus tard, le vent du nord était passé, apportant le froid. Je gelais dans la salle à harnais et j'avais été obligé de rentrer dormir dans la maison. Nous avons perdu toutes les petites plantes, sauf le radis, qui pousse dans la terre froide, cette terre dense et impénétrable, là où dorment les Français dans leur fosse, rongés par les vers, leurs molécules dispersées sous la prairie, nourrissant les racines de notre potager.

Je n'ai jamais parlé à Marie de toute cette histoire. Il y a eu des moments où je me suis retrouvé seul avec elle et je voulais lui en parler. Mais je n'ai jamais trouvé les bons mots. On vit dans le non-dit, dans la brume. Quand l'air est chaud et que la terre est froide, la brume arrive. Depuis que les Français sont enterrés, la terre ici est toujours froide. Quand on parle, quand on bouge, quand on court, quand on danse, quand on baise, l'air se réchauffe et le brouillard apparaît. C'est-à-dire tout le temps. Et dans le brouillard, les sons s'amplifient. Parfois, je l'entends à peine, comme le gargouillis d'un nourrisson. D'autres fois, ça sonne comme les roues du train qui passe dans ma tête à toute heure. Mais plutôt que de s'user comme le sifflet du train, le son augmente, remplissant le ciel et l'univers d'une lumière aveuglante. Toujours le même son qui me coupe le souffle. « Marie, je t'aime. » Il y a trop de sentiments, trop de cris à étouffer. Et du même coup, je m'éloigne de ma sœur Marie, comme je me suis éloigné de tous.

Je suis entré dans les rails, faisant ce qu'on attendait de moi. Fils exemplaire, jockey hors pair, et maintenant fiancé. Peut-être que je devrais tourner le dos à tout ça et faire comme Marie. Chadwick Viator lui a proposé le mariage. À première vue, c'est un mariage béni par le destin, deux êtres dont personne ne veut, deux êtres brisés. Certainement, il sera bon avec André-Alexandre. Il l'est déjà. Je sais qu'il a proposé à Marie, parce qu'il m'en a parlé. Il m'a demandé d'intervenir, de parler à ma sœur en sa faveur, en son nom, afin de vanter ses qualités d'homme fiable et responsable. Mais je ne lui ai jamais parlé. Elle a refusé sa demande. Pour des raisons qui lui sont propres. Ça me suffit. J'ai souvent envie de lui parler, non pas de Chadwick Viator, mais des deux Français. Ça ne m'intéresse pas de savoir pourquoi elle a refusé une proposition de mariage d'un homme bienveillant, attentionné, respectable, avec un bon travail et qui ne boit pas, mais j'aimerais savoir ce qui lui donne le courage de regarder la vie en plein dans les yeux et de la frapper entre l'œil et la corne.

Je n'ai pas le courage de ma sœur. Elle est la fille de sa mère. Je suis le fils de mon père, un capon consacré, et de mon grand-père, le roi du faire semblant. Des fois, je pense à partir sur les routes, comme l'ont fait les Français. Partir vers une aventure qui finira par m'enlever la vie. Ils ont fini par payer le prix de leur indépendance. Mais ils étaient deux. Même s'ils ne s'aimaient pas, au moins ils n'étaient pas seuls. Je ne veux pas vivre dans la nostalgie de ma courte carrière de jockey au temps glorieux de Flying Evangeline. La vérité, c'est que je n'ai jamais aimé que ce cheval, ni rien ni personne d'autre. Même l'autre Marie Boudreaux, qui n'était qu'un fantasme pour remplir mes nuits de passion et faire battre mon cœur plus vite.

« Que Dieu prenne pitié de vos âmes. » Les Français ne me font pas pitié. C'est seulement que leur histoire me rend triste. Mais toutes nos histoires sont tristes. Quelques années de plaisir à courir avec les dieux, un cheval du tonnerre entre les cuisses, pour finir propulsé dans la chute. Et mon oncle Martin au purgatoire. Il ne méritait pas de mourir, rué de coups d'une lime aiguisée par l'avarice, tué par deux adolescents avec de grandes idées, tué parce qu'il avait le cœur trop bon. Mais personne ne mérite ce qui lui arrive.

Drozin a laissé un testament qu'il avait fait rédiger au début de sa maladie, un jour de lucidité où il avait réalisé qu'il était possible qu'il ne s'en sorte pas. Il avait fait venir Chadwick Viator et lui avait dicté ses volontés, ajoutant sa marque en bas de la page. Ses terres, plus de mille acres, ont été divisées entre ses deux fils, c'est-à-dire mon père et mon oncle Thomas. Les deux frères sont devenus, du même coup, bien plus à l'aise. Le partage s'est fait sans conflit et les deux se sont dits satisfaits et sans rancune. Un arpenteur a été engagé pour tracer une ligne, attribuant les terres situées au nord à mon oncle, et celles au sud, à mon père. Les terres de Drozin à l'intérieur du village avaient été vendues depuis longtemps, toutes sauf le terrain de Baptiste Perez, qui en restait locataire, tout en étant propriétaire de sa maison. Ce terrain se trouvait dans la partie léguée à mon père.

Les habitants du village de la Coulée Croche qui occupaient leurs terrains sans jamais avoir eu à payer des coûts de location en ont reçu les titres de propriété. Tous sauf Gabriel Strauss, qui, lui, en plus du titre de son terrain, a reçu cinquante acres de savane sur lesquels il peut continuer son élevage.

Dans l'armoire de la chambre à coucher de Drozin, sous les mouchoirs, on a trouvé des billets de banque. Il y avait plus de mille dollars américains. Selon le testament, ce montant devait être divisé entre les petits-enfants, c'est-à-dire moi, Marie, Michel, Horace, Mathilde et Georges et, à l'étonnement général, l'autre André Boudreaux, l'autre Marie Boudreaux et la petite Eugénie, de même que Caro Raggio. Chacun de nous a reçu cent dollars. Drozin a donné sa maison ainsi qu'une acre de terre à Caro Raggio, pour le récompenser, d'après le testament, de ses services « fidèles et hors du commun ».

Le testament a été lu à la maison de Cour par le shérif lui-même. Le greffier se tenait derrière lui, nous observant d'un air hautain, ses lunettes accrochées au bout de son nez pointu. Une fois le document lu, le greffier l'a pris, le cachetant avec le sceau de la paroisse de Vermillion sur un coulis de cire rouge. On était tous présents, ma mère, mon père, mes trois frères, Horace, Michel et Georges, devenu un jeune homme, mes deux sœurs, Mathilde et Marie, mon neveu, André-Alexandre, mon oncle, Thomas, et sa concubine, Clémentine. Tous sauf les enfants de Thomas Boudreaux. Quand Caro Raggio a entendu que Drozin lui avait laissé la maison, il s'est mis à pleurer comme un enfant. Avec les cent dollars qu'il a reçus du testament, il a commandé et payé le monument qui se trouve sur la tombe de son ancien employeur.

Dans la cour à l'arrière de sa maison, sous le chêne qui surplombe le petit cimetière, on a trouvé, en suivant les instructions dans le testament, un coffret en métal contenant plus de trois mille dollars en pièces d'or, des pièces d'un dollar, des pièces de cinq dollars et des pièces de vingt dollars. Le contenu du coffret est accordé à Marie Boudreaux, ma sœur, avec la condition que ce montant serve pour les soins et l'éducation de son fils André-Alexandre.

La grande surprise du testament reste le don de son pistolet, le fameux Colt .45 à la poignée de nacre. Drozin l'a laissé à ma mère avec les instructions suivantes : « Utilise-le pour tuer ton mari si jamais il te trompe. » J'entends mon grand-père ricaner.

La dernière clause du testament est le don de son étalon Mansfield. Il m'est accordé avec ce commentaire : « À André à Alexandre Boudreaux, je laisse mon cheval Mansfield, parce qu'il est le seul à savoir quoi faire avec. »

Lagniappe[52]

Marie Boudreaux, mai 1890

J'adore les roses. J'aime tout : leur forme voluptueuse, la fragilité de leurs pétales, l'odeur délicieuse et les couleurs vives. Depuis plusieurs mois, j'ai emménagé chez Mme Virginie Mouton. « Ma maison est trop grande et trop vide », elle m'a dit.

Je suis engagée comme assistante, mais mes responsabilités ne sont pas très difficiles. Il y a une femme de ménage, Ernestine, qui habite au rez-de-chaussée avec son mari, le bon vieux Achille. Je les aime tous les deux.

Moi, j'habite la chambre à côté de celle de Mme Virginie. J'ai un lit à baldaquin, une armoire en cerisier et une commode avec un miroir. Le matin, je m'y assois, me regardant dans la glace, me demandant par quel miracle je me suis rendue jusqu'ici. J'habite la maison d'une grande dame qui est tout attentionnée pour moi et mon André-Alexandre. Il couche dans une chambre en face de la mienne, peinte en bleu avec des images de chasse encadrées au mur.

Pour le moment, je dois m'occuper de la correspondance de Mme Virginie, qui est assez volumineuse. Pour cela, je devais apprendre à lire et bien écrire. Tous les jours, sauf samedi et dimanche, le postier arrive, apportant des lettres en provenance de partout en Louisiane et parfois d'ailleurs. On a même reçu une lettre de la France une fois.

52. Terme louisianais pour désigner un cadeau d'un commerce, un petit supplément comme on dit : « Du café pour les vieux, des bonbons pour les petits. » Pris de l'espagnol qui a emprunté le terme du quechua, « la ñapa » voulant dire « le cadeau ».

Pendant l'heure du midi, une fois le repas terminé et la vaisselle enlevée, assise à cette grande table en noyer, en dessous du candélabre qui scintille avec la lumière du jour qui pénètre par les grandes fenêtres, j'ouvre les lettres et je dois les lire. Au début, Mme Virginie écrivait ses propres lettres, mais depuis le temps où mon écriture s'est améliorée, elle me dicte ses réponses. J'adore la sensation au toucher de son papier satiné, couleur gris, avec ses initiales en tête « VM » et avec en dessous son adresse, 103 rue Vermillion, Vermillionville, Louisiane. Elle est tellement gentille avec moi et André-Alexandre. Mme Virginie a fait venir un tuteur pour lui, Chadwick Viator, qui arrive après sa journée de travail à la banque pour enseigner à mon beau jeune garçon. J'attends sa venue tous les jours. Il est tellement bon avec André-Alexandre, et sa compagnie m'est très agréable.

J'aime cette maison et surtout le petit jardin des rosiers. Une fois par jour, habituellement tôt le matin, moi et Madame Virginie faisons le tour, bonnet pare-soleil sur la tête et sécateur à la main. Les roses demandent énormément de soins et sont très capricieuses. J'essaie de prendre exemple, mais dans le sens inverse : de rester indépendante et de ne pas être capricieuse.

La plus grande difficulté à vivre ici, c'est la cathédrale au bout de la rue devant laquelle je sais qu'a été érigée la potence. Chaque fois que je passe devant, je m'efforce de ne pas y penser, de me réfugier dans une prière et de chasser les pensées vilaines comme Jésus a chassé les prêteurs d'argent du temple. Mais je n'y arrive pas toujours, surtout quand on assiste à la messe. Je ferme les yeux, mais je vois l'image de la clôture qui a entouré la potence, surgissant des ténèbres de mon imaginaire. On raconte que la clôture a été démolie par la foule qui s'y pressait comme une meute de chiens enragés, le shérif Broussard et ses hommes incapables de retenir les gens, même en les assommant à coups de bâtons, alors qu'ils arrachaient les planches de la clôture et même les cordes pour les conserver en souvenir. On raconte aussi qu'il y avait un marché pour les bouts des cordes, un pouce se vendant deux escalins, vingt-cinq sous pour un petit bout d'un grand chagrin.

Il y a aussi des fois où, la nuit, je me réveille avec les souvenirs de mon supplice plaqués sur mes yeux comme un voile de misère. Durant des années, ça me faisait pleurer des larmes qui me brûlaient les yeux, que je sentais comme des couteaux d'amertume qui sortaient de mon cœur. Depuis un certain temps, je ne pleure plus, mais je suis envahie par une mélancolie sans fin, une peine plus profonde que la nuit, propulsée au milieu d'un océan d'ennui sur un radeau auquel je m'agrippe de toute ma force.

Pendant longtemps, je me demandais ce que j'aurais pu faire autrement. Si j'aurais dû refuser cette invitation traîtresse et partir en courant. C'était pendant la veillée de mon oncle défunt, la maison pleine de gens et ma mère occupée à guetter tout. Elle ne pouvait pas savoir ce qu'il m'arrivait. Je n'ai pas refusé l'invitation d'Alexis et, comme un agneau offert en sacrifice, je l'ai suivi jusqu'à la salle à harnais. Je l'aimais, et quelque part, je l'aime encore, ses actions n'étant pas les siennes, mais les manipulations de son frère.

Je pensais l'embrasser, me perdre dans un doux baiser, parler de notre avenir et même planifier notre fugue vers une contrée pleine de lumière et d'amour. Je ne pouvais pas imaginer ce qui allait se passer, son frère et lui faisant de moi ce qu'ils voulaient, me laissant souillée et terriblement seule.

Ça m'arrive aussi de penser à ce que j'aurais pu faire autrement et quelle part de responsabilité me revient. D'abord, je n'aurais jamais dû accompagner Alexis à la grange. J'aurais aussi pu hurler. J'aurais pu me débattre plus sauvagement. J'aurais pu mordre et donner des coups de pied comme les deux mulets qui se haïssent. Mais c'est bien trop tard pour y penser. J'essaie de me pardonner.

Je retourne à Scott assez souvent, conduite par Achille dans le cabriolet, et parfois accompagnée de Mme Virginie. On est toujours très heureux de nous voir arriver. De voir André-Alexandre et comment il profite. C'est le premier petit-enfant de mes parents, qui le gâtent pourri, tout comme son arrière-grand-père, Drozin, le faisait. Je suis heureux de voir mon frère André. Il s'apaise et a trouvé une belle, passant ses dimanches après-midi dans le salon de Davis Arceneaux, courtisant la fille aînée, Sarah, sa mère assise entre les deux, guettant comme un épervier.

Je suis toujours très heureuse de rendre visite à ma famille, mais, chaque fois, je suis soulagée de repartir, laissant derrière moi une partie de ma vie qui va rester comme une douleur, comme une blessure qui ne se cicatrise pas avec le temps.

Il y a quelques semaines à la cathédrale, l'évêque Schexnayder pendant son homélie disait que, pour être chrétien, il fallait avoir le pardon dans le cœur.

J'essaie.

Restez à l'affût des titres à paraître chez Libre Expression
en suivant Groupe Librex : facebook.com/groupelibrex

editions-libreexpression.com

Cet ouvrage a été composé en Cochin 12,25/14,7 et achevé d'imprimer
en septembre 2023 sur les presses de Marquis imprimeur, Québec, Canada.

100% PCF BIO GAZ ÉNERGIE PERMANENT

Imprimé sur du papier contenant 100% de fibres recyclées durables,
fabriqué avec un procédé sans chlore et à partir d'énergie biogaz.